Machado de Assis
Memórias Póstumas de Brás Cubas
•
브라스 꾸바스의 사후 회고록

창비세계문학

20

•

브라스 꾸바스의 사후 회고록

•

마샤두 지 아시스

박원복 옮김

창비

차례

•

『브라스 꾸바스의 사후 회고록』
1896년 3판 저자 서문
9

브라스 꾸바스의 사후 회고록
11

옮긴이의 말
309

작가연보
314

발간사
318

일러두기
1. 이 책은 Machado de Assis, *Memórias Póstumas de Brás Cubas* (Obra Completa. vol. I, Rio de Janeiro: Nova Aguilar 1986)를 번역 저본으로 삼았다.
2. 본문 중의 각주는 옮긴이의 것이다.
3. 이 책에서 브라질 뽀르뚜갈어는 한국 포르투갈-브라질 학회와 주한 브라질문화원이 공동으로 마련한 표기법을 기준으로 삼았다. 그외 외국어는 가급적 현지 발음에 준하여 표기하되, 일부 우리말로 굳어진 것은 관용을 따랐다.

『브라스 꾸바스의 사후 회고록』
1896년 3판 저자 서문

『브라스 꾸바스의 사후 회고록』 초판은 1880년에 『헤비스따 브라질레이라』(*Revista Brasileira*)지에 연재된 것이었다. 책으로 묶어진 이후 나는 여러군데 내용을 수정하였다. 3판을 위해 내용을 재검토해야 하는 지금, 몇군데를 더 수정하였고 이삼십행을 빼버렸다. 대중에게서 자비심을 발견한 것 같은 이 작품은 결국 이렇게 개정되어 다시 빛을 보게 되었다.

대중에게 이 책의 출간을 알렸던 까삐스뜨라누 지 아브레우[1]는 내게 "『브라스 꾸바스의 사후 회고록』이 소설인가?"라고 물어왔고 그 무렵 마세두 쏘아리스[2]는 나에게 편지를 보내와 다정한 어투로 『내 고향으로의 여행』(*Viagens na Minha Terra*)[3]을 상기시켜주었다.

---

[1] 까삐스뜨라누 지 아브레우(Capistrano de Abreu, 1853~1927): 브라질의 역사가.
[2] 마세두 쏘아리스(Macedo Soares, 1883~1968): 브라질의 법조인, 역사가, 정치인.
[3] 뽀르뚜갈의 작가인 알메이다 가헤뜨(Almeida Garrett, 1799~1854)의 작품.

까뻬스뜨라누 지 아브레우에게 고인이 된 브라스 꾸바스는 (독자가 뒤에 나오는 이 책의 서문에서 이미 보았거나 앞으로 보게 되겠지만) '예'이면서 '아니요'라고 답하였고, 이 책이 몇몇사람들에게는 소설이며 다른 몇몇사람들에게는 소설이 아니라는 답변을 주었다. 마세두 쏘아리스에게 고인은 이미 다음과 같이 설명했다. "이 책은 산만한 작품이오. 나 브라스 꾸바스가 스턴이나 그자비에 드 메스트르[4]의 자유로운 형식을 취했는지, 아니면 이 책에다가 염세주의의 투정을 집어넣었는지는 나 자신도 모르오." 그자비에 드 메스트르는 방을, 가헤뜨는 자신의 고향을, 그리고 스턴은 타인의 고향을 여행하는 등 이들 모두는 여행을 해본 사람들이었다. 브라스 꾸바스에 대해서는 아마도 삶을 두루 여행한 사람이었다고 말할 수 있으리라.

나의 브라스 꾸바스를 독특한 작가로 만드는 것은 그가 말하는 '염세주의의 투정'이라는 것이다. 아무리 유쾌해 보여도 이 책의 핵심부분에는 쓰고 거친 감정이 녹아 있으며 이는 참고했던 기존 작품들과는 상당한 거리가 있는 것이다. 그것은 동일한 유파의 작업으로 만들어진 잔일 수도 있지만 다른 포도주를 채우는 잔인 것이다. 자신에게 가장 낫고 정확하다고 여기는 방식으로 자신과 타인들을 묘사한 어느 고인을 비판하지 않기 위해 난 더이상 말하지 않겠다.

마샤두 지 아시스

---

[4] 로런스 스턴(Laurence Sterne, 1713~68)은 영국 작가, 그자비에 드 메스트르(Xavier de Maistre, 1763~1852)는 프랑스 작가.

브라스 꾸바스의 사후 회고록

나의 차가운 시신을
가장 먼저 갉아먹은 벌레에게
그리움이 가득한 기념품으로
이 사후 회고록을 헌정한다.

독자에게

만일 스땅달이 자신의 책 중 한권을 백명의 독자를 위해 썼노라고 고백했다면 그것은 경탄할 만한 일이면서도 우울한 일이었을 것이다. 하지만 경탄할 일도 아니고, 어쩌면 우울해할 일도 아닌 경우로는 나의 이 책이 스땅달의 독자 백명, 아니 오십명, 아니 스무명, 아니 열명도 가지지 못한 경우일 것이다. 열명? 기껏해야 다섯명일 것이다. 솔직히 이 책은 산만한 작품이다. 나 브라스 꾸바스가 스턴이나 그자비에 드 메스트르의 자유로운 형식을 취했는지, 아니면 이 책에다가 '염세주의의 투정'을 집어넣었는지는 나 자신도 모른다. 그럴 수도 있을 것이다. 이미 죽은 사람의 작품이니. 난 이 작품을 우울의 잉크를 묻힌, 소란스럽고 밝은 펜대로 썼다. 그러한 결합으로부터 무엇이 나올지를 예견하는 일은 어렵지 않다. 미천한 사람들은 이 책에서 자기 취향의 통속적인 소설을 발견하지 못하겠지만 진지한 사람들은 이 책에서 순수소설의 몇몇 면모를 발견하게 될 것이다. 그러므로 이 책은 여론의 주요한 두갈래인 진지한 사람들의 존경 및 미천한 사람들의 사랑과는 동떨어져 있다.

하지만 난 아직도 여론의 우호적인 반응을 얻기를 기대한다. 첫번째 방법은 뻔한 내용의 긴 서문을 피하는 것이다. 가장 좋은 서문은 가장 적게 말하거나 아니면 그 적은 내용을 모호하고도 불완전한 방식으로 서술하는 것이다. 따라서 난 여기 저승에서 쓴 이 '회고록'의 집필 동기에 대한 서술을 피하고자 한다. 그걸 말하는 것은 호기심을 낳겠지만 지나치게 장황해질 것이며 작품의 이해에도 불필요할 것이다. 이 작품 자체가 모든 것을 말해준다. 세련된 독자인 여러분의 마음에 든다면 내 일은 보람있는 것이 되겠지만, 마음에 들지 않는다면 나는 여러분에게 꿀밤 한대를 그 댓가로 지불할 것이다. 그러면 잘들 계시라.

브라스 꾸바스

1. 저자의 사망

언젠가 나는 이 회고록을 처음부터 시작해야 할지 아니면 마지막부터 시작해야 할지, 다시 말하면 나의 출생 혹은 나의 사망 중 어디서부터 먼저 시작해야 할지를 두고 망설였다. 흔한 방법은 출생에서부터 시작하는 것일 테지만 두가지 고려사항이 나로 하여금 다른 방식을 택하도록 만들었다. 첫번째 고려사항은 정확히 나는 고인이 된 작가가 아니라, 무덤이 두번째 요람이 되는, 작가가 된 고인이라는 것이다. 두번째 고려사항은 그럴 경우 이 글이 보다 우아하고, 보다 새롭게 될지도 모른다는 것이다. 자신의 죽음을 이야기한 모세는 죽음을 도입부에 놓지 않고 결말부에 두었다. 그것이 바로 이 책과 모세 오경[1]의 근본적인 차이점이다.

어쨌든 나는 1869년 8월의 어느 금요일 오후 2시에 나의 아름다운 까뚱비 별장에서 숨을 거두었다. 당시 나는 64세로 그 세월은 험난하면서도 화려했다. 나는 결혼하지 않은 독신이었고 약 300꽁뚜[2]의 재산을 가지고 있었으며 열한명의 친구들이 나의 무덤까지 따라왔다. 열한명의 친구들! 사실인즉, 망자를 기리는 서신들도 없었고 부고도 없었다. 덧붙이자면 슬픈 가랑비가 하염없이 내렸는데, 너무나 하염없이 슬프게 내려서 마지막 순간까지 나를 따르던 그 충실한 친구들 중 한명은 나의 무덤가에서 행한 연설 도중 다음과 같은 멋진 생각을 내놓기에 이르렀다. "이 사람을 알고 있는 여러분은 인류를 자랑스럽게 한 가장 멋진 인물 중 한명의 돌이킬 수 없는 손실을 자연이 슬퍼하는 것 같다고 내게 말할 수도 있습니다. 이 음울한 공기, 하늘의 이 물방울들, 검은 리본처럼 푸른 하늘을 덮고 있는 저 먹구름들…… 이 모든 것은 자연의 가장 깊숙한 내부까지 갉아먹는 잔인하고도 무시무시한 고통입니다. 이 모든 것은 우리의 훌륭한 망자에 대한 숭고한 경배입니다."

착하고도 충실한 친구이도다! 나는 그에게 스무종에 달하는 각종 자산증서를 물려준 일을 절대 후회하지 않는다. 이리하여 나는 내 삶의 종말에 도달하게 되었다. 이렇게 나는 젊은 왕자의 불안이나 의심도 없이 햄릿의 미지의 나라로 향했다. 마치 무대에서 나중에 물러나는 사람처럼 중간에 걸음을 멈추었다가 힘겹게 발걸음을 옮겼다. 뒤늦게 언짢은 기분으로 말이다. 대략 아홉명 내지는 열명의 사람들이 내가 가는 길을 지켜보았다. 그들 가운데에는 세명의 여성이 있었는데 한명은 꼬뜨링과 결혼한 나의 여동생 싸비나, 은방울꽃 같은 그녀의 딸, 그리고…… 인내심을 가지시라! 잠

---

[1] 구약성서의 첫 다섯권, 창세기, 탈출기, 레위기, 민수기, 신명기를 가리킨다.
[2] 꽁뚜(conto): 당시의 브라질 화폐단위.

시 후 여러분에게 그 세번째 여성이 누구인지를 말할 것이다. 비록 친인척은 아니지만 그 익명의 여성이 나의 친인척들보다 더 고통스러워했다는 사실을 아는 것으로 만족하시라. 가장 고통스러워했던 여성이 바로 그녀였다는 것은 분명한 사실이다. 그렇다고 그녀가 눈물을 쏟았다든가 아니면 발작하며 땅에 뒹굴었다고 말하려는 것은 아니다. 내 죽음은 그다지 드라마틱한 것이 아니었다…… 예순여섯살에 숨을 거둔 한 노총각이 비극의 모든 요소를 다 안고 있지는 않았을 테니까. 이 말에 동의한다면 그 무명의 여인에게 가장 적절치 못한 것은 아마도 그녀가 발작하며 땅에 뒹굴었던 것처럼 말하는 것일 게다. 그 슬픈 여인은 눈이 흐려지고 입을 반쯤 벌린 채 침대맡에 서서 나의 사멸을 믿지 못했다.

"죽었어요! 죽었어요!" 그녀는 그저 중얼거릴 뿐이었다.

어느 훌륭한 여행가가 황새들이 폐허와 시간을 뛰어넘어 일리소스 강[3]에서부터 아프리카의 높은 강기슭까지 나는 걸 보았던 것처럼, 그녀의 상상 역시 신생 아프리카의 강기슭에 이르도록 현재의 돌무더기 위를 날았다…… 그대로 내버려두라. 어차피 나중에 우리도 거기에 갈 것이 아닌가. 내가 인생의 초년기로 되돌아갈 때 우리는 모두 거기로 갈 것이다. 이제 난 귀부인들의 흐느낌, 남자들의 낮은 대화소리, 교외 별장의 칼라디움 잎사귀들을 두드리는 빗줄기 소리, 그리고 마구馬具 장인의 문가에서 칼갈이가 갈고 있던 면도칼의 날카로운 소리를 들으면서 평화롭고 질서있게 죽고 싶다. 여러분에게 맹세하노니 죽음의 오케스트라는 겉으로 보기보다 훨씬 덜 슬펐다. 어느 시점부터는 그 오케스트라가 즐겁게 느껴지

---

[3] 그리스 아테네의 외곽을 도는 강.

기까지 했다. 바다의 큰 파도가 돌진하듯 생명이 내 가슴에서 요농을 쳤다. 이어 의식이 빠져나간 나는 육체적, 정신적 부동상태에 접어들었다. 육체는 나무, 돌, 진흙, 그리고 전혀 아무것도 아닌 것이 되어버렸다.

나는 결핵으로 죽었다. 하지만 내 죽음의 원인이 결핵이 아니라 어떤 위대하고 유익한 생각 때문이라고 말한다면 독자 여러분은 믿지 않을 수도 있겠지만 그것은 사실이다. 이제 독자 여러분에게 그 사건을 간략히 밝히고자 한다. 여러분 스스로 그것을 판단해보시라.

2. 고약

우연찮게 어느날 아침, 교외 별장을 걷던 중 내 머릿속에 있는 공중그네로부터 하나의 아이디어가 떠올랐다. 한번 떠오른 아이디어는 팔을 뻗고 허공으로 뛰어오르더니 공중제비를 하기 시작했다. 나는 나 자신이 심사숙고하도록 내버려두었다. 그랬더니 갑자기 그 아이디어가 큰 도약을 한 뒤 두 팔과 다리를 쭉 펼치며 엑스자 형태를 취했다. 나의 모습을 해석해보라. 그러지 않으면 당신을 잡아먹을 것이다.[4]

그 아이디어는 우리 인류의 우울을 완화시키는 숭고한 의약품, 즉 항우울제의 발명보다 절대 못한 것이 아니었다. 그후 작성한 특허신청서에서 난 진정으로 기독교적인 제품으로 정부의 관심을 끌

---

[4] 신화에서 스핑크스가 자신의 수수께끼를 풀지 못하면 잡아먹을 것이라고 한 표현을 차용한 것이다.

었다. 그런데도 나는 아주 크고 심오한 효력을 가진 상품의 유통에서 비롯될 금전상의 이익에 대해 친구들에게 숨기지 않았다. 하지만 나는 이제 이곳 저승에 있으므로 모든 것을 밝힐 수 있다. 바로 나에게 주된 영향을 끼친 것은 신문과 상점의 판매대, 팸플릿, 길모퉁이, 그리고 마침내 약상자에 씌어질 다음과 같은 세 단어를 볼 것이라는 즐거움이었다. '브라스 꾸바스 고약'. 그걸 부인한들 뭣 하겠는가? 난 요란한 광고전단과 폭죽놀이에 열정을 가지고 있었다. 아마도 겸손한 사람들은 나의 이러한 결점을 문제 삼을 것이다. 하지만 두뇌 회전이 빠른 사람들은 나의 재주를 인정할 것이라고 확신한다. 결국 나의 생각은 메달처럼 양면을 가지고 있었다. 한쪽은 대중을 향한 것이었고, 다른 한쪽은 나 자신을 향한 것이었다. 한편으로는 인류애와 이윤이며, 다른 한편으로는 명성에 대한 갈망이었다. 영광에 대한 사랑이라고 해두자.

완벽하게 월급쟁이 사제인 나의 삼촌 한분은 일시적인 영광에 대한 사랑은, 오로지 영원한 영광만을 열망해야 하는 영혼들의 타락이라고 말하곤 했다. 그 말에 반대하는, 과거 제3보병연대 장교였던 다른 삼촌의 말에 따르면 영광에 대한 사랑은 인간 내면에 있는 가장 인간적인 것으로 가장 진솔한 면이라고 했다.

독자 여러분은 군인과 사제의 말 중에서 결정하시라. 난 고약 이야기로 돌아가겠다.

3. 족보

하지만 기왕 나의 두 삼촌에 대하여 말한 이상, 여기서 잠깐 족보에 대해 말하고자 한다.

우리 가문의 시조는 18세기 전반에 이름을 날린 다미어웅 꾸바스라는 사람이었다. 히우지자네이루 출생인 그는 통 만드는 일이 직업이었다. 만일 그가 줄곧 통 만드는 일만 했다면 아마 가난과 망각 속에서 죽었을 것이다. 하지만 그는 그렇게 하지 않았다. 그는 농사꾼이 되어 죽을 때까지 곡식을 심고 추수를 하였으며 수확물을 정당하고도 좋은 가격에 팔았고 대학을 졸업한 아들 루이스 꾸바스에게 상당한 재산을 물려주었다. 나의 가족이 늘 이야기하던 조상들의 계보는 실제로 이 청년으로부터 시작된다. 왜냐하면 루이스 꾸바스는 뽀르뚜갈의 꼬잉브라에서 유학하였으며 국가기관에서 큰 두각을 나타내어 총독 꾸냐 백작의 가까운 친구가 되었던 반면에, 다미어웅 꾸바스는 어쨌거나 통 만드는 사람, 그것도 아마 서툴게 통을 만든 사람이었기 때문이다.

이 꾸바스란 성姓이 지나칠 정도로 통 만드는 직업의 냄새를 풍겼기에, 다미어웅의 증손이었던 나의 부친은 꾸바스란 성이 아프리카 사업의 영웅이었던 한 기사가 무어인에게서 삼백개의 통을 빼앗은 놀라운 업적에 대한 보상으로 주어진 것이라고 주장했다. 나의 부친은 상상력이 풍부한 분이었다. 그는 재담을 통해 활약함으로써 통 만드는 일에서 벗어났다. 그분은 몇 안되는 사람들처럼 위엄이 있고 충성심이 강한 남자로 성격 역시 좋았다. 사실 그분은 허풍이 좀 있었는데 이 세상에 약간의 허풍도 없는 사람이 어디 있는가? 주목할 점은 그분이 서류를 위조하기 전에는 전혀 창의력을 발휘하지 못했다는 점이다. 우선 그분은, 써웅비쎙치 마을을 세우고 그곳에서 1592년에 사망했던 사람으로 나와 이름이 같은 그 유명한 브라스 꾸바스 사령관의 족보에 자신의 이름을 올렸다. 바로 그런 이유에서 부친은 나에게 브라스라는 이름을 지어주었다. 하지만 사령관 가족이 그 일에 반대하자 부친은 무어인의 삼백개 통 이야기를 꾸며냈다.

아직 우리 가문의 몇몇사람들, 예컨대 그 당시 귀부인들의 꽃이었던 은방울꽃 같은 나의 조카딸 베낭시아는 살아 있다. 뭐라고 말하기는 그렇지만…… 그녀의 아버지인 꼬뜨링도 아직 살아 있다. 하지만 앞으로 전개될 일을 앞당겨 말하진 말자. 우리의 고약 이야기는 완전히 끝내도록 하자.

4. 강박관념

무수한 도약과 뛰기 끝에 나의 아이디어는 하나의 '강박관념'이 되었다. 신이 여러분을 강박관념에서 해방해주시길. 무엇보다도 강박관념을 갖기보다 스스로 되묻는 자가 되고 눈에는 차단막을 치시길. 까보우르[5]를 보라. 이딸리아 통일에 대한 강박관념이 오히려 그를 죽이지 않았던가? 사실 비스마르크는 죽지 않았지만, 자연은 변덕이 심한 위대한 여성이요, 역사는 영원한 월계수라고 말해진다. 예를 들어 가이우스 수에토니우스[6]는 우리에게 클라우디우스 1세에 대한 얘기를 남겨놓았는데 그는 '바보 같은 사람'이었다. 아니, 세네카가 말했듯이 '멍텅구리'였다. 수에토니우스는 또 우리에게 응당 로마의 즐거움이 될 만한 티투스에 대한 얘기도 남겨놓았다. 현대에 와서 한 교수가 나타나 두 황제 중에서 즐거움,

---

[5] 까보우르(Conte di Cavour, 1810~61): 이딸리아의 정치가.
[6] 가이우스 수에토니우스(Gaius Suetonius): 고대 로마의 역사가이자 전기 작가.

진짜 즐거움은 세네카의 '멍텅구리'라는 사실을 보여줄 방법을 찾아냈다. 그리고 보르자 가문의 꽃인 그대 루끄레찌아 부인[7]이여, 어느 시인이 그대를 가톨릭의 메살리나[8]로 그리고자 한다면, 불신자 그레고로비우스[9] 같은 작가가 나타나 그대의 그러한 자질을 상당히 지워버릴 것이다. 그리하여 비록 그대는 한송이 백합으로 그려지진 않더라도 늪으로 그려지지도 않을 것이다. 난 나 자신을 시인과 현자 사이에 위치시킨다.

모든 것에 유용한 가변적인 역사. 역사여, 영원하라! 그리고 다시 '고정관념'으로 돌아와 이제 난 남자들을 힘센 남정네와 미친 자로 만드는 게 바로 역사라고 말하리라. 수에토니우스의 공식에 따르면, 클라우디우스 같은 인물을 만들어내는 '유동적인 생각'은 모호하거나 변할 수 있는 것이다.

내 생각은 고정적인 것이다. 마치…… 이 세상에서 확실히 고정적인 것은 아무것도 없다는 생각처럼 고정적이다. 아마도 달, 아마도 이집트의 피라미드, 아마도 끝나버린 독일연방이 그럴지도 모른다. 나는 독자 여러분에게 가장 적절한 비유를 찾도록 할 것이다. 독자 여러분은 그걸 찾아보되 거기서 내 코를 비틀지는 마시라. 왜냐하면 우리는 아직 이 회고록의 서사 부분에도 이르지 못했기 때문이다. 언젠가 우리는 거기에 이를 것이다. 난 독자들이 여타 다른

---

[7] 루끄레찌아 보르자(Lucrezia Borgia, 1480~1519): 나중에 교황 알렉산데르 6세가 되는 로드리고 보르자(Rodrigo Borgia)와 반노짜 까따네이(Vannozza Cattanei)의 딸이며 체사레 보르자의 누이.
[8] 메살리나(Valeria Messalina): 로마 황제 클라우디우스 1세의 세번째 아내로 몰래 황궁을 빠져나가 몸을 팔기도 하는 등 음란한 생활을 하고 불륜을 저지르다가 살해되었다. '성욕을 주체하지 못하는 헤픈 여자'를 의미함.
[9] 그레고로비우스(Ferdinand Gregorovius): 19세기 독일의 문학가이자 역사가로 1852년에 이딸리아로 가서 20여년 동안 살며 그곳 풍물을 소재로 한 작품을 썼다.

독자들처럼 성찰보다는 일화를 더 선호한다고 믿는다. 그건 아주 좋은 일이라고 생각한다. 어쨌든 우리 모두 회고록의 서사 부분에 이를 것이다. 하지만 이 책은 냉담함으로, 세월의 무상함에서 이제 해방된 사람의 냉담함으로 씌어졌고, 불평등 철학을 다룬 작품으로 이제 꾸밈없고 장난기 가득한 게으른 철학작품이라는 점을 말할 필요가 있겠다. 따라서 작품의 성격상 이 책은 무엇을 세운다든가, 아니면 파괴한다든가, 또는 흥분케 한다든가, 아니면 즐겁게 한다든가 하는 것은 아니다. 시간 보내기 이상의 것이지만 어떤 사상의 전파 이하의 것이다.

이제 그 얘기를 시작해보자. 여러분의 코를 똑바로 하고 나랑 같이 앞에서 말한 고약 이야기로 돌아가보자. 역사는 우아한 귀부인의 변덕에 맡겨두자. 우리들 가운데 아무도 살라미스 전투에 참여하지 않았고 또 어느 누구도 아우크스부르크의 신앙고백[10]을 글로 쓰지 않았다. 나의 경우 매일 언젠가 크롬웰을 기억한다면 그 이유는 그 높으신 분이 의회의 문을 걸어잠갔던 바로 그 손으로 영국인들에게 브라스 꾸바스 고약을 강요할 수도 있을 거라는 생각 때문이다. 그 약과 청교도주의의 연합이 거둘 승리를 비웃지 마라. 크고 화려한 모든 공적인 깃발 밑에는 종종 그 깃발의 그늘에서 펄럭이는 겸손한 여러 깃발들이 있다는 것과 그 큰 깃발과 함께 내려오고 또 심심찮게 그 큰 깃발보다 오래도록 살아남는 깃발이 있다는 걸 누가 모르겠는가? 설사 잘못된 비유라고 하더라도 그것은 영주가 있는 성城의 보호하에 모여 있던 서민들과 같다. 영주의 성은 무너졌지만 서민들은 살아남았으니까. 사실 그들은 중요 인물이 되었

---

[10] 프로테스탄트 교회 최초의 신앙고백서.

고 성의 주인이 되었다…… 아니, 이건 좋은 비유가 아니다.

5. 어느 여성의 귀가 드러난 곳

약의 발명을 준비하면서 정제하는 일에 몰두하던 동안 나는 풍을 정통으로 맞았다. 직후에 나는 몸져누웠으나 치료를 받진 않았다. 머릿속에는 고약이 있었다. 미친 자들과 강인한 자들에 대한 집착이 있었다. 나는 저 멀리 무리가 모여 있는 땅에서 승천하여 불사의 독수리처럼 하늘로 높이 올라가는 나를 보았다. 그처럼 놀라운 광경 앞에서는 자신을 찔러대는 고통도 느낄 수 없었다. 그다음 날 나의 병은 악화되었다. 결국엔 치료를 받았지만 대충대충 조심성도 지속성도 없이 불완전하게 치료를 받았다. 나를 영원의 세계로 데려온 병의 기원은 그러했다. 사람들은 이미 내가 어느 불운한 금요일에 사망했다는 사실을 알고 있다. 나는 나를 죽인 것이 나의 발명품이라는 사실을 입증했다고 생각한다. 덜 명료하지만 그렇다고 해서 덜 성공적인 증거는 아니다.

하지만 내가 한세기의 꼭대기에 성큼 올라가 위대한 사람들 사이에 끼여 신문에 모습을 드러내는 일이 불가능하지는 않았다. 난 건강이 좋았고 원기 왕성했다. 내가 의약품 발명의 기초를 세우는 대신 정치제도나 종교개혁의 요소들을 한곳에 끌어모으려 했다고 상상해보라. 풍이 와서 인간의 계산을 효과적으로 무너뜨렸고 모든 것이 사라지고 말았다. 인간의 운명은 그렇게 작동한다.

이러한 성찰과 더불어 나는 그 여성에게 작별을 고했다. 난 그녀가 신중한 여성이라고 더이상 말하지 않겠다. 그녀는 첫 장에서 말했던 익명의 여성으로서 당대의 여성들 가운데서도 분명 가장 향기로운 여성이었으며 그녀의 상상력은 일리소스 강의 황새들 같았다…… 당시에 그녀는 쉰네살로 한물가긴 했지만 훌륭한 자태를 유지하고 있었다. 독자 여러분은 오래전에 나와 그녀가 서로 사랑했음을, 그리고 이미 병약해진 내가 어느날 병실 문간에 모습을 드러낸 그녀를 보고 있음을 상상해보라.

6. 시멘, 누가 그걸 얘기했지? 로드리그, 누가 그걸 믿지?[11]

나는 지금 창백한 얼굴에 검은 옷을 걸치고 마음의 동요가 있는 듯한 모습으로 문간에 홀연히 나타나 잠시 걸음을 멈춘 채 들어올 용기가 없거나 아니면 나와 함께 있는 한 남자의 모습으로 인해 몸이 굳어 서 있는 그녀를 본다. 그러는 동안 나는 침대에 누운 채 그녀에게 어떤 말도 하지 않고 어떤 몸짓도 하지 않고 있다는 걸 잊고서 그녀를 찬찬히 응시하였다. 우리는 이년 동안 서로 만나지 못했다. 내가 본 그녀의 모습은 그때의 모습이 아니라 오래전의 모습이었다. 우리 둘 다 오래전의 모습이었는데, 왜냐하면 다소 신비한 히즈키야 왕[12]이 우리의 젊은 시절로 태양을 되돌려놓았기 때문이다. 태양이 뒤로 돌려지자 나는 모든 고통을 털어냈다. 그리고 죽음

---

11 시멘과 로드리그는 프랑스 작가 꼬르네유(Pierre Corneille, 1604~84)의 희곡 『르 씨드』(*Le Cid*)에 나오는 남녀 주인공 이름이다.
12 구약성서에서 우상을 파괴한 유대 왕으로 병들었을 때 하느님이 그의 수명을 십오년 연장해주었다. 이와 관련해 이사야 38장 8절에 "보시오. 내가 아하즈의 태양시계에 비친 그림자를 내려갔던 금에서 열칸 올라오게 하겠소"라는 구절이 있다.

이 무無의 영원 속으로 흩뿌릴 이 한줌의 먼지는 죽음의 사자인 시간보다도 강한 것이었다. 청춘의 여신 유벤타스의 어떤 음료도 소박한 그리움과 비교할 수는 없었다.

 나를 믿어라. 가장 덜 나쁜 일은 추억하는 것이다. 어느 누구도 현재의 행복을 믿어서는 안된다. 그 행복 속에는 카인의 침 한방울이 담겨 있다. 세월이 흘러 경련이 멈추면 그때는 진정 행복을 즐길 수 있으리라. 왜냐하면 두 환영 중 더 나은 것은 고통 없이 즐기는 것이기 때문이다.

 추억의 환기는 오래가지 못했다. 현실이 곧 압도해왔다. 현재가 과거를 몰아낸 것이다. 어쩌면 나는 이 책의 어느 구석에서 인간은 판版이라는 나의 이론을 독자에게 드러낼지 모른다. 지금 알아야 할 것은 비르질리아——그녀는 비르질리아라고 불린다——가 옷차림과 연륜이 그녀에게 부여한 위엄을 가지고 당당히 방으로 들어와 내 병상까지 왔다는 사실이다. 나와 함께 있던 다른 사람은 자리에서 일어나 밖으로 나갔다. 그 사람은 매일 나를 찾아와 환율과 식민사업 그리고 철도를 발전시킬 필요성에 대하여 얘기하던 이였다. 그 얘기들은 죽을 날이 얼마 남지 않은 나에겐 더이상 아무런 관심을 끌지 못했다. 그가 나갔고 비르질리아는 선 채로 거기에 있었다. 얼마 동안 우리는 한마디 말도 없이 서로를 바라보았다. 무슨 말이 있을 수 있겠는가? 위대한 연인이었던 우리 두사람, 고삐 풀린 열정의 우리 두사람에게 이십년이 지난 지금은 아무것도 남은 것이 없었다. 그저 시든 두 마음만 덩그러니 남아 있을 뿐, 두 마음은 삶에 찌들어 있었다. 서로 그 정도가 같은지는 몰라도 어쨌든 둘 다 삶에 찌들어 있었다. 그러나 비르질리아는 이제 곱게 나이를 먹은 아름다운 모습이었으며 근엄한 모습에 모성애를 풍기고 있었다. 치주까에서 열린 성 요한 축제에서 내가 마지막으로 보았을 때보다는 덜 야윈 모습이었다. 그녀는 병에 대한 저항력이 강한 사람이었는데, 단지 이제서야 몇가닥 은빛 머리카락이 검은 머리에 섞이기 시작했을 뿐이다.

"요즘 죽은 사람들을 찾아다니는 게 일이오?" 내가 말했다. "참나, 죽은 사람들이라니요!" 비르질리아가 혀를 차며 대답했다. 그리고 나의 손을 잡았다. "요즘 빈둥거리는 사람들을 보면 거리로 내몰곤 하죠."

이전처럼 눈물을 자아내는 애정 표시는 없었지만 목소리가 다정하고 달콤했다. 그녀가 앉았다. 남자 간호사 한명을 빼면 나는 집에 혼자 있었다. 우리는 서로 위험부담 없이 대화를 나눌 수 있었다. 비르질리아는 바깥세상에서 일어난 많은 일들을 간간이 욕설을 섞어가며 재미있게 들려주었다. 그것은 그녀의 이야기에 소금을 치는 일이었다. 이제 세상을 떠날 준비가 된 나는 세상을 비웃으며, 내가 이 세상에 남겨두고 가는 것은 아무것도 없다는 점을 나 자신에게 설득하는 데에 일말의 사악한 기쁨마저 느꼈다.

"무슨 그런 생각을 하세요!" 비르질리아는 약간 화를 내며 나의 말을 가로막았다. "더이상 당신을 찾아오지 않을 거예요! 죽는다니! 우리 모두 언젠가는 죽을 거예요. 살아 있다는 것으로 족해요."

그리고 시계를 보면서 말했다.

"맙소사! 3시네. 갈게요."

"벌써?"

"예. 내일이나 아니면 그후에 다시 올게요."

"당신이 잘하는 건지 모르겠소." 내가 퉁명스럽게 말했다. "환자는 노총각이고 집에는 여자들도 없고……"

"당신 여동생은요?"

"며칠 지내러 여기 올 거야. 하지만 토요일 이전에는 올 수 없어."

비르질리아는 잠시 생각하더니 어깨를 들썩이며 진지하게 말했다.

"난 이미 할망구예요! 아무도 날 쳐다보지 않아요. 하지만 모든 의심에 종지부를 찍기 위해 다음에는 뇨뇨랑 함께 올게요."

뇨뇨는 그녀가 결혼하여 낳은 유일한 아들이었으며 대학 졸업생이었다. 그 아이는 다섯살 때 이미 우리 연애사건의 무의식적인 공범이었다. 이틀 뒤 그들 두사람이 함께 왔다. 고백하건대 난 그때 내 방에서 두사람을 보며 완전히 위축되어 그 청년의 다정다감한 말에 곧바로 대답을 하지 못했다. 비르질리아가 나의 그런 상황을 눈치채고 아들에게 말했다.

"뇨뇨, 저기 있는 저 대단히 교활한 사람에게 신경 쓰지 마라. 자신이 죽음의 문턱에 있다는 걸 믿게 하려고 아무 말도 하고 싶지 않은 사람이란다."

그녀의 아들이 미소를 지었다. 나 역시 미소를 지었다고 생각한다. 모든 게 한바탕 너털웃음으로 귀결되었다. 비르질리아는 조용하고 웃음이 많았으며 청렴한 삶을 사는 것처럼 보였다. 그녀는 어떤 의혹의 시선도 없고, 어떤 무의미한 몸짓도 없으며, 말과 정신이 하나이고, 자신에 대한 통제력이 있고, 어쩌면 모든 것이 기이한 사람처럼 보였다. 불륜이면서 약간 비밀스럽고 어느정도 알려진 사랑을 우리가 우연히 언급했을 때, 난 그녀가 자신의 친구임에도 불구하고 그런 일과 연루된 한 여성에 대해 경멸조로, 그리고 약간 화가 난 듯 말하는 걸 보았다. 그녀의 아들은 그녀의 근엄하고 강한 말투를 들으면서 만족스러워하는 것 같았다. 만일 뷔퐁[13]이 새매로 태어난다면 그 새매가 우리에 대하여 무슨 말을 할지 나는 나 자신에게 물어보았다……

그렇게 나의 정신착란은 시작되었다.

7. 정신착란

내가 아는 한, 아직 자신의 정신착란에 대하여 말한 사람은 없다. 난 이제 나의 경우를 말할 것인데 과학은 이것에 대하여 나에게 감사를 표하리라. 만일 독자 여러분이 이런 정신현상에 대해 깊이 생각할 여유가 없다면 이 장을 건너뛰어도 좋다. 바로 이 책의 서사 부분으로 가시라. 하지만 아무리 호기심이 없다 할지라도, 나의 머리통에서 이삼십분 동안 무슨 일이 벌어졌는지를 안다면 흥미로울 거라고 나는 변함없이 말할 수 있다.

나는 우선 어느 거물의 수염을 바싹 깎던, 배불뚝이면서 손놀림이 민첩한 어느 중국인 면도사의 모습을 취했다. 그 거물은 나에게 일의 댓가를 사탕과 꼬집음으로 지불했는데, 그것은 그 거물의 변덕이었다.

그 직후 나는 자신이 성 토마스 아퀴나스의 『신학대전』으로 변했음을 느꼈다. 한권으로 출판된 그 책은 양가죽으로 장정했으며 표지가 은제 쥠쇠와 그림으로 마감되어 있었다. 이 생각은 나의 신체에 가장 완벽한 부동자세를 안겨주었다. 게다가 나의 양손은 그 책의 걸쇠가 되어 있었다. 나는 배 위에 두 손을 포개고 있었는데

---

13 18세기 프랑스의 박물학자.

누군가가 (분명 비르질리아였을 것이다) 나의 교차된 양손을 풀어주었던 것을 기억한다. 왜냐하면 그런 자세는 죽은 사람의 이미지를 풍겼기 때문이었다.

결국 인간의 형상으로 되돌아온 나는 한마리 하마가 다가와 돌연 나를 치받는 걸 보았다. 나는 아무 말 없이 나 자신을 내버려두었는데 그것이 두려움 때문인지 믿음 때문인지 알 수 없었다. 하지만 잠시 동안 하마랑 내달리자 현기증이 났다. 난 감히 하마에게 질문을 던졌다. 나는 기교를 부려 어디로 가는지 목적지가 없는 것 같다고 말했다.

"당신이 착각하고 있는 거요." 그 동물이 말했다. "우리는 지금 세기世紀들의 처음으로 가고 있소."

나는 엄청 멀 것이라고 말했다. 하지만 하마는 나의 말을 이해하지 못했거나 아니면 나의 말을 귀담아듣지 않았다. 하마가 둘 중 하나인 척하지 않았다면 말이다. 하마가 말을 하였으므로 나는 그에게 아킬레우스가 타던 말의 후손인지 아니면 발람이 타던 나귀[14]의 후손인지를 물었다. 그러자 하마는 그 두 네발짐승 특유의 몸짓으로 대답했는데, 두 귀를 펄럭인 것이었다. 그래서 나는 눈을 감고 될 대로 되라는 식으로 나 자신을 내버려두었다. 그러나 세기들의 기원이 어디에서 시작되었는지, 세기들의 기원이 나일 강의 발원지만큼이나 불가사의한지, 무엇보다도 동일한 그 세기들의 소비가 가치가 있었는지 알고 싶어 안달이 났음을 이제 나는 고백해야만 한다. 이것이 병에 걸린 머릿속의 생각들이다. 나는 눈을 감고 걸었으므로 길을 보지는 못했다. 나는 그저 여행하면서 추위가 더 크게

---

14 구약성서 민수기 22장에 이스라엘인들에게 저주를 퍼부으려고 가는 팔레스타인 선지자 발람을 그가 타고 가던 나귀가 방해하는 사건이 나온다.

느껴져 우리가 영원한 동토의 지역으로 들어간 것 같은 그런 시기가 도래했음을 기억할 뿐이다. 실제로 나는 눈을 뜨고 있었고 나의 동물 하마가 눈으로 뒤덮인 산들과 눈으로 된 녹초들 그리고 눈으로 만들어진 몸집이 큰 여러 동물들이 있는, 눈으로 하얗게 뒤덮인 어느 평원을 내달리고 있음을 보았다. 모든 것이 눈이었다. 눈으로 된 태양 하나가 우리를 꽁꽁 얼게 만들었다. 나는 말을 하려고 했지만 그저 다음과 같이 불안한 질문만 웅얼거릴 수 있었다.

"여기가 어디야?"

"막 에덴동산을 지났소."

"좋아. 아브라함의 천막에서 멈추자."

"하지만 우리는 뒤로 여행하고 있소!" 그는 조롱하듯 대꾸했다.

난 창피하고 혼란스러웠다. 여행이 지루하고 무모해 보이기 시작했다. 추위는 불편했고 질주는 격렬했으며 결과는 예측할 수 없었다. 그뒤—병든 자의 사색 뒤—우리가 정해진 목적지에 도달한다면, 자신의 기원을 침범한 것에 화가 난 여러세기들이 자신만큼이나 오래되었을 손톱으로 나를 짓뭉개는 것은 불가능한 일이 아니었다. 내가 그렇게 생각하는 동안 우리 둘은 길을 성큼성큼 걸었고 평원은 그 동물이 녹초가 될 때까지 우리의 발아래서 달리고 있었다. 그래서 난 보다 평온한 마음으로 내 주위를 둘러볼 수 있었다. 그저 주위를 둘러볼 뿐이었다. 하지만 엄청난 흰 눈 이외에는 아무것도 보지 못했다. 이제 흰 눈은 조금 전까지만 해도 푸르렀던 하늘까지 점령해버렸다. 여기저기서 엄청 크고 괴이한 한두그루의 나무가 바람결에 자신의 큰 잎을 움직이며 내게 모습을 드러냈다. 그 지역의 침묵은 마치 묘지의 침묵과 같았다. 이것은 사물들의 삶이란 인간 앞에서 우스운 것이라고 말해질 수 있는 것이었다.

하늘에서 떨어졌을까? 땅에서 솟아났을까? 모르겠다. 하시반 녀성의 모습을 한 몹시 큰 형상이 태양처럼 번쩍이는 눈으로 나를 응시하며 모습을 드러냈다. 그 모습에서는 모든 것이 광대한 야생 형태였으며, 모든 것이 인간의 시선으로 포착될 수 있는 범위를 벗어나 있었다. 왜냐하면 그 윤곽들이 주변 환경 속에 흩뿌려져 있었고, 두껍게 보이던 것은 종종 속이 비칠 정도로 아주 얇았기 때문이었다. 깜짝 놀란 나는 아무 말도 하지 못했고 소리조차 지르지 못했다. 하지만 짧은 시간이 지난 후 난 그녀에게 누구이며 이름이 무엇인지를 물었다. 정신착란의 호기심이었다.

"나는 자연 또는 판도라라고 부르지. 나는 당신의 어머니이고 또 적이기도 하다."

마지막 말을 듣고서 나는 놀라 뒤로 주춤 물러섰다. 그러자 그 형상이 웃음을 터뜨렸는데, 그 웃음은 우리 주위에 태풍과 같은 효력을 발휘했다. 나무들이 휘어지고 긴 신음소리가 바깥 사물들의 침묵을 깨뜨렸다.

"놀라지 마라." 그 형상이 말했다. "나의 적개심은 사람을 해치지는 않는다. 내 적개심은 무엇보다도 삶에 의해 확고해졌지. 살아 있어라. 난 다른 재앙을 원치 않는다."

"살아 있으라고요?" 나는 나의 존재를 확인하려는 듯 주먹을 불끈 쥐며 물었다.

"그래. 애벌레인 너, 살아 있어라. 너의 자부심인 그 넝마를 잃을까봐 두려워하지 마라. 몇시간 동안 너는 고통의 빵과 참혹함의 포도주를 맛볼 것이다. 그러니 살아 있어라. 지금 당장 미친다 해도 살아 있어라. 그리고 자신의 의식이 일순간 총명함을 되찾는다면 너는 살고 싶다고 말할 것이다."

이 말을 하면서 그 환영은 팔을 뻗어 내 머리카락을 움켜잡더니 마치 깃털처럼 나를 허공으로 들어올렸다. 그제야 비로소 나는 그 거대한 형상의 얼굴을 가까이서 볼 수 있었다. 더이상 어떤 것도 조용하지 않았고, 더이상 어떤 격한 뒤틀림도 없었으며, 더이상 어떤 증오나 사나움의 표현도 없었다. 독특하면서도 보편적이고 완전한 그 모습은 이기적인 무표정, 영원한 귀먹음, 그리고 확고부동한 의지를 나타냈다. 비록 그 형상은 노여움을 가지고 있다 하더라도 마음속에 묻어두었을 것이다. 그와 동시에 얼음처럼 차가운 표정을 지닌 그 얼굴에 하나의 젊음의 분위기가 감돌았고, 힘과 활력이 뒤섞였다. 그 얼굴 앞에서 나는 나 자신이 생명체들 가운데 가장 활기 없고 쇠약한 존재라고 느꼈다.

"내 말 이해했나?" 한동안 서로가 서로를 응시한 뒤 그녀가 말했다.

"아니요." 내가 대답했다. "난 당신을 이해하고 싶지 않습니다. 당신은 말도 안되는 존재요. 당신은 동화일 거요. 분명 난 꿈꾸고 있는 겁니다. 만일 이게 사실이라면 난 미쳤을 거요. 당신은 현실과 동떨어진 존재의 환영에 지나지 않아요. 그러니까 부재중인 이성이 통제할 수도 만질 수도 없는 허황한 그 무엇일 뿐이지요. 자연이라고요? 당신이? 내가 알고 있는 자연은 그저 어머니일 뿐 적은 아닙니다. 삶을 재앙으로 만들지도 않을뿐더러 당신처럼 무덤만큼 무표정한 그런 표정도 짓지 않지요. 게다가 어째서 판도라라는 거죠?"

"왜냐하면 난 가방 안에 선과 악을 가지고 다니고 그 모든 것들 가운데 가장 큰, 인간의 위안인 희망도 넣어 다니니까. 지금 떨고 있나?"

"그렇습니다. 당신의 눈길이 나를 매혹하고 있어요."

"그렇게 보이는군. 나는 삶뿐만 아니라 죽음이기도 하다. 이제 너는 나에게서 빌려간 것을 돌려줄 준비가 된 것 같군. 대단한 색욕자여, 무無의 관능이 그대를 기다리도다."

그 거대한 계곡에서 '무'라는 말이 마치 천둥처럼 울려퍼졌을 때 그것은 나의 귀에 도달할 마지막 소리인 것 같았다. 나는 나 자신의 홀연한 분해를 느낀 것 같았다. 난 애원하는 듯한 눈길로 그녀를 쳐다보았다. 그리고 몇년 더 살게 해달라고 간청했다.

"쯧쯧!" 자연이 큰 소리로 외쳤다. "뭘 위해 삶의 알량한 몇초를 더 원하나? 먹고 먹히기 위해서인가? 삶의 온갖 장관壯觀과 전쟁이 지겹지도 않은가? 내가 너에게 덜 역겹거나 덜 고통스러운 것을 주었다는 사실, 그 모든 것을 너는 너무나 잘 알지 않나? 동트는 새벽, 우울한 오후, 평온한 밤, 지구의 여러 모습들, 그리고 나의 손이 줄 수 있는 최대의 혜택인 잠 말이다. 그런데 숭고한 멍청이인 너는 이제 무엇을 더 원하나?"

"그저 사는 것, 그외에는 아무것도 당신에게 부탁드리지 않겠습니다. 당신이 아니라면 누가 나의 가슴에 삶에 대한 사랑을 심어놓았을까요? 또 내가 삶을 사랑하는데 왜 당신은 나를 죽임으로써 당신 자신에게 상처를 입히려고 합니까?"

"왜냐하면 난 이제 네가 필요없으니까. 시간엔 흘러간 순간이 아니라 다가올 순간이 중요한 법이다. 다가올 순간은 강하고 기쁜 것이고, 그 내부에 영원을 실어나르고 있다고 여겨진다. 그러면서도 죽음을 가져오고 다른 것처럼 소멸하지만 시간은 계속 흘러간다. 네가 에고이즘이라고 그랬던가? 맞아. 그건 에고이즘이다. 난 다른 법칙을 갖고 있지 않다. 에고이즘과 보존뿐이다. 재규어는 송아지를 죽인다. 재규어의 논리란 자신이 살아야 한다는 것이니까. 그리고 어린 송아지가 유순하다면 훨씬 더 좋지. 그게 우주의 법칙이다. 올라와서 바라보아라."

  그렇게 말하고는 나를 어느 산꼭대기로 데려갔다. 나는 눈길을 경사지 중 한곳으로 돌렸다. 그리고 한동안 멀리 안개 너머의 어떤 독특한 사물 하나를 지켜보았다. 독자들이여, 상상해보라. 세기들의 축소판, 그리고 모든 세기, 모든 인종, 모든 열정, 제국들의 소란, 탐욕과 증오의 전쟁, 인간끼리의 상호파괴와 사물끼리의 상호파괴가 행렬처럼 지나가는 모습을. 그것은 삶의 온갖 광경들, 씁쓸하면서도 호기심을 자극하는 광경들이었다. 인간과 지구의 역사는 이처럼 상상력이나 과학이 줄 수 없는 강렬함을 지니고 있었다. 왜냐하면 내가 거기서 본 것은 모든 세월의 생생한 응축이었던 반면에 과학은 보다 느리고 상상력은 보다 모호하기 때문이었다. 인간과 지구의 역사를 묘사하기 위해서는 번개를 고정시켜야 할지도 모른다. 여러세기世紀가 하나의 소용돌이 속에서 열을 지어 지나갔다. 정신착란의 두 눈은 특이해서 나는 내 앞을 지나간 모든 것 — 재앙과 기쁨 — 을 보았다. 영광이라고 부르는 것에서부터 비참함이라고 부르는 것까지 모두 보았다. 그리고 비참함을 번식시키는 사랑을 보았고, 쇠약을 더욱 악화시키는 비참함을 보았다. 거기에는 모든 걸 집어삼키는 욕망, 걷잡을 수 없는 분노, 침 흘리는 질투, 땀에 젖은 괭이와 펜대, 그리고 야망과 배고픔, 공허와 우울, 부와 사랑이 따라왔고 그 모든 것은 인간을 작은 종처럼 쥐고 흔들다가 마침내 누더기처럼 찢어발겼다. 그것들은 내장을 물어뜯거나 생각을 물고 늘어지는, 또 인간이라는 종種의 주위를 맴돌며 자신의 아를깽[15] 복장을 끝없이 펼쳐 보이는, 어떤 악의 다양한 형태들이었다. 고통은 때때로 누그러지기도 했지만, 힘이 없는 친인 무관심에 자리를 내주거나 아니면 고통의 서자인 희열에 자리를 내주었다. 그러면 매 맞는 반항적 인간은 세상사의 운명 앞에서, 일부는 만질 수 없고 일부는 증명할 수 없으며 또 일부는 눈에 보이지 않는 쪼가리들로 이루어진, 희미하면서 인간을 회피하는 어떤 형상의 뒤를 따라달려갔다. 그 모든 쪼가리는 상상의 바늘로 불안하게 기워져 있었다. 그러면 그 형상 — 행복이란 괴물보다 결코 못하지 않은 — 은 인간으로부터 영원히 도망을 가거나 아니면 자신의 치맛단을 붙잡도록 내버려두었다. 그러면 인간은 그 형상을 가슴에 껴안았다. 그러자 그 형상은 비아냥대듯 웃은 다음 환영처럼 사라졌다.

나는 그런 많은 재앙들을 지켜보면서 고통의 외침을 억누를 수 없었다. 자연 혹은 판도라는 이의를 제기하거나 비웃지 않으면서 들었다. 난 두뇌의 혼란 법칙 때문에 격렬하고도 바보스럽게 웃기 시작했는지 모른다.

"당신이 옳습니다." 내가 말했다. "재미있고 한번 경험해볼 만하죠. 아마 단조롭겠지만 해볼 만해요. 욥이 자신이 잉태된 날을 저주한 까닭은[16] 이 꼭대기에서 삶의 온갖 광경을 보려고 했기 때문입니다. 자, 판도라여, 배를 열고 나를 집어삼켜요. 재미있을 겁니다. 나를 삼켜요."

그녀의 답변은 강제로 나로 하여금 아래쪽을 내려다보도록 하

---

15 아를깽(arlequin): 광대 역의 하나로, 16~18세기 이딸리아에서 유행한 즉흥희극의 등장인물에서 비롯되었다. 알록달록한 옷을 입는다.
16 구약성서 욥기 3장에 욥이 사탄의 시험을 받아 온몸에 악성 종기가 나자 태어난 날을 저주하는 장면이 나온다.

는 것이었고, 나는 빠른 속도로 혼돈 속에 여러 세대가 겹쳐 지나가는 것을 보았다. 그 세대들 중 일부는 감옥에 갇힌 히브리인들처럼 슬퍼 보였고 또다른 세대들은 탕아 콤모두스[17]처럼 즐거워 보였다. 그 모든 세대들은 어김없이 차례대로 무덤에 묻혀 있었다. 나는 도망을 치고 싶었지만 어떤 불가사의한 힘이 나의 발을 붙잡고 있었다. 그때 나는 스스로에게 말했다. "좋아. 세기들이 지나가고 있구나. 내 세기도 도래하리라. 그리고 역시 마지막 세기까지 지나가리라. 그 마지막 세기는 나에게 영원의 비밀을 해독해줄 것이다." 그리고 난 눈을 고정시켜 다가왔다가 스쳐가는 시대들을 평온하면서도 확고한 마음으로 계속 지켜보았다. 하지만 내가 기쁜 마음으로 그랬는지는 알 수 없다. 아마 그랬을 것이다. 각각의 세기가 자신의 빛과 그림자, 냉담과 전쟁, 진실과 오류, 체계들과 새로운 관념들, 그리고 새로운 환영들의 행렬을 보여주었다. 각각의 세기 속에서 봄의 초록은 망울을 터트리고 있었고 그다음에 노랗게 물들어갔다. 그리고 나중에 젊은 모습을 드러냈다. 이처럼 삶이 달력과 같은 규칙성을 지니면서, 역사와 문명이 만들어지고 있었다. 그리고 벌거벗은 채 무장하지 않던 인간은 무장하며 옷을 입고, 초라한 주거지에서부터 궁전까지, 그리고 시골마을에서부터 백개의 성문을 가진 테베까지 건설하였다. 또 인간은 미지의 비밀을 캐내는 과학, 희열을 가져다주는 예술을 창조하였으며, 연설가와 기술자와 철학자를 만들어냈다. 그리하여 지구의 표면을 달렸고 지구의 배꼽까지 내려갔으며 또 구름층까지 올라갔다. 그렇게 함으로써 인간은 불가사의한 일에 협조하고 그 협조와 더불어 삶의 필요성과

---

[17] 고대 로마 오현제의 한명인 마르쿠스 아우렐리우스의 아들이자 계승자. 포악하고 무능한 황제로 신하에 의해 암살당했다.

자포자기의 우울함을 완화시켰다. 지치고 조심을 잃은 나의 시선은 결국 현 세기의 도래를 보게 되었고 그것을 통해 미래를 보게 되었다. 현 세기는 날렵하고 민첩하면서 감동적이며 자신감에 가득 찬 모습으로, 약간은 장황하고 과감하면서 지혜롭게, 하지만 결국 첫 세기들만큼이나 미천한 모습으로 다가왔다. 그렇게 세기는 지나갔고 또다른 세기들이 똑같은 속도와 똑같은 단조로움으로 지나갔다. 난 몇배의 주의를 기울였다. 나는 결국 마지막 세기—아, 마지막 세기!—를 보게 될 것이었다. 하지만 그 무렵 행진의 속도는 엄청나게 높아 모든 이해력의 범위에서 벗어났다. 그 행진의 곁에서는 한세기가 번개와도 같았을 것이다. 어쩌면 그 때문에 물체들이 서로 바뀌기 시작했을 것이다. 몇몇 물체들은 커졌고 다른 것들은 작아졌다. 또 어떤 것들은 주변 환경 속에서 길을 잃고 사라졌다. 안개가 모든 것을 덮어버렸다. 단, 나를 거기로 데려왔으며 스스로 작아지고 작아져서 결국 고양이 정도의 크기가 되어버린 하마는 제외하고. 실제로 그놈은 한마리의 고양이였다. 난 그놈을 유심히 바라보았다. 그런데 그놈은 내 침실 문가에서 종이로 만든 공을 가지고 놀던 쑬떠웅[18]이라는 내 고양이였다.

8. 이성 대(對) 우둔함

이미 독자 여러분은 이성이 집으로 귀환했으며, 다음과 같이 아주 적절한 따르뛰프[19]의 말을 외치며 우둔함더러 나가라고 권유한

---

[18] 이슬람 국가의 군주인 술탄을 가리키는 뽀르뚜갈어.
[19] 프랑스 작가 몰리에르의 운문 희곡 『따르뛰프』(*Le Tartuffe*)에 나오는 주인공. 위

사실을 알았을 것이다.

"이 집은 내 집이야. 나가야 할 사람은 바로 당신이에요."

하지만 다른 사람의 집을 사랑하는 것은 우둔함의 오래된 기벽이다. 그래서 그 집의 여주인이 된 우둔함에게 그 집을 비우라고 하는 것은 힘든 일이다. 그것은 기벽이다. 그녀는 거기서 나오지 않는다. 오래전 그녀는 부끄러움에 대하여 무감각해졌다. 이제 우리는 우둔함이 차지하고 있는 엄청나게 많은 집들 중 몇채는 영구적으로, 다른 몇채는 조용한 시기에 주목한다면, 우리는 이 사랑스러운 순례자가 주택 보유자들의 공포를 의미할 것이라는 결론에 이를 것이다. 우리의 경우, 나의 뇌 입구에서는 거의 소요에 가까운 일이 벌어졌다. 왜냐하면 외막外膜이 집을 넘겨주길 원치 않았고 주인도 본래 자신의 것을 가지겠다는 의도에서 물러서지 않았기 때문이다. 결국 우둔함은 다락의 한구석에 만족했다.

"안돼요, 아줌마." 이성이 되받았다. "당신에게 다락을 양보하는 데 지쳤어요. 아프고 지쳤어요. 당신이 원하는 건 다락에서 식당으로 슬며시 옮아가는 것이고, 거기서 거실로, 그리고 다른 공간으로 슬며시 옮아가는 거잖아요."

"알았어요. 조금만 더 머물게 해줘요. 지금 한 수수께끼의 뒤를 캐고 있으니까……"

"무슨 수수께끼요?"

"두 수수께끼요." 우둔함이 말을 고쳤다. "삶과 죽음의 수수께끼요. 단지 십분만 당신에게 요청할게요."

이성이 웃기 시작했다.

선자를 대표하는 인물이다.

"당신은 항상 똑같아…… 항상 똑같아…… 항상……"

그렇게 말하면서 이성은 그녀의 양 팔목을 움켜잡고는 밖으로 끌고 나갔다. 그러고는 안으로 들어와 문을 잠갔다. 우둔함은 애원을 하기도 하고 격하게 화를 내기도 했지만 곧 체념하고 말았다. 야유하듯 혀를 밖으로 내밀고는 자신의 길을 갔다……

9. 전환

이제 내가 얼마나 민첩하고 재주있게 이 책의 가장 큰 전환을 시도하고 있는지 보라. 나의 정신착란은 비르질리아가 보는 앞에서 시작되었다. 비르질리아는 내 청춘의 큰 죄였다. 어린 시절이 없다면 젊음도 없다. 그리고 어린 시절은 탄생을 전제로 한다. 그리고 여기에 어떻게 별다른 노력 없이 내가 태어난 1805년 10월 20일에 우리가 이르게 되었는가가 있다. 보았는가? 겉으로 드러난 어떤 연결고리도 없고 또 독자의 조용한 관심을 돌려놓는 그 무엇도 없다. 따라서 이 책은 방법의 엄격함 없이 이처럼 방법의 모든 이점을 갖게 된다. 사실 문제는 세월이었다. 방법이라는 것이 속성상 필수불가결한 무엇이지만, 넥타이나 바지멜빵이 없다면 앞집 여인이나 구역 경찰에 신경 쓰지 않는 사람처럼 그저 약간 가볍고 헐렁하게 입는 것이 좋다. 마치 자연스럽고도 마술적인 기법을 지닌, 순수하고 감동적이며 또 무미건조하고 뻣뻣하고 맹한 성격을 동시에 지닌 어느 웅변처럼 말이다. 이제 10월 20일로 가자.

10. 그날

그날 꾸바스 가문의 나무가 아름다운 꽃 한송이를 피웠다. 내가 태어난 것이다. 뽀르뚜갈 미뉴 출신의 유명한 여성 산파인 빠스꼬엘라가 나를 두 팔로 받아냈다. 그녀는 한 세대의 귀족 모두에게 세상의 문을 열어주었다는 것을 매우 자랑스럽게 여겼다. 부친도 그런 말을 들었을 테지만, 내 생각에 부친은 부정父情으로 인해 그녀에게 2.5도브라[20]를 주며 감사를 표했을 것이다. 목욕을 하고 강보에 싸인 나는 이내 우리 집안의 영웅이 되었다. 각자 자신의 입맛대로 나의 미래에 대하여 이러쿵저러쿵 예상을 했다. 옛날 보병대 장교였던 나의 삼촌 주어웅은 내가 보나빠르뜨의 눈매를 가졌다고 생각했는데 그것은 나의 부친이 구역질 없이는 들을 수 없는 얘기였다. 그 당시 소박한 사제였던 또다른 삼촌 이우데퐁수는 내게서 사제의 냄새가 풍긴다고 했다.

"저 녀석이 갈 길은 사제야. 집안의 자랑으로 보이지는 않는다고 더이상 말하지 않겠네. 하지만 하느님이 저 녀석을 주교로 예정하셨다고 해도 나는 전혀 놀라지 않을 거야…… 그래, 주교 말이야. 불가능한 일이 아니야. 벵뚜, 어떻게 생각하나?"

나의 부친은 내가 하느님이 원하는 존재가 될 거라고 대답했다. 그리고 나를 마을과 세상 사람에게 보여주려는 듯이 공중으로 들어올렸다. 그리고 모두에게 내가 자신을 닮았는지, 영리한지, 멋있는지를 물었다……

---

[20] 도브라(dobra): 12~14세기 뽀르뚜갈에서 유통되던 화폐단위.

나는 나중에 들은 대로 대략적으로 얘기하고 있을 뿐, 그 유명한 날의 자세한 내용은 알지 못한다. 나는 이웃 사람들이 신생아에게 인사하러 직접 오거나 제삼자를 대신 보냈다는 걸 안다. 또 첫 몇 주 동안 많은 사람들이 우리 집에 찾아왔다는 것도 안다. 사람들이 앉을 의자가 모자랄 정도였다. 많은 예복과 반바지 들이 눈에 띄었다. 내가 그때 듣고 본 숱한 찬사와 입맞춤, 은총의 말 들을 언급하지 않는 이유는 그걸 모두 헤아린다면 이 장이 결코 끝나지 않을 것이기 때문이다. 나는 이 장을 끝내야만 한다.

주석: 나는 나의 세례에 대하여 아무것도 말할 수 없다. 왜냐하면 세례가 이듬해인 1806년의 가장 웅장한 행사 중 하나였다는 말을 빼고는 사람들이 내게 아무 말도 해주지 않았기 때문이다. 3월의 어느 화요일, 청명하고 햇살이 밝게 빛나던 화창한 날에 나는 써웅도밍구스 교회에서 세례를 받았다. 꼬로네우 호드리게스 지 마뚜스와 그의 부인이 나의 대부 대모가 되어주었다. 두사람은 북부의 전통 있는 가문의 후손들이었다. 그들의 조상이 네덜란드와의 전쟁 당시 흘렸던 피가 정말로 그들의 몸에 흐르고 있었으며 그들은 그것을 자랑스러워했다. 내 생각에 내가 처음으로 배운 것은 두사람의 이름이었다. 분명 나는 이름을 아주 귀엽게 말했거나 나이에 비해 조숙한 어떤 재능을 보여주었음에 틀림없다. 왜냐하면 매번 낯선 사람들에게 그들의 이름을 읊조려보라는 강요를 받았으니까.

"뇨뇨, 이분들에게 너의 대부 이름이 어떻게 되는지 말씀드려보아라."

"저의 대부님요? 그분의 이름은 친애하는 꼬로네우 빠울루 바스로부 쎄자르 지 안드라지 이 쏘우자 호드리게스 지 마뚜스이고, 저의 대모님은 친애하는 도나 마리아 루이자 지 마세두 헤젱지 이 쏘우자 호드리게스 지 마뚜스입니다."

"아이가 참 영특하군요." 내 말을 들은 사람들이 감탄했다.

"참 영특하죠." 부친도 동의했다. 그의 눈에는 자부심이 넘쳐났다. 그는 나의 머리에 손을 얹고 사랑에 빠진 사람처럼 뿌듯한 표정으로 나를 한동안 바라보곤 했다.

주석: 나는 걷기 시작했다. 언제부터였는지 정확히 알지 못하지만 좀 빨랐다. 아마도 자연스러운 성장을 재촉하기 위해 나더러 일찍 의자를 잡도록 했을 것이다. 그리고 기저귀 부분을 잡으며 나를 받쳐주고 나에게 나무로 만든 작은 장난감 자동차들을 주었을 것이다. "혼자서, 혼자서, 뇨뇨, 혼자서 가봐"라고 젊은 흑인 보모가 내게 말했을 것이다. 그러면 나는 모친이 내 앞에서 흔들어대던 깡통 딸랑이에 매료되어 이리저리 왔다 갔다 하면서 앞으로 나아갔을 것이다. 아마도 걸음걸이가 서툴렀을 테지만 어쨌든 나는 걷고, 또 걸었다.

11. 아이는 어른의 아버지

나는 성장했다. 그 성장에 내 가족은 관여하지 않았다. 나는 목련과 고양이가 자라듯이 자연스럽게 자랐다. 아마도 고양이는 내가 어릴 때 그랬던 것보다는 덜 교활할 것이고, 목련은 내가 어릴 때 그랬던 것보다 분명 덜 요란스러울 것이다. 어느 시인이 아이는 어른의 아버지라고 했다. 이것이 사실이라면, 아이의 몇몇 자취를 살펴보자.

다섯살 때부터 나는 '악동'이라는 별명을 얻었다. 정말 다른 별명이 있을 수 없었다. 내 시대의 가장 사악한 꼬마 중 하나였다. 잔꾀가 많고 무례하며 장난이 심한 제멋대로인 꼬마였다. 예를 들어 나는 어느날 흑인 여자 노예의 머리를 찢어지게 했다. 그 이유는 그녀가 만들고 있던 코코넛 요리를 내게 주지 않았기 때문이었다. 그 못된 짓에 만족하지 못한 나는 음식을 만들던 큰 냄비에 재를 한줌 뿌렸다. 그런 장난에도 만족하지 못한 나는 모친에게 가서 음식을 "고의로" 망쳐놓은 사람은 흑인 여자 노예라고 말했다. 그때 내 나이는 여섯살에 불과했다. 우리 집에 있던 흑인 꼬마 하인 쁘루뎅시우는 매일 나의 말이었다. 그는 바닥에 손을 짚고 턱에는 고삐처럼 끈을 걸었다. 나는 작은 막대기를 들고 그의 등에 올라타 채찍질하며 이쪽저쪽으로 수없이 돌아다녔고 그는 한마디 말도 못하고—종종 신음소리를 내긴 했지만—복종했다. 아주 힘들 때는 한마디 하곤 했다. "아이, 뇨뇨!" 그러면 나는 "입 닥쳐, 짐승아!"라고 되받았다. 방문객들의 모자 숨기기, 진지하고 엄숙한 사람들에게 꼬리 모양의 종이 뭉치 던지기, 땋은 머리의 끝을 잡아당기거나 중년여성의 팔 꼬집기 등, 이런 유의 다른 많은 행동들은 가만있지 못하는 성격의 표시였다. 하지만 나는 그것들이 건강한 정신의 표현이기도 하다고 생각해야 했다. 왜냐하면 나의 부친이 나를 엄청나게 칭찬했기 때문이었다. 또 이따금 사람들이 보는 앞에서 나를 꾸짖을 때에도 부친은 단순히 형식적으로만 그럴 뿐, 개인적으로는 입맞춤을 하곤 했다.

여러분은 이 이야기들로부터 내가 생애의 나머지 기간 동안 다른 사람들의 머리를 찢으며 지냈다거나 그들의 모자를 숨기며 지냈다고 결론지어서는 안된다. 하지만 자기 의견만 고집하는 무뢰

한, 이기주의자, 사람들을 얕잡아보곤 하던 이가 바로 나였다. 사람들의 모자를 숨기지 않으면 그들의 많은 머리라도 잡아당기며 시간을 보냈으니까.

또 나는 인간의 불의에 대한 깊은 생각에 잠기는 것도 좋아했다. 나는 불의를 줄이고 설명하고 분류하고 이해하려는 성향을 가지고 있었다. 물론 어떤 엄격한 패턴에 따르지 않았으며 환경과 장소를 고려했다. 나의 모친은 나를 당신의 방식대로 교육해 계율과 기도문을 외우도록 했다. 그러나 나는 나 자신을 지배한 것이 기도문들보다도 신경과 피라고 느꼈다. 좋은 규칙이라도 그것의 살아 있는 정신을 놓치면 결국 헛된 하나의 공식으로 전락하고 만다. 아침에 죽을 먹기 전, 그리고 밤에 침대에 들기 전 나는 내가 채무자들을 용서해주었듯이, 하느님이 나를 용서해주시기를 빌었다. 하지만 오전과 저녁 사이에는 끔찍하고 못된 짓을 저지르곤 했다. 부친은 소란이 지난 후 내 볼을 톡톡 치면서 크게 웃곤 했다. "아! 이 개구쟁이 녀석! 아! 이 개구쟁이 녀석!"

그랬다. 부친은 나를 무척 좋아했다. 모친은 연약한 여성으로 지능이 높지는 않았으나 마음이 아주 따뜻했으며 몹시 순진하면서 진짜 자애로운 분이었다. 또 빼어난 미모에도 불구하고 가정적이었으며 경제적으로 풍요로웠지만 검소한 생활을 하였다. 그녀는 또 천둥소리와 남편을 무서워했다. 남편은 그녀에게 지상의 신이었다. 이 두사람의 협동으로 나의 양육이 탄생했다. 어느정도 좋은 점도 있었지만 대체로 해롭고 불완전한 것이었고, 부분적으로는 부정적이었다. 사제인 삼촌은 종종 형제인 내 부친에게 교육상 필요한 것 이상으로 내게 자유를 주고, 잘못된 점을 바로잡기보다는 정을 더 준다고 일침을 가하곤 했지만 나의 부친은 기존의 낡은 체계보다 절대적으로 우수한 체계를 내 교육에 적용하고 있다고 응수하였다. 이런 식으로 부친은 자신의 형제를 혼란스럽게 하지 않으면서도 혼자만의 착각에 빠져 있었다.

  교육과 관련하여 이상한 사례도 있었는데 그것은 바로 집안환경이었다. 이미 내 양친은 보았으니 이제 삼촌들을 보자. 그들 중 한명인 주어웅은 말을 제멋대로 하는 사람으로서, 화려한 삶을 살았고 농담을 좋아했다. 내가 열한살이 된 이후로 그는 실화든 아니든 음탕하거나 속된 이야기들을 나에게 들려주기 시작했다. 그는 사제 형제의 신분을 존중하지 않았듯이 내가 청소년이라는 것에도 아랑곳하지 않았다. 외설적인 화제들이 거론되자마자 도망을 친 그의 형제와는 대조적이었다. 나는 아니었다. 처음에는 아무것도 이해하지 못했지만 결국 그의 말이 재미있다는 것을 알았다. 얼마 후 그를 찾는 사람은 바로 나였다. 그리고 그는 나를 무척 좋아했으며 내게 사탕을 주거나 나를 산책에 데려갔다. 그가 며칠간 우리 집에서 보낼 때면 후미진 구석이나 빨래터에서 빨래하는 노예 소녀들을 대상으로 장황하게 이야기보따리를 풀고 있는 그를 드물지 않게 발견할 수 있었다. 그런 자리에서 그는 재미난 일화나 경구들 그리고 질문들을 한올씩 풀어내곤 했다. 그러면 한바탕 웃음보가 터졌다. 하지만 그 빨래터가 집에서 아주 멀리 떨어져 있었기에 아무도 그 웃음소리를 들을 수 없었다. 앞치마를 두른 흑인 여인들은 옷을 한뼘 정도 걷어붙이고 있었으며 몇몇은 물탱크 안에서, 또 몇몇은 물탱크 밖에서 빨랫감 위로 몸을 숙인 채 그것들을 방망이질하고 비누칠하고 물기를 짜면서 그의 말을 들었다. 그녀들은 주어웅 삼촌의 우스갯소리를 맞받아치기도 하고 이따금 다음과 같은 말을 하기도 하였다.

"사탄아, 물러가라……! 저 주어웅 씨는 악마야!"

사제인 삼촌은 아주 달랐다. 그는 매우 엄격했으며 순수했다. 하지만 그러한 특성은 보다 높은 정신으로 고양되는 것이 아니라 그저 통속적인 정신을 보상해줄 뿐이었다. 그는 교회의 본질적인 면을 본 사람이 아니었다. 교회의 외적인 면, 이를테면 서열, 고위 성직자들, 성직자들의 예복, 무릎 꿇기를 보았다. 그는 교회의 제단에서 나온 존재라기보다는 성구 보관실에서 나온 존재였다. 십계명을 어긴 것보다도 예식에서의 실수가 그를 더 자극했다. 이제 세월이 너무도 많이 지났기에 그가 테르툴리아누스[21]의 어떤 구절을 쉽게 이해할 수 있었는지 아닌지, 니케아 신경[22]에 대한 이야기를 더 듣지 않고 표현할 수 있었는지 아닌지에 대해서는 확실히 모르겠다. 하지만 어느 누구도 사제가 성무일과를 집행할 때 해야 하는 절의 횟수나 유형들을 그보다 잘 알지는 못했다. 그에겐 사제가 되는 것이 삶의 유일한 야망이었다. 그는 자신이 염원할 수 있는 최고의 명예가 사제라고 솔직히 말하곤 했다. 자애롭지만 관습에 엄격하고, 규칙 준수에 세심하며, 또 느슨하면서도 소심하고 복종적인 그는 모범을 보인 몇몇 미덕도 가지고 있었다. 하지만 그런 미덕들을 타인에게 스며들게 하거나 부과하는 힘은 전혀 없었다.

나의 이모 도나 에메렝시아나에 대해서는 할 얘기가 아무것도 없다. 하지만 그녀는 나에게 가장 큰 권위를 가진 인물이었다. 그녀는 여타 다른 사람들과 크게 달랐다. 그런데 그녀는 이년여라는 짧은 기간 동안만 우리와 함께 살았을 뿐이었다. 다른 친지들과 몇몇

---

[21] 카르타고의 교부(敎父)이자 신학자. 기독교 교리를 형성하는 데 큰 기여를 했다.
[22] 325년 제1차 니케아 공의회에서 아리우스파를 단죄하고 정통파의 기독교 신앙을 수호하기 위해 채택한 신앙고백문.

가까운 친구들에 대해서도 언급할 만한 게 없다. 우리는 그들과 공통된 삶을 살지 않았으며 오랫동안 떨어져 있으면서 아주 띄엄띄엄 만났을 뿐이었다. 중요한 것은 집안환경에 대한 전반적인 묘사인데 그것은 여기에서 보여질 것이다. 등장인물들의 속물근성, 빼어난 외모와 요란함에 대한 사랑, 느슨한 의지, 완연한 변덕 등등. 나라는 꽃이 탄생한 것은 이러한 풍토와 거름으로부터였다.

12. 1814년의 일화

그런데 1814년에 있었던 한 신나는 일화에 대한 간략한 언급 없이 이 글을 더이상 전진시키고 싶지 않다. 그 무렵 나는 아홉살이었다.

내가 태어났을 때 나뽈레옹은 이미 모든 영화와 권력을 충분히 누리고 있었다. 그는 황제였고 사람들의 찬탄을 온전히 차지했다. 우리 집안이 귀족 가문이라는 것을 다른 사람들에게 설득하는 데 쏟은 힘으로 결국 자기 자신을 설득하고 말았던 나의 부친은 나뽈레옹에 대하여 순전히 정신적인 증오심을 키워오고 있었다. 그것이 우리 집안에서 벌어진 살벌한 다툼의 동기였다. 나의 삼촌 주어웅은—계급 정신과 직업적 공감 때문이었는지 모르겠지만—장군으로 존경한 까닭에 폭군을 용서해주었던 반면, 사제인 다른 삼촌은 꼬르시 섬 태생의 나뽈레옹에 대하여 요지부동의 반대 입장을 표했으며 다른 친지들도 의견이 서로 갈렸다. 거기서 언쟁과 소란이 빚어지곤 했다.

나뽈레옹의 첫 실각 소식이 히우지자네이루에 도착하자 우리 집안에도 자연스레 큰 동요가 일어났다. 하지만 야유나 조롱은 전혀 없었다. 나뽈레옹의 실각 소식에 대중이 환호하는 것을 목격한 우리 집안의 패배자들은 침묵하는 것이 점잖은 행위라고 판단했다. 몇몇사람은 흥이 지나쳐 박수를 치기도 했다. 나뽈레옹의 실각에 진정으로 기뻐하던 주민들은 왕실 가족에 대한 애정을 아끼지 않았다. 횃불, 일제사격, 테 데움[23], 행진, 환호가 있었다. 그 무렵 나는 새로 얻은 작은 칼 한자루를 차고 있었다. 대부가 성 안토니우스의 날에 준 것이었다. 솔직히 말해 나는 보나빠르뜨의 실각보다는 그 작은 칼에 더 관심이 갔다. 나는 그때 일을 결코 잊지 못한다. 나는 언제나 나의 작은 칼이 나뽈레옹의 칼보다 더 크다는 생각을 결코 떨쳐버리지 못했다. 독자 여러분은 내가 살아생전에 많은 연설을 들었고, 또 위대한 생각과 위대한 말 들이 적힌 책들도 읽었다는 점을 기억하라. 그럼에도—왜 그런지 모르지만—나의 입에서 나온 찬사들의 밑바닥에선 이따금 경험 많은 자의 이런 목소리가 울려퍼지곤 했다.

"비켜, 넌 그저 그 칼이나 갖고 놀아."

우리 가족은 주민들의 요란한 행위 속에 익명으로 참가하는 것에 만족하지 않았다. 그 대신 황제의 퇴위를 만찬으로 기념하는 것이 적절하고 필요한 일이라고 여겼다. 그러한 만찬은 황제의 귀에, 적어도 그의 신하들의 귀에 도달할, 주민들의 환호소리와 같은 종류의 것이라고 생각했다. 그러한 생각은 곧 행동으로 이어졌다. 만찬을 위해 오래된 수저와 접시 들이 모두 꺼내졌다. 나의 조부이신 루이스 꾸바스로부터 물려받은 것들이었다. 또 플랑드르산 테이

---

[23] 가톨릭의 라틴어 찬송가.

블보도 나왔고 인도산 큰 항아리들도 나왔다. 다 큰 돼지도 한마리 잡았고 설탕에 절인 과일 후식인 꽁쁘뜨와 마르멜로 열매로 만든 잼도 아주다에 사는 아주머니들에게 주문하였다. 응접실과 계단들, 촛대들, 촛대받침들, 커다란 램프갓 등 고전적인 화려함을 지닌 모든 것들을 닦고 씻고 윤을 내었다.

시간이 되자 선택받은 인사들이 모여들었다. 법관, 서너명의 군장교들, 몇몇 상인들과 지식인들, 여러 행정공무원들, 부인과 딸들을 동반한 남자들과 그렇지 않은 남자들이 모였다. 이들은 모두 칠면조 소리를 내며 보나빠르뜨에 대한 기억을 묻어버리려는 공통된 욕구를 가지고 있었다. 사실 그것은 만찬이 아니라 하나의 '테 데움'이었다. 이 말은 만찬 참석자들 가운데 명망있는 법학자인 빌라사 박사가 말한 것인데, 그는 집에서 만든 요리에 뮤즈에 대한 재미있는 이야기를 덧붙이는 유명한 재담가였다. 나는 어제 일처럼 그날을 기억한다. 긴 땋은 머리를 하고 비단 외투를 입고 손가락에는 에메랄드 반지를 낀 그가 자리에서 일어나 사제인 나의 삼촌에게 구호를 반복해 외치도록 요구한 것을 나는 기억한다. 구호가 선창되자 그는 한 귀부인의 이마를 뚫어지게 바라본 다음 기침을 하더니 오른손을 천장을 가리키는 검지를 제외하고 불끈 쥐어 들어올렸다. 그런 자세로 그는 사제인 나의 삼촌이 외친 구호를 반복했다. 그는 구호에 대한 별다른 말 없이 세번 반복했다. 그런 다음 그는 자신이 믿는 신들에게 이 상황이 결코 끝나지 않을 것이라고 맹세했다. 그는 사람들에게 구호 선창을 요청하였고 사람들이 구호를 외치면 기다렸다는 듯이 그 구호를 따라 외쳤다. 이어 현장에 있던 귀부인이 감탄을 금치 못할 때까지 다른 구호, 또다른 구호를 계속해서 요청했다.

"부인께서 그런 말씀을 하시는데, 그건 부인이 저처럼 세기말에 리스본에서 그 보까즈[24]의 말을 결코 들어본 적이 없기 때문입니다." 빌라사가 점잖게 응수했다. "그랬어요! 얼마나 쉽게 말을 잘하던지! 정말 멋진 운문이었죠. 우리는 니꼴라의 선술집에서 한두시간 동안 손뼉을 치며 환희에 들뜬 시간을 보냈죠. 마치 전투를 하는 것 같았죠. 보까즈의 재능은 그야말로 엄청나요! 마지막 말은 며칠 전 까다바우 후작 부인이 제게 해준 것입니다……"

매우 힘주어 말한 '까다바우 후작 부인'이라는 세마디 말은 만찬모임 전체에 경탄과 놀라움을 자아냈다. 왜냐하면 그렇게 호감이 가고 수수한 사람이 시인들을 열거하며 열변을 토한데다가 귀부인들에게 사려 깊게 이야기를 했기 때문이다! 시인 보까즈와 귀부인 까다바우 같은 사람! 그런 사람과의 접촉을 통해 귀부인들은 자신들이 아주 세련된 사람으로 느껴졌다. 남자들은 그를 존경의 눈으로 바라보았지만 질투와 불신의 눈길도 드물지 않았다. 하지만 그는 '폭군'과 '약탈자'란 단어와 운이 맞는 모든 어휘를 동원해 계속 형용사에 형용사를, 부사에 부사를 덧붙였다. 그가 곧 기준이었다. 후식시간이 되었는데 아무도 후식을 먹을 생각을 하지 않았다. 그의 장광설이 잠시 멈추자 유쾌한 소음, 즉 배부른 자들의 한바탕 왁자지껄한 대화가 이어졌다. 맥 빠지고 축축해진 눈들, 혹은 생기있고 따뜻한 눈들이 깜빡거리거나 아니면 탁자 이쪽저쪽으로 빠르게 움직이곤 했다. 그 탁자에는 상다리가 부러질 정도로 갖가지 단 음식과 과일이 가득했는데, 한쪽엔 여러조각으로 썬 파인애플, 다른 쪽에는 여러조각으로 썬 멜론이 있었으며, 바닥이 움푹한

---

[24] 마누엘 보까즈(Manuel Bocage): 뽀르뚜갈의 시인으로 1765년 쎄뚜발에서 태어나 1805년 리스본에서 사망하였다.

크리스털 접시엔 야자열매를 아주 잘게 갈아 만든 달걀노른자 같은 단 음식이 보였다. 또 치즈와 참마로 만든 요리에서 멀지 않은 곳엔 검은색의 두꺼운 당밀이 보였다. 이따금 여러사람이 편하고 즐겁게 내는 웃음소리, 즉 가족적인 웃음소리가 만찬의 정치적인 무게를 가볍게 만들어주었다. 또 많은 공통 관심사의 와중에 작고 개인적인 관심사들이 파고들어 파장을 일으켰다. 아가씨들은 하프시코드에 맞춰 불러야 할 '모지냐'[25]와 미뉴에뜨, 그리고 영국식 쏠로 음악에 대하여 얘기를 나누었다. 그리고 좋았던 자신의 어린 시절에 얼마나 그것을 즐겼는지를 그저 보여줄 목적으로, 8박자의 춤을 추겠다는 귀부인도 없지 않았다. 내 곁에 있던 한사람이 말하길, 루안다에서 온 편지들에 따르면 새로운 흑인 노예들이 곧 도착할 것이라고 했다. 그 편지들 가운데 한 편지에서 그의 사촌은 그에게 사십명의 노예를 이미 거래했다는 얘기를 했으며 다른 편지에서는 뭘 했는지 언급하지 않았다…… 그는 그 편지들을 바지 안주머니에 넣어두고 있었으나 그날 그 자리에서는 읽을 수 없었다. 하지만 이 한번의 수송에서만도 최소한 백이십여명의 노예들이 거래될 것이라고 주장했다.

"여기 보세요…… 여기……" 빌라사가 양손을 맞부딪치면서 말했다. 그 순간 마치 오케스트라의 스타카토처럼 갑자기 웅성거림이 멈췄다. 모든 눈들이 연설자에게 향했다. 멀리 있던 사람들은 그의 말을 놓치지 않으려고 한 손을 귀 뒤로 가져갔다. 대부분의 사람들은 연설을 하기 전인데도 이미 온화하고 진실된 찬성의 웃음을 보냈다.

---

[25] 뽀르뚜갈에서 발생하여 지금은 브라질에서 많이 불리는 민요풍의 노래.

나로 말하자면 무척 좋아하던 설탕에 절인 과일 꽁뽀뜨에 군침을 흘리며 혼자 외로이 잊힌 채 거기에 있었다. 각각의 연설이 끝날 때마다 난 그것이 마지막이겠거니 하면서 매우 들떴다. 하지만 그렇지 않았다. 후식은 손도 대지 않은 채 그대로 남아 있었다. 아무도 첫마디를 뗄 생각을 하지 못하고 있었다. 식탁 머리에 있던 나의 부친은 초대받은 사람들이 즐거워하는 것을 감상하고 있었다. 그의 모습은 즐거워하는 사람들의 얼굴과 요리들 그리고 꽃들에 비춰져 있었다. 그는 가장 거리가 먼 정신들을 묶어주는 가족적인 분위기와 더불어 좋은 만찬이 가져다주는 결과물을 즐기고 있었다. 나는 그것을 볼 수 있었다. 왜냐하면 나는 그에게 먹게 해달라고 애원하듯, 과일 꽁뽀뜨로부터 그에게로, 그에게서 다시 과일 꽁뽀뜨로 시선을 왕래하고 있었기 때문이다. 하지만 헛된 노력이었다. 그는 아무것도 보지 못했다. 그저 자신만을 보고 있었다. 그리고 연설은 밀려오는 물결처럼 이어졌고 나로 하여금 과일 꽁뽀뜨가 먹고 싶다는 욕구와 애원마저도 포기하게 만들었다. 나는 최대한 인내하였지만 그렇게 많이 참을 수는 없었다. 그래서 낮은 소리로 그 후식을 달라고 부탁했다. 그래도 안 먹히자 나는 소리 지르고 울부짖으며 발을 굴렀다. 내가 칭얼대면 하늘의 별도 따서 줄 수 있는 아버지는 한 남자 노예를 부르더니 내게 그 후식을 갖다주라고 했다. 하지만 이미 늦었다. 에메렝시아나 이모가 나의 고함과 격한 몸부림에도 불구하고 나를 의자에서 끌어내려 한 여자 노예에게 넘겨버린 것이었다.

빌라사 박사가 저지른 범죄란 다른 것이 아니었다. 과일 꽁뽀뜨의 제공을 너무 지연시키는 바람에 내게 소외감을 불러일으킨 것이었다. 그 감정이 얼마나 컸던지 나는 무슨 내용으로든 반드시 복수하리라 다짐했다. 그리고 그 복수는 어떤 형태로든 크고 가혹해서 그를 웃음거리로 만드는 것이어야 했다. 사려가 깊고 행동이 느린 빌라사 박사는 결혼을 해서 자식을 둔 마흔일곱살의 신중한 남자였다. 꼬리 모양으로 뭉친 종이나 땋은 머리에 나는 만족할 수 없었고 복수는 반드시 그 이상의 것이어야 했다. 난 오후 내내 그를 염탐하였으며 모든 사람들이 산책하러 간 별장에서도 그를 뒤따라다니기 시작했다. 도밍게스 중사의 여동생인 도나 에우제비아와 대화를 나누는 그를 보았다. 그녀는 신체가 건장했으며 그다지 예쁘지도 그렇다고 못생기지도 않았다.

"전 당신에게 화가 많이 나 있어요." 그녀가 말했다.

"왜?"

"왜냐하면…… 이유를 모르겠어요…… 왜냐하면 당신은 나의 운명이니까요…… 전 죽는 게 낫다고 종종 생각하곤 해요……"

두사람은 작은 숲으로 깊숙이 들어갔다. 석양이 질 무렵이었다. 난 두사람의 뒤를 따라갔다. 빌라사의 눈에는 포도주의 술기운과 음탕함이 배어 있었다.

"그만하세요!" 그녀가 말했다.

"아무도 우리를 보는 사람이 없어. 내 귀염둥이가 죽겠다니? 그게 무슨 생각이야! 그럴 경우 나도 죽을 거라는 것, 너도 잘 알잖아…… 내가 무슨 말을 하고 있는 거지……? 그러니까 난 매일매일 열정과 그리움에 죽어가고 있어……"

도나 에우제비아가 손수건을 눈으로 가져갔다. 빌라사는 자신의 기억을 더듬으며 어떤 문학적인 표현을 찾고 있었다. 마침내 뭔가를 찾았는데 나는 훗날 주데우의 오페라에서 그것을 발견하였다.

"울지 마오, 내 사랑. 아침이 두개의 오로라로 밝아오길 기대하진 마오."

이렇게 말한 다음 그는 에우제비아를 끌어당겼다. 그녀는 잠시 저항했지만 그대로 있었다. 두 사람은 얼굴을 맞대었다. 난 세상에서 가장 겁을 먹은 입맞춤, 아주 가벼운 입맞춤 소리를 들었다.

"빌라사 박사님이 도나 에우제비아에게 키스를 했어요!" 나는 별장을 뛰어다니며 소리를 질렀다.

이 말은 폭탄과도 같았다. 모든 이들이 놀라서 동작을 멈추었다. 사람들의 눈이 먼 곳을 향했다. 웃음소리가 오갔고, 비밀스러운 휘파람 소리들이 오갔다. 어머니들은 딸들을 끌어당기며 아무 일도 없다는 듯 행동했다. 나의 조심성 없는 행동에 정말 화가 난 부친은 사람들 몰래 내 귀를 잡아당겼다. 하지만 이튿날 점심때 그 사건을 기억하고 부친은 웃음을 터뜨리며 내 코를 비틀었다. "하하! 이 개구쟁이 녀석! 이 개구쟁이 녀석!"

13. 도약

이제 우리 함께 두 발을 모아 학교 이야기로 도약하도록 하자. 그 지긋지긋한 학교에서 나는 읽고 쓰고 말하고 꿀밤을 때리고 맞는 법을 배웠다. 또 나는 그곳에서 언덕이든 해변이든 장소를 가리지 않고 한가로운 사람들에게 장난치는 법도 배웠다.

학창시절에 난 쓰디쓴 경험을 했다. 꾸지람과 벌, 어렵고도 긴 수업들, 그리고 좀더 덧붙이자면 아주 작고 사소한 것도 있었다. 단지 손바닥을 때리는 회초리만이 실제로 안 좋은 부분이었다. 하지만 그래도…… 아! 손바닥 맞는 벌이란 내 유년기의 공포였다. 그

때 선생이었던 당신은 '강권하는 자'였다. 나이가 많고 뼈가 튼튼한 늙은 대머리 선생인 당신은 강제로 나의 머릿속에 알파벳, 운율체계, 구문을 주입했다. 그리고 자신이 알고 있는 모든 것, 이를테면 성스러운 손바닥 때리기는 근대인들에게 재앙이었다. 단지 나의 어린 영혼, 나의 무지, 그리고 나뽈레옹의 큰 칼보다도 훨씬 더 훌륭한 1814년의 내 작은 칼과 더불어, 내가 당신의 속박과 통제 밑에 있을 수 있었더라면! 좌우간 문자의 길로 처음 인도한 나의 선생이 원한 게 무엇이었는가? 암기 수업과 올바른 학습 태도였다. 더이상은 없었으니 삶과 마지막 수업이 원하는 것, 그 이상도 이하도 아니었다. 차이가 있다면 당신은 나에게 겁은 주었어도 분노는 주지 않았다는 것이다. 지금 흰 가죽 슬리퍼를 신고 어깨망또를 걸쳤으며 손에 손수건을 들고 머리는 벗어졌고 수염을 바싹 깎은 당신이 교실에 들어오는 걸 나는 본다. 그러고는 자리에 앉아 큰 기침을 하고 그르렁댄 뒤에 수업을 시작하자고 하는 당신의 모습을 본다. 당신은 이십삼년간 뻬올류 가街에 위치한 작은 집에 틀어박혀 그 세속적인 모습으로 세상을 성가시게 하지도 않으면서, 어느 날 암흑의 세계로 위대한 잠수를 할 때까지 조용히 무명인 채로 시간을 엄수했다. 당신의 죽음에 흑인 남자 노예 한명을 제외하고는 어느 누구도 눈물을 흘리지 않았다. 그 누구도, 당신에게 기본적인 글쓰기를 배운 나조차도 슬퍼하지 않았다.

그 선생님의 이름은 루드제루였다. 난 이 페이지에 그의 이름 전부를 쓰고 싶다. 루드제루 바라따. 음산한 이름으로 아이들에게 영원한 조롱거리였다. 우리들 가운데 한명인 낑까스 보르바는 그 가엾은 사람에게 잔인하게 굴었다. 일주일에 두어번 그의 헐렁한 바지 안주머니나 그의 책상 서랍 혹은 잉크병 곁에 죽은 바퀴벌레를 갖다놓곤 했다. 수업 도중에 그 바퀴벌레를 발견하면 선생님은 깜짝 놀라 시뻘건 눈을 굴리며 우리의 별명을 불렀다. 우리는 기생충들이었고 쓰레기였으며 버릇없는 개구쟁이들이었다. 몇몇 학생들은 두려움에 떨었고 다른 학생들은 신음소리를 냈다. 하지만 낑까스 보르바는 허공에 시선을 고정한 채 아무 말도 하지 않았다.

  낑까스 보르바는 한송이 꽃이었다. 내 어린 시절뿐만 아니라 내 생애 전부를 통해 그처럼 재미있고 창의적인 개구쟁이 소년을 결코 본 적이 없다. 그는 학교뿐만 아니라 도시 전체의 꽃이었다. 미망인이었던 그의 어머니는 자신을 빼닮은 아들을 무척 사랑했으며 활기차고 단정한 매무새에 멋지게 치장을 한 그를 외모가 수려한 하인을 붙여 학교에 데려다주곤 했다. 그 하인은 우리가 수업을 빼먹고 새 둥지를 털러 가거나 리브라멩뚜와 꽁세이서웅 언덕에 도마뱀을 잡으러 다니도록 내버려두었다. 아니면 우리는 직업이 없는 두명의 한량처럼 그저 이리저리 어슬렁거리며 돌아다녔다. 그리고 황제의 모습으로! 낑까스 보르바가 성령강림절 축제 때 황제처럼 치장을 하고 나타난 모습은 볼만했다. 우리 어린 시절의 장난질에서는 항상 왕, 장관, 장군, 또는 그것이 무엇이든 고위 관리 역할을 택하곤 했다. 그 장난꾸러기는 행동이나 몸동작에서 우아함과 근엄함 그리고 일정한 위엄을 가지고 있었다. 흠…… 이제 펜을 잠시 멈추자. 그다음에 이어지는 일들을 미리 앞당겨 얘기하지는 말자. 이제 우리나라의 정치적 독립일이자 내 개인적으로는 첫번째 포로생활이 시작되는 1822년으로 훌쩍 넘어가도록 하자.

14. 첫 키스

그때 내 나이는 열일곱이었다. 코 밑에 수염이 나오려고 꼬물거리는 바람에 꽤나 고통을 겪고 있었다. 활기찬 단호한 두 눈은 진정 남자다운 모습이었다. 약간 건방진 듯한 모습 때문에 어른의 거만스러움을 가진 꼬마였는지 아니면 어딘가 꼬마 냄새가 나는 어른이었는지 잘 구분이 되지 않았다. 어쨌든 난 멋진 청년이었다. 멋지고 저돌적인 나는 박차를 단 구두를 신고 손에는 채찍을 쥐고서 예민하고 강하고 빠른 준마를 타고 내달리며 혈기왕성하게 삶 속으로 들어갔다. 그 말은 낭만주의가 중세의 성을 찾아갔다가 금세기의 길에서 맞닥뜨린, 고대 발라드에 나오는 준마 같았다. 하지만 사람들이 그 말을 완전히 지치게 하는 바람에 강가에서 쉬게 해야 했던 일은 최악의 사태였다. 그곳에서 리얼리즘이 그 말을 찾으러 왔다가 나병과 벌레들에 잡아먹힌 그를 찾아냈다. 그들은 연민 가득한 마음으로 그를 자신들의 책으로 옮겼다.

그렇다. 내가 바로 그 멋지고 우아하고 부유한 청년이었다. 한 명 이상의 귀부인이 생각에 잠긴 눈썹을 내 앞에서 내리깔거나 아니면 나를 욕망 어린 눈으로 쳐다보는 것은 쉽게 상상할 수 있는 일이었다. 하지만 그 모든 여성들 가운데 즉시 나를 사로잡은 여성은 음…… 음…… 말을 해야 할지 말아야 할지 모르겠다. 이 책은 순수하다. 최소한 의도에서만큼은 그렇다. 의도에서는 너무나 순수하다. 하지만 어찌 되었건 전부를 말하거나 아니면 아무것도 말하지 않아야 할 것이다. 나를 사로잡았던 여성은 에스빠냐 여성으로 마르셀라라고 했다. 그 당시 청년들은 그녀를 부를 때 '아름다운 마르셀라'라고 했다. 그 청년들의 말이 옳았다. 그녀는 에스빠냐 아스뚜리아스에서 채소밭을 갖고 있던 농부의 딸이었다. 솔직한 얘기를 나누던 어느날 그녀는 나에게 자신에 대해 이야기했다. 일반적인 설명에 의하면 그녀의 아버지는 그녀가 열두살에 불과하던 해에 프랑스의 침략에 희생당한 사람으로, 그때 상처를 입고 투옥되었다가 끝내 총살을 당한 마드리드 출신의 법학자였다는 것이다.

'에스빠냐의 관습.' 부친이 채소밭 주인이든 법학자든 간에 분명한 건 마르셀라가 시골 처녀와 같은 순수함을 가지고 있지는 않다는 사실과 법률의 도덕성을 거의 이해하지 못한다는 사실이었다. 그녀는 조심성이 없는 착하고 밝은 아가씨였다. 또 어려웠던 시기 동안 약간 움츠린 탓에 얄미운 개구쟁이 짓을 거리에서 마음껏 하지 못했다. 그녀는 화려했고 참을성이 없었으며 돈과 남자를 좋아했다. 그해 그녀는 부유한 폐렴 환자였던 샤비에르라는 청년을 미치도록 사랑했다. 그 청년은 하냐의 진주였다.

봄 축제이자 국민의 영혼을 밝히는 서광이었던 독립선언이 있은 직후, 축하의 등불들이 밤을 밝히던 날 밤에 나는 호시우그랑지에서 그녀를 처음 보았다. 국민과 나는 두명의 청춘이었다. 우리는 어린 시절에서 벗어나 젊음의 왕성한 혈기가 충만해 있던 상태였다. 나는 그녀가 우아하고 수려한 모습으로 작은 의자에서 일어나는 것을 보았다. 날씬한 몸매에, 순수한 여성들에게서는 결코 찾아볼 수 없는 약간의 거만함이 있었고 튀는 모습이었다. "나를 따라오렴." 그녀가 몸종에게 말했다. 나는 그녀의 말이 나에게 내려진 명령이라도 되는 양 몸종과 더불어 그녀를 뒤따라갔다. 나는 여명의 첫 순간으로 충만하여 떨리는 듯한 희열을 안고서 나 자신을 사랑에 빠진 상태로 놔두었다. 길을 가던 도중에 사람들이 그녀를

'아름다운 마르셀라'라고 불렀다. 나는 이전에 나의 삼촌 주어웅에게서 그 이름을 들었던 게 기억났다. 나는 그 자리에 섰다. 솔직히 고백하건대 나는 그때 멍한 상태였다.

그로부터 사흘 뒤 삼촌이 조용히 나를 부르더니 까주에이루스에서 열리는 아가씨들의 저녁모임에 가고 싶은지 물었다. 우리는 그곳으로 갔다. 그곳은 마르셀라의 집이었다. 폐렴이 완연한 샤비에르가 만찬을 주재하고 있었고 그 만찬에서 나는 거의 아무것도 먹지 못했다. 왜냐하면 나의 두 눈은 오로지 그 집의 여주인에게로 향해 있었기 때문이다. 그 에스빠냐 여성이 얼마나 친절했는지 모른다. 그곳에는 여섯명 이상의 여성들이 있었다. 모두 결혼적령기에 들어선 여성들이었다. 게다가 모두 예쁘고 기품이 있었다. 하지만 그 에스빠냐 아가씨…… 열정과 몇모금의 포도주, 도도하고 장난을 좋아하는 천성 등 이 모든 것이 나를 단 하나의 행동으로 몰고 갔다. 그 집을 나설 때 대문에서 나는 삼촌에게 잠시 기다려달라고 말한 뒤 계단을 오르기 시작했다.

"뭘 잊었나요?" 서 있던 마르셀라가 계단참에서 물었다.

"제 손수건요."

그녀는 내가 거실로 들어가도록 길을 비키려고 했다. 그 순간 나는 그녀의 손을 낚아채서 나한테로 끌어당겼다. 그러고는 그녀에게 키스를 하였다. 난 그녀가 그때 어떤 말을 했는지, 소리를 질렀는지, 누군가를 불렀는지 모른다. 아무것도 모른다. 마치 태풍처럼 쏜살같이 다시 계단을 내려온 일만 알고 있다. 마치 술 취한 사람처럼 불안정한 모습이었다.

15. 마르셀라

내가 호시우그랑지에서부터 마르셀라의 마음에 이르기까지는 삼십일이 걸렸다. 눈먼 욕망의 준마가 아니라 인내의 나귀를 타고 가는 술수와 고집의 나날이었다. 사실 여자들의 마음을 사로잡는 방법에는 두가지가 있다. 하나는 유럽의 투우처럼 격렬한 방법이 있고, 다른 하나는 레다의 백조나 다나에의 황금비―제우스 신의 세가지 발명품―처럼 은근하면서도 암시적인 방법이 있다. 그런데 이런 것들은 이미 유행이 지나서 말과 나귀로 바뀌었다. 난 내가 미리 짠 계획들, 즉 뇌물, 믿음과 두려움의 대안들, 효과 없는 노림수들, 그러한 사전 준비물들에 대해서는 어떤 것도 말하지 않겠다. 독자 여러분에게 말할 수 있는 것은 나귀가 준마급이었다는 사실이다. 진정한 철학자인 싼쵸[26]의 나귀였다. 앞시 인급한 기간이 끝날 즈음 그 나귀가 나를 그녀의 집으로 데려갔다. 나는 나귀에서 내린 뒤 엉덩이를 쳐서 풀밭으로 가게 했다.

내 젊음의 첫 감동, 아! 그대는 나에게 얼마나 사랑스러운 존재인가! 아마도 그것은 성서의 창세기에 나오는 첫 태양의 효력과 같은 것임에 틀림없다. 독자 여러분은 만개하는 세상의 면전에 칼을 꽂듯 쏟아지는 첫 태양의 효력을 상상해보라. 친애하는 독자 여러분, 그것과 나의 감동이 똑같았다. 열여덟살 시절을 생각하면 여러분도 그랬다는 걸 틀림없이 기억해낼 것이다.

우리의 열정, 아니 우리의 인연, 또는 내가 이름을 붙일 수 없는

---

[26] 『돈 끼호떼』의 등장인물로, 주인공 돈 끼호떼의 종자이다.

다른 어떤 이름이든 우리의 열정은 두 단계를 거쳤다. 집정관의 단계와 황제의 단계가 그것이다. 짧았던 첫 단계에서 샤비에르와 나는 공동 집권을 했다. 하지만 샤비에르는 자신이 나와 로마 정부를 나눠가지고 있다는 사실을 결코 믿지 않았다. 하지만 신뢰가 증거에 저항할 수 없게 되었을 때 샤비에르는 집권자의 상징들을 내려놓았고 나는 모든 권력을 내 손아귀에 집중시켰다. 황제의 단계였다. 우주가 나의 것이었다. 하지만 아, 슬퍼라! 거저 얻어진 것이 아니었다. 나는 돈을 모아 불리고 또 새로 창출해야 했다. 우선 부친의 재산을 빼돌렸다. 부친은 내가 원하는 것은 뭐든지 들어주었다. 어떤 구박이나 외면 없이 지체하지 않고 모두 주었다. 그리고 모두에게 내가 청년이며 자신 역시 과거에 그랬노라고 했다. 하지만 과도함은 한계에 달했으며 그때부터 부친은 자신의 호탕함을 약간 제한하였다. 그다음에는 더욱더, 더욱더 호탕함을 줄여갔다. 그러자 난 어머니에게 매달렸다. 난 어머니더러 집안의 어떤 물건을 빼돌리도록 부추겼으며 그녀는 그렇게 빼돌린 것을 나에게 몰래 가져다주었다. 그건 얼마 되지 않았다. 난 마지막 재산에 손을 댔다. 부친의 유산을 담보로 대출받기 시작했고, 언젠가 고금리로 갚아야 할 차용증서들에 서명을 하기 시작했다.

"솔직히 말해서," 내가 그녀에게 비단과 보석을 줄 때마다 마르셀라는 말하곤 했다. "당신은 나랑 싸우려고 하는군요…… 이런 것이 그렇게 하도록 만들죠…… 이처럼 비싼 선물이라니……"

그리고 보석인 경우, 그녀는 말하면서 그것을 손가락 사이에서 한참 바라보다가, 햇살이 더 비치는 쪽으로 비춰보기도 하고, 껴보기도 하고, 웃음을 띠기도 했다. 그리고 나에게 충동적이고도 솔직하게 느닷없이 입맞춤을 했다. 하지만 선물에 대해 불평하던 그녀의 눈에서 행복이 쏟아졌고, 나는 그런 그녀를 보며 행복감을 느꼈다. 그녀는 옛 금화를 아주 좋아해 나는 구할 수 있는 금화들을 모두 그녀에게 가져다주었다. 마르셀라는 그 모두를 모아 쇠로 된 상자 속에 간직했는데 그 상자의 열쇠에 대해서는 아무도 어디에 있는지 알지 못했다. 그녀는 노예들이 무서워 그 열쇠를 숨겼던 것이다. 그녀가 살던 까주에이루스 집은 그녀 소유였다. 자카란다 나무로 만든 잘 세공된 가구와 다른 모든 가구, 거울과 도자기 그리고 은그릇 모두가 좋고 튼튼했다. 특히 아름다운 은그릇은 인도제로 한 고등법원 판사가 그녀에게 준 것이었다. 망할 놈의 은그릇, 그것은 나에게 신경질적인 거부반응을 불러일으켰다. 나는 여러번 그런 감정을 여주인인 그녀에게 토로했다. 난 그녀에게 그녀가 옛사랑들로부터 거둬들인 이 전리품과 다른 전리품들이 야기하는 구역질을 숨기지 않았다. 나의 말을 들은 그녀는 청순한 표정으로 미소를 지었다. 이와 너불어 그 당시 내가 잘 이해하지 못한 다른 표정으로 미소를 지었다. 하지만 이제 그 사건을 회고하니 그 미소는, 예를 들어 셰익스피어의 글에 나오는 어느 마녀의 피조물이 지었을 법한 미소로서 클롭슈토크[27]의 천사가 짓는 미소와 뒤섞인 것이라고 생각한다. 내가 자신의 감정을 잘 설명하고 있는지 모르겠다. 왜냐하면 나의 때늦은 질투에 대한 소식을 들었기 때문인데 그녀가 나의 질투를 더 부추기려 했던 것 같다. 한 귀금속 가게에서 보았던 목걸이를 내가 사줄 수 없게 된 어느날 그녀는 나에게 그저 농담이었으며 우리의 사랑은 그런 저속한 자극제를 필요로 하지 않는다고 말했다.

---

27 클롭슈토크(1724~1803): 독일의 시인.

"만일 당신이 나를 그런 끔찍한 생각으로 대하면 용서 못해요." 그녀는 손가락으로 나를 위협하면서 말을 맺었다.

그러고는 금세 한마리 작은 새처럼 양손을 펼쳐 내 얼굴을 감싸더니 자신에게로 끌어당겼고 이어 뚱보 아이 같은 우스꽝스러운 표정을 지었다. 그런 다음 넓은 소파에 몸을 기댄 채 단순하면서도 솔직하게 그것에 대하여 말하기 시작했다. 사람들이 그녀의 애정을 돈으로 사는 것에 그녀는 결코 동의하지 않았다. 그녀는 애정의 허울을 많이 팔았지만 진실은 단 몇사람을 위해 간직했다. 예를 들어 이년 전 그녀가 진심으로 사랑했던 두아르치 중위가 그런 경우였다. 그도 나처럼 그녀에게 비싼 무언가를 주려면 꼭 힘겹게 부딪쳐야 했다. 그녀는 언젠가 그가 선물로 주었던 금십자가처럼 비싸지 않은 것들은 기념으로 기꺼이 받았다.

"이 십자가는……"

이 말을 한 다음 그녀는 가슴에 손을 넣더니 금으로 된 우아한 십자가를 꺼냈다. 그 십자가는 파란색 끈으로 목에 걸려 있었다.

"그런데 그 십자가는 당신 아버지가 주었다고 말하지 않았나요?" 내가 그것을 보며 말했다.

마르셀라는 슬픈 표정을 지으며 머리를 흔들었다.

"그 말이 거짓말이었다는 걸 눈치채지 못했나요? 당신을 괴롭히지 않으려고 그렇게 말한 거예요. 이리 와봐요, '귀염둥이'. 그렇게 날 의심하진 마요…… 다른 사람을 사랑했었죠. 그런데 이미 그 사랑이 끝났는데 뭐가 중요해요? 우리가 헤어질 언젠가……"

"그런 말 마!" 나는 고함쳤다.

"모든 것은 끝이 있어요. 언젠가……"

그녀는 말을 계속하지 못했다. 흐느낌이 그녀의 목소리를 삼켰다. 그녀는 양손을 뻗어 내 손을 잡더니 자신의 가슴으로 가져갔다. 그리고 낮은 목소리로 내 귀에 속삭였다. "절대, 절대로 끝나지 않을 거예요, 내 사랑!" 나는 글썽이는 눈으로 그녀에게 감사를 표했다. 이튿날 나는 그녀가 거절한 적이 있는 목걸이를 가져갔다.

"우리가 헤어질 때 당신이 나를 기억하게 하기 위해서예요." 내가 말했다.

처음에 마르셀라는 침묵했다. 그 속에는 화가 스며 있었다. 그다음 그녀는 커다란 동작을 취했다. 목걸이를 길에 내던지려고 했다. 나는 그녀의 팔을 잡고 나에게 상처 주는 행동을 하지 말고 그 보석을 받아달라고 애걸했다. 그러자 그녀는 미소를 지으며 보석을 받았다.

그렇지만 그녀는 나의 희생에 대하여 지나칠 정도로 많은 보상을 해주었다. 그녀는 나의 가장 은밀한 생각들을 찾아냈다. 그녀는 니에 대한 욕망이 없었고, 일종의 양심의 법칙과 마음의 필요에 따라 어떠한 노력도 없이 서둘러 그녀의 마음을 충족시키지는 않았다. 욕망은 결코 이성적이지 않았다. 그녀가 이런저런 장식들을 하고 저 드레스가 아니라 이 드레스를 입고 산책을 하거나 다른 볼일을 보러 가는 것은 순전히 변덕이었고 어린애 같은 행동이었다. 그녀는 모든 것에 응하며 얼굴에 미소를 머금은 채 알아듣지 못할 말을 하였다.

"당신은 아라비아 사람이에요." 그녀가 나에게 말했다.

그녀는 요염한 복종심을 보이며 드레스와 레이스, 귀걸이를 착용했다.

16. 부도덕한 생각

나에게 부도덕한 생각이 일고 있다. 그것은 동시에 스타일의 수정이기도 하다. 14장에서 난 마르셀라가 샤비에르를 죽도록 사랑하고 있다고 말했다. 하지만 그녀는 사랑에 죽지 않았고 살아 있었다. 사는 것은 죽는 것과 같지 않다. 이는 이 세상의 모든 보석상들, 즉 생각의 구조가 일치하는 그들에 의해 입증되었다. 나의 훌륭한 보석상들, 만일 당신들의 저렴한 장신구와 신용거래가 없었다면 사랑은 어떻게 되었을까? 연인들의 일반적 거래 중 삼분의 일, 혹은 오분의 일이 그런 것이다. 이것이 내가 하고자 했던 부도덕한 생각이다. 그 생각은 부도덕하다기보다 실제로는 훨씬 더 모호한 것이다. 왜냐하면 나 자신이 지금 뭘 말하고 싶은지 스스로 이해가 되지 않기 때문이다. 내가 말하고 싶은 것은 세상에서 가장 아름다운 이마는 세련된 돌들로 만든 왕관 같은 것을 두르지 않아도, 아름답지 않은 것이 아니며 사랑스럽지 않은 것이 아니라는 점이다. 예를 들어 아주 아름다웠던 마르셀라가 그런 경우이다. 그 마르셀라가 나를 사랑했다……

17. 공중그네와 그외 다른 것들

……마르셀라는 나를 열다섯달간 사랑했으며 나의 돈 11꽁뚜도 사랑했다. 그 이하는 절대 아니었다. 나의 부친은 11꽁뚜의 행방을 알고 난 직후 정말 펄쩍 뛰었다. 젊은이의 무분별한 행동범위를 넘

어셨다고 생각한 것이다.

"이제," 아버지가 말했다. "유럽으로 가거라. 거기서 꼬잉브라에 있는 대학이나 다니도록 해. 난 네가 사려 깊은 사람이 되길 원하지 부랑자나 도둑놈이 되는 걸 원치 않는다." 내가 놀라는 몸짓을 하자, "그래, 이놈아. 도둑놈이라고 했다. 나에게 이런 짓을 하는 아들놈이 도둑놈이 아니고 뭐겠느냐……"라고 그가 말했다.

그는 바지 주머니에서 이미 환수한 나의 차용증서들을 꺼내 내 면전에 대고 흔들었다. "이게 보이느냐? 이 나쁜 놈아. 젊은 놈이 자기 부모의 이름에 이렇게 먹칠해도 되는 거냐? 나와 조상들이 도박으로 그 돈을 벌었거나 빈둥대며 거리를 쏘다녔다고 생각하는 거냐? 이 철면피 같은 놈아! 이번에 정신을 차리지 않으면 네놈은 아무것도 아닌 존재로 남을 거다!"

부친은 매우 화가 나 있었다. 하지만 그 분노는 오래가지 않았고 누그러졌다. 나는 그의 말을 말없이 들었다. 그리고 유학을 가라는 명령에 대하여 다른 경우처럼 아무런 대꾸도 하지 않았다. 곰곰이 마르셀라를 데리고 갈 생각을 했다. 나는 그녀를 데리고 유학갈 생각이었다. 그녀에게 이 위기상황을 말한 뒤 내 생각을 제안했다. 마르셀라는 허공에 시선을 둔 채 곧장 대답하지 않았다. 내가 계속 주장하자 자신은 브라질에 있을 것이며 유럽에는 갈 수 없다고 말했다.

"왜 안 간다는 거지?"

"갈 수 없어요." 그녀가 고통스러운 표정을 지으며 말했다. "나뽈레옹에 의해 죽임을 당한 내 가엾은 아버지가 생각나는 한 그곳의 공기를 마실 수 없어요……"

"채소밭 주인 때문이야, 아니면 법학자 때문이야? 둘 중 누구 때문이야?"

그녀는 이마를 찌푸렸고 입으로 에스빠냐 민요를 흥얼거렸다. 그러다가 덥다고 불평을 하더니 알루아 주스 한잔을 시켰다. 흑인 여자 몸종이 주스를 은쟁반에 담아왔다. 은쟁반은 내가 그녀에게 바친 11꽁뚜의 일부였다. 마르셀라가 친절하게 그 주스를 나에게 건넸다. 나의 답변은 컵과 쟁반을 치는 것이었다. 주스가 그녀의 무릎에 쏟아졌다. 여자 몸종이 비명을 질렀다. 난 몸종에게 나가라고 소리쳤다. 둘만 남게 되자 나는 마음속에 품고 있던 모든 절망을 쏟아냈다. 나는 그녀에게 너는 괴물이고 결코 나를 사랑한 적이 없으며 성실한 이유 없이 나를 절벽 아래로 굴러떨어지게 한다고 했다. 나는 거친 몸짓을 취하면서 입에 담기 추한 욕설들을 내뱉었다. 마르셀라는 대리석처럼 차갑게 앉아 손톱을 소리나게 물어뜯고 있었다. 나는 그녀를 목 졸라 죽이고 싶은 충동을 느꼈다. 최소한 비참하게 만들어 내 앞에 무릎을 꿇게 하고 싶었다. 아마 그렇게 할 수도 있었을 것이다. 하지만 나의 행동은 반대로 바뀌었다. 난 후회하며 그녀의 발치에 몸을 던지고 애원했다. 그녀의 발에 입을 맞추며 우리가 함께한 행복한 세월을 상기시켰다. 그리고 땅바닥에 앉은 채 지난날 내가 읊조리던 사랑스러운 단어들을 다시 반복했다. 난 머리를 그녀의 양 무릎 사이에 둔 채 그녀의 손을 꼭 쥐고 있었다. 숨을 헐떡이며 정신 나간 사람처럼 나를 버리지 말라고 눈물로 애원했다…… 마르셀라가 잠시 나를 바라보았다. 우리 두사람은 말없이 그렇게 있었다. 그녀는 곧 부드럽게 그리고 짜증스러운 표정을 지으며 나를 밀쳐냈다.

"날 귀찮게 하지 마요." 그녀가 말했다.

그녀는 자리에서 일어나더니 여전히 젖어 있는 드레스를 털고는 자신의 방을 향해 걸어갔다. "안돼!" 난 울부짖었다. "들어가지 마…… 그러지 마……" 그녀에게 손을 뻗었으나 이미 늦었다. 그녀는 방에 들어가더니 문을 잠가버렸다.

나는 정신이 나간 사람처럼 밖으로 나왔다. 나는 아는 사람들과 마주칠 수 없는, 도심에서 가장 멀고 인적이 드문 구역을 두시간 동안 죽음을 목전에 둔 사람처럼 정처 없이 걸었다. 일종의 해로운 폭식증에 걸린 듯 절망감을 곱씹으며 걸었다. 황홀했던 날들과 시간들 그리고 순간들을 떠올렸다. 이제 그 세월들은 영원하며 이 모든 것은 하나의 악몽이라고 믿으면서 만족해했다. 그렇게 나 자신을 속이면서 무거운 짐과 같은 그 세월들을 내게서 떼어내려 했다. 그런 다음 내 삶을 두 부분으로 나누기 위해 즉시 유럽행 여객선에 오르기로 결심했다. 그러고는 내가 떠난 것을 알게 되면 마르셀라가 그리움과 후회로 고통스러워할 것이라는 생각과, 나를 미친 듯이 사랑했기 때문에 두아르치 중위에 대한 추억처럼 나에 대해서도 어떤 추억이나 무언가를 느낄 것이라는 생각으로 마음을 달랬다…… 그런 생각을 하는 동안 질투의 이빨이 내 심장을 파고들었다. 모든 본성이 마르셀라를 데리고 함께 가야 한다고 소리치고 있었다.

"강제로라도…… 강제로라도……" 나는 허공에 주먹을 휘두르며 말했다.

결국 구원의 아이디어가 떠올랐다…… 아! 나의 죄와 불분명한 생각들의 공중그네! 2장의 고약 아이디어처럼 구원의 아이디어가 공중그네 속에서 떠올랐다. 그녀를 매혹하는 것, 그녀를 확실히 매혹하는 것, 그녀를 황홀하게 하는 것, 그녀를 끌어당기는 것 외에는 방법이 없었다. 애원하는 것보다 더 확실한 방법으로 그녀에게 간청하기로 했다. 그 결과에 대해서는 따져보지 않았다. 난 마지막 대출에 의존했다. 오우리비스 가(街)로 가서 우리 마을에서 가장 좋은 보석을 샀다. 커다란 다이아몬드가 세개 박힌 상아빗을 사서 마르셀라의 집으로 뛰어갔다.

마르셀라는 나른하고 피곤한 모습으로 그물침대에 누워 있었다. 두 발 중 하나를 그물침대 밖으로 걸치고 있었으며 그 앙증맞은 작은 발은 비단 양말을 신고 있었다. 머리는 풀려서 늘어져 있었고 눈은 평온하면서도 졸린 듯했다.

"이리 와봐." 내가 말했다. "돈을 마련했어...... 우린 많은 돈을 가지게 되었어. 이제 넌 원하는 건 뭐든지 가질 수 있어...... 이것 봐, 가져."

그러고 나서 나는 그녀에게 다이아몬드가 박힌 빗을 보여주었다. 마르셀라는 약간 놀라는 모습을 보였다. 몸을 반쯤 일으키더니 한쪽 팔꿈치에 의지한 채 짧은 몇초 동안 그 빗을 바라보았다. 그다음 그녀는 시선을 거둬들였는데, 그것에 마음이 사로잡힌 것이 분명했다. 그래서 나는 손을 그녀의 머리로 가져가 신속하게 머리카락을 모은 뒤 끈으로 묶었다. 이어 깔끔하지 못한 머리 모양을 임시로 만들었다. 그리고 다이아몬드가 박힌 그 빗으로 머리를 빗겨주었다. 그녀에게서 물러났다가 다시 다가가서 머리를 가지런히 고쳤다. 그리고 머리를 빗어 한쪽으로 늘어뜨리고 정돈되지 않은 상태에서 어떤 대칭점을 찾았다. 이 모든 것을 내 손의 세밀함과 다정함으로 진행했다.

"다 됐어." 내가 말했다.

"미쳤군요!" 그녀의 첫 응답이었다.

두번째로 그녀는 나를 끌어당겨 나의 희생에 대해 입맞춤으로 보상해주었다. 그 입맞춤은 여태껏 나눈 입맞춤 중에서 가장 뜨거운 것이었다. 그다음 그녀는 자신의 머리에서 빗을 떼어냈다. 그녀는 나를 간간이 쳐다보았고 나를 꾸짖는 듯한 표정으로 머리를 끄덕이며 그 빗과 내가 해준 머리에 경탄했다.

"참, 자기도!" 그녀가 말했다.

"나랑 유럽에 갈 거예요?"

마르셀라는 잠시 생각에 잠겼다. 나에게서 벽 쪽으로 그리고 벽 쪽에서 보석으로 눈을 옮기는 그녀의 모습이 나는 마음에 들지 않았다. 하지만 그녀가 나에게 단호히 대답하자 나쁜 인상들은 모두 홀연히 사라졌다.

"갈게요. 언제 떠나요?"

"이삼일 후에."

"알았어요."

나는 무릎을 꿇고 그녀에게 감사를 표했다. 초기의 내 마르셀라를 되찾은 것이다. 내가 그렇게 말하자 그녀는 미소를 지었다. 그리고 내가 계단을 내려가는 동안 그녀는 보석을 보관하러 방으로 들어갔다.

18. 복도에서 본 환영

계단 뒤에 있는 어둠침침한 복도 안쪽에서 호흡을 가다듬고 길도 찾으며 흩어진 생각들을 모을 겸 해서, 그리고 깊고 서로 상충되는 그 많은 감정들 한가운데에서 나를 다시 추스를 겸 해서 잠시 발걸음을 멈추었다. 나는 자신이 행복하다고 생각했다. 분명한 건 다이아몬드가 나의 행복을 약간 갉아먹었다는 사실이다. 하지만 아름다운 여성이 이해하기 힘든 이방인들과 그들의 선물을 사랑할 수 있다는 것은 덜 분명한 사실이 아니다. 결국 나는 나의 착한 마르셀라를 믿었다. 그녀에게 단점이 있을 수 있지만 그녀는 나를 사랑하고 있으니까……

"천사야!" 나는 복도의 천장을 쳐다보며 중얼거렸다.

그때 나는 비웃는 듯한 마르셀라의 눈길을 보았다. 조금 전 나에게 불신의 그림자를 드리운 그 눈길 말이다. 『천일야화』에 나오는 바크바라[28]의 코이자 나의 코이기도 한 어느 코 위에서 광채를 발하던 그 눈길. 『천일야화』의 가엾은 연인이여! 군 행정관의 아내 뒤를 쫓아 복도를 따라 달리던 그대를 난 거기에서 보았노라. 그대에게 자신을 가지라고 손짓하던 그녀, 그리고 긴 통로를 달리고 달리고 또 달리던 그대. 그대는 거리로 나왔으나 거기서 모든 마구 장인들이 그대에게 욕설을 퍼부으며 매질을 하였다. 그때 나에게 마르셀라 집의 복도는 그 통로였고, 거리는 바그다드의 거리처럼 보였다. 실제로 내가 문 쪽을 바라보니 보도에는 세명의 마구 장인들이 있었다. 한명은 사제복과 같은 옷을 입고 있었고 다른 이는 귀족 집안의 하인이 입는 예복 차림이었으며 다른 이는 일반적인 평상복을 입고 있었다. 세사람 모두 복도로 들어오더니 나의 팔을 붙잡고 마차에 밀어넣었다. 마차의 우측엔 나의 부친이, 좌측엔 사제인 나의 삼촌이, 그리고 마부의 자리엔 귀족 집안의 하인복을 입은

---

[28] 『천일야화』 '이발사의 이야기' 중 '이가 없는 둘째 형제'의 이름. 어느 밤 바크바라는 아름다운 귀족 여인의 집으로 초대되어 그녀의 온갖 짓궂은 요구에 따르는데, 마지막에 그는 여인을 뒤쫓아 헤매다가 어느 순간 거리 한복판에 우스꽝스러운 몰골로 서 있게 된다. 그는 거리의 마구 장인들에게 조롱당하다 결국 경찰서장에게 불려가 매질을 당한 후 도시에서 추방된다.

사람이 앉아 있었다. 그들은 나를 경찰서장의 집으로 데려갔으며 거기서 나는 다시 리스본행 선박으로 옮겨졌다. 여러분은 내가 얼마나 저항했는지 상상할 수 있을 것이다. 하지만 어떤 저항도 소용이 없었다.

사흘 뒤 나는 풀이 죽어 입을 다문 채 바닷길에 올랐다. 눈물조차 나오지 않았다. 하지만 한가지 확고한 생각을 갖게 되었다…… 젠장, 그놈의 확고한 생각이라니! 그 한가지는 마르셀라의 이름을 반복해 부르며 대양에 뛰어든다는 것이었다.

19. 배에서

나를 포함해 여행객들은 전부 열한명으로 부인을 동반한 미친 남자 한명과 여행 중인 두명의 청년, 네명의 상인과 두명의 몸종이 있었다. 나의 부친은 나를 배의 선장을 비롯해 그들 모두에게 맡겼다. 선장은 할 일이 많은 사람이었는데, 무엇보다도 말기 폐결핵을 앓고 있는 아내를 데려가고 있었다.

나는 선장이 나의 자살계획에 대하여 무슨 낌새를 챘는지 어떤지 알지 못한다. 또 나의 부친이 그에게 나를 잘 살펴볼 것을 부탁해두었는지 어떤지 알지 못한다. 단지 선장이 나에게서 눈을 떼지 않았다는 것만은 알고 있다. 그는 내가 어디에 있든 나를 불러냈다. 내 곁에 있을 수 없는 상황일 때는 자신의 아내에게 나를 데리고 갔다. 그 부인은 거의 언제나 낮은 침상에 누워 있었고 기침을 많이 했으며 나에게 리스본을 구경시켜주겠다고 힘주어 말하곤 했다. 마르진 않았어도 창백한 모습이었다. 그녀가 조만간 사망하지 않는 게 불가능할 정도였다. 선장은 다가오는 그녀의 죽음을 믿지 않는 체했다. 어쩌면 스스로를 속이고 있었을 것이다. 나는 아무것도 알지 못했거니와 생각도 하지 않았다. 이 대양의 한가운데에서 폐결핵을 앓는 여성의 운명이 나에게 뭐 그리 중요하겠는가? 나에겐 마르셀라가 이 세상의 전부였다.

어느 주말 밤에 나는 죽을 수 있는 좋은 기회를 찾아냈다. 조심스레 배의 갑판으로 올라갔는데 거기서 선장을 만나고 말았다. 선장은 배의 난간에 서서 수평선을 뚫어지게 바라보고 있었다.

"폭풍이 오는 건가요?" 내가 말했다.

"아니." 그가 떨면서 대답했다. "아닐세. 난 이 밤의 화려한 풍경이 너무나 좋네. 보게나. 이 얼마나 기똥찬가!"

그 말투는 그와 어울리지 않았다. 다소 상스럽고 얼핏 보기에 세련된 말과는 거리가 있었다. 나는 그를 뚫어져라 쳐다보았다. 그는 나의 놀람을 음미하는 듯했다. 잠시 후 그는 나의 손을 잡고 달을 가리키더니 나더러 밤의 송가를 지어보는 게 어떻겠느냐고 했다. 나는 시인이 아니라고 대답했다. 선장은 무슨 소리를 웅얼거리더니 두걸음을 걸었다. 그리고 주머니에 손을 넣어 꼬깃꼬깃 구겨진 종이 한장을 꺼냈다. 그런 다음 그것을 등잔불에 비추며 바다 생활의 자유로움에 대한 호라티우스[29]풍의 송가 한편을 읊었다. 그가 직접 쓴 시였다.

"어떤가?"

내가 무슨 대답을 했는지 기억나지 않는다. 그 대신 그가 나의 손을 꽉 쥐면서 여러번 아주 고맙다는 말을 한 것을 기억한다. 이

---

29 고대 로마의 시인.

어 그는 두편의 쏘네뜨를 읊어주었다. 부인이 보낸 사람이 그를 찾으러 왔을 땐 또다른 쏘네뜨를 읊을 참이었다. "가봐야겠네." 그가 말했다. 그리고 나에게 천천히 사랑을 가득 담아 세번째 쏘네뜨를 읊어주었다.

    나는 혼자가 되었다. 하지만 선장의 시낭송은 나의 정신에서 나쁜 생각들을 쓸어내버렸다. 나는 내적으로 죽는 방법인 잠을 택했다. 이튿날 잠에서 깨어났을 땐 미친 사람을 제외하고 배에 탄 모든 이들을 겁에 질리게 한 폭풍이 몰아치고 있었다. 그 미친 사람은 펄쩍펄쩍 뛰면서 딸이 자신을 찾기 위해 사람을 보냈다는 말을 하기 시작했다. 딸의 죽음이 그를 미치게 한 원인이었다. 나는 결코, 결코 그 가엾은 사람의 끔찍한 모습을 잊지 못할 것이다. 혼란에 빠진 사람들과 울부짖는 허리케인 속에서 눈은 창백한 얼굴에서 튀어나올 듯한 모습을 하고 쭈뼛 선 긴 머리카락을 휘날리며 흥얼거리면서 춤추던 그 모습을. 이따금 그는 멈추고 허공을 향해 잉상한 양팔을 들어올리곤 했다. 그리고 몇차례 손가락으로 성호를 그렸고 다음에는 장기판 모양을 그렸으며 그다음에는 원들을 그렸다. 그리고 절망적으로 한참 동안 소리내 웃었다. 그의 부인도 이제는 그를 더이상 돌볼 수 없었다. 죽음의 공포에 휩싸인 그녀는 하늘에 계신 모든 성자들의 이름을 부르며 자신을 위해 기도했다. 결국 폭풍이 잠잠해졌다. 나는 내 마음의 폭풍으로부터 훌륭한 전환이 있었다는 사실을 이제 고백한다. 죽음과 마주할 생각에 빠져 있던 나는 죽음이 찾아왔을 때 감히 그 죽음을 직시할 엄두를 내지 못했다.

    선장은 나에게 겁이 나지는 않았는지, 위협적이진 않았는지, 그 장관을 숭고하게 생각하지는 않는지 물었다. 그 모든 건 그저 친구로서의 관심이었다. 우리의 대화는 자연스럽게 바다의 삶으로 옮겨갔다. 선장은 나에게 어부의 생활을 좋아하느냐고 물었고 나는 순진하게도 그런 생활이 어떤지 모른다고 대답했다.

"곧 보게 될 걸세." 그가 대답했다.

그러고 나서 나에게 짧은 시 한편을 읊어주었고, 그뒤에 다른 목가적인 시 한편을, 마지막으로 다섯편의 쏘네뜨를 읊어주었다. 쏘네뜨로 그는 그날 자신의 문학적인 자신감을 드러냈다. 이튿날 선장은 나에게 시를 읊어주기 전에 자신이 아주 중대한 이유 때문에 바다에서 일하는 직업을 가지게 되었노라고 했다. 그 이유는 할머니가 자신이 사제가 되길 원한 것이라고 했다. 실제로 그는 라틴어를 어느정도 알고 있었다. 하지만 그는 사제가 되지 못했다. 하지만 시인이 되는 건 포기하지 않았다. 그의 천직이었던 것이다. 그것을 증명하기 위해 그는 곧바로 그 자리에서 백여편의 시를 읊었다. 한마디로 환상적이었다. 그가 동원한 몸짓은 나를 웃음 짓게 만들었다. 그러나 낭송을 하는 동안 선장은 자신의 내면세계를 너무도 깊이 들여다보느라 아무것도 보거나 듣지 못했다.

며칠이 지났다. 바닷물과 시 그리고 그것들과 함께 선장 부인의 삶도 지나가고 있었다. 그녀는 일촉즉발의 위기상황에 있었다. 어느날 점심을 먹은 직후 선장은 나에게 환자인 아내가 아마도 주말을 넘기지 못할 것이라고 했다.

"그렇게 빨리요?" 내가 큰 소리로 말했다.

"그녀는 어젯밤을 매우 힘들게 보냈네."

나는 그녀를 보러 갔다. 실제로 거의 죽어가는 듯했지만 그녀는 나를 꼬잉브라로 데려가기 전 리스본에서 며칠간 휴식을 취할 것이라고 말했다. 왜냐하면 나를 꼬잉브라 대학으로 데려가는 것이 그녀의 목적이었기 때문이다. 나는 비탄에 잠겨서 그녀를 두고 나왔다. 그리고 그녀의 남편을 찾으러 갔다. 그는 배의 외벽에 부딪히며 소멸해가는 큰 파도들을 바라보고 있었다. 난 그를 안정시키려고 노력했다. 그는 나에게 감사를 표했고 이어 자신들의 사랑을 세세히 이야기해주었다. 그는 자기 부인의 충실함과 헌신을 높이 칭찬했고 그녀를 위해 지은 시들을 기억해 읊었다. 그 순간, 부인이 보낸 사람이 그를 찾아왔다. 우리 두사람은 함께 달려갔다. 위기였다. 그날과 그다음 날은 잔인한 날들이었다. 세번째 날에 그녀는 사망했다. 나는 임종으로부터 도망쳤다. 그 광경이 싫었다. 삼십분 후 나는 선장을 만났다. 그는 머리를 양손으로 감싼 채 밧줄 더미에 앉아 있었다. 나는 그에게 약간의 위안의 말을 건넸다.

"성녀처럼 저세상으로 간 거야." 그가 대답했다. 그는 그 말이 나약함의 표시로 여겨지는 것을 피하기 위해 곧장 자리에서 일어나 고개를 흔들었다. 그리고 길고 심오한 몸짓을 하며 수평선을 응시하였다. "가세나." 그가 이어 말했다. "이제 그녀를 두번 다시 열리지 않을 무덤에 넘겨주세나."

실제로 몇시간 뒤 관습에 따른 예식과 함께 주검이 바다로 던져졌다. 슬픔이 모두의 얼굴에서 활기를 앗아갔다. 홀아비가 된 선장의 얼굴은 강물에 의해 심하게 침식된 구릉의 모습을 띠었다. 큰 침묵이 흘렀다. 큰 파도가 입을 벌려 주검을 받아들인 뒤 입을 닫았다. 작은 물결이 일었다. 그리고 배는 다시 항해를 시작했다. 나는 우리들 가운데 한명을 남겨놓은 바다의 저 불분명한 점에 시선을 고정한 채 뱃고물에서 몇분간을 머물렀…… 나는 선장의 기분을 전환시킬 겸 그를 찾아갔다.

"고맙네." 나의 의도를 이해한 그가 말했다. "자네의 선행을 결코 잊지 않을 걸세. 하느님이 보상해주실 거야. 가엾은 레오까지 아! 하늘에서 우리를 기억해줘."

그는 소매로 불편한 눈물을 훔쳤다. 난 그가 열렬히 좋아하는 시에서 기분을 전환할 길을 찾았다. 나는 그가 내게 읽어준 시들에 대해서 얘기했다. 그리고 그 시들을 출판해보자고 제안했다. 선장의 눈이 약간 활기를 띠었다. "글쎄, 좋은 제안이긴 한데." 그가 말했다. "잘 모르겠네. 아주 느슨한 시들이라……" 난 그렇지 않다고 확언했다. 그리고 그 시들을 모아 하선 전에 내게 달라고 했다.

"가엾은 레오까지아!" 그는 나의 말에 대답을 하지 않은 채 중얼거렸다. "하나의 주검…… 바다…… 하늘…… 배……"

이튿날 그가 내게로 와 최근에 지은 한편의 애가哀歌를 들려주었다. 그는 애가에서 부인의 죽음과 장례 정황을 돌아보고 있었다. 그는 떨리는 손으로, 진정 감정에 북받친 목소리로 그것을 읊었다. 그는 끝나고 나서 나에게 그 시가 잃어버린 보석인 부인에게 합당한지 물었다.

"그럼요." 내가 대답했다.

"예술적 재능은 안 보일 거야." 잠시 후 그가 말했다. "하지만 그 누구도 나의 감정을 모르진 않을 걸세. 감정 자체가 시의 완성에 나쁜 영향을 미치지 않는다면 말이야."

"저는 그렇게 보지 않습니다. 전 시가 완벽하다고 생각합니다."

"맞아. 나도 그렇게 생각하네…… 마도로스의 시들이라."

"마도로스 시인이죠."

그가 어깨를 으쓱하더니 시가 적힌 종이를 바라보았다. 그리고 시를 다시 읊기 시작했다. 하지만 그때는 손의 떨림이 없었다. 문학적 의도를 강조하면서 이미지들을 부각하였고 시행에서 멜로디를 부각하였다. 마지막에 그는 나에게 그 작품이 자신의 작품들 가운데 가장 빼어난 것이라고 했다. 나는 그렇다고 응수했다. 그는 나의 손을 꽉 잡으며 나에게 위대한 미래가 기다리고 있다고 예언하듯 말했다.

20. 대학을 졸업하다

위대한 미래! 이 말이 나의 귓전을 두드리는 동안 나는 불가사의하고 아스라한 수평선 멀리 눈길을 돌렸다. 하나의 생각이 다른 생각을 밀어냈다. 야망이 마르셀라에 대한 생각을 희석시켰던 것이다. 위대한 미래라고? 아마도 그것은 박물학자, 문학인, 고고학자, 은행가, 정치인이 되거나, 아니면 하나의 직책이면서 탁월한 인물이며 크나큰 명성 또는 고위직을 의미하는 주교 —주교가 될 수 있다면— 가 되는 것인지도 모른다. 그때 야망이 독수리처럼 알을 깨고 나와서 황갈색의 날카로운 눈을 드러냈다. 안녕, 내 여인들이여! 안녕! 마르셀라! 광란의 날들이여, 값을 매길 수 없는 비싼 보석들이여, 천방지축 같았던 삶이여, 모두 안녕! 난 피곤에 지쳐 떠나네. 영광을 찾아 떠나네. 철없는 시절과 함께 그대에게서 떠나네.

이렇게 하여 난 리스본에 도착하였고 이어 꼬잉브라로 향했다. 대학에서는 힘든 과목들이 나를 기다리고 있었다. 하지만 나는 그것들을 매우 건성으로 공부하였다. 그렇다고 해서 학위를 받지 못한 것은 아니었다. 법이 정한 햇수를 채우자 대학은 위엄이 있는 졸업식을 통해 나에게 학위를 수여했다. 멋진 파티가 나를 자존심과 그리움으로 가득 채웠다. 특히 그리움으로 가득 채웠다. 나는 꼬잉브라에서 아주 잘 노는 사람이라는 명성을 얻었다. 돈을 잘 쓰는 난봉꾼에다 정신없이 소란스럽고 건방진 학생이었다. 실생활에서는 모험을 즐기는 낭만주의를 추구하였으나, 이론에서는 자유주의를 추구하며 검은 눈과 성문 헌법을 순수하게 믿고 살아갔다. 대학이 내 머릿속에 들어 있는 것과는 거리가 먼 지식을 양피지로 나에게 보증해준 날, 나는 비록 자랑스럽기도 했지만 무언가에 속았다는 느낌이 들었음을 고백한다. 설명하자면, 졸업장은 해방과 자유의 증명서였으며 만일 그것이 내게 자유를 주었다면 다른 한편으로 책임감도 주었다. 나는 졸업장을 간직한 채 몽데구 강변을 떠났다. 다소 암담한 기분으로 그곳을 나섰지만 금세 충동과 호기심, 그리고 타인들을 집적거리며 그들에게 영향을 미치고 즐기면서 살고픈 욕망을 느꼈다. 앞날의 내 인생 전체로 대학생활을 연장하고 싶은 욕구가 들었다……

21. 당나귀 몰이꾼

얘기를 계속해보자. 내가 탔던 당나귀가 걸음을 멈추었다. 채찍을 휘두르자 당나귀는 두번 펄쩍 뛰었다. 그다음에는 세번 그리고 한번 더 뛰더니 나를 흔들어 무참하게 안장에서 떨어뜨렸는데 나의 왼발은 등자에 걸려 있었다. 나는 당나귀의 배에서 떨어지지 않으려고 힘껏 매달렸으나 이미 화들짝 놀란 당나귀는 길을 질주하고 있었다. 아니, 내가 지금 잘못 말하고 있다. 당나귀는 내달리려고 했으나 실제로는 두차례 펄쩍 뛰기만 했다. 하지만 거기에 있던 당나귀 몰이꾼이 위험한 가운데 애를 써서 제때 고삐를 잡아 당나귀를 붙들었다. 거친 당나귀가 안정되자 나는 등자를 벗고 땅에 내려섰다.

"운 좋게 잘 피하셨습니다." 당나귀 몰이꾼이 말했다.

사실이었다. 만일 당나귀가 내달렸다면 난 정말 다쳤을 것이다. 그 재앙의 끝에는 죽음이 기다리고 있었을지도 모른다. 머리가 깨지고 과다출혈에 몸의 안쪽 어딘가가 고장이 났을 것이다. 그러면 싹이 트기 시작한 나의 학문적 지식도 사라질 것이다. 어쩌면 당나귀 몰이꾼이 나의 생명을 구한 것일 수도 있다. 그랬다. 그런 느낌이 내 심장에서 솟구치는 피에서 느껴졌다. 착한 당나귀 몰이꾼! 내가 의식을 되찾는 동안 그는 마구를 나름의 기술과 열성으로 조심스럽게 조정했다. 나는 그에게 내가 가지고 있던 금화 다섯닢 중 세닢을 주기로 했다. 그것은 내 생명을 구해준 댓가—내 생명은 값으로 매길 수 없는 것이다—가 아니었다. 하지만 그것은 그가 나를 구조할 때 보여준 헌신에 적합한 부상이었다. 그래, 됐어. 그에게 금화 세닢을 주기로 결정했다.

"다 됐습니다." 그가 고삐를 넘겨주면서 말했다.

"이제부터는 아무 일 없겠지." 내가 대답했다. "잠깐만, 난 아직 제정신으로 안 돌아왔네……"

"지금 무슨 말씀을!"

"내가 거의 죽을 뻔했던 건 사실이지 않은가?"

"당나귀가 질주를 했다면 그럴 수도 있겠죠. 하지만 주님의 도움으로 선생에게 아무 일도 일어나지 않았어요."

나는 당나귀의 등에 걸쳐둔 가방으로 다가갔다. 거기서 낡은 조끼를 꺼냈다. 나는 조끼 주머니에 금화 다섯닢을 넣고 다녔다. 그사이 나는 그 보상이 지나친 것은 아닌지, 금화 두닢이면 충분한 것은 아닌지를 생각해보았다. 어쩌면 한닢이면 충분하지 않을까. 사실 한닢만 줘도 그는 기뻐서 어쩔 줄 모를 것이다. 난 그가 입은 옷을 찬찬히 살펴보았다. 금화라고는 생전 구경도 못해보았을 것 같은 정말 가난한 사람이었다. 그렇다면 금화 한닢이면 될 것이다. 난 금화를 꺼냈다. 금화가 햇빛에 번쩍거렸다. 내가 등을 돌리고 있었기 때문에 당나귀 몰이꾼은 그걸 보지 못했다. 그러나 아마도 내 행동을 수상쩍게 생각한 것 같았다. 그는 당나귀에게 의미있는 말을 하기 시작했다. 당나귀에게 충고하고 정신을 차리라고 말하면서 그러지 않으면 "훌륭한 박사님"이 회초리로 벌을 내릴 수도 있다고 했다. 마치 아버지가 독백하는 것 같았다. 오, 맙소사! 그가 당나귀에게 입맞춤하는 소리가 들렸다. 당나귀 몰이꾼이 그 이마에 입맞춤을 한 것이었다.

"좋아!" 내가 감탄하며 말했다.

"선생님, 저를 용서하세요. 저 못된 짐승이 아주 다정하게 우리를 쳐다보고 있어서……"

나는 웃었다. 그리고 머뭇거렸다. 난 그의 손에 은화 한닢을 쥐여주었다. 그리고 약간 멋쩍은 모습으로 당나귀에 올라타 빠른 속도로 길을 갔다. 아니, 솔직히 말하면 그 은화의 효과에 대하여 큰 확신이 서질 않았다. 몇 미터를 간 뒤 나는 뒤돌아보았다. 당나귀 몰이꾼이 나에게 깊이 허리를 숙여 인사를 했다. 확실히 만족한 표정이었다. 나는 그럴 거라고 이미 예상했었다. 난 그에게 제대로 보상해준 것이었고 어쩌면 너무 많이 보상해준 것인지도 모른다. 나는 입고 있던 조끼 주머니에 손가락을 집어넣었다. 그러자 몇몇 동화가 만져졌다. 은화를 줄 것이 아니라 그것들을 주었어야 했다. 왜냐하면 그는 어떤 보상이나 혜택도 생각지 않고 있었으며 어떤 자연스러운 충동과 기질 그리고 직업적 습관에 따라 행동한 것이었기 때문이다. 게다가 그 재앙 같은 사건이 발생한 시점에서 그가 앞도 아니고 뒤도 아니고 정확히 거기에 있었다는 사실은 신의 섭리를 이루게 하는 하나의 단순한 매개인 것 같았다. 어쨌거나 그의 공적은 분명히 존재하는 것이 아니었다. 나는 이런 생각으로 심란했다. 나는 나 자신을 돈 잘 쓰는 난봉꾼이라고 불렀다. 그러다보니 방탕한 과거의 연장선상에서 은화를 내던졌던 것이다. (죄다 밝히지 못할 이유가 뭐 있나?) 난 후회가 되었다.

22. 히우지자네이루로의 귀환

빌어먹을 당나귀, 네가 내 생각의 실타래를 헝클어놓았다. 이제 그곳에서 리스본까지 무슨 생각을 하며 갔는지에 대해 나는 말하지 않겠다. 또 리스본과 이베리아 반도에서 내가 무엇을 했으며, 그 당시 회춘이라도 한 듯한 구 유럽의 다른 장소에서 내가 무엇을 했는지 더이상 말하지 않겠다. 그래, 나 역시 낭만주의의 초기 상황을 목격했고, 이딸리아의 품에서 실제로 시를 쓰기도 했다는 사실을 말하지 않겠다. 그 어떤 것도 말하지 않겠다. 안 그럴 경우 인생의 본질만 들어갈 이같은 회고록이 아니라 어떤 여행일지를 써야 할지도 모른다.

몇년간 각 지역을 순례하던 말미에 나는 부친의 간곡한 요청에 주의를 기울였다. "집으로 돌아오렴." 그는 마지막 편지에서 말했다. "빨리 돌아오지 않으면 네 엄마의 임종을 보지 못할 거야." 이 마지막 말은 내게 충격이었다. 난 모친을 사랑했다. 모친이 배에 올라 바로 앞에서 나에게 마지막 은총기도를 하던 모습이 아직도 눈에 선했다. "내 가엾은 자식, 이제 두번 다시 너를 보지 못하겠구나." 그 가엾은 여인은 나를 가슴에 안고 흐느꼈었다. 이제 그 말들이 마치 현실이 된 어떤 예언처럼 내 머리에서 윙윙거렸다.

그 무렵 내가 낭만파 시인 바이런 경에 심취하여 베네찌아에 있었다는 점에 주목하라. 그곳에서 나는 깊은 꿈에 빠져 과거를 되살면서 쎄레니시마 공화국[30] 안에 있다고 생각했다. 그건 사실이다. 한번은 선술집 주인에게 쎄레니시마 공화국의 집정관이 그날 산책을 나갔는지 묻기도 했다. "선생님, 집정관이라고요?" 난 아차 싶었다. 하지만 착각이었다고 고백하지는 않았다. 난 그에게 내 질문이 아메리카식 말장난이라고 했다. 그는 이해한다는 동작을 취해 보였다. 그리고 자신이 아메리카식 말장난을 무척 좋아한다고 덧붙였다. 영락없는 선술집 주인이었다. 나는 그 모든 것을 그만두었다. 선술집 주인, 집정관, 탄식의 다리, 곤돌라, 바이런의 시들, 리알또[31]의 귀부인들…… 이 모든 것을 뒤로한 채 총알같이 히우지자네이루를 향해 떠났다.

결국 나는 돌아왔다…… 하지만 이 장章을 길게 늘리지 말자. 나는 글 쓸 때 종종 나 자신을 잊어버린다. 그러면 펜은 종이를 계속 먹어들어가 작가인 나에겐 심각한 피해를 준다. 긴 장들은 열성적인 독자들에게 더 잘 어울린다. 그런데 우리는 2절지의 독자가 아니라, 텍스트가 적고 여백이 넓으며 활자가 우아하고 페이지를 넘기는 부분이 금박이며 삽화 장식 등이 있는 12절지를 선호하는 대중이다…… 특히 삽화…… 아니, 더이상 이 장을 길게 늘리지 말자.

---

30 '가장 고요한 공화국'이란 뜻이며 베네찌아 공화국을 가리킴.
31 물의 도시 베네찌아를 대표하는 다리.

23. 슬프지만 짧은

나는 돌아왔다. 고향을 보았을 때 새로운 감정이 솟아났음을 부인하지 않겠다. 나의 정치적 조국이 가져다준 효과는 아니었다. 어린 시절을 보낸 곳, 즉 길이며 탑, 골목의 분수대, 면사포를 쓴 여인, 흑인 청소부, 기억 속에 박힌 어린 시절의 각종 사물과 장면 들이 가져다준 효과였다. 모두 재탄생 이상이었다. 한마리 새처럼 정신은 세월의 흐름을 알아차리지 못했고, 삶의 탁류와 섞이지 않은 신선하고 순수한 물을 마시러 근원의 샘물로 날아갔다.

주의해서 보면 그저 그런 평범한 이야기일 것이다. 다른 곳에서는 슬프고 흔한 이야기가 가족의 비극이다. 나의 부친은 눈물로 나를 포옹했다. "네 엄마가 더 살 수 없다는구나." 그가 나에게 말했다. 알고 보니 모친을 죽음으로 몰아가고 있는 것은 디이싱 류미티즘이 아니었다. 위에 생긴 암이었다. 불행한 그녀는 지독하게 고통받고 있었다. 왜냐하면 암은 그 사람의 덕망과 무관하기 때문이다. 몸을 갉아먹을 때는 진짜 갉아먹는다. 몸을 갉아먹는 것이 그것의 일이다. 그 당시 이미 꼬뜨링과 결혼한 여동생 싸비나는 피로에 지칠 대로 지쳐 있었다. 가엾은 여인! 밤에 세시간밖에 자지 못했다. 주어웅 삼촌도 풀이 죽은 채 슬픔에 잠겨 있었다. 도나 에우제비아와 몇몇 다른 부인들도 거기에 있었으며 그들 역시 다른 사람들보다 슬픔이 덜하거나 헌신을 덜 하지 않았다.

"내 아들아!"

고통이 잠시 공격을 멈추었다. 미소가 병자의 얼굴을 환하게 비추었다. 그 얼굴 너머로 죽음이 날갯짓을 하고 있었다. 얼굴이라기보다는 해골이었다. 미모도 화창한 어느날처럼 이미 과거의 일이었다. 줄어들지 않는 뼈만 남아 있었다. 그녀를 거의 알아볼 수 없었다. 우리는 서로 못 본 지 팔구년이나 되었다. 나는 침대 발치에 무릎을 꿇고 그녀의 손을 잡은 채 말없이 조용히 있었다. 감히 말할 엄두가 나지 않았다. 말을 꺼내봐야 결국 모두 흐느낌이 될 것이기 때문이었다. 우리는 삶의 종말이 왔다는 것을 그녀에게 알리는 것이 두려웠다. 헛된 두려움! 그녀는 자신이 곧 죽으리라는 걸 알고 있었다. 그녀가 내게 그렇게 말했고 우리는 이튿날 아침 그것을 확인했다.

그녀가 겪은 임종의 고통은 냉혹하고 반복된 세세한 학대로 인해 길고도 잔인했다. 나는 고통과 놀라움에 휩싸였다. 나는 처음으로 사람이 죽는 것을 보았다. 나는 단지 사람들의 말을 통해서만 죽음을 알았을 뿐이었다. 기껏해야 묘지에 따라가서 본 죽은 이의 얼굴에서 이미 석화되어버린 죽음을 보았을 뿐이다. 그러지 않으면 옛 스승들의 수사학적 부연설명으로 포장된 관념을 떠올릴 뿐이었다. 카이사르의 믿을 수 없는 죽음, 소크라테스의 근엄한 죽음, 카토小Cato의 자존심으로 인한 죽음이 그것이다. 하지만 존재와 비존재의 대립, 활동 중인 죽음, 정치적이거나 철학적이며 은신처가 없고 고통스럽고 마음을 위축시키며 경련을 일으키는 죽음, 사랑하는 사람의 죽음을 나는 그때 처음으로 목도할 수 있었다. 난 울지 않았다. 나는 임종의 상황에서 울지 않았다는 걸 기억한다. 눈이 멍했고 목이 잠겨 있었으며 의식이 풀려 있는 상태였다. 그토록 달콤하고 부드럽고 성스럽던 하나의 피조물, 단 한번도 혐오의 눈물을 흘리게 하지 않았던 사람, 다정한 어머니에 순결한 아내였던 그녀. 자비라고는 없는 병의 이빨에 물려 이렇게 돌아가시다니, 어떻게 이런 일이 벌어질 수 있단 말인가? 고백하건대 그 모든 것이 내게는 불분명했고 논리적이지 못했으며 미친 짓인 듯 보였다……

슬픈 장이다. 이제 보다 쾌활한 장으로 넘어가자.

24. 짧지만 쾌활한

나는 충격으로 몸을 가누지 못했다. 하지만 그럼에도 불구하고 그 당시 나는 가벼움과 뻔뻔스러움이 충실히 요약된 인물이었다. 결코 삶과 죽음의 문제는 나의 머리를 짓누르지 못했다. 그날 전까지 난 결코 그 설명할 수 없는 죽음의 심연에 대해 깊이 생각해보지 않았다. 나는 자극과 갑작스러운 충격이라는 본질적인 것을 필요로 했다……

여러분에게 솔직히 말하건내 나는 모데나에서 만난 어느 이발사의 견해를 곰곰이 반추하고 있었다. 그는 다른 사람들과 달리 절대 자신의 의견을 가지고 있지 않았다. 그는 이발사들 가운데 최고였다. 머리매무새를 꾸미는 데 아무리 많은 시간이 걸리더라도 그는 결코 싫증을 내지 않았다. 그는 머리를 손질하는 동안 틈틈이 많은 문학적 표현들과 우스갯소리를 했다. 그의 말들은 모두 냉소적이면서도 묘미가 있었다…… 그는 자신만의 다른 사고방식을 가지고 있지 않았고 나 역시 마찬가지였다. 그렇다고 대학이 내게 아무것도 가르쳐주지 않았다는 말은 아니다. 난 공식이나 단어 들, 기초적인 지식을 외웠고 라틴어를 대하듯 그것들을 대했다. 그리고 대화에 써먹을 생각으로 베르길리우스[32]의 시 세편과 호라티우스의 시 두편 그리고 열댓 구절의 도덕적이고 정치적인 어구들을 외왔고 그것들을 역사학과 법학처럼 취급했다. 나는 모든 것에서 쓸모있을 법한 표현과 겉치레의 말, 꾸미는 말들을 모아두었다……

아마도 내가 지금 자신의 통속성을 솔직하게 표출하고 강조하는 것에 대하여 여러분은 놀랄 수도 있을 것이다. 그런데 솔직함은 죽은 자의 으뜸가는 미덕이라는 것을 알아주기 바란다. 삶에서 여론의 시선, 이해관계의 상충, 탐욕의 투쟁은 우리로 하여금 집안의 수치에 대해 침묵하도록, 찢어지거나 꿰맨 부분들을 가리도록, 우리의 양심에 걸리는 것들을 세상에 널리 확산시키지 못하도록 강요한다. 그러한 강요의 가장 좋은 부분은 다른 사람들을 속임으로써 자기 자신을 속이는 것이다. 왜냐하면 그 경우에는 고통스러운 감정인 수치심과 비열한 악인 위선을 경험하지 않아도 되기 때문이다. 하지만 막상 죽음에서는 그게 무슨 차이이고, 무슨 넋두리이며, 무슨 자유란 말인가! 우리는 바깥에서 외투를 털 수 있으며, 웅덩이에 옷장식을 던져버릴 수 있고, 잠시 관심을 다른 곳으로 돌릴 수 있고, 화장을 지울 수 있고, 장식품들을 벗어던질 수 있고, 또 실제의 과거와 그렇게 되지 않은 과거를 아주 솔직하게 고백할 수 있지 않은가! 왜냐하면, 간단히 말해, 이제는 이웃도 친구도 적도 아는 사람도 낯선 사람도 없기 때문이다. 즉 관객이 없는 것이다. 여론의 시선, 날카로운 법의 시선은 우리가 죽음의 영토를 밟는 순간 미덕을 잃게 된다. 나는 그 영역이 이곳까지 이르지 않으며 우리를 시험하지도 판결하지도 않는다고 말하는 것은 아니다. 하지만 시험도 판결도 우리에겐 관심거리가 아니다. 살아 있는 여러분, 망자의 경멸만큼 헤아릴 수 없이 큰 것은 아무것도 없습니다.

---

32 고대 로마의 시인.

25. 치주까에서

아! 펜이 나를 벗어나 힘차게 움직이기 시작한다. 내가 모친의 사망 직후 몇주간 치주까에서 보낸 삶이 단순했듯이 우리 모두 단순해지자.

칠일째의 장례미사가 끝나자 나는 장총 하나와 몇권의 책, 옷, 궐련 들을 챙긴 뒤 11장에 등장했던 꼬마 쁘루뎅시우를 데리고 우리 가족 소유의 낡은 가옥에 칩거했다. 부친은 나의 이같은 결정을 바꾸려고 무던히 애를 썼지만 나는 그의 말에 복종할 수도, 하고 싶지도 않았다. 싸비나는 내가 자신과 한동안, 최소한 두주 정도라도 함께 지내기를 바랐다. 매부는 어느정도 강제로라도 나를 자기 집으로 데려갈 참이었다. 그 친구 꼬뜨링은 좋은 젊은이였다. 한때 무책임한 사람이었으나 신중한 사람으로 바뀌었다. 이제는 선박용 화물을 거래하고 있으며 아침부터 저녁까지 열심히 끈기있게 일했다. 밤에는 창가에 앉아 수염을 돌돌 마는 것 외에 다른 데에 신경 쓰지 않았다. 그는 부인과 아들을 사랑했는데, 아들은 그 당시엔 살아 있었으나 몇년 뒤 사망했다. 사람들은 그가 인색한 사람이라고 말하곤 했다.

나는 모든 걸 포기했다. 정신이 혼란스러웠다. 그 노랗고 고독하며 얼얼한 꽃, 황홀하면서도 미묘한 향기를 가진 꽃, 즉 우울증이 내 안에서 싹트기 시작한 때가 바로 그 무렵이었다고 나는 생각한다. "슬픔에 잠겨 아무 말도 하지 않는다는 것이 이렇게 좋을 줄이야!" 고백하건대, 셰익스피어의 이 말이 나의 관심을 끌었을 때 나는 내 안에서 달콤한 메아리가 울려퍼지는 것을 느꼈다. 난 타마린

드 나무 아래서 시인의 책을 양손에 펼치고 앉아 있었다. 슬픔에 잠긴 암탉들을 얘기할 때처럼 난 의기소침해서 겉으로 드러난 모습보다 훨씬 더 고개를 숙인 마음상태였다. 관능적인 권태라고 부를 수 있는 어떤 독특한 심정과 더불어 음울한 고통이 내 가슴을 조여왔다. 관능적인 권태, 독자는 이 표현을 기억하라. 그리고 이 말을 가지고 조사를 해보라. 만일 그 뜻을 이해하지 못한다면 이 세상과 그 당시 나의 가장 미묘한 감정들 중 하나를 모르는 것이라고 결론지어도 좋다.

이따금 나는 사냥도 하고 잠도 자고 책도 읽었다. 책을 많이 읽었다. 때로는 아무것도 하지 않았다. 나는 나 자신이 유랑하거나 배고픈 한마리 나비처럼 이 생각에서 저 생각으로, 이 상상에서 저 상상으로 떠돌도록 내버려두었다. 세월은 물방울이 하나씩 떨어지듯 그렇게 흘렀고, 태양이 지면 밤의 그림자들은 산과 도시를 가렸다. 아무도 나를 찾아오지 않았다. 나는 사람들에게 날 내버려두라고 분명히 말해두었다. 하루, 이틀, 사흘, 말 한마디 하지 않은 채 그렇게 일주일을 보냈다. 그 일주일은 내가 치주까에서의 삶을 떨쳐내고 소란스러운 상황으로 돌아가도록 하기에 충분한 시간이었다. 사실 칠일째가 끝나갈 무렵 나는 고독에 지쳐 있었다. 고통은 이미 가라앉았다. 마음은 장총과 책에 만족하지 못했고 숲과 하늘을 보는 것에도 만족하지 못했다. 젊음이 반응하고 있었다. 살아야 했다. 나는 삶과 죽음의 문제, 시인의 우울증들, 셔츠들, 상념들, 넥타이들을 트렁크에 넣고 닫아버릴 심산이었다. 그때 쁘루뎅시우가 나에게 말하길, 내가 알고 있는 어떤 사람이 전날밤 우리 집에서 이백여걸음 떨어진 붉은 집으로 이사를 왔다고 했다.

"누군데?"

"아마 도련님은 도나 에우제비아를 기억 못할지도 몰라요."

"기억해…… 그녀가 맞아?"

"그녀랑 딸이에요. 어제 아침에 왔어요."

나는 곧 1814년의 일화가 생각났다. 부끄러웠다. 하지만 그때의 일들은 내가 옳았다고 생각한다. 사실 빌라사 박사와 중사의 여동생 사이의 친밀한 관계를 막기란 불가능했다. 내가 유럽행 배에 오르기 전에 이미 한 여자아이의 탄생을 둘러싸고 불가사의한 숙덕거림이 있었다. 나중에 나의 삼촌 주어웅은 빌라사가 죽으면서 상당한 유산을 도나 에우제비아에게 물려주었는데 그것이 온 동네에 많은 입방아를 낳았다고 말했다. 추한 일들에 목말라하던 주어웅 삼촌은 여러 페이지에 걸친 편지에서 다른 화제가 아닌 그 얘기를 나에게 들려주었다. 그 사건들은 내가 옳았음을 증명했다. 하지만 그렇다고 해도 1814년은 나의 짓궂은 행동 그리고 빌라사, 숲 속에서의 입맞춤과 함께 먼 옛날이 뇌었다. 어쨌든 나와 그녀 사이에는 긴밀한 관계가 전혀 없었다. 그런 생각을 한 뒤 나는 트렁크를 완전히 닫았다.

"도나 에우제비아를 안 찾아갈 거예요?" 쁘루뎅시우가 내게 물었다. "돌아가신 여주인님의 염을 해준 사람이 바로 그녀예요."

임종과 장례식 때 다른 여인들 사이에서 그녀를 본 일이 기억났다. 하지만 난 그녀가 내 어머니에게 그런 마지막 친절을 베풀었다는 사실을 알지 못했다. 하인 녀석의 생각이 옳다. 나는 그녀를 찾아봐야 한다. 난 즉시 그녀를 방문하기로 결심했다.

26. 작가가 주저하다

갑자기 목소리가 들렸다. "어이, 아들. 이게 꿈이냐 생시냐!" 나의 부친이었다. 그는 바지 주머니에 두가지 제안서를 가지고 왔고 난 트렁크에 앉아 조용히 그를 맞이했다. 그는 몇걸음 떨어진 곳에 서서 나를 바라보았다. 잠시 후 나에게 감동한 몸짓을 하며 손을 내밀었다.

"아들아, 신의 의지에 따르렴."

"이미 그러고 있어요." 나의 대답이었다. 나는 그의 손에 입맞춤을 하였다.

우리는 아직 점심을 먹지 않았기에 함께 식사를 했다. 우리들 가운데 어느 누구도 내가 칩거에 들어간 슬픈 동기에 대해서는 언급하지 않았다. 단 한번, 부친이 왕실의 섭정 문제로 대화를 이끌고 갔을 때 우리는 그것에 대해 지나가는 말투로 얘기했을 뿐이다. 그때 그는 섭정자들 가운데 한명이 그에게 보낸 애도의 편지를 언급했다. 그는 그 편지를 가지고 다녔다. 편지는 상당히 구겨져 있었는데 아마도 그것을 많은 사람들에게 읽어주느라 그랬을 것이다. 그 편지는 섭정자들 중 한명이 보낸 것이라고 그가 말했다고 나는 생각한다. 그는 나에게 두번이나 그 편지를 읽어주었다.

"이미 그분께 신경 써주셔서 고맙다는 말을 했다. 너도 그래야 한다고 생각해……" 부친은 그렇게 말을 끝맺었다.

"제가요?"

"그래, 너. 그 사람은 유명인사야. 요즘은 황제의 역할을 하고 있지. 그외에도 내게 생각이 하나 있다. 계획인데…… 아니…… 그래,

너에게 전부 말하마. 두가지 계획인데 하나는 연방 하원의원 자리이고 다른 하나는 결혼이다."

결혼문제를 꺼낼 때 부친은 잠시 쉬었다가 말했다. 똑같은 톤은 아니었지만 나름의 신경 씀과 의지가 말에 담겨 있었다. 그 목적은 그것들을 나의 마음속에 깊이 새기는 것이었다. 하지만 그 제안은 최근 나의 감정과는 상반된 것이어서 잘 이해되지 않았다. 부친은 고집을 꺾지 않은 채 의원 자리와 신붓감을 강조하면서 그 제안을 반복했다.

"받아들이겠니?"

"저는 정치를 몰라요." 잠시 뒤 내가 말했다. "신붓감에 대해서는…… 본래 제가 그렇듯이 곰처럼 살게 놔두세요."

"하지만 곰들도 결혼은 해." 그가 반박했다.

"그러면 암곰 한마리 데려다주세요. 북두칠성 큰곰자리로 말이죠……"

부친은 웃고 말았다. 그러다가 진지하게 말하기 시작했다. 그는 자신만의 독특하고 유창한 언변으로 이십여가지의 이유를 대며 내게 정치경력이 필요하다고 했다. 그는 그 예로 우리가 알고 있는 사람들을 들었다. 신붓감에 대해 내가 할 일이란 한번 보는 것뿐이라고 했다. 내가 그녀를 보기만 하면 스물네시간 이내에 그녀의 부친을 찾아가 그녀와 결혼하게 해달라고 청할 거라고 했다. 이처럼 부친은 처음엔 강한 매력을 지닌 미끼를 던졌고, 그다음엔 설득을, 그다음엔 협박을 했다. 하지만 나는 답변을 하지 않은 채, 때로는 웃고 때로는 생각에 잠긴 채로 이쑤시개 끝을 뾰족하게 하거나 빵의 안쪽을 돌돌 말아 작은 공들을 만들었다. 전부 다 말하자면 난 부친의 제안에 따르지도 반대하지도 않았다. 혼란스러웠다. 나의 한 부분이 아름다운 부인과 정치인이라는 자리는 존중받는 자산이라고 긍정적으로 말했다. 다른 부분은 아니라고 말했다. 모친의 사망으로 세상사나 애정 그리고 가정…… 이런 것은 깨지기 쉬운 것으로 나에게 인식되었던 것이다.

"확실한 답변을 들을 때까지는 여기서 떠나지 않을 거야. 확―실―한―답―변 말이야!" 부친은 손가락으로 "확실한 답변"이라는 말을 세면서 반복했다.

그는 마지막 커피 한모금을 마신 뒤 의자에 다시 기대었다. 그리고 상원과 하원, 섭정, 왕정복고, 이바리스뚜[33], 자신이 사려고 하는 고급 마차, 마따까발루스에 있는 우리 집 등 모든 것에 대해 말하기 시작했다…… 나는 탁자의 구석진 자리에 앉아 몽당연필로 종잇장에 아무렇게나 낙서를 했다. 한 단어, 한 문장, 시 한편, 코, 삼각형을 그렸고 수차례 그 모든 것을 순서 없이, 손이 가는 대로 반복했다.

        아르마 비룽끼 까누
아
아르마 비룽끼 까누
      아르마 비룽끼 까누
   아르마 비룽끼
      아르마 비룽끼 까누
  비룽끼

---

[33] 1822년 뽀르뚜갈의 왕세자가 브라질 제국을 선포하고 뽀르뚜갈로부터 독립한 직후 한때 국가로 불렸던 「독립의 노래」의 작사가.

이 모든 걸 기계적으로 썼다. 그럼에도 불구하고 어떤 논리적인, 어떤 연역적인 것이 보였다. 예를 들어 '비룽끼'가 그것으로서 이 단어의 첫 음절 때문에 이 단어는 나를 비슷한 시인 이름으로 인도하였다. '비룽끼'를 쓰려고 했는데 '비르질리우'[34]라는 이름이 뇌리에서 나왔다. 그래서 계속했다.

    비르   비르질리우
        비르질리우   비르질리우
            비르질리우
                              비르질리우

부친은 나의 그러한 무관심에 약간 유감스러운 표정을 짓더니 몸을 일으켜 내게로 다가와 종이에 눈길을 던졌다……
"비르질리우?" 그가 소리쳤다. "이 녀석 보게. 내 신부 될 사람의 이름이 바로 비르질리아야."

27. 비르질리아?

비르질리아? 그러면 몇년 뒤의…… 바로 그 여인과 같은 사람인가? 같은 사람이다. 1869년 나의 마지막 날들을 지켜보았으며 그전에, 그 훨씬 전에 나의 가장 친밀한 감정들에서 상당 부분을 차지했던 바로 그 여인이었다. 그 당시 그녀는 열대여섯살에 불과했다.

---

[34] 비르질리우는 고대 로마의 시인 '베르길리우스'의 뽀르뚜갈어 표기이다.

그녀는 아마도 우리 족속 중에서 가장 과감한 인물이었고, 분명 가장 자발적인 피조물이었을 것이다. 그녀가 그 당시 아가씨들 가운데 가장 뛰어난 미모를 지녔다고 말하지는 않겠다. 이 글은 작가가 현실을 포장해서 주근깨와 여드름에 눈을 감는 소설이 아니기 때문이다. 그러나 그녀의 얼굴에 주근깨나 여드름이 있었다고도 말하지 않겠다. 그녀는 예뻤고 신선했으며, 창조의 신비스러운 목적을 위해 한 사람에게서 다른 사람에게로 전해지는, 허술하지만 영원한 마법으로 가득한 자연의 손길로 빚어진 존재였다. 그것이 비르질리아였다. 그녀는 아주 맑았고 명랑했으며 순진하면서도 청순하고 신비스러운 충동들로 가득한 여인이었다. 꽤 게을렀지만 신앙심—신앙심이 아니라면 아마도 두려움—은 좀 있었다. 난 그것이 두려움이었다고 생각한다.

이제 독자 여러분은 몇줄을 통해 이후의 내 삶에 영향을 미칠 어떤 사람의 육체적, 도덕적 초상화를 갖게 되었다. 열여섯살의 여성이 갖는 특성, 그것이다. 나의 글을 읽고 있는 당신이 이 페이지들이 빛을 보게 될 때 여전히 살아 있다면—나의 글을 읽고 있는 당신, 사랑하는 비르질리아, 당신은 지금의 내 말과 내가 당신을 보았을 때 처음 한 말 사이에 차이가 있다는 것을 알아채지 못하는가? 당신은 내가 지금처럼 그때에도 아주 솔직했다는 것을 믿어주길…… 죽음은 나를 불평쟁이로 만들지도 않았고 불공평한 사람으로 만들지도 않았다.

"하지만," 아마 당신은 말할 것이다. "당신은 어떻게 그 당시의 진실을 분간할 수 있으며 그렇게 많은 세월이 지난 뒤에도 그걸 표현할 수 있나요?"

아! 정말 사려 깊지 못하도다! 아! 정말 무지하도다! 하지만 그게 바로 우리를 이 땅의 주인으로 만드는 것이다. 그것은 또 우리의 인상이 안고 있는 불안정성과 우리의 애정이 갖고 있는 허무함을 이야기하는 과거를 복원하는 힘이다. 인간이란 생각하는 갈대라고 빠스깔이 말하도록 내버려두라. 아니, 인간은 생각하는 정오표正誤表이다. 그래, 그거다. 삶이 거쳐가는 각각의 시기는 이전의 판版을 수정한 것이며, 이 또한 편집자가 벌레들에게 거저 주는 완결판이 나올 때까지 수정될 것이다.

28. 만약에……

"비르질리아라고요?" 나는 아버지의 말을 끊었다.
"그래. 신부의 이름이 그렇단다. 천사지. 날개 없는 순진한 천사야. 이 정도 키에 매우 영리하면서 장난꾸러기처럼 생기있는 그런 여자를 상상해봐. 그리고 두 눈도…… 두뜨라의 딸이지……"
"어떤 두뜨라예요?"
"고문관 두뜨라. 넌 모를 거다. 정치적으로 영향력이 있는 사람이지. 그래, 내 제안을 받아들이겠니?"
나는 즉답을 하지 않았다. 몇초간 목이 짧은 장화의 끝을 응시했다. 그런 다음 정치인으로 나서는 것과 결혼하는 것 두가지 문제를 검토해볼 의향이 있다고 말했다. 만약에……
"만약에라니?"
"두가지 제안을 전부 받아들이도록 강요하는 것이 아니라면 저는 결혼과 공인으로 사는 것은 따로라고 생각해요……"
"모든 공인은 결혼한 사람이어야 해." 부친이 무게를 잡고 말을 끊었다. "하지만 네가 뭘 원하든 난 다 들어줄 준비가 되어 있다. 보면 믿게 될 거라고 확신해! 게다가 신부와 의회는 같은 거야…… 그러니까, 아니…… 나중에 알게 될 거야…… 시간이 필요하다는 거 이해한다. 만약에……"

"만약에라뇨?" 이번에는 내가 부친의 목소리를 흉내 내며 말을 끊었다.

"허! 이 웃기는 녀석 보게! 만약에 네가 여기서 쓸데없이 음침하고 슬프게 살지 않는다면 말이야. 네가 이름도 날리지 못한 채 살라고 내가 돈, 걱정, 노력을 쏟은 것은 아니야. 너는 응당 이름을 날려야 해. 그게 너에게 맞고 우리 모두에게 맞아. 우리 가문의 이름을 이어가야 해. 훨씬 더 이름을 날려야 해! 이것 봐라. 난 지금 예순살이다. 하지만 새 삶을 시작해야 한다면 시작할 거야. 단 일분도 지체하지 않고 말이야. 브라스, 넌 불분명한 걸 무서워할 줄 알아야 해. 하찮은 삶에서 벗어나야 돼. 이것 보라고. 사람들은 각자 서로 다른 삶의 방식을 갖고 있어. 그리고 그 방식들 가운데 가장 안전한 것은 다른 사람들의 의견을 듣는 거야. 너의 사회적 지위가 주는 이점들을 뭉개버리지 마라. 네 능력도……"

그리고 내가 어릴 때 빨리 걷게 하려고 했던 것처럼 마법사 부친은 내 면전에 딸랑이를 흔들면서 계속 말을 이어갔다. 우울증의 꽃은 다시 봉오리 안으로 움츠러들었고 보다 덜 노란색이면서 전혀 병적이지 않은 다른 꽃—명성에 대한 사랑, 브라스 꾸바스 고약—을 피웠다

29. 방문

내 부친이 이겼다. 나는 정치 입문과 결혼 제안을 받아들이기로 했다. 비르질리아와 연방 하원이 그것이었다. "두명의 비르질리아인 거야." 부친은 정치적인 부드러움을 보이며 말했다. 나는 그것들을 받아들였고 부친은 나를 두차례나 힘차게 포옹하였다. 결국 그가 내게서 인식했던 것은 자기 자신의 핏줄이었다.

"나랑 돌아갈래?"

"내일 갈게요. 먼저 도나 에우제비아 집을 방문할 거예요……"

부친은 코를 찡그렸으나 아무 말도 하지 않았다. 그는 작별을 하고 돌아갔다. 같은 날 오후 나는 도나 에우제비아의 집을 방문했다. 난 흑인 정원사를 꾸짖고 있는 그녀를 발견했다. 하지만 그녀는 나를 보자 모든 일을 그만두고 진짜 기쁜 표정으로 소리 지르며 다가왔다. 그 덕분에 나는 곧 어색함에서 벗어났다. 난 그녀가 자신의 튼튼한 양팔로 나를 포옹했다고 생각한다. 그녀는 나에게 매우 만족한 듯 많은 감탄사를 연발하며 베란다에서 자신의 곁에 앉게 했다.

"오, 귀여운 브라스! 어른이 다 되었구나! 세월 참 빠르네…… 완전히 어른이 되었구나! 게다가 잘생겼네! 뭐라고! 넌 나를 기억하지 못하겠지……"

나는 기억한다고 했다. 우리 집안과 그처럼 가까운 사람을 잊는다는 건 불가능하다고 했다. 도나 에우제비아는 내 모친에 대하여 깊은 그리움을 가지고 말하기 시작했다. 그것은 커다란 그리움으로 나의 관심을 사로잡았으나 이내 나를 슬프게 했다. 그녀는 내 눈을 통해 그것을 알아차리고는 화제를 돌렸다. 나에게 여행, 학업, 사랑 등에 대해 말해줄 것을 부탁했다…… 그렇다. 사랑 이야기도. 그녀는 자신이 짓궂은 노파라고 털어놓았다. 그런 얘기를 나누던 중 나는 1814년의 일화를 기억해냈다. 그녀와 빌라사, 숲, 키스, 나의 외침…… 그것들을 회상하고 있을 때 나는 문이 삐걱거리는 소리와 치마를 끄는 소리 그리고 다음과 같은 말을 들었다.

"엄마…… 엄마……"

30. 숲의 꽃

그 목소리와 치마 끄는 소리는 갈색의 귀여운 여자아이가 내는 소리였다. 그녀는 낯선 사람을 보자 문간에서 잠시 멈칫거렸다. 짧고도 어색한 침묵이 흘렀다. 도나 에우제비아가 단호하면서도 솔직하게 그 침묵을 깼다.

"이리 오렴, 에우제니아." 그녀가 말했다. "꾸바스 씨의 아들인 브라스 꾸바스 박사님이셔. 인사하렴. 유럽에서 오셨단다."

그리고 내게로 몸을 돌리면서 말했다.

"내 딸 에우제니아야."

숲의 꽃 에우제니아는 나의 다정한 몸짓에 응답하는 둥 마는 둥 놀라고 수줍은 표정으로 나를 바라보더니 엄마의 의자 곁으로 다가갔다. 그러자 엄마는 끝이 흐트러져 있던 머리 장식의 한쪽을 고쳐주었다. "아이, 개구쟁이! 이것 참…… 박사님은 상상도 못하실 거야……" 그녀가 말했다. 그러고는 딸에게 무척이나 온화한 입맞춤을 했는데 나는 약간 감동을 받았다. 내 모친을 연상시켰던 것이다. 그리고 — 솔직히 다 말하자면 — 아빠가 되고 싶은 마음이 간절해졌다.

"개구쟁이라고요?" 내가 말했다. "제가 보기엔 이제 그런 나이가 아닌데요."

"내 딸이 몇살로 보여?"

"열일곱살요."

"한살 더 어려."

"열여섯. 그렇다면 어린 숙녀네요."

에우제니아는 나의 말에서 느낀 만족감을 감추지 않았다. 하지만 곧 자세를 바로 한 뒤 이전처럼 꼿꼿한 자세로 냉정하게 말없이 있었다. 실제로 조금 전보다 훨씬 더 여성다워 보였다. 그녀는 어린 숙녀 같은 자유분방한 모습을 보면 아직 어린아이 같았지만 이처럼 조용하고 냉정한 모습을 보면 결혼한 여성 같았다. 어쩌면 그때의 분위기가 숫처녀로서의 아름다움을 약간 감소시켰을 수도 있다. 우리는 금세 친근감을 느꼈다. 그녀의 어머니는 그녀를 무척 칭찬했고 나는 기꺼이 그 말을 들어주었다. 그녀의 머릿속에 황금 날개에 다이아몬드 눈을 가진 작은 나비 한마리가 날고 있는 것처럼 그녀는 반짝이는 눈으로 미소를 지었다……

내가 "머릿속"이라고 말한 이유는 한마리 검은 나비가 바깥에서 날갯짓을 하다가 갑자기 베란다로 들어와 도나 에우제비아 주변에서 날개를 파닥이기 시작했기 때문이다. 도나 에우제비아가 소리를 지르며 자리에서 일어나 몇마디 내뱉었다. "저리 가!…… 흉측한 것, 나가……! 어휴……!"

"겁내지 마세요." 나는 손수건을 꺼내 그 나비를 쫓아냈다. 도나 에우제비아는 숨을 헐떡이며 조금 창피해하는 모습으로 다시 자리에 앉았다. 그녀의 딸은 겁에 질려 얼굴이 창백했지만 대단한 의지력으로 그런 인상을 감추고 있는 것 같았다. 난 두 여자의 모습에 혼자 미소를 지으며 그녀들의 손을 잡고 밖으로 나갔다. 나의 그 미소는 철학적이면서 사심이 없는, 우월한 자의 미소였다. 오후가 되어 나는 도나 에우제비아의 딸이 말을 타고 지나가는 걸 보았다. 하인 한명이 그녀의 뒤를 따르고 있었다. 그녀는 채찍 끝을 들어올리며 나에게 인사했다. 고백하건대, 그녀가 몇걸음 후에 머리를 돌려 나를 볼 것이라는 생각으로 자신만만했지만 그녀는 뒤를 돌아보지 않았다.

31. 검은 나비

이튿날 내가 시내로 돌아가기 위해 준비를 하고 있을 때, 다른 나비만큼 검으면서 크기는 훨씬 큰 그런 나비 한마리가 내 방으로 들어왔다. 나는 전날의 일을 기억하며 미소를 지었다. 이어 곧 도나 에우제비아의 딸을 생각하기 시작했다. 그녀의 화들짝 놀란 모습과 그럼에도 불구하고 잃지 않았던 기품을 생각했다. 이번의 나비는 내 주위를 한참 돌더니 내 이마에 앉았다. 내가 쫓아내자 나비는 유리창에 앉았다. 내가 다시 쫓아내자 유리창에서 떨어져 내 부친의 낡은 초상화에 앉았다. 한밤중처럼 검은 나비였다. 초상화에 앉은 나비는 부드러운 동작으로 날개를 움직이기 시작했다. 마치 나를 조롱하는 것 같아 기분이 아주 언짢았다. 어깨를 으쓱한 뒤 나는 방에서 나왔다. 하지만 내가 몇분 뒤 방으로 되돌아갔을 때도 나비는 같은 자리에 그대로 있었다. 신경이 곤두섬을 느낀 나는 수건을 던져 나비를 맞혔고 나비는 바닥으로 떨어졌다.

떨어졌지만 죽지는 않았다. 여전히 몸을 비틀며 더듬이를 움직이고 있었다. 가엾은 마음이 들었다. 손바닥에 나비를 올려놓은 뒤 창틀에 내려놓으러 갔다. 이미 늦었다. 불행한 나비는 몇초도 지나지 않아 죽고 말았다. 난 마음이 언짢았고 불편했다.

"왜 파란 나비가 아니었지?" 난 혼자 중얼거렸다.

이러한 생각—나비가 창조된 이래 이제껏 있어온 가장 심오한 생각 중 하나—이 내가 저지른 나쁜 행동으로부터 나를 위로해주었고, 나는 나 자신과 다시 화해했다. 고백하건대, 나는 어떤 연민을 갖고 그 주검을 보며 한동안 생각에 잠겼다. 나는 그 나비가 숲에서 나와서 식사를 하고 행복했을 거라고 상상했다. 아름다운 아침이었다. 검은 외양과 겸손한 모습으로 나비로서의 삶을 마음껏 즐기면서 둥근 지붕 같은 광활한 창공—날개 달린 모든 생명체에게 하늘은 언제나 푸를 것이다—아래로 나왔을 것이다. 그리고 나의 창문을 통과하여 안으로 들어온 뒤 나와 맞닥뜨렸을 것이다. 짐작하건대, 나비는 그때까지 인간이라고는 전혀 보지 못했을 것이다. 그러니까 인간이 무엇인지를 몰랐을 것이다. 내 몸 주위를 끊임없이 돌면서 내가 움직인다는 사실, 또 내가 눈, 팔, 다리, 거룩한 풍채, 거대한 키를 가지고 있다는 사실을 알았을 것이다. 그때 나비는 혼자 생각했을 것이다. "이 존재는 아마도 나비들의 창조주일 거야." 그러한 생각이 그를 얽어매어 공포심을 불러일으켰을 것이다. 그러나 암시적이기도 한 그 두려움은 나비에게 창조주를 기쁘게 하는 최고의 방법이 그의 이마에 입맞춤을 하는 것임을 암시했을 것이다. 그리하여 그 나비는 내 이마에 입맞춤을 했던 것이다. 하지만 나한테 추방을 당한 나비는 유리창에 가서 앉았고 거기서 내 부친의 초상화를 보았던 것이다. 그런데 거기서 나비는 반쪽의 진실을 발견했을 가능성이 크다. 다시 말하면, 그 초상화는 나비들의 창조주의 아버지였으며 나비는 자비를 구해 그에게로 날아갔던 것이다.

그런데 수건의 타격이 그 모험을 끝장내버렸다. 그에게는 푸른 하늘도 꽃들의 즐거움도 푸른 나뭇잎들의 화려함도 거친 아마포로 만들어진 두뼘 크기의 얼굴수건 앞에서 아무런 가치도 없게 되었다. 독자 여러분! 나비보다 우월하다는 사실이 얼마나 좋은 것인지 보라! 왜냐하면 그 나비가 파란색이었거나 오렌지색이었다 해도 안전한 삶을 누리진 못했을 것이라고 말하는 것이 정당하기 때문이다. 만일 그런 색의 나비였다면 내 눈의 즐거움을 위해 압정으로 그 나비를 찔러 죽였을 가능성도 있었다. 그 나비는 그렇지 않았다. 이 마지막 생각이 나에게 위안을 되돌려주었다. 난 중지를 엄지손가락에 갖다대 나비의 시체를 튕기면서 작별을 고했다. 나비의 주검이 정원에 떨어졌다. 그때 준비성이 철저한 개미들이 곧바로 몰려들었다…… 아니, 난 첫번째 생각으로 되돌아가련다. 그 나비가 파란색으로 태어났더라면 더 나았을 거라고 믿는다.

32. 태어날 때부터 절름발이

나는 거기에서 나와 집으로 돌아갈 준비를 끝냈다. 이젠 더 늦출 수 없다. 즉시 마을로 돌아갈 것이다. 비록 어떤 사려 깊은 독자가 앞의 장이 단지 무의미한 말에 불과한지 아니면 풍자인지 묻기 위해 나를 잡는다고 해도 난 마을로 돌아갈 것이다…… 그런데 나는 도나 에우제비아를 잊고 있었다. 짐을 다 챙긴 뒤 그녀의 집으로 갔다. 그녀가 마을로 돌아가는 나를 붙잡기 위해 저녁을 함께 하자고 초대했던 것이다. 난 사양했으나 그녀가 계속 고집을 부려 받아들일 수밖에 없었다. 게다가 나는 그때의 일에 보상을 해주어야 했다. 그래서 갔다.

에우제니아는 그날 나를 위해 몸치장은 하지 않았다. 나를 위해서였다고 나는 생각한다. 그녀가 그렇게 있는 모습이 흔한 일이 아니라면 말이다. 그녀의 귀에는 전날의 금귀걸이조차 걸려 있지 않았다. 그 귀걸이는 요정의 머리에 있는 두 귀 모양으로 세련되게 다듬은 것이었다. 아무 장식이 없는 소박한 흰색 모슬린 드레스는 브로치 대신 목 부위에 자개단추가 달려 있었고 소매를 잠그는 손목 부위에도 자개단추가 달려 있었다. 팔찌는 볼 수 없었다.

그녀의 겉모습은 그랬다. 하지만 정신도 다르지 않았다. 명확한 생각들과 소박한 자세, 자연스러운 아름다움, 여인의 모습, 그리고 그밖의 다른 것이 있었는지 모르겠다. 참, 그녀의 입은 정확히 자기 엄마와 똑같이 생겼다. 그 입은 나에게 1814년의 일화를 연상시켰으며 그녀의 딸에게도 똑같은 말을 하고 싶은 충동을 불러일으켰다……

"이제 농장을 보여줄게." 마지막 커피 한모금을 마신 직후 그녀의 어머니가 말했다.

우리는 베란다를 거쳐 거기서 작은 농장으로 향했다. 내가 어떤 상황을 눈치챈 것은 바로 그때였다. 에우제니아는 다리를 약간 절고 있었다. 아주 살짝 절었기에 나는 다리를 다쳤느냐고 물었다. 그녀의 어머니는 아무 말도 하지 않았다. 그 딸이 머뭇거리지 않고 말했다.

"아뇨, 선생님. 저는 태어날 때부터 절름발이였어요."

쥐구멍에라도 숨고 싶었다. 나 자신을 멍청한 놈, 야비한 놈이라고 불렀다. 사실, 절름발이일 수 있다는 단순한 가능성만으로도 그녀에게 아무것도 묻지 말아야 했다. 그제야 나는 전날 처음 보았을 때 그녀가 어머니의 의자에 천천히 다가갔던 사실과 오늘 내가 찾아왔을 때 그녀가 저녁 식탁에 미리 앉아 있었던 사실을 기억해냈다. 아마도 자신의 불구를 감추기 위해 그랬을 것이다. 하지만 무슨 이유로 지금 고백한 걸까? 나는 그녀 쪽을 바라보았다. 그녀가 슬픈 표정을 짓고 있음을 알았다.

난 조심스럽지 못한 내 행동의 여파를 지우려고 애썼다. 그건 어렵지 않았다. 왜냐하면 그녀의 어머니는 스스로 고백했듯이 농담을 좋아하는 짓궂은 노파였기 때문이다. 그래서인지 그녀는 즉각 나에게 말을 걸었다. 우리는 농장 전체와 나무들, 꽃들, 오리들이 노는 물탱크 등 무수히 많을 것을 보았다. 에우제니아가 나를 안내해주는 동안 나는 흘금흘금 그녀의 눈치를 살피곤 했다······

에우제니아의 시각은 비뚤지 않고 똑발랐으며 아주 건전해 보였다. 이것은 그녀의 검고 평온한 두 눈으로부터 흘러나왔다. 난 그녀의 눈이 약간 흐릿한 상태에서 두어번 감겼다고 생각한다. 하지만 두어번뿐이었다. 대개는 솔직하게, 두려움이나 지나친 수줍음 없이 나를 바라보았다.

33. 마을로 내려가지 않는 자는 복이 있나니

문제는 그녀가 절름발이라는 사실이었다. 반짝이는 눈, 너무나 신선한 입, 너무나 숙녀다운 자세였지만 절름발이라니! 이런 대조는 종종 자연이 엄청난 조롱꾼이라고 생각하게 만든다. 절름발이면서 왜 미녀인가? 왜 미녀이면서 절름발이인가? 이것은 밤에 귀가하면서 나 자신에게 던진 질문이었다. 그 수수께끼의 해답은 떠오르지 않았다. 수수께끼가 풀리지 않을 때 가장 좋은 방법은 그것을 창밖으로 내던지는 것이다. 나는 그렇게 했다. 나의 뇌리에서 떠나지 않고 윙윙거리는 그런 또다른 검은 나비를 또다른 수건을 던져 제거해버렸다. 난 안심이 되었고 잠자리에 들었다. 하지만 정신의 갈라진 틈인 꿈이 그 나비를 다시 내 정신 속으로 들어오게 했고 그래서 난 그 불가사의를 캐느라 밤을 꼬박 새웠다. 물론 해답을 찾지는 못했다.

  비가 내리는 가운데 아침이 밝아왔다. 난 마을로 내려가려는 마음을 바꿨다. 하지만 그다음 날 아침은 맑고 푸르렀다. 그럼에도 불구하고 난 그대로 있었다. 사흘째도, 나흘째도, 그리고 주말까지도 움직이지 않았다. 아름답고 신선하며 매력적인 아침들이 이어졌다. 시내에 있는 가족과 신붓감 그리고 의회가 나를 불렀지만 난 아무 대답도 하지 않은 채 나의 절름발이 베누스Venus에게 완전히 매료되어 그녀 곁을 떠나지 않았다. 매료되었다는 말은 단지 스타일을 좋게 하는 하나의 방법일 뿐이다. 매료가 아니라 좋아하는 정도였다. 그것은 어떤 육체적, 도덕적 만족을 의미했다. 나는 그것을 바랐다. 사실이다. 그 꾸밈없는 피조물, 서녀이면서 절름발이지만, 사랑과 경멸로 탄생한 그녀 곁에서 난 행복했으며 그녀 역시 내 곁에서 행복했으리라 믿는다. 치주까에서의 일이었다. 그저 소박한 전원시 한편이었다. 도나 에우제비아는 우리를 감시하였지만 아주 심하게 하지는 않았다. 그녀는 편의성으로 필요성을 완화시켰다.

본능이 처음으로 폭발한 그녀의 딸은 한창 꽃피고 있던 자신의 영혼을 나에게 바쳤다.

"당신, 내일 마을로 돌아가나요?" 토요일에 그녀가 물었다.

"그러려고 해."

"가지 마세요."

난 가지 않았다. 그리고 복음서에 한마디 말을 덧붙였다. "마을로 내려가지 않는 자는 복이 있나니 아가씨들의 첫 키스가 바로 그들의 것임이라." 실제로 에우제니아의 첫 키스는 토요일에 이루어졌다. 그 어떤 남자도 가지지 못한 첫 키스였다. 훔친 키스도 아니고 강압에 의한 키스도 아니었다. 마치 정직한 빚쟁이가 빚을 갚듯이 순수하게 내놓은 키스였다. 가엾은 에우제니아! 네가 그때 내 머릿속에서 떠돌던 생각들을 알았더라면! 너는 나에게서 미래의 좋은 남편을 보면서 내 어깨에 팔을 걸치고 감동에 젖어 몸을 떨었지만 나는, 그리고 1814년 그 숲과 빌라사를 바라보던 내 눈은, 네가 피와 출신을 속일 수 없을 거라고 생각하고 있었다……

도나 에우제비아가 예기치 않게 안으로 들어왔다. 하지만 그렇게 갑작스러운 일이 아니어서 서로의 발치에 있던 우리의 모습을 포착했을 뿐이었다. 나는 창문까지 걸어갔고 에우제니아는 두갈래로 땋은 머리 중 한쪽을 매만지며 자리에 앉았다. 매력적인 위장이었다! 대단히 섬세한 기교! 깊은 위선! 이 모든 것이 식욕처럼, 졸음처럼 자연스러웠다. 또 그 모든 것은 생기가 있었으며 사전에 검토된 것이 아니라 자연스럽게 이루어졌다. 정말 훌륭했다. 도나 에우제비아는 아무것도 의심하지 않았다.

34. 어느 예민한 영혼에게

나의 글을 읽는 다섯 내지 열명의 독자들 중에는 분명 앞 장의 내용에 화가 난 예민한 영혼도 있을 것이다. 그리하여 그는 에우제니아의 운명을 걱정하기 시작하고 그리고 아마…… 그래, 아마 마음속 깊은 곳에서 나를 자신만을 생각하는 냉소적인 인간이라고 말할 것이다. 예민한 영혼이여, 내가 냉소적인 인간인가? 디아나 여신의 허벅지를 위하여! 만일 피가 이 세상에서 뭔가를 씻어 없애주는 것이라면, 이러한 모독은 피로 씻겨야 한다. 아니다. 예민한 영혼이여, 나는 냉소적인 사람이 아니고 인간이었다. 나의 뇌는 큰 무대와 같아서 거기에는 성스러운 드라마, 거친 드라마, 감상적인 드라마, 우아한 코미디, 혼란스러운 익살극, 작은 연극들, 광대극 등 모든 장르의 작품들이 공연되었다. 예민한 영혼이여, 나의 뇌는 소아시아 이즈미르의 장미에서부터 당신 정원의 루타 풀까지, 클레오파트라의 훌륭한 침대에서부터 거지가 그대의 꿈을 흔들어 놓는 해변의 평온한 구석까지, 인간과 사물이 완전히 뒤섞인 거대한 혼란 그 자체이다. 그 속에는 다양한 층과 얼굴을 가진 생각들이 서로 교차했다. 거기에는 매와 벌새만 존재하는 것이 아니라 달팽이와 두꺼비도 존재했다. 예민한 영혼이여, 그런 표현을 거두고 자신의 신경을 벌하라. 그리고 안경 ─ 종종 이것은 유리이기 때문에 ─ 을 닦아라. 이제 그 숲의 꽃을 단번에 끝내도록 하자.

35. 다마스쿠스로 가는 길

그로부터 여드레가 지났을 때 나는 다마스쿠스로 향하는 길 위에 있는 것처럼 한 불가사의한 음성을 들었다. 그 음성은 성서(사도행전 9장 6절)에 있는 말을 나에게 속삭였다. "일어나서 시내로 들어가거라." 그 목소리는 내게서 나온 것이었으며 두가지 근원을 가지고 있었다. 하나는 귀여운 그녀의 순결함 앞에서 나를 무장해제해버린 연민이었고, 다른 하나는 정말로 그녀를 사랑하게 되어 그녀를 아내로 삼을 수도 있다는 공포심이었다. 절름발이 여자라니! 내가 마을로 내려가게 된 이유로 말하자면, 그녀 자신이 그렇게 생각하고 내게 말했다는 것은 의심할 바 없는 사실이다. 어느 월요일 오후 베란다에서 나는 그녀에게 이튿날 아침 돌아갈 것이라고 했다. "잘 가요." 그녀는 천진하게 손을 내밀며 한숨을 쉬었다. "잘하는 거예요." 내가 아무 말도 하지 않자 그녀가 계속해서 말했다. "저랑 결혼하는 우스운 짓에서 도망치는 것은 잘하는 거예요." 나는 그녀에게 아니라고 말할 참이었다. 하지만 그녀는 눈물을 삼키며 천천히 물러났다. 나는 몇걸음 그녀에게 다가가 하늘에 계신 모든 성자들의 이름을 걸고 그녀에게 맹세했다. 나는 돌아갈 것을 강요받았으나 그녀를 무척이나 사랑해 감정을 억누를 수 없을 지경이라고 했다. 그녀는 한마디 말도 하지 않은 채 나의 차갑고 과장된 말을 들었다.

"나를 믿어?" 내가 대화 마지막에 물었다.

"아뇨. 그래서 당신이 잘하는 것이라고 하잖아요."

나는 그녀를 붙잡고 싶었지만 그녀가 내게 던진 시선은 더이상 애원의 눈길이 아니라 강압적인 명령이었다. 나는 이튿날 아침 치주까를 떠났다. 한편으로는 마음이 좀 아팠지만 다른 한편으로는 약간 만족스러웠다. 나는 아버지에게 복종하는 게 옳으며 정치경력을 쌓는 일이 적절하리라고 중얼거렸다…… 헌법…… 나의 신붓감…… 내 말[馬]……

36. 장화에 대하여

내가 돌아올 것을 예상치 못한 부친은 온정과 감사하는 마음이 충만한 표정으로 나를 포옹했다. "이젠 정말이지?" 그가 말했다. "그러면 이제 내가……?"

난 부친이 말끝을 흐리도록 내버려두었다. 그리고 꽉 끼는 장화를 벗으러 갔다. 안심이 되자 난 큰 숨을 몰아쉬었다. 그리고 침대에 곧장 길게 누웠다. 장화에 끌려다니던 나와 발이 상대적인 행복에 빠져들었다. 그리고 나서 나는 꽉 끼는 장화가 지구의 가장 큰 행운 가운데 하나라고 생각했다. 왜냐하면 장화는 불쌍한 발을 아프게 하면서도 그것을 벗을 기쁨의 기회도 주기 때문이다. 화가 날 정도로 발을 아프게 하면서도 나중에는 그 발을 편안하게 해주기에 당신은 제화공들과 에피쿠로스[35]의 취향에 따라 값싼 행복감을 느낀다. 이러한 생각이 그 유명한 뇌의 공중그네 속에서 맴도는 동안 나는 치주까로 눈길을 돌렸다. 그리고 과거 속으로 사라지는 그 절름발이 여인을 보았다. 나는 내 마음이 장화를 벗는 데 그리 오

---
[35] 쾌락주의를 주장한 고대 그리스의 철학자.

랜 시간이 걸리지 않을 거라고 느꼈다. 실제로 쾌락이 그 장화를 벗겨버렸다. 그로부터 네댓새 뒤 나는 쓰라린 고통과 근심, 불편한 마음에 이어 빠르고 형언할 수 없고 통제할 수도 없는 행복감을 맛보았다…… 나는 여기서 인생은 각종 현상들 가운데 가장 기발한 것이라는 추론을 하게 되었다. 왜냐하면 배고픔은 먹을 기회가 다가온다는 설정이 있어야만 고통스럽기 때문이다. 굳은살도 그것이 지상에서의 행복을 완벽하게 해주기 때문에 만들어진 것일 뿐이다. 사실 여러분에게 말하노니 인간의 모든 지혜는 목 짧은 장화만큼의 가치도 없다.

나의 에우제니아, 장화를 결코 벗어본 적이 없는 사람은 바로 당신이다. 당신은 이 반대편 기슭으로 올 때까지 극빈자의 장례식 때처럼 슬프게 다리를 절고, 사랑도 절면서, 고독하게 침묵하며 힘겹게 열심히 인생길을 걸어왔다…… 내가 알지 못하는 것은 당신의 현존이 금세기에 아주 필요한가라는 점이다. 누가 알겠는가? 어쩌면 하류 단역배우가 인간의 비극을 실패하게 만들지도 모를 일이다.

37. 드디어!

드디어! 비르질리아를 얘기할 차례다. 두뜨라 고문관의 집으로 가기 전 나는 부친에게 결혼에 대한 어떤 사전 조율이 있었는지를 물었다.

"그런 건 전혀 없다. 너를 두고 그와 얘기를 나눈 지 한참 되었어. 그때 난 네가 연방 하원의원이 되는 것이 나의 소원이라고 털어놓았지. 그렇게 말하니까 그가 어떻게든 해보겠노라고 약속하더라. 난 그가 약속한 대로 할 거라고 믿어. 신붓감에 대해 말하자면 귀여운 인물이라고나 할까. 보석이고 꽃이며 별이야. 아무튼 드문 인물이야…… 고문관의 딸이지. 네가 그녀랑 결혼하면 좀더 빨리 연방 하원의원이 되리라 생각한다."

"단지 그뿐이에요?"

"그래. 그뿐이야."

대화를 끝낸 뒤 우리는 두뜨라 씨의 집으로 갔다. 유쾌하고 미소를 잃지 않으며 애국자인 그는 공공의 악에 대해 어느정도 화를 내기도 하지만 그것들이 빨리 교정되지 않더라도 체념하지 않는 그런 사람이었다. 그는 내가 연방 하원 후보로 나서는 것이 옳은 일이라고 생각했다. 하지만 몇달 기다려야 한다고 했다. 이어 나를 자신의 아내—훌륭한 부인이었다—에게 소개했다. 그리고 자신의 딸에게도 나를 소개했다. 그녀를 보니 내 부친이 했던 칭찬이 거짓이 아니었다. 여러분에게 맹세하노니 전혀 거짓이 없었다. 27장을 다시 읽어보라. 그녀에 대하여 몇가지 생각을 가지고 있던 나는 그녀를 은근히 뚫어지게 바라보았다. 그녀가 나에 대해 어떤 생각을 가지고 있었는지는 모른다. 그녀는 나와 달리 나를 바라보진 않았다. 우리의 첫 눈길은 순수하면서 소박한 부부 같은 눈길이었다. 한달이 지날 무렵 우리는 친해졌다.

38. 제4판

"내일 저녁 먹으러 오게." 어느날 밤 두뜨라 씨가 나에게 말했다. 나는 그 초대를 받아들였다. 이튿날 나는 마차를 써웅프랑시스꾸지빠울라 광장에 대기시켜놓고 산책을 했다. 여러분은 '인간의 판版'이라는 나의 이론을 기억하는가? 여러분은 그 무렵 내가 확대되고 개정된 제4판의 단계에 있었다는 걸 알 것이다. 하지만 그 판은 사려 깊지 못한 언행들과 야만적인 행위들로 가득하였다. 그러나 그러한 결점은 우아한 활자와 화려한 제본으로 보상받았다. 거리를 몇차례 어슬렁거린 뒤 오우리비스 가街를 지나면서 시계를 보았다. 그런데 시계의 유리가 보도에 떨어지고 말았다. 난 가까운 거리의 첫 가게에 들어섰다. 작은 구멍가게로 먼지가 좀 쌓이고 어두컴컴했다.

계산대 너머 안쪽에 한 여자가 앉아 있었다. 누렇고 곰보인 그녀의 얼굴은 첫눈에 들어오지는 않았다. 하지만 곧 묘한 광경이 드러났다. 그녀는 과거에 추했던 여자가 아니라 반대로 예뻤던, 아주 예뻤던 여자임이 분명했다. 하지만 마마와 조로루舃가 그녀의 빼어난 미모를 망가뜨려놓았다. 마맛자국이 끔찍할 정도였다. 커다랗고 많은 마맛자국이 얼굴을 온통 울퉁불퉁하게 만들었고 아주 거친 사포 같은 느낌을 주었다. 얼굴에서 가장 나은 부분은 두 눈이었다. 하지만 그 눈도 독특하고 역겨운 표정을 짓고 있었다. 그러나 내가 말을 하기 시작하자 변화가 생겼다. 머리털의 경우 붉은 갈색을 띠고 있었으며 거의 가게문만큼이나 먼지가 쌓여 있었다. 왼손의 한 손가락에는 다이아몬드가 번쩍거렸다. 어떻게 이것을 믿을 수 있을까? 그 여인은 바로 마르셀라였다.

나는 그녀를 바로 알아보지 못했다. 그것은 어려운 일이었다. 하지만 그녀는 내가 말을 하자마자 곧 나를 알아보았다. 그러자 그녀의 눈이 반짝거렸고, 일상적인 표정이 절반은 달콤하고 절반은 슬프게 바뀌었다. 그녀는 숨으려는 듯한 몸짓 또는 도망치려는 듯한 몸짓을 취했다. 일초도 지나지 않았지만 그것은 허영의 본능이었다. 마르셀라는 마음을 안정시킨 뒤 미소를 지었다.

"뭘 사고 싶으세요?" 그녀가 나에게 손을 내밀며 물었다.

난 아무런 대답도 하지 못했다. 마르셀라는 내 침묵의 원인을 알았다. (어렵지 않았다.) 그 순간 그녀는 머뭇거렸지만, 그녀를 압도한 것이 단지 현재의 놀라움과 과거의 기억 중 어떤 것인지를 결정하는 일이었을 뿐이라고 나는 생각한다. 그녀는 나에게 의자를 권했다. 그리고 계산대를 사이에 둔 채 자신과 자신이 살아온 세월, 그리고 내가 흘리게 했던 눈물과 그리움, 불운한 사건들, 특히 얼굴을 망가뜨려놓은 마마, 자신의 쇠락을 앞당기며 그 병을 부추긴 세월에 대하여 장시간 이야기했다. 사실 마음도 늙고 약해져 있었다. 그녀는 자신이 가진 것 모두, 거의 모두를 팔았다. 이전에 자신을 사랑했고 그녀의 팔에 안겨 사망한 한 남자가 그녀에게 이 금은방 가게를 남겨놓았다. 하지만 불행이 덜 채워지기라도 한 듯, 이제 가게에 손님이 거의 없었다. 아마도 여자가 그런 가게를 운영한다는 특이한 상황 때문이었을 것이다. 이어 그녀는 내가 살아온 삶에 대하여 얘기해달라고 부탁했다. 난 그걸 얘기하는 데 거의 시간을 소비하지 않았다. 길지도 않았고 재미도 없었다.

"결혼했어요?" 내 얘기가 끝날 무렵 그녀가 말했다.

"아직 하지 않았어요." 난 건성으로 대답했다.

마르셀라는 무엇을 깊이 생각하거나 회상하는 사람처럼 힘없이 거리로 눈을 돌렸다. 그래서 나도 과거로 되돌아갔다. 회상과 그리움의 한가운데에서 나는 어떤 이유 때문에 그렇게 무분별한 행동들을 많이 했는지 스스로에게 물었다. 여기 있는 이 여인은 분명

1822년의 마르셀라는 아니다. 하지만 당시의 아름다움이 내 희생의 삼분의 일만큼이나 가치가 있었던가? 마르셀라의 얼굴을 찬찬히 보면서 내가 알고자 했던 것은 바로 그것이었다. 그 얼굴은 나에게 아니라고 말하고 있었다. 그와 동시에 그녀의 눈은, 오늘처럼 과거에도 욕망의 불꽃이 그 속에서 타오르고 있었음을 나에게 말해주고 있었다. 그런데 내 눈은 그녀의 그러한 면을 예전에는 볼 수 없었다. 그 눈이 첫번째 판版이었다.

"그런데 무슨 일로 여기에 들어왔나요? 길에서 저를 봤나요?" 그녀가 무기력한 분위기에서 벗어나며 내게 물었다.

"아니. 난 시계방을 찾는 중이었습니다. 이 시계에 맞는 유리를 사고 싶은데. 다른 가게로 가야겠어요. 미안해요. 지금 급해서……"

마르셀라가 슬프게 탄식했다. 사실 나는 마음이 쓰리긴 했지만 동시에 짜증도 났다. 그래서 얼른 그곳에서 나가고 싶어 안절부절못했다. 그러나 마르셀라는 심부름꾼 소년을 불러 내 시계를 건넸다. 나의 반대에도 불구하고 그녀는 이웃 가게에 그 소년을 보내 유리를 구해오도록 했다. 달리 방법이 없었다. 나는 다시 자리에 앉았다. 그러자 그녀는 과거에 알았던 사람들로부터 보호를 받고 싶다고 했다. 또 그녀는 조금 늦든 이르든 언젠가 내가 결혼하는 것이 당연하다고 생각했으며 나에게 세련된 보석들을 싼값에 주겠다고 맹세했다. 그녀는 '싼값'이라고 말하지 않았고 미묘하면서도 투명한 비유를 사용했다. 난 그녀가 (마마만 제외하면) 어떤 불행도 겪지 않았으며 돈도 안전하게 갖고 있는 게 아닐까, 또 이익을 좇는 그녀의 탐욕을 만족시킬 목적으로만 거래하고 있으며 그런 이익이 그녀의 존재를 갉아먹는 벌레가 아닐까 의심하기 시작했다. 훗날 그녀에 대해 내가 들은 바는 바로 그런 것이었다.

39. 이웃 남자

혼자 그런 생각을 하고 있는 사이에, 키가 작고 모자를 쓰지 않은 남자 한명이 네살짜리 여자애의 손을 잡고 가게로 들어왔다.
"오늘 오전 어땠어요?" 그가 마르셀라에게 말했다.
"그저 그랬어요. 이리 오렴, 마리꼬따."
남자가 양팔로 아이를 들어올려 계산대 너머로 넘겨주었다.
"자, 가보렴." 그가 말했다. "도나 마르셀라에게 어젯밤 어떻게 지냈는지 여쭤보렴. 얘가 여기 오고 싶어 안달이었어요. 하지만 애 엄마가 옷을 입혀줄 수 없었지요…… 자, 마리꼬따? 그분에게 축복을 해달라고 하렴…… 마르멜로 나무 막대기를 조심해! 저렇다니까요…… 집에서는 어떤지 상상이 안되실 거예요. 한순간도 안 쉬고 당신 얘기만 해요. 여기서는 바보같이 수줍어하네. 이제만 해도…… 마리꼬따, 내가 말할까?"
"안돼요, 아빠. 말하지 마세요."
"그래, 무슨 잘못이라도 했니?" 마르셀라가 아이의 얼굴을 어루만지며 말했다.
"제가 얘기하죠. 애엄마가 매일밤 성모 마리아에게 기도하는 걸 가르쳐요. 그런데 이 아이가 어제 저더러 아주 수줍은 목소리로 이렇게 말하더군요…… 뭔지 상상이 되나요?…… 성모 마리아가 아니라 성녀 마르셀라에게 기도를 하고 싶다더군요."
"에구, 불쌍한 것!" 마르셀라가 아이에게 뽀뽀를 하며 말했다.
"사랑이고 열정이에요. 당신은 상상도 못할 거예요…… 애엄마가 하는 말이 이 애가 마법에 걸렸다는군요……"

남자는 그외에 아주 즐거운 얘기를 몇가지 더 했다. 그러고는 나에 대해 호기심 혹은 의혹에 찬 눈초리를 보내며 아이를 데리고 나갔다. 그 남자가 누군지 마르셀라에게 물어보았다.

"이웃집 시계방 주인이에요. 좋은 사람이죠. 부인도 그렇고요. 아이가 예쁘죠, 그렇죠? 나를 정말 좋아하는 것 같아요…… 좋은 사람들이에요."

그 말을 하는 마르셀라의 목소리에는 기쁨의 전율이 일었다. 그리고 얼굴에 행복의 파도가 밀려오는 것 같았다……

40. 마차에서

이때 밖으로 나갔던 심부름꾼 소년이 새 유리를 끼운 시계를 가지고 들어왔다. 시간이 다 되었다. 이미 나는 거기에 있는 것이 힘들어지기 시작했다. 나는 심부름꾼 소년에게 작은 은화 한닢을 주었다. 그리고 마르셀라에게 다음에 또 오겠노라며 큰 발걸음으로 나갔다. 솔직히 말하자면, 내 가슴이 약간 뛰었다는 걸 고백해야겠다. 하지만 그것은 죽음을 알리는 종소리 같았다. 정신은 정반대의 인상에 의해 묶여 있었다. 여러분은 그날 아침이 나에게 행복하게 밝아왔다는 것에 주목하라. 점심때 나의 부친은 반복해서 나에게 연방 하원에서 행할 첫 연설을 미리 생각하라고 했다. 그런 얘기를 주고받으며 우리는 많이 웃었다. 태양 역시 세상에서 가장 아름다운 날처럼 빛을 발하고 있었다. 그것은 내가 비르질리아에게 점심때의 환상적인 얘기를 들려줄 때 그녀가 웃어야 할 모습과 똑같았다. 시계 유리가 땅에 떨어져 제일 가까운 가게에 들어설 때만 해도 만사는 제대로 굴러가고 있었다. 그런데 과거 일이 내 앞에 고개를 들고 나타나 나를 괴롭히며 나에게 키스를 한다. 그리고 그 과거는 그리움과 마맛자국으로 뒤덮인 얼굴로 나에게 신문한다……

난 그곳을 떠났다. 그리고 써웅프랑시스꾸지빠울라 광장에서 기다리고 있던 마차에 급히 오른 뒤 마부에게 빨리 가라고 지시했다. 마부는 말들에게 채찍을 가했고 마차는 나를 흔들어대기 시작했다. 마차의 용수철이 신음소리를 냈으며 바퀴는 최근에 내린 비로 인해 생긴 진흙을 빠르게 갈라놓았다. 그러나 이 모든 것이 나에게는 꼼짝도 하지 않고 있는 듯했다. 이따금 강하지도 거칠지도 않지만 숨 막히게 하는 미지근한 바람이 불어온다. 그 바람은 우리의 머리에 쓴 모자를 가져가지도 않고 회오리바람을 일으켜 여인들의 치맛자락을 들어올리지도 않지만, 그 두가지 일을 하는 것보다 더 나쁘거나 더 나빠 보인다. 왜냐하면 사람을 죽이기도 하고 느슨하게 만들기도 하기 때문이다. 마치 정신을 흩어지게 하는 깃처럼 말이다. 그러니까 내가 그런 바람을 쐬고 있었던 것이다. 그런 바람이 내게 불어와 과거와 현재 사이의 목구멍 같은 곳에 있던 나를 발견했던 것이다. 나는 미래의 평원으로 나아가길 간절히 바라고 있었다. 가장 안 좋은 일은 그 마차가 달리지 않고 있었다는 것이다.

"주어웅." 내가 마부에게 소리를 질렀다. "이 마차가 가는 거야, 안 가는 거야?"

"네, 도련님! 이미 고문관 댁 앞에 도착했는걸요."

41. 환영

그의 말은 사실이었다. 나는 급히 안으로 들어갔다. 나는 불안해하며 안 좋은 얼굴을 하고 있던 비르질리아를 발견했다. 그녀는 기분이 나빠 있었다. 귀머거리인 그녀의 어머니가 거실에서 그녀와 함께 있었다. 서로 인사가 끝날 무렵 그녀가 차갑게 말했다.

"우리는 당신이 좀더 일찍 오기를 기대했어요."

나는 최선을 다해 나 자신을 방어했다. 말이 고집을 부려 멈춰섰고 친구 한명이 나를 잡고 놔주질 않았다고 했다. 갑자기 목소리가 나의 입술에서 죽어버리고, 난 당황스러워 몸이 굳어버렸다. 비르질리아…… 저 소녀가 비르질리아인가? 나는 그녀를 자세히 바라보았다. 느낌이 아주 고통스러워 한걸음 뒤로 물러서며 시선을 돌려버렸다. 다시 그녀를 바라보았다. 마마가 그녀의 얼굴을 잠식하고 있었다. 예전에 그녀의 피부는 아직 부드러웠고 홍조를 띠고 있었으며 깨끗했다. 그런데 지금은 그 역병이 노랗게 물들였으며 에스빠냐 여인의 얼굴을 망가뜨려놓았다. 영악했던 그녀의 눈은 시들어 있었다. 입술은 슬퍼 보였고 자세는 피곤해 보였다. 나는 그녀를 찬찬히 바라보며 그녀의 손을 잡고 부드럽게 내게로 끌어당겼다. 내가 잘못 본 것이 아니었다. 마맛자국이었다. 나는 그때 혐오스러워하는 표정을 지었다고 생각한다.

비르질리아가 내게서 물러섰다. 그리고 소파에 앉으러 갔다. 나는 한동안 내 발을 바라보았다. 여기서 나가야 할까, 아니면 머물러야 할까? 난 첫번째 생각을 거부했다. 말이 안됐기 때문이다. 그리고 비르질리아에게로 걸어갔다. 그녀는 소파에 앉아 아무 말도 하지 않고 있었다. 맙소사! 다시 꽃처럼 산뜻하고 젊은 비르질리아였다. 나는 헛되이 그녀의 얼굴에서 병의 잔재를 찾았다. 어떤 흔적도 없었다. 늘 그랬듯이 매끈하고 하얀 피부였다.

"나를 처음 봐요?" 내가 자신을 뚫어지게 바라보자 그녀가 물었다.

"너무나 아름답군요. 그 어느 때보다 아름답군요."

비르질리아가 입을 다문 채 손톱을 톡톡 치며 소리를 내는 동안 나는 자리에 앉았다. 몇초간 침묵이 흘렀다. 나는 그녀에게 그 사건과는 별개의 것들을 얘기했다. 하지만 그녀는 아무런 대답도 하지 않았고 나를 쳐다보지도 않았다. 손톱을 치며 소리를 내는 것만 빼면 마치 침묵하고 있는 동상 같았다. 그녀는 딱 한차례 나를 바라보았으나 곧 내 위쪽으로 시선을 돌렸다. 그리고 윗입술의 왼쪽 끝을 힘겹게 들어올리고 미간을 눈썹이 서로 만날 정도로 찌푸렸다. 그 모든 것이 그녀의 얼굴에 희극과 비극의 중간에 해당하는 표징을 짓게 했다.

그러한 멸시 속에는 어떤 애정이 숨어 있었다. 그것은 부자연스러운 표정이었다. 그 안에서 그녀는 고통을 겪고 있었다. 작지 않은 고통이었다. 그것은 온전한 비통이었거나 단순한 악의였을 것이다. 고통을 숨기는 것이 더 아픈 만큼, 비르질리아는 실제보다 두배는 더 고통스러웠던 것이 확실하다. 난 그것이 형이상학이라고 생각한다.

42. 아리스토텔레스가 비켜간 것

나에게 형이상학으로 보이는 또다른 것은 예컨대 공의 움직임이다. 이 공이 굴러서 다른 공을 만나 충격을 전달한다. 첫번째 공처럼 두번째 공도 굴러간다. 첫번째 공을…… 마르셀라—단순한 가정일 뿐이다—라고 하자. 두번째 공은 브라스 꾸바스라고 하고 세번째 공을 비르질리아라고 하자. 마르셀라가 과거로부터 튀어나와 몸을 굴려 브라스 꾸바스를 건드린다. 그러면 브라스 꾸바스는 그 충격에 반응하면서 첫번째 공과는 아무 상관이 없는 비르질리아에게 가닿는다. 단순한 어떤 힘의 전달에 의해 사회적으로 극과 극이던 것이 서로 접촉을 하게 되는 일이 거기에서 발생한다. 그리고 우리가 인간적 혐오의 연대감이라고 부를 수 있는 어떤 것이 자리를 잡게 된다. 이 장이 어떻게 아리스토텔레스를 비켜갔는가?

43. 내가 후작이 될 테니까 당신은 후작 부인

비르질리아는 분명히 작은 악마였다. 여러분이 원한다면 천사 같은 악마라고 하겠다. 하지만 실제로 그랬다. 그런데……

그런데 로부 네비스라는 사람이 나타났다. 그는 나보다도 몸매가 낫지도 우아하지도 않았고, 언론에 더 많이 알려져 있지도 않았으며, 더 호감을 주는 사람도 아니었다. 하지만 그로부터 몇주가 지나지 않아 정말 카이사르의 추진력으로 내게서 비르질리아와 연방 하원 후보직을 강탈해갔다. 이전에 어떤 원한도, 어떤 가족 간의 분쟁도 없었다. 두뜨라 씨가 어느날 내게 와서 다른 기회를 기다리라고 했다. 그 이유는 아주 영향력 있는 사람들이 로부 네비스의 후보 진출을 지지하고 있기 때문이라는 것이었다. 난 양보를 했다. 내 패배의 시작은 그러했다. 일주일 후 비르질리아가 미소를 지으며 로부 네비스에게 언제 장관이 될 거냐고 물었다.

"내 의지대로라면 지금 당장이죠. 다른 사람들의 의지대로라면 지금으로부터 일년이 걸리겠죠."

비르질리아가 되물었다.

"언젠가 나를 남작 부인으로 만들어줄 거라고 약속할 수 있어요?"

"후작 부인이 될 거요. 왜냐하면 내가 후작이 될 테니까."

그때부터 나는 패배했다. 비르질리아는 독수리와 공작새를 비교했고 결국 독수리를 선택하여 공작새에게는 놀라움과 원한 그리고 서너번의 입맞춤만 남겨놓았다. 아마 다섯번의 입맞춤이었을 것이다. 하지만 열번이었다고 한들 그건 아무 의미가 없을 것이다. 그 남자의 입술은, 자신이 밟고 지나간 땅을 황폐하게 만들었던 아틸라[36]의 말굽과 같지 않고 정확히 그 반대였다.

44. 꾸바스 가문의 사람!

부친은 그 결과에 놀랐다. 나는 이것이 부친을 죽음으로 몰고 갔다고 생각한다. 그가 건설한 성들과 그가 가졌던 꿈들이 엄청나게

---

[36] 5세기 카스피 해에서 라인 강에 이르는 대제국을 건설한 훈족의 왕으로 서로마의 영토를 휩쓸고 가서 약탈자로 알려졌다.

많았기에 그 모든 것이 무너지는 것을 보는 것은 참을 수 없었고 이는 그의 신체기관에 큰 충격을 주었다. 처음에 그는 그것을 믿고 싶어하지 않았다. 난 꾸바스 가문의 사람이야! 훌륭한 꾸바스 가문의 자손이라고! 그는 큰 확신을 가지고 그렇게 말했다. 우리 가문이 직업적으로 통을 만드는 집안이라는 사실을 알고 있던 나는, 잠시 그 변덕이 심한 아가씨를 잊고, 기이하지는 않아도 호기심을 자아내는 현상, 즉 확신을 불러일으키는 상상에 대해서만 깊이 생각하였다.

"꾸바스 가문의 사람!" 이튿날 오전 점심때가 다 되어 그가 나에게 반복해서 말했다.

점심이 유쾌하진 않았다. 나 자신은 꾸벅꾸벅 졸았다. 전날밤에 오랜 시간을 깨어 있었던 것이다. 사랑 때문에? 가능성이 없는 얘기였다. 누구나 같은 여자를 두번 사랑하진 않는 법이다. 세월이 흐른 뒤 한 여인을 사랑하게 된 나는, 지나간 어떤 환상이나 나의 얼빠진 짓에 대한 약간의 복종 이외의 다른 어떤 끈에 의해서도 구속되어 있지 않았다. 이것이 내가 잠을 이루지 못한 것을 충분히 설명하고 있다. 원한이었다. 칼끝처럼 날카로웠던 그 원한은 새벽의 여명들 가운데서도 가장 고요한 여명이 밝아올 때까지 담배와 주먹질, 산만한 독서를 하고 나서야 사라졌다.

난 젊었고 나 자신 안에 그 치유책이 있었으나 나의 부친은 그 충격을 쉽게 견뎌낼 수 없었다. 잘 생각해보면 부친은 꼭 그 일로 사망한 것이 아닐 수도 있다. 그러나 그 불행한 일이 그의 마지막 병을 고치기 어렵게 만들었다는 건 분명한 사실이다. 그로부터 넉달 뒤 부친은 사망했다. 회한과 같은 강렬하면서 지속적인 어떤 집착과, 평소에 앓던 류머티즘과 기침에 동반된 치명적인 환멸감이 그로 하여금 낙심하게 하고 슬픔에 빠지게 했다. 생전에 반시간 정도의 기쁜 순간이 그에게 있었다. 장관 한명이 그를 찾아온 때였다. 나는 그가—지금도 기억이 생생하다—과거처럼 감사의 미소를 짓는 걸 보았다. 한줄기 빛이 그의 눈에 응축되어 빛났다. 다시 말하면 꺼져가는 영혼의 마지막 반짝임이었다. 하지만 곧 슬픔이 되살아났다. 슬픔은 내가 당연히 앉아야 할 고관의 지위에 오르는 것을 보지 못한 채 죽는 것이었다.

"꾸바스 가문의 사람!"

그는 장관이 방문한 뒤 며칠이 지난 어느 5월 아침에 두 자녀인 싸비나와 나, 그리고 나의 삼촌 이우데퐁수와 나의 매부가 지켜보는 가운데 사망했다. 의사들의 과학적인 치료, 우리의 사랑, 많은 보살핌, 그 어떤 것도 쓸모없이 돌아가셨다. 사망할 때가 되었기에 사망한 것이다.

"꾸바스 가문의 사람!"

45. 메모

흐느낌, 눈물, 경비를 선 집, 문가의 검은 벨벳, 염을 하기 위해 온 남자, 관의 치수를 재는 또다른 남자, 상여, 횃불, 초대장, 천천히 숨죽인 걸음으로 들어와 가족과 악수하는 조문객들, 몇몇은 슬픈 표정을 지었고, 모두가 숙연하고 말이 없었던 조문객들, 신부와 성구聖具 관리인, 기도, 성수 뿌리기, 못과 망치로 관의 뚜껑을 닫는 일, 그리고 가족들의 울부짖음과 흐느낌과 이어지는 새로운 눈물들에 아랑곳하지 않고 여섯명의 사람들이 그 관을 들어올려 힘겹게 계단을 내려가는 일, 그리고 화려한 장례마차에 가서는 관을 위에 올리고 끈을 양쪽으로 넘기고 묶는 일, 장례마차가 구르는 소리, 마차가 구르는 소리, 하나씩 하나씩…… 이것들은 단순한 목록처럼 보이지만 내가 쓰지 않은, 슬프고 진부한 어느 장章을 위해 적었던 메모 내용이다.

46. 유산

　독자들이여, 이제 우리를 보라. 부친이 사망한 지 팔일 후 여동생은 소파에 앉아 있고, 그녀의 남편 꼬뜨링은 그녀 조금 앞에서 콘솔에 기댄 채 팔짱을 끼고 콧수염을 물어뜯고 있다. 나는 눈길을 바닥으로 향한 채 이리저리 왔다 갔다 하고 있다. 무거운 애도, 깊은 침묵이 흘렀다.
　"어쨌거나," 꼬뜨링이 말했다. "이 집 가격은 30꽁뚜를 조금 넘을 거예요. 35꽁뚜에…… 내놔보죠."
　"50꽁뚜는 돼." 내가 말했다. "58꽁뚜가 넘었다는 걸 싸비나도 알고 있어."
　"60까지도 되었을 거예요." 꼬뜨링이 다시 말했다. "요즘은 가격이 그렇게까지 안돼요. 거기에 훨씬 못 미치죠. 형님도 알겠지만 여기 집값이 몇년 동안 많이 내렸어요. 보세요. 이 집이 50꽁뚜나 나간다면 형님이 가지고 싶어하는 깡뿌의 집은 얼마나 나가겠어요?"
　"그것에 대해선 얘기하지 마! 그건 낡은 집이잖아."
　"낡았다고요?" 싸비나가 양손을 천장으로 들어올리며 소리쳤다. "너에겐 새집처럼 보이겠지. 내기할까?"

"오빠! 이런 일은 집어치워요." 싸비나가 소파에서 일어나며 말했다. "우린 모든 걸 우호적으로 매끈하게 조정할 수 있어요. 예를 들면, 꼬뜨링은 흑인들을 데려가지 않을 거예요. 그저 아빠의 마부와 빠울루만 원할 뿐이에요……"

"마부는 안돼." 나는 재빨리 덧붙였다. "난 마차를 가질 거야. 그리고 다른 마부를 사지 않을 거야."

"좋아요. 난 빠울루와 쁘루뎅시우를 가질게요."

"이제 쁘루뎅시우는 자유의 몸이야."

"자유의 몸이라고요?"

"두해 됐어."

"자유의 몸이라고요? 아버님이 아무에게도 말하지 않고 여기에 있는 것들을 다 관리하셨다니 대단하군요. 좋아요. 그런데 은접시는…… 은접시도 자유의 몸인가요?"

우리는 은접시에 대해 말했다. 동 주제$^{Dom\ José}$ 1세 시대이 오래된 은접시였다. 예술품 또는 골동품의 측면에서, 그리고 그 소유의 기원에서 부친의 유산 중 가장 중요한 유산이었다. 꾸냐 백작이 브라질 총독이었을 때 내 증조부인 루이스 꾸바스에게 그것을 선물로 주었다고 부친이 말한 바 있다

"은접시에 대해," 꼬뜨링이 계속해서 말했다. "형님의 여동생이 그걸 갖고 싶어하지 않았다면 난 어떤 관심도 없었을 거예요. 난 그녀가 옳다고 생각해요. 싸비나는 결혼한 여성이고 외관상 보기 좋은 부엌 살림살이가 필요해요. 형님은 독신이니 가지지 않아도 되겠지요……"

"그런데 내가 결혼할 수도 있잖아."

"뭐하러요?" 싸비나가 내 말을 끊었다.

그 질문이 너무나 절묘해 난 잠시 동안 문제가 무엇인지를 잊어버렸다. 난 미소를 지으며 싸비나의 손을 잡은 뒤 그녀의 손바닥을 가볍게 쳤다. 이 모든 것이 아주 기분 좋게 이루어졌기에 꼬뜨링은 나의 제스처를 묵인하는 것으로 해석하고는 감사를 표했다.

"뭐야?" 내가 강하게 대꾸했다. "난 지금까지 아무것도 양보한 적 없고 앞으로도 양보 못해."

"양보를 못한다고요?"

내가 고개를 끄덕였다.

"그만둬요, 꼬뜨링." 여동생이 자신의 남편에게 말했다. "우리가 입고 있는 옷까지도 갖고 싶어하는 것 좀 봐요. 내 그럴 줄 알았어요."

"더이상 할 얘기가 없군요. 형님은 마차도 원하고, 마부도 원하고, 은접시도 원하는군요. 몽땅 말이죠. 이보세요, 싸비나가 형님의 여동생이 아니고, 내가 형님의 매부가 아니며, 신이 신이 아니라는 걸 증인들과 함께 법정에 가서 증명하는 것이 훨씬 더 간단하겠네요. 그렇게 하세요. 그럼 형님은 잃을 게 아무것도 없죠. 작은 숟가락 하나도요. 허, 참! 이건 아니잖아요!"

그는 매우 화가 나 있었다. 나 역시도 그 못지않게 화가 나 있었지만 화해할 방법을 생각해보았다. 방법은 은을 나누는 것이었다. 그는 웃음을 터뜨리더니 나에게 주전자는 누가 가질 것이며 설탕통은 또 누가 가질 것이냐고 물었다. 이런 질문을 한 다음 그는 어쨌든 법정에서 우리의 요구를 처리할 기회를 갖자고 말했다. 하지만 싸비나는 농장으로 난 창가로 갔다가 잠시 뒤 돌아와 은을 자신이 갖는 조건으로 빠울루와 다른 흑인을 양보하겠노라고 제안했다. 나는 그 제안이 내게 맞지 않는다고 말할 참이었다. 하지만 꼬뜨링이 앞질러 싸비나와 똑같은 말을 했다.

"그건 절대 안돼. 나는 어떤 기부금도 줄 수 없어." 그가 말했다.

우리는 슬픈 모습으로 저녁을 함께 먹었다. 후식을 먹을 무렵 사제인 삼촌이 들렀다. 그는 우리들 사이의 작은 논쟁을 목격했다.

"이보게들," 그가 말했다. "형님은 모두가 나눠먹을 수 있을 만큼 아주 큰 빵을 남겨주셨네."

그런데 꼬뜨링이 대꾸했다. "그렇죠. 그렇게 믿습니다. 하지만 문제는 빵과 관련된 게 아니라는 거죠. 버터와 관련된 거란 말입니다. 저는 마른 빵을 삼키진 않아요."

결국 재산분할이 이루어졌다. 하지만 우리는 그걸 두고 싸웠다. 여러분에게 말하노니 비록 재산을 나누었지만 싸비나와 절교한 것은 나에게 무척 힘든 일이었다. 그녀와 내가 얼마나 친했던가! 어린 시절의 장난들, 싸움질들, 성년이 되었을 때의 슬픔과 기쁨, 우리는 즐거움과 고통의 빵을 착한 형제들처럼 우애있게 무척이나 많이 함께 나눴다. 하지만 우리의 관계는 깨졌다. 마마로 사라져버린 마르셀라의 미모처럼……

47. 은둔자

마르셀라, 싸비나, 비르질리아…… 이러한 이름과 사람은 마치 나의 내적인 애정의 존재방식인 듯, 나는 지금 그 모든 대조적인 것들을 융합하고 있다. 나의 나쁜 습관들을 딱하게 여겨라. 그 습관들은 멋진 넥타이를 매고 좀 덜 더러운 조끼를 입는 것이다. 그리고 그다음에는 나와 함께 가는 것이다. 그 집에 들어가 부친의 재산목록에서 1842년까지의 세월 가운데 가장 좋았던, 나의 세월을 요동치게 했던 그물침대에 너를 눕힌다. 이리 오라. 만일 어떤 화장대의 향내를 맡는다면, 내가 나의 쾌락을 위해 그것을 뿜어냈다고 생각하지 마라. 그것은 N 혹은 Z 혹은 U의 흔적이다. 왜냐하면 그 모든 대문자는 자신의 우아한 천박성을 감싸안고 있기 때문이다. 하지만 그 향기 외에 다른 무언가를 원한다면 욕망하기를 계속하라. 왜냐하면 나는 초상화도 편지도 일기도 간직하지 않았기 때문이다. 그리고 그때의 감동은 사라지고 그저 나에게 이니셜만 남았기 때문이다.

나는 다소 은둔자처럼 살았다. 아주 가끔 무도회나 연극 또는 강연회에 다니곤 했다. 하지만 대부분의 시간을 혼자서 보냈다. 야망과 실망 사이에서 때로는 소란스럽게 때로는 혐오하며, 성공과 세월에 따라 살도록 나 자신을 내버려두었다. 때로는 정치 관련 글을 쓰기도 하고 문학작품을 쓰기도 했다. 신문에 글과 운문을 보내기도 했다. 그리하여 논객으로서 또 시인으로서 어느정도 명성을 얻기에 이르렀다. 이미 연방 하원의원이 된 로부 네비스와 미래의 후작 부인 비르질리아를 생각할 때면 나는 스스로에게 내가 왜 로부 네비스보다 나은 연방 하원의원이나 후작이 되지 못하는지를 묻곤 했다. 나는 내 코끝을 바라보며 혼자 중얼거리곤 했다……

48. 비르질리아의 사촌

"어제 누가 쌍빠울루에서 왔는지 아세요?" 어느날 밤 루이스 두뜨라가 내게 물었다.

루이스 두뜨라는 뮤즈의 친구이자 비르질리아의 사촌이었다. 그의 운문은 나의 운문보다 더 사람을 즐겁게 했고 가치가 있었다. 하지만 그는 타인들의 갈채를 확인하기 위해서 몇몇사람들의 인정을 필요로 했다. 소심한 그는 아무에게도 자신의 작품에 대하여 묻지 않았다. 하지만 칭찬의 말들을 듣기 좋아했다. 그렇게 해서 그는 새로운 힘을 얻었고 젊은이답게 그 일에 매진했다.

딱한 루이스 두뜨라! 그는 몇편의 시를 발표하자마자 내 집으로 달려와 자신의 최신 작품을 인정하는 어떤 비평이나 말 또는 몸짓을 염탐하면서 내 주위를 맴돌기 시작했다. 그러면 나는 수많은 다른 말들—그의 운문이나 산문에 대한 얘기만 빼고 까떼치 클럽의 최근 무도회나 의회에서의 논쟁 그리고 마차와 말 들에 대한 얘기들—을 쏟아냈다. 처음에 그는 들떠서 대답을 했지만 나중에는 맥 빠져했으며, 그리하여 자신의 관심거리로 대화를 유도하기 위해 말머리를 돌렸다. 때로는 책을 펼치고 나에게 새로운 작품을 썼는지 질문했고, 그러면 나는 그렇기도 하고 아니기도 하다고 답변했다. 그러면서 난 다른 쪽으로 화제를 돌렸고 그러면 그는 내 뒤에 있다가 완전히 굳어져 슬픈 표정을 지으며 돌아갔다. 나의 의도는 그로 하여금 자신에 대하여 의심하고 낙담케 하는 것이었으며 결국 그를 무시하는 것이었다. 이 모든 것을 나는 내 코끝을 보며 했다……

49. 코끝

코, 가책이 없는 양심, 너는 삶에서 나에게 많은 가치가 있었다…… 사랑하는 독자 여러분, 코의 운명에 대하여 한번 골똘히 생각해본 적이 있는가? 빵글로스 박사[37]의 설명에 따르면 코는 안경을 사용하기 위해 만들어졌다고 한다. 고백하건대 그런 설명이 어느 시점까지는 내게 확고한 것처럼 보였다. 하지만 어느날 철학적인 이런저런 불분명한 점들을 되새겨보다가 유일하게 진실하고 확고한 설명을 생각해내기에 이르렀다.

사실 나로서는 고행수도자의 습관에 관심을 기울이는 것으로 충분했다. 고행수도자는 천상의 빛을 보겠다는 목적 하나만으로 코끝을 바라보는 데 긴 시간을 소비한다고 독자는 알고 있다. 그가 코끝에 시선을 집중할 때면 외부 사물에 대한 감각을 잃고, 눈에 보이지 않는 것에 침잠하며, 만질 수 없는 것을 포착하면서 지구로부터 스스로 분리되고 공기처럼 용해된다. 이와 같이 코끝을 통한 존재의 승화는 정신의 최고 경지에서 일어나는 현상이다. 하지만 그런 능력은 고행수도자만이 아니라 누구나 가지고 있는 능력이다. 각각의 사람은 천상의 빛을 보기 위해 자신의 코끝을 명상할 필요성과 그럴 능력을 가지고 있다. 그리고 그러한 명상은, 그 효과가 우주를 하나의 코끝에 종속시키는 것이지만, 사회의 균형을 구성한다. 만일 코들이 서로의 코만을 명상한다면 인간이라는 종은 두세기도 지속하지 못했을 것이며, 첫번째 종족들로 끝나버렸을 것이다.

난 여기서 독자의 반대 소리를 듣는다. "자신의 코를 명상하는 인간을 아무도 보지 못했는데 어떻게 그런 것이 가능한가?"

둔감한 독자여, 그것은 당신이 모자를 파는 사람의 뇌에 전혀 들

---

[37] 볼떼르(Voltaire, 1694~1778)의 철학적 풍자소설 『깡디드』(*Candide*)에 나오는 낙천주의자로 라이프니츠의 낙천주의적 세계를 조롱하기 위해 만들어낸 인물.

어가보지 못했다는 걸 증명한다. 모자를 파는 사람이 어떤 모자가게를 지나간다. 이년 전에 문을 연 그의 라이벌 가게이다. 그때에는 문이 두개였다. 하지만 오늘은 네개이다. 그 가게는 여섯개에서 여덟개의 문을 약속한다. 진열창들에는 라이벌의 모자들이 장식되어 있고, 문들을 통해서는 라이벌의 손님들이 들어간다. 그 모자 파는 사람은 문이라고는 두개밖에 없는 오래된 자신의 가게와 그 가게를 비교한다. 그리고 같은 가격임에도 불구하고 손님들이 덜 찾는 자신의 모자를 라이벌의 모자와 비교한다. 자연스럽게 힘이 빠진다. 하지만 자신이 다른 모자장수보다 훨씬 더 나은 모자장수일 경우 다른 모자장수가 번창하는 이유와 자기가 뒤처진 원인에 대해 숙고하면서 눈을 아래로 혹은 정면으로 향하고 정신을 집중하여 걷는다…… 그 순간 그의 눈은 자신의 코끝에 고정된다.

결국 결론은 두개의 중요한 힘이 있다는 것이다. 종을 번식시키는 사랑과 그 종을 개인에게 예속시키는 코가 그것이다. 생식과 균형이다.

50. 결혼한 비르질리아

"쌍빠울루에서 온 저 사람은 로부 네비스와 결혼한 저의 사촌 비르질리아예요." 루이스 두뜨라가 계속 말했다.

"오!"

"오늘 처음으로 저는 뭔가를 알았습니다. 흠……"

"뭘 말인가?"

"당신이 그녀와 결혼하고 싶어했다는 사실을요."

"내 부친의 생각이었지. 누가 그렇게 말하던가?"

"바로 그녀가 그랬어요. 제가 당신에 대해 많은 얘기를 하자 그녀가 나에게 전부 털어놨어요."

이튿날 오우비도르 가^街 쁠랑셰르 인쇄소 문간에서 나는 멀리서 멋진 여인이 걸어오는 것을 보았다. 그녀였다. 난 단지 몇걸음 떨어져 있을 때에야 비로소 그녀임을 알아보았다. 그녀는 아주 다른 사람이 되어 있었다. 마치 자연과 예술이 그녀에게 최종 손질을 해준 것 같았다. 우리는 서로 인사를 나누었고 그녀는 가던 길을 계속 갔다. 그리고 남편과 만나 그들 앞에 기다리고 있던 마차로 들어갔다. 난 깜짝 놀랐다.

그로부터 팔일 후, 어느 무도회에서 그녀를 만났다. 우리는 두어 마디의 말을 주고받았다고 생각한다. 하지만 그로부터 한달 후, 제1왕조의 홀들을 장식했고 제2왕조의 홀들도 장식했던 한 부인의 집에서 열린 무도회에서 우리의 만남은 더 근접해서 이루어졌고 함께한 시간은 더 길었다. 우리는 이야기를 나누며 왈츠를 추었던 것이다. 왈츠는 아주 흥겨운 춤이었고, 우리는 왈츠를 추었다. 그녀의 유연하고 멋진 몸이 나의 몸에 밀착하자 몹시 독특한 감정, 즉 도둑맞은 남자의 감정이 일었다.

"매우 덥군요." 춤이 끝난 직후 그녀가 말했다. "테라스로 갈까요?"

"아니, 당신이 감기에 걸릴 수 있으니 다른 방으로 갑시다."

그 다른 방에는 로부 네비스가 있었다. 그는 내가 썼던 정치 관련 글들을 이야기하며 여러차례 찬사를 늘어놓았다. 그는 자신이 문학을 이해하지 못하므로 문학에 대해서는 아무것도 말하지 않겠다고 덧붙였다. 하지만 정치 관련 글들이 매우 훌륭했으며 생각이 깊고 잘 쓴 글이라고 했다. 난 그에게 똑같은 친절의 말로 대답했고 우리는 서로에게 만족한 상태에서 헤어졌다.

그로부터 약 삼주 후 나는 로부 네비스가 주최한 사적인 모임에 초대를 받았다. 내가 모임장소에 가자 비르질리아가 다음과 같은 재미난 말로 나를 맞이했다. "당신 오늘 나랑 왈츠를 춰야 해요." 사실 나는 명성을 얻고 있었고 왈츠에 있어서는 탁월했다. 그러므로 그녀가 나를 선호한 것이 놀랄 일은 아니다. 우리는 한차례 왈츠를 추었다. 그리고 다시 또 왈츠를 추었다. 책 한권이 프란체스까[38]의 몰락을 초래했다면 여기서 우리의 몰락을 초래한 것은 바로 왈츠였다. 나는 그날밤 그녀의 손을 아주 꽉 잡았고 그녀는 사람들의 기억에서 잊힌 존재처럼 자신을 그대로 놔두었다. 난 그녀를 안았다. 모든 사람들의 눈길이 우리에게, 그리고 또 서로 안은 채 빙글빙글 도는 다른 사람들에게 쏟아졌다. 기절할 정도로 기분이 좋았다.

51. 내 거야!

"내 거야!" 나는 다른 신사에게 그녀를 넘긴 직후 혼자 중얼거렸다. 고백하건대 그날밤 내내 그 생각이 망치의 힘으로가 아닌, 보다 암시적인 송곳의 힘으로 내 머리에 파고들었다.

"내 거야!" 나는 집 대문에 다다랐을 때 말했다.

그런데 거기서, 운명인지 우연인지 그게 무엇이든 간에, 열렬한

---

[38] 단떼의 『신곡』에 나오는 인물로, 남편의 동생 빠올로와 사랑에 빠지나 결국 남편에 의해 살해당한다. 앵그르는 「빠올로와 프란체스까」란 작품에서 프란체스까가 빠올로의 키스를 받자 책을 떨어뜨리는 장면을 그림으로 그렸다.

상상의 나래를 펼치고 있을 때라고 기억하는데, 땅바닥에 둥글고 노란 무언가가 반짝거리고 있었다. 나는 몸을 숙였다. 50도브라 금화였다.

"내 거야!" 이 말을 반복하며 난 웃었다. 그리고 그것을 주머니에 넣었다.

그날밤 더이상 금화에 대하여 생각하지 않았다. 하지만 이튿날 그것을 떠올리면서 약간 양심의 가책을 느꼈다. 그리고 내가 유산으로 물려받은 것도 아니요 번 것도 아닌, 그저 길에서 주웠을 뿐인 동전이 어째서 내 것인지를 묻는 목소리를 들었다. 분명 내 것이 아니었다. 다른 사람, 즉 부자든 가난한 사람이든 그것을 잃어버린 사람의 것이었다. 또 어쩌면 부인과 자녀들에게 먹을거리를 사줄 수 없을 정도로 가난한 어느 공장 노동자의 것일 수도 있었다. 하지만 그 주인이 부자라고 해도 내 의무는 똑같은 것이다. 그 돈을 돌려줘야 한다. 가장 좋고 유일한 방법은 광고나 경찰을 통해 주인에게 돌려주는 것이었다. 난 경찰서장에게 주운 돈을 보내며 편지 한통을 썼다. 그에게 그 자신의 권한이 닿는 방법으로 그것을 진짜 주인에게 돌려줄 것을 부탁하였다.

편지를 부치고는 평온한 마음으로 점심을 먹었다. 심지어 의기양양했다고 말할 수도 있다. 내 양심은 지난밤 왈츠를 지나치게 많이 추는 바람에 숨이 막힐 지경에 이르렀다. 하지만 50도브라를 돌려준 일은 윤리의 다른 쪽을 향해 열린 창문이었다. 순수한 공기가 그 창을 통해 들어왔고 내 마음속의 가엾은 귀부인 즉 양심이 크게 숨을 몰아쉬었다. 여러분의 양심에 바람을 쏘이라! 이것이 내가 여러분에게 말할 수 있는 모든 것이다. 하지만 그 어떤 다른 이유가 없더라도 나의 행동은 멋있었다. 왜냐하면 내 행동은 정당한 양심,

미묘한 영혼의 감정을 표현했기 때문이다. 그것은 언젠가 내 마음 속의 귀부인이 꾸밈없이 유순하게 나에게 말했던 것이다. 열린 창문의 턱에 몸을 기댄 그녀가 내게 말한 것은 바로 이것이다.

"잘했어요, 꾸바스. 완벽하게 행동했어요. 이 공기가 순수하기만 한 것은 아니에요. 향기롭기도 하답니다. 영원한 정원에서 뿜어져 나오는 향기죠. 당신이 무슨 행동을 했는지 보고 싶나요, 꾸바스?"

착한 귀부인이 거울 하나를 꺼내더니 그것을 내 눈앞에 펼쳤다. 나는 전날의 50도브라를 보았다. 분명히 보았다. 둥글고 반짝이는 그 금화는 저절로 여러개로 늘어났다. 열개였다가 다음엔 서른개, 그다음엔 오백개로 혼자 늘어나면서 그 단순한 반환행위가 내 삶과 죽음에 가져다줄 혜택을 표현하고 있었다. 나는 그 반환행위를 명상하면서 나의 존재 전부를 펼쳐보았다. 그 속에서 나는 나 자신을 다시 보았다. 착한 나, 위대한 나를 발견했다. 그저 단순한 동전이 아닌가? 단지 조금 더 왈츠를 춘 것이 어떤 의미인지를 보라.

이리하여 나, 브라스 꾸바스는 어떤 숭고한 법칙, 즉 창문들의 균등성 법칙을 발견했으며, 닫힌 창문에 대한 보상방법은 윤리가 지속적으로 양심의 바람을 쏘일 수 있도록 다른 창문을 여는 것이라는 점을 규명했다. 아마도 당신은 거기에 무엇이 있는지 이해하지 못할 것이다. 아마도 당신은 더 구체적인 무엇, 예를 들어 불가사의한 어떤 꾸러미를 원할지도 모른다. 그렇다면 불가사의한 꾸러미를 가져라.

52. 불가사의한 꾸러미

그로부터 며칠 뒤 보따포구로 가던 나는 해변에 있던 어떤 꾸러미에 걸려 넘어졌다. 내가 잘못 말했다. 나는 무엇에 걸려 넘어졌다기보다는 무언가를 발로 찼다. 그다지 크진 않았지만 질긴 끈으로 깨끗하고 맵시있게 묶여진 어떤 꾸러미였다. 무언가와 비슷한 그 물건을 나는 발로 찼다고 생각한다. 실제 나는 발로 찼으나 그 꾸러미는 꼼짝도 하지 않았다. 나는 주변을 둘러보았다. 해변에는 사람이 거의 없었다. 멀리 꼬마 몇명이 놀고 있었고 훨씬 더 멀리서는 한 어부가 그물을 수선하고 있었다. 내 행동을 볼 수 있는 사람은 아무도 없었다. 나는 몸을 숙여 그 꾸러미를 주운 뒤 가던 길을 계속 갔다.

가던 길을 계속해서 갔지만 꺼림칙한 것은 없었다. 아이들의 장난일 수도 있었다. 나는 발견한 것을 해변에 되돌려놓을 생각을 했다. 하지만 그것을 더듬어본 뒤 그 생각을 버렸다. 조금 더 걸은 뒤 나는 길을 바꿔 집으로 향했다.

"한번 볼까." 나는 서재로 들어가면서 말했다.

그리고 잠시 머뭇거렸다. 창피해서 그랬던 것이라고 생각한다. 다시 한번 아이들의 장난일 수 있다는 의심이 번쩍 들었다. 외부의 목격자가 전혀 없다는 건 확실했다. 하지만 나 자신의 내부에는 한 꼬마가 있었다. 만일 그 포장을 뜯는 나를 본다면 그리고 그 안에서 낡은 한다스의 손수건이나 두다스의 썩은 구아바 열매를 찾아내는 나를 본다면, 내 안의 그 꼬마는 휘파람을 불고 악을 쓰고 으르렁거리고 발을 구르고 야유하고 암탉 같은 소리를 내며 장난칠 것이다. 너무 늦었다. 독자도 그럴 테지만 나의 호기심도 강해졌다. 포장을 뜯었다. 그리고 보고…… 발견하고…… 세고…… 또 세었다. 자그마치 5꽁뚜였다. 그 이하가 아니었으며 아마도 10000헤이스[39]가 더 있었을지도 모른다. 빳빳한 지폐와 동전 들로 5꽁뚜라니…… 모두 깨끗하고 잘 정돈되어 있었다. 드문 습득물이었다. 난 그것을 다시 포장했다. 저녁을 먹으면서 문득 꼬마들 가운데 한 녀석이 눈으로 다른 꼬마에게 이 일을 말한 것 같다는 생각이 들었다. 녀석들이 나를 몰래 지켜보고 있었을까? 나는 그들을 은밀히 신문했다. 그리고 아니라는 결론을 내렸다. 저녁을 먹은 뒤 나는 다시 서재로 가 그 돈을 찬찬히 세어보았다. 그리고 5꽁뚜에 대한 애엄마 같은 나의 조심성—나는 부자이지 않은가—에 스스로 웃었다.

그 일을 더이상 생각하지 않기 위하여 밤에 로부 네비스의 집으로 갔다. 그는 나에게 아내의 연회에 어려워하지 말고 자주 드나들라고 요청했다. 거기에서 나는 경찰서장을 만났다. 나는 그에게 소개되었다. 그는 곧 내가 며칠 전에 보냈던 편지와 도브라 금화를 기억해냈다. 그가 그 일에 대하여 큰 소리로 주변 사람에게 얘기했다. 비르질리아가 나의 행동을 음미하는 것 같았다. 그리고 그 자리에 있던 각각의 사람들이 유사한 일화를 이야기하러 내게 왔다. 나는 그 얘기들을 히스테릭한 여성의 조바심으로 들었다.

이튿날 밤과 그 주 내내 나는 주운 5꽁뚜에 대하여 내가 할 수 있는 최소한의 것을 생각했다. 고백하건대, 나는 그 돈을 책상 서랍에 아주 조용히 보관해두었다. 나는 돈만 빼고, 특히 내가 발견한 그

---

[39] 헤이스(réis): 뽀르뚜갈 및 브라질의 옛 화폐단위.

돈만 빼고 모든 것에 대해 얘기하는 것을 좋아했다. 어쨌거나 돈을 발견한 것은 범죄행위가 아닌 행운이며 또 기분 좋은 우연이었다. 어쩌면 신의 섭리로 빚어진 일일 수도 있다. 어떤 다른 것일 수는 없었다. 담배주머니를 잃어버리듯 5꽁뚜를 쉽게 잃어버리지는 않는다. 5꽁뚜는 오만가지 감각의 감시하에 이리저리 움직였다. 그것을 가지고 가는 사람은 수시로 손으로 만져보고 거기에서 눈을 떼지 않으며 매 순간 생각한다. 이처럼 해변에서 몽땅 잃어버린다면…… 습득이 범죄일 순 없다. 범죄도, 불명예도, 그리고 한 인간의 기질을 훼손하는 그 어떤 것도 아니다. 큰 행운처럼, 경마에서의 내기처럼, 정직한 도박에서 번 돈처럼 그냥 하나의 습득물이며, 운 좋은 발견이었다. 나는 나의 행운이 그럴 만한 자격이 있다고까지 말할 수 있다. 왜냐하면 나는 기분이 나쁘지 않았고 내가 신의 섭리로부터 받은 혜택을 누릴 자격이 없는 것도 아니기 때문이었다.

"이 5꽁뚜는," 삼주 후 나는 나 자신에게 이렇게 말했다. "좋은 일에 써야겠어. 아니면 가난한 어느 소녀에게 결혼지참금으로 주든가, 아니면 다른 용도로…… 두고 봐야지……"

바로 그날 나는 그 돈을 브라질 은행으로 가져갔다. 거기 있던 사람들이 도브라 금화 일에 대하여 세세하게 많은 언급을 하며 나를 맞이했다. 이미 그 이야기는 내가 알고 있는 사람들 사이에 퍼져 있었던 것이다. 나는 그 일이 이처럼 소란스러운 환대를 받을 만한 가치는 없다고 피곤한 모습으로 말했다. 그러자 이번에는 나의 겸손을 칭찬하고 나섰다. 그리고 내가 짜증스럽게 화를 내면 그들은 그저 그것이 훌륭한 일이었다고 응수했다.

53. ………

비르질리아는 더이상 그 도브라 금화 일을 기억하지 못했다. 그녀는 온통 내게, 내 눈에, 내 생활에, 내 생각에 집중해 있었다. 이는 그녀가 말한 것이었고 사실이었다.

빨리 태어나 빨리 자라는 나무들이 있는 반면에, 늦게 태어나서 늦게 자라는 나무들이 있다. 우리의 사랑은 앞의 경우였다. 그것은 아주 전격적으로 그리고 엄청나게 많은 수액을 품고 싹이 텄으며 얼마 지나지 않아 숲에서 가장 크고 잎이 많은 풍요로운 창조물이 되었다. 그 성장에 며칠이 걸렸는지를 정확히 여러분께 말할 수는 없다. 하지만 나는 어느날 밤 꽃이 피었던 것을, 여러분이 이렇게 부르길 원한다면 키스를 나누었던 걸 기억한다. 그녀는 떨면서—가여운 여인—두려움에 떨면서 나에게 키스를 했다. 그녀가 떨고 있었던 것은 농장의 대문 옆에서 키스를 했기 때문이었다. 단 한 번의 그 키스는 우리를 하나로 만들었다. 그 순간은 짧았지만 열렬한 사랑이었으며, 달콤함, 공포, 원한, 고통으로 끝날 희열, 기쁨 속에 피어오를 혼란의 삶을 알리는 한편의 서곡이 되었다. 그리고 인내하는 체계적인 위선, 한없는 열정에 대한 유일한 고삐, 즉 혼란과 분노, 절망과 질투의 삶을 알리는 서곡이 되었다. 어떤 시간은 지나치게 많이 그 댓가를 치를 것이고, 다른 시간이 도래해 그 앞의 시간을 삼킬 것이다. 그것은 다른 모든 것처럼, 불안과 그 나머지, 혐오감과 신물이라는 그 나머지의 나머지를 표면 위로 떠오르게 할 것이다. 이러한 프롤로그를 가지고 있는 책이 그러했다.

54. 시계추

나는 키스를 음미하며 거기를 떠났다. 잠을 이룰 수 없었다. 나는 분명 침대에 몸을 쭉 펴고 누웠다. 하지만 아무런 행동을 취하지 않은 것과 똑같았다. 그날밤 나는 각각의 시간을 알리는 시계추 소리를 들었다. 흔히 내가 잠을 놓칠 때는 시계추 소리가 매우 거슬리곤 했다. 그 시계추의 음울하고 느리고 메마른 똑딱 소리가 울릴 때마다 그 소리는 내 생명이 일초씩 줄어들고 있음을 말해주는 것 같았다. 그러면 나는 삶의 자루와 죽음의 자루 사이에 앉아서 삶의 동전을 꺼내어 죽음에게 주면서 그것을 시계추처럼 세고 있는 늙은 악마, 즉 저승사자를 상상하곤 했다.

"또 하나 줄어들고……"

"또 하나 줄어들고……"

"또 하나 줄어들고……"

"또 하나 줄어들고……"

가장 특이한 것은 시계가 멈출 경우 나는 똑딱 소리가 그치지 않도록 시계태엽을 감는다는 사실이고, 잃어버린 내 짧은 시간들을 모두 셀 수 있었다는 사실이다. 형태가 바뀌거나 사장되는 발명품들이 있다. 왜냐하면 제도 자체가 없어지기 때문이다. 시계는 확정적이고 영원하다. 힘을 다 써서 식어버린 태양과 작별할 최후의 사람은 자신이 죽는 정확한 시간을 알기 위해 주머니에 시계 하나를 가지고 있어야 한다.

그날밤 나는 그런 슬픈 권태의 감정으로 고통을 느끼진 않았다. 대신 다른 즐거운 감정을 경험했다. 환상들이 내 안에 빽빽하게 들어찼다. 그 환상들은, 행렬에 있는 노래하는 천사를 보기 위해 서로의 몸을 밀착시키는 여신도들처럼, 서로 겹쳐 다가왔다. 나는 잃어버린 초침 소리를 듣지 못했지만 몇분의 시간은 얻었다. 어느 시간 이후 나는 아무 소리도 듣지 못했다. 왜냐하면 약삭빠르면서 장난기가 심한 나의 생각이 창밖으로 뛰어나가 비르질리아의 집 방향으로 날아갔기 때문이다. 나의 생각은 어느 창턱에서 비르질리아의 생각과 만났다. 두 생각은 서로 인사를 한 뒤 대화를 나누었다. 휴식이 필요했던 우리는 아마 추위를 느껴서 침대에서 뒹굴었고 거기서 두 게으름뱅이는 아담과 이브의 오래된 대화를 반복했다.

55. 아담과 이브의 오래된 대화

브라스 꾸바스⋯⋯⋯⋯⋯⋯⋯⋯⋯⋯⋯⋯⋯⋯⋯⋯?
비르질리아⋯⋯⋯⋯⋯⋯⋯⋯⋯⋯⋯⋯
브라스 꾸바스⋯⋯⋯⋯⋯⋯⋯⋯⋯⋯⋯
⋯⋯⋯⋯⋯⋯⋯⋯⋯⋯⋯⋯⋯⋯⋯⋯⋯⋯⋯
비르질리아⋯⋯⋯⋯⋯⋯⋯⋯⋯⋯⋯⋯⋯⋯⋯⋯!
브라스 꾸바스⋯⋯⋯⋯⋯⋯⋯⋯⋯⋯⋯⋯
비르질리아⋯⋯⋯⋯⋯⋯⋯⋯⋯⋯⋯⋯⋯⋯
⋯⋯⋯⋯⋯⋯⋯⋯⋯?⋯⋯⋯⋯⋯⋯⋯⋯⋯⋯
⋯⋯⋯⋯⋯⋯⋯⋯⋯⋯⋯⋯⋯⋯⋯⋯⋯⋯⋯
⋯⋯⋯⋯⋯⋯⋯⋯⋯⋯⋯⋯⋯⋯⋯⋯⋯⋯⋯
브라스 꾸바스⋯⋯⋯⋯⋯⋯⋯⋯⋯⋯⋯⋯
비르질리아⋯⋯⋯⋯⋯⋯⋯⋯⋯⋯⋯⋯⋯⋯

브라스 꾸바스……………………………………
………………………………………………………
……………………………………………………!……
………!………………………………………………
………………………………………………………!
비르질리아………………………………………?
브라스 꾸바스……………………………………!
비르질리아………………………………………!

56. 적절한 시기

그런데 제기랄! 누가 나에게 이런 차이의 원인을 설명할 것인가? 한때 우리는 서로 만나 결혼을 논의했으나 열정이 없었기 때문에 그 결혼을 없던 일로 하며 차갑게 고통 없이 헤어졌다. 단지 약간의 원한만이 나를 고통스럽게 했을 뿐 더이상 아무것도 없었다. 세월이 흘러 난 그녀를 다시 보고 있다. 우리는 서너번 왈츠를 추었고 열광적으로 서로를 사랑하게 되었다. 비르질리아의 아름다움은 분명 어떤 완벽의 경지에 이른 게 사실이다. 하지만 우리는 근본적으로 과거와 똑같았다. 나의 입장에서 보면 나는 더 멋있어지지도 더 우아해지지도 않았다. 누가 나에게 그 차이의 원인을 설명해줄 것인가?

원인은 적절한 시기라는 것 외에 다른 것이 있을 수 없었다. 첫 순간은 적절치 못했다. 왜냐하면 우리는 사랑을 하기엔 너무 어렸다. 둘 다 '자신의' 사랑에 몰두하고 있었다. 이것이 근본적인 차이였다. 그 어떤 사랑도 시의적절함 없이는 가능하지 않다. 이 설명은 키스를 한 지 이년이 지난 뒤 비르질리아가 유행에 따라 옷을 잘 차려입고 다니며 자신을 지나치게 치근거리던 한 신사에 대해 불평한 어느날, 나 자신이 찾아낸 것이다.

"정말 치근대는 사람이에요!" 그녀는 화가 나서 얼굴을 찌푸리며 말했다.

나는 깜짝 놀라 그녀를 자세히 바라보았다. 그녀의 분노가 솔직한 것임을 알았다. 그때 나는 어쩌면 나 역시 예전에는 똑같이 그녀의 얼굴을 찌푸리게 했을지도 모른다는 생각이 들었다. 그리고 나는 곧 내 발전의 정도를 알았다. 나는 치근대는 사람에서 그렇지 않은 사람으로 바뀌어 있었던 것이다.

57. 운명

그렇다. 여러분, 우리는 서로 사랑했다. 그때 사회의 어떤 법도 우리의 사랑을 가로막지 못했다. 당시 우리는 진정으로 서로를 사랑했다. 시인이 연옥에서 만난 두 영혼처럼 우리는 서로가 서로에게 얽매어 있음을 발견했다.

"멍에를 멘 소들처럼 나란히."[40]

그런데 우리를 소와 비교하는 것은 잘못된 일이다. 왜냐하면 우리는 덜 느리면서 더 장난스럽고 더 음탕한 다른 동물 종이기 때문이다. 우리는 어디까지 가는지도 모른 채, 그리고 어떤 숨겨진 길을

---

[40] Di pari, come buoi che vanno a giogo. 단떼의 『신곡』(*La Divina Commedia*) 중 '연옥편'에 나오는 구절.

따라가는지도 모른 채 가고 있었다. 몇주간 나를 놀라게 한 문제이긴 했지만 난 그 문제의 해답을 운명에게 맡겼다. 불쌍한 운명! 인간사의 위대한 대리자인 그대 운명은 이제 어디로 갈 것인가? 아마도 그대는 새로운 피부, 다른 얼굴, 다른 방식, 다른 이름을 창조하고 있겠지. 불가능하지는 않아…… 난 더이상 그대가 어디에 있었는지 기억하지 못한다…… 아! 변명의 길 위에 있었지. 난 신이 바라는 대로 이제 이루어질 차례라고 중얼거렸다. 서로 사랑하는 것은 우리의 운명이었다. 그렇지 않다면 왈츠와 다른 모든 일들을 우리가 어떻게 설명할 수 있겠는가? 비르질리아도 똑같은 생각을 하고 있었다. 당신이 후회를 한다면 그것은 당신이 나를 사랑하지 않기 때문이라고 내가 비르질리아에게 말한 이래, 그녀가 후회의 순간들이 있었다고 내게 고백한 뒤 어느날, 그녀는 자신의 멋진 팔로 나를 안으며 속삭였다.

"난 당신을 사랑해요. 이건 하늘의 뜻이에요."

그런데 이 말이 아무 의미 없이 나온 것은 아니었다. 비르질리아는 약간 종교적이었다. 그녀는 일요일에 미사 드리러 가지 않았다. 이것은 사실이다. 난 그녀가 단지 축제일에만 그리고 설교가 없을 때만 성당에 간다고 생각했다. 하지만 그녀는 매일밤 열정적으로 그렇지 않으면 최소한 졸린 상태에서 기도를 했다. 그녀는 천둥소리를 무서워했다. 그럴 경우 귀를 막고는 모든 교리문답서의 기도문들을 중얼거렸다. 그녀의 방에는 자카란다 나무를 깎아서 만든 아주 작은 기도대 하나가 있었다. 높이는 겨우 세뼘이고 그 안에는 세 신상이 있었다. 하지만 그녀는 그 기도대에 대하여 자신의 친구들에게 말하지 않았다. 그와는 반대로 그녀는 종교적인 친구들을 그저 광신도로 분류했다. 한동안 나는 그녀의 마음속에 종교를 가진 것에 대한 부끄러움이 있다고 의심했다. 또 그녀의 종교는 방부제가 뿌려진 은밀한 플란넬 셔츠의 일종이 아닐까 의심했다. 하지만 그것은 분명 나의 오해였다.

58. 확신

초기에 로부 네비스는 나에게 매우 두려운 존재였다. 그것은 완전히 착각이었다! 그는 자신이 얼마나 아내를 사랑하는지 나에게 말하는 걸 부끄러워하지 않았다. 그는 비르질리아가 정말 완벽하고 확실하며 세련된 성격의 소유자로 사랑스럽고 우아하고 소박하며 또 여성의 전형이라고 생각했다. 그리고 그의 확신은 거기서 멈추지 않았다. 틈이 한번 벌어지자 활짝 열린 문이 되도록 자라났다. 어느날 그는 나에게 자신의 존재를 천천히 좀먹는 슬픈 벌레가 있다고 고백했다. 그는 공적인 영예를 필요로 했다. 나는 그에게 용기를 북돋아주었고, 아름다운 많은 것들을 얘기해주었다. 그는 사라지길 원치 않는 어떤 갈망의 종교의식으로 내 말을 들었다. 그때 나는 그의 야망이 비상도 하지 못한 채 그저 날갯짓만 하다가 지친 것을 알았다. 그로부터 며칠 뒤 그는 나에게 자신의 모든 따분한 일들과 의기소침케 하는 일, 삼켜야 했던 쓴 고통들, 잠재워야 했던 분노들에 대해 얘기했다. 그리고 정치 인생이란 질투와 원한, 모략, 배신, 이해관계, 허영으로 짜인 직물과 같다고 했다. 그의 말속에는 우울증의 기미가 보였다. 그래서 나는 그것을 치유해주고자 애썼다.

"내가 지금 뭘 얘기하고 있는지 압니다." 그가 슬픈 표정으로 대답했다. "당신은 내가 어떤 일들을 겪고 있는지 상상도 못할 겁니다. 내가 정치에 발을 들여놓은 것은 좋아서, 가족 때문에, 야망 때문에, 그리고 약간의 허영심이 있어서죠. 당신도 이미 알겠지만 나는 내 안에 공적 생활로 인도하는 모든 동기들을 가지고 있어요. 나에겐 단지 다른 성격의 이해관계만 빠져 있을 뿐입니다. 나는 객석에서 극을 보았습니다. 맹세코 참 멋있었죠! 재연되는 장엄한 무대, 삶, 움직임, 품위 등. 내가 서명을 하자 사람들이 나에게 어떤 역할을 주었습니다…… 내가 무엇 때문에 이런 것으로 지쳐가고 있을까요? 내 마음을 심란한 상태 그대로 내버려두세요. 내가 그저 시간과 나날을 흘려보내고 있다고 생각하세요…… 항구적인 감정도 감사할 것도 없고, 아무것도 없습니다. 아무것도…… 아무것도……."

심히 풀이 죽은 그는 허공에 눈길을 둔 채 자기 생각의 반향을 제외하고는 아무것도 듣지 못하는 듯 침묵했다. 잠시 후 그는 자리에서 일어나 내게 손을 내밀었다. "당신은 나를 비웃을 겁니다." 그가 말했다. "하지만 나의 토로를 용서해주십시오. 정신을 혼란케 하는 일이 있었습니다." 그리고 그는 어둡고 슬픈 표정으로 웃었다. 그러고는 우리 사이에 있었던 일을 아무에게도 말하지 말 것을 부탁했다. 나는 엄밀히 말해 우리들 사이엔 아무 일도 없었노라고 대답했다. 두명의 연방 하원의원과 해당 구역의 정치 지도자 한명이 들어왔다. 로부 네비스가 그들을 반갑게 맞이했다. 처음에는 약간 가식적이었지만 곧 자연스러워졌다. 반시간이 지날 무렵 어느 누구도 그가 그들 가운데 가장 운이 좋은 사람이 아니라고 말하지 못할 정도였다. 그는 얘기를 나누었고 비아냥대기도 했으며 웃기도 했다. 그러자 그들 모두가 웃었다.

59. 어떤 만남

정치는 에너지가 넘치는 포도주임에 틀림없어. 로부 네비스의 집을 나서면서 난 혼자 중얼거렸다. 그리고 바르보누스 가(街)에서 마차를 발견할 때까지 걷고 또 걸었다. 그 마차 안에는 나의 고등학교 동창으로 현직 장관인 인물이 앉아 있었다. 우리는 정겹게 인사를 했고 마차는 곧 떠났다. 그리고 나는 나대로 걷고 걷고 또 걸었다…….

"왜 나는 장관이 되지 못했을까?"

반짝이는 이 거대한—베르나르데스 신부[41]가 말했듯이 화려하게 옷을 차려입은—생각이 갑작스러운 변화에 의한 현기증을 야기하기 시작했다. 난 그 현기증을 재미있게 생각하며 나 자신이 그것을 눈여겨보게 내버려두었다. 나는 더이상 로부 네비스의 슬픔을 생각하지 않았다. 심연의 끌어당김을 느꼈다. 고등학교 동창과 언덕을 뛰놀던 일, 기쁜 일과 짓궂은 장난을 회상했다. 그리고 그당시 소년이었던 그와 현재 어른인 그를 비교했으며 왜 나는 그처럼 되지 못했을까라고 반문했다. 그때 나는 빠세이우 뿌블리꾸 공원에 들어섰다. 모든 것이 똑같은 말을 하고 있는 것 같았다. "왜 너는 장관이 되지 못한 거지, 꾸바스?" "꾸바스, 너는 왜 이 나라의 장관이 되지 못한 거지?" 그 말을 듣자 아주 기분 좋은 감정이 내 신체기관 전체에 생기를 북돋아주었다. 공원에 들어온 나는 어느 벤치에 앉아 그 생각을 되뇌었다. 그리고 이건 비르질리아가 좋아할

---

[41] 마누엘 베르나르데스(Manuel Bernardes, 1644~1710): 뽀르뚜갈의 오라토리오회 사제로 기독교 영성에 대해 많은 저서를 남겼음.

거야! 몇분 뒤 나는 낯설지 않은 한 사람이 나를 향해 걸어오는 걸 보았다. 어디서인지는 몰라도 내가 본 적이 있는 사람이었다.

서른여덟 내지 마흔살 정도에 키가 크고 말랐으며 창백한 얼굴을 한 남자를 상상해보라. 이목구비를 빼고 옷차림을 보면 영락없이 바빌론 포로생활에서 탈출한 사람 같았다. 모자는 알브레히트 게슬러[42] 모자의 현대판이었다. 이제 그의 골격—아니, 문자 그대로 사람의 뼈대—이 요구하는 것보다 더 헐렁한 프록코트를 상상해보라. 머리털은 희끗희끗해져 있었다. 여덟개가 있어야 할 단추 가운데 세개만 남아 있었다. 짙은 갈색의 바지에는 튼튼한 무릎보호대를 대었으며 바짓단은 광도 내지 않은 처량한 모습의 장화 뒤축에 밟혀 있었다. 여드레 동안 세탁하지 않은 와이셔츠의 칼라를 조이고 있는 색바랜 두가지 색 넥타이의 끝자락이 목에서 흔들리고 있었다. 또 그는 곳곳이 해어졌고 단추도 없는 어두운 비단 조끼를 입고 있었다고 나는 생각한다.

"꾸바스 박사, 나는 당신이 나를 알아보지 못할 거라는 데 돈을 걸겠소." 그가 말했다.

"기억이 안 나는데……"

"나 보르바일세. 낑까스 보르바."

난 놀라서 뒷걸음질했다…… 그런 황당한 충격을 묘사할 보쉬에나 비에이라[43]의 장엄한 단어가 있으면 좋으련만! 그는 무척이나 똑똑하고 마른 체격의 고등학교 친구로, 과거에 재미있었던 소

---

[42] 14세기 독일의 영주이며 헤르만 게슬러라고 불리기도 한다. 광장 한복판의 높은 나무 꼭대기에 자신의 모자를 걸어놓고 주민들에게 경례할 것을 강요했다.
[43] 자끄 베니뉴 보쉬에(Jacques-Bénigne Bossuet, 1627~1704)는 프랑스의 가톨릭 신학자이며, 앙또니우 비에이라(António Vieira, 1608~97)는 뽀르뚜갈 태생으로 예수회 소속의 철학자이자 작가이다.

년, 낑까스 보르바였다. 낑까스 보르바! 아니야, 불가능한 일이야. 이럴 수가 없어. 깡마른 저 몰골, 흰색으로 물든 저 수염, 낡아 보이는 저 누더기 옷, 저 모든 몰락의 모습이 낑까스 보르바라니. 하지만 현실은 그랬다. 그의 눈에는 과거의 모습이 어느정도 남아 있었다. 그리고 그의 미소는 독특했던 비아냥조의 분위기를 잃지 않고 있었다. 그 사이 그는 나의 놀라움을 굳건히 견뎌냈다. 잠시 후 나는 눈길을 돌렸다. 만일 그의 몰골이 나에게 역겨움을 주었다면 과거와 현재의 비교는 나를 슬프게 하는 일이었다.

"자네에게 얘기해줄 필요가 없겠지. 이미 다 추측을 했을 테니까. 가난과 정신적인 고통 그리고 투쟁의 삶이었네. 내가 왕으로 분장했던 파티들 기억해? 그런데 이렇게 추락했어! 이젠 거지로 전락했다네……"

그리고 무관심한 표정으로 오른손과 어깨를 들어올리며 운명의 공격에 체념하는 듯한 동작을 취했다. 그가 그 상황에 만족했는지도 모르겠다. 어쩌면 만족했을 것이다. 분명히 그는 무감각했다. 그에게는 기독교적인 체념도, 철학적인 순응도 없었다. 빈곤이 그의 영혼을 무감각하게 만들어 진흙에 빠진 느낌조차 들지 못하게 한 것처럼 보였다. 그는 게으른 위엄을 가지고 이전에 왕족의 자주색 예복을 입었던 때처럼 누더기 옷을 땅에 끌고 다녔다.

"나를 찾아오게." 내가 말했다. "자네를 위해 뭔가를 마련해보겠네."

그의 입술이 멋진 미소로 벌어졌다. "자네가 나에게 뭔가를 약속한 첫번째 사람은 아니야. 자네는 나에게 아무것도 하지 않을 마지막 사람일지도 몰라. 게다가 뭣하러? 난 아무것도 부탁하지 않았네. 돈 빼고는. 그래, 돈 말이야. 왜냐하면 먹어야 하니까. 음식점들은 외상을 주지 않지. 작은 식료품가게의 여주인들도 마찬가지네. 아무것도 아닌 옥수수죽도 2빙뗑[44]이야. 그 빌어먹을 식료품가게 여주인들은 그것조차 외상으로 안 주지…… 지옥이야. 흠…… 그러니까 친구인 자네에게 말할 것은…… 지옥이라고! 악마! 모든 악마들! 이봐, 난 오늘 점심도 아직 못 먹었네."

"못 먹었다고?"

"그래. 집에서 일찍 나왔거든. 내가 어디 사는지 아나? 써웅프랑시스꾸 계단의 세번째 계단인데 올라가는 사람의 입장에서 보면 왼쪽이지. 노크할 필요 없어. 집이 시원해. 아주 시원해. 그래, 일찍 집을 나섰고 아직 못 먹었어……"

나는 지갑을 꺼내 5000헤이스짜리 지폐 한장—가장 덜 깨끗한 것—을 꺼내 그에게 주었다. 그는 탐욕스럽게 반짝거리는 눈으로 그걸 받았다. 그리고 지폐를 공중으로 들어올리더니 열광적으로 흔들어댔다.

"이 표지에 의해 그대는 승리를 얻으리라!"[45]라고 소리쳤다.

그리고 지폐에 키스를 했다. 너무도 반갑고 기분이 좋아서 엄청 소란을 떠는 바람에 난 역겹기도 했고 안쓰럽기도 했다. 본래 눈치가 빨랐던 그는 나의 그런 심정을 알아채고는 기괴하게도 진지한 모습을 보였다. 그리고 그는 오랜 세월 동안 5000헤이스를 보지 못한 가난뱅이의 기쁨 때문이었다고 하면서 자신이 기뻐 날뛴 것을 사과했다.

"이제 네 손에 있으니 자주 바라보게나." 내가 말했다.

---

[44] 빙뗑(vínten): 20헤이스(réis)에 해당하는 브라질의 옛 화폐단위.
[45] In hoc signo vinces. 로마 황제 콘스탄티누스 1세는 전투 전날 이 말이 새겨진 십자가를 꿈에서 보고 승리했다고 한다.

"그래?" 그는 나에게 갑자기 달려드는 자세를 취하면서 빠르게 말했다.

"이제 일을 해야지." 내가 말을 맺었다.

그는 경멸의 몸짓을 한 뒤 잠시 침묵 속에 빠져들었다. 이어 일하기 싫다고 했다. 나는 아주 우습기도 하고 슬프기도 한 그 비열함이 역겨웠다. 그래서 자리를 뜰 준비를 했다.

"나의 빈곤철학을 가르쳐줄 테니 가지 말게." 그는 내 앞에서 양다리를 쫙 벌리며 말했다.

60. 포옹

그가 나의 손목을 삽고 잠시 동안 내 손가락에 끼워져 있는 반지를 바라볼 때 나는 그 불쌍한 녀석이 미쳤다고 판단했다. 그래서 그에게서 벗어나려고 했다. 나는 그의 손에서 반지를 갖고 싶어하는 강렬한 욕망의 떨림을 느꼈다.

"정말 멋진데!" 그가 말했다.

그다음 그는 내 주위를 돌면서 나를 찬찬히 뜯어보기 시작했다.

"자네는 자신을 잘 가꾸는군." 그가 말했다. "보석에다 세련되고 우아한 옷 그리고…… 그 구두와 내 구두를 비교해봐. 무척 차이가 나네! 허, 참! 자신을 잘도 가꾸는군. 그런데 아가씨들은? 그녀들은 잘 있나? 자네 결혼했나?"

"아니……"

"나도 마찬가지야."

"내가 사는 거리는……"

"난 자네가 어디 사는지 알고 싶지 않아." 낑까스 보르바가 내 말을 가로막으며 말했다. "우리가 나중에 다시 만나면 또 5000헤이스 지폐를 주게. 내가 자네 집까지 찾아가지 않도록 해. 일종의 자존심이랄까…… 이제, 잘 가게. 자넨 빨리 가고 싶어하는 것 같군."

"잘 가게!"

"그래, 고마워. 좀더 가까이서 고맙다는 인사를 하지."

그러면서 그는 나를 와락 껴안았는데 피할 수가 없었다. 결국 그와 헤어졌지만 난 짜증나고 슬퍼서 큰 걸음으로 걷기 시작했다. 그의 포옹으로 셔츠가 잔뜩 구겨졌다. 내 마음속에는 즐거운 느낌이 더이상 존재하지 않았고 다른 감정이 자리 잡았다. 나는 그에게 응당 어울리는 비천함을 보고 싶었다. 하지만 나는 다시 한번 현재의 그와 과거의 그를 비교하지 않을 수 없었고, 한때의 희망들을 다른 때의 실재로부터 분리하는 심연을 직시하는 동안 갈수록 슬퍼졌다……

"그래, 잘 가게! 저녁이나 먹으러 가자." 나는 혼잣말로 중얼거렸다.

난 조끼에 손을 넣었다. 그런데 시계가 없었다. 마지막 환멸이 밀려왔다! 보르바가 포옹을 하면서 내 시계를 훔친 것이다.

61. 어떤 프로젝트

난 슬픈 마음으로 저녁을 먹었다. 나의 마음이 아팠던 이유는 시계가 없어졌기 때문이 아니었다. 그것을 훔쳐간 작자의 이미지 때문이었다. 어릴 때의 추억들, 다시 한번의 비교, 그리고 결론……

수프를 먹기 시작하자 내 마음속에는 25장의 노랗고 병약한 꽃이 피어났다. 그래서 난 비르질리아 집으로 달려가기 위해 저녁을 급히 먹었다. 비르질리아는 현재였다. 난 과거의 억압에서 벗어나기 위해 현재 속으로 피신하고 싶었다. 왜냐하면 낑까스 보르바와의 만남은 나의 눈을 과거로 돌려놓았고 그 과거는 진짜가 아니라 낡아 해어진 비참한 거지와 도둑의 과거였기 때문이다.

집에서 나왔으나 이른 시간이었다. 그녀의 가족은 아직 식사를 하고 있을 것이다. 난 다시 한번 낑까스 보르바를 생각했다. 그러자 그 녀석을 만날 수 있을지 알아보기 위해 빠세이우 뿌블리꾸 공원으로 찾아갈 마음이 생겨났다. 그놈을 재활시켜야 한다는 생각이 강하게 떠올랐다. 그래서 공원으로 갔다. 하지만 그를 찾지 못했다. 수위에게 물어보니 실제로 '그 녀석'은 종종 거기에 들른다고 했다.

"몇시에요?"

"정해진 시간은 없어요."

다른 기회에 그를 만나는 게 불가능하지는 않을 것이다. 나는 여기 다시 올 것을 나 자신과 약속했다. 그를 재활시키고, 일을 하게 하며, 자신을 존중할 줄 알게 해야 한다는 생각이 내 마음을 가득 채웠다. 난 마음이 편해졌고 기분이 한 단계 올라갔으며 나 자신에 대한 존경심을 느꼈다…… 그러는 사이 땅거미가 내리기 시작했다. 난 비르질리아를 만나러 갔다.

62. 베개

나는 비르질리아를 만나러 갔다. 나는 낑까스 보르바를 빠르게 잊었다. 비르질리아는 내 영혼의 베개, 부드러운 흰색 천과 브뤼셀 풍으로 수놓은 부드럽고 온화하며 향기로운 베개였다. 나의 영혼은 바로 거기에 모든 나쁜 감정들, 따분하거나 고통스러운 감정들까지도 모두 내려놓았다. 세상사가 아무리 힘들어도 비르질리아의 존재이유는 다른 것이 아니었다. 다른 것일 수도 없었다. 낑까스 보르바를 완전히 잊는 데는 오분이면 족했다. 서로 손을 잡고 함께 깊이 생각하는 오분. 그 오분과 한번의 입맞춤. 그러자 낑까스 보르바에 대한 기억은 사라졌다…… 내가 눈을 감고 잠자는 두 뼘 크기의 거룩한 베개를 가지고 있다면, 곪아터진 인생과 누더기 같은 과거, 네가 존재한다는 것이 내게 뭐 그리 대수겠는가? 또 네가 타인들의 눈에 성가시다는 것이 뭐 그리 중요하겠는가?

63. 도망갑시다!

아! 항상 잠만 자는 건 아니었다. 삼주 후 비르질리아의 집으로 가니—오후 4시였다—그녀가 슬프고 의기소침해 있었다. 무슨 일이 있었는지 내게 말하고 싶어하지 않았다. 하지만 내가 계속 묻자 대답했다.

"난 다미어웅이 뭔가를 의심하고 있다고 생각해요. 요즘 그에게서 몇몇 이상한 행동들이 보여요…… 모르겠어요. 나에게 잘해줘요. 그 점에 대해선 의심의 여지가 없어요. 하지만 그의 시선이 예전과 같지 않아요. 난 잠을 잘 못자요. 어젯밤에도 공포에 사로잡혀 잠에서 깨어났어요. 그가 나를 죽이려는 꿈을 꾸었어요. 아마도 환영일 거예요. 하지만 그가 나를 의심하는 것 같아요……"

나는 내가 할 수 있는 한 최선을 다해 그녀를 안심시켰다. 정치적인 근심 때문일 수도 있다고 말했다. 그녀는 그럴 수 있다는 데 동의했다. 하지만 그래도 그녀는 매우 심란해했고 예민했다. 우리는 거실에 있었다. 그 거실은 우리가 첫 키스를 나눈 농장을 바라보고 있었다. 열린 창을 통해 산들바람이 불어왔다. 그 바람은 커튼을 살며시 흔들었는데 나는 그 커튼을 본다기보다는 뚫어지게 응시하고 있었다. 난 상상의 쌍안경을 손에 들었다. 저 멀리에 로부 네비스도, 결혼도, 도덕도, 다른 어떤 구속도 없는 우리의 집 한채와 우리의 삶과 우리의 세상을 나는 그렸다. 이 생각이 나를 황홀하게 했다. 이 세상과 도덕과 남편이 사라져 천사의 거주지로 들어가기만 하면 되었다.

"비르질리아!" 내가 말했다. "당신에게 한가지 제안할 것이 있소."

"뭔데요?"

"나를 사랑하오?"

"오!" 그녀는 나의 목에 양팔을 걸치며 탄식했다.

비르질리아는 나를 열렬히 사랑했다. 그 대답은 분명 진심이었다. 양팔로 나의 목을 감싼 채 말없이 큰 숨을 쉬며 크고 아름다운 눈으로 나를 바라보았다. 그 눈은 촉촉한 빛과 같은 독특한 느낌을 주었다. 나는 새벽처럼 신선하고 죽음처럼 만족을 모르는 그녀의 입술에 열렬히 키스를 하였다. 비르질리아의 아름다움에는 이제 결혼하기 전에 없던 어떤 숭고함마저 있었다. 그녀는, 아테네 펜텔리콘 산의 대리석으로 깎아 만든, 품위있고 활기차며 고귀한 수작업에 의해 만들어진 인물 같았다. 그녀는 의심할 여지 없이 석고상처럼 아름다웠지만 혐오감을 주거나 차갑지는 않았다. 그와는 정반대로 순수한 자연의 모습을 갖추고 있었고, 실제로 모든 사랑스러운 것을 요약하고 있다고 할 수 있었다. 특히 그날 그때가 그랬다. 그녀의 눈은 인간의 눈이 말할 수 있는 모든 것을 말없이 표현하고 있었다. 하지만 시간이 없었다. 나는 깍지를 끼고 있던 그녀의 양손을 풀고는 손목을 잡았다. 그리고 그녀를 응시하며 용기가 있느냐고 물었다.

"무슨 용기요?"

"도망칠 용기 말이오. 집이 크든 작든, 시골이든 도시든, 당신이 원하고 편할 수 있는 곳이라면 어디든지 갑시다. 아무도 우리를 귀찮게 하지 않는 유럽이나 당신이 생각하는 곳도 좋소. 당신에게 어떤 위험도 없고 우리가 우리를 위해 살 수 있는 그런 곳으로 갑시다…… 어떻소? 도망갑시다. 조만간 그가 무언가를 찾아낼 것이고 당신은 길을 잃고 방황할 수도 있고…… 듣고 있소? 길을 잃고…… 죽을 수도 있고…… 그 역시 마찬가지요. 왜냐하면 내가 그를 죽일 테니까. 맹세코."

난 말을 멈추었다. 비르질리아는 얼굴이 매우 창백해지면서 양팔을 떨구었다. 그리고 긴 소파에 앉았다. 내게 어떤 말도 하지 않은 채 그렇게 있었다. 난 그녀가 선택을 망설이는 것인지, 발각되어 죽을 수도 있다는 생각에 공포를 느끼는 것인지 알지 못했다. 난 그녀에게 다가가 나의 제안을 주장했다. 그녀에게 우리 둘만의 삶, 질투 없는 삶, 공포도 혼란도 없는 삶이 가져다줄 모든 이점들에 대하여 말했다. 비르질리아는 조용히 내 말을 들었다. 그러고 나서 말했다.

"아마도 우린 그를 피할 수 없을 거예요. 그는 나를 찾아낼 것이고 마찬가지로 나를 죽일 거예요."

난 그녀에게 그렇게 될 수 없음을 말해주었다. 세상은 아주 넓으며 공기가 깨끗하고 햇빛이 풍부한 곳이라면 난 어디서든 살 수 있는 재력을 가지고 있었다. 그가 거기까지 쫓아오지는 못할 것이다. 오로지 위대한 열정만이 위대한 행동을 실행할 수 있다. 남편은 그녀가 멀리 있을 때 그녀를 찾아올 만큼 그렇게까지 사랑하지는 않는다고 나는 말했다. 비르질리아는 놀람과 거의 분노에 가까운 몸짓을 했다. 남편은 자신을 매우 사랑하고 있다고 중얼거렸다.

"아마." 내가 대답했다. "아마 그럴 수도 있겠지……"

나는 창문으로 갔다. 그리고 손가락으로 창턱을 두드리기 시작했다. 비르질리아가 나를 불렀다. 나는 내 질투를 곱씹고 있었다. 만일 그녀의 남편이 손 닿는 곳에 있다면 그의 목을 조르고 싶다는 욕구를 느꼈다…… 바로 그 순간 농장에 로부 네비스가 나타났다. 창백해진 여성 독자여, 그렇게 떨지 마시라. 이 페이지를 핏방울로 그리지 않을 테니 마음을 편히 먹기를…… 그가 농장에 나타나자 나는 그에게 품위있는 말과 다정한 태도를 취했다. 비르질리아가 서둘러 거실에서 물러났다. 그로부터 삼분 뒤에 그가 들어왔다.

"오신 지 오래되었습니까?" 그가 나에게 물었다.

"아뇨."

그는 산만하게 눈길을 여러곳에 주면서 심각하고 무거운 표정으로 들어왔다. 그의 습관이었다. 하지만 6장에서 미래의 대학 졸업생으로 나온 그의 아들 뇨뇨가 도착하는 것을 보자 즉시 밝은 표정으로 바뀌었다. 아들을 안아 공중으로 들어올렸고 수차례 뽀뽀를 하였다. 그 꼬마에게 증오심을 갖고 있던 나는 두사람으로부터 떨어졌다. 비르질리아가 거실로 돌아왔다.

"아!" 로부 네비스가 천천히 소파에 앉으면서 숨을 내쉬었다.

"피곤합니까?" 내가 물었다.

"아주 피곤합니다. 한쌍의 아주 힘든 일을 끝냈거든요. 하나는 하원에서, 다른 하나는 길에서요. 게다가 세번째 힘든 일도 다가오고 있고요." 그가 아내를 쳐다보며 덧붙였다.

"뭔데요?" 비르질리아가 물었다.

"아…… 알아맞혀봐!"

비르질리아가 그의 옆에 앉더니 그의 한쪽 손을 잡았다. 그런 다음 그의 넥타이를 고쳐주고는 그게 무엇인지 다시 물었.

"바로 오페라 특별석 건이었소."

"깐디아니⁴⁶ 오페라의 특별석 말이에요?"

"그렇소."

비르질리아가 손뼉을 쳤다. 그리고 자리에서 일어나 자신의 모습과는 어울리지 않게 어린아이같이 기쁜 표정을 지으며 아들에게 뽀뽀를 했다. 그런 다음 특별석이 입구에 있는지 아니면 중앙에 있는지를 물었다. 그리고 남편에게 낮은 목소리로 입고 갈 의상과 그 오페라의 노래에 대해 말했다. 나는 다른 것에 대해서는 알지 못한다.

"박사님, 우리와 같이 저녁식사를 하실 거죠?" 로부 네비스가 나에게 말했다.

"바로 그걸 위해 오셨어요." 그녀가 확인해주었다. "박사님 말씀으로는 당신이 히우지자네이루에서 가장 좋은 포도주를 가지고 있다고 하던데요."

"이분이 그런 이유로 많이 마시지는 않을 거야."

저녁을 먹으면서 나는 그의 말과 반대로 했다. 난 평소보다 더

---

46 아우구스따 깐디아니(Augusta Candiani, 1820~90): 이딸리아의 오페라 가수로, 히우지자네이루에서 명성을 떨쳤다.

많이 마셨다. 그랬다고는 해도 이성을 안 잃을 정도로만 마셨다. 난 이미 흥분해 있었고 좀더 흥분했다. 그것은 내가 비르질리아에 대하여 느꼈던 첫번째 커다란 분노였다. 저녁을 먹는 동안 난 단 한 번도 그녀를 바라보지 않았다. 나는 정치와 언론, 정부 부처에 대하여 얘기했다. 내가 아는 분야거나 기억이 나는 분야였다면 아마 신학에 대해서도 말할 수 있었을 것이라고 생각한다. 로부 네비스는 아주 침착하고 품위있게, 어떤 면에서는 나보다 나은 자비로움으로 나의 이야기를 들어주었다. 그 모든 것 역시 나를 열받게 하였고 저녁식사가 더 고통스럽고 길게 느껴지도록 만들었다. 모두가 식탁에서 일어날 때 나는 곧 떠났다.
"우리는 이따가 또 볼 거예요. 그렇죠?" 로부 네비스가 물었다.
"아마도."
그리고 난 그 집에서 나왔다.

64. 거래

길거리를 배회하다 집에 도착하니 9시였다. 잠을 이룰 수 없어서 책을 읽고 글을 쓰는 데 몰두했다. 11시가 되자 난 극장에 가지 않은 것이 후회가 되었다. 시계를 보았다. 옷을 입고 나가고 싶었다. 하지만 거기에 도착했을 땐 너무 늦을 거라고 판단했다. 게다가 그것은 나약함의 증거일 것이다. 분명히 비르질리아는 나에게 질리기 시작했다고 나는 생각했다. 이러한 생각이 점차 나를 절망하게 했고, 냉정하게 만들었으며, 그녀를 잊고 또 죽이고 싶은 기분이 들게 했다. 바로 그 순간 나는 특별석에 기대어 앉아 있는 그녀의 모습이 떠올랐다. 모든 이들의 눈을 매혹시키는 민소매의 멋들어진— 나의 팔이었고 오로지 나만의 팔이었던— 양팔, 그녀가 입었을 아주 멋진 드레스, 우윳빛 목덜미, 당시의 유행에 따라 양쪽으로 늘어뜨린 앞머리, 그녀의 눈보다는 덜 반짝일 보석들…… 그런 모습의 그녀를 그려보았고 다른 사람들이 그런 그녀를 바라볼 것이라는 생각에 마음이 아팠다. 그다음 나는 그녀의 옷을 벗기기 시작했다. 보석과 비단옷을 옆자리에 내려놓고 탐욕스럽고 음탕한 손으로 그녀의 머리카락을 풀어헤치면서 그녀를—그녀가 더 아름다웠는지 더 자연스러웠는지 난 알지 못한다—나의 여자, 오로지, 오로지 나의 여자로 만들기 시작했다.

이튿날 나는 감정을 억제할 수 없어서 일찍 비르질리아의 집으로 갔고, 그녀가 울어서 눈이 빨개져 있는 것을 보았다.

"무슨 일이 있었소?" 내가 물었다.

"당신은 나를 사랑하지 않아요." 그녀가 대답했다. "눈곱만큼도 나를 사랑하지 않아요. 어제는 나를 증오하는 듯 대했죠. 최소한 내가 뭘 잘못했는지 알기라도 하면 좋으련만! 하지만 난 모르겠어요. 내가 뭘 잘못했는지 말해줄래요?"

"그게 무슨 말이오? 난 아무 일도 없었다고 생각하오."

"아무 일도 없었다고요? 나를 마치 개만도 못한 사람처럼 취급해놓고선……"

이 말에 나는 그녀의 두 손을 잡고 그 손에 키스를 했다. 두 줄기의 눈물이 그녀의 눈에서 흘러내렸다.

"진정해요. 다 지나갔소." 내가 말했다.

그녀와 언쟁할 마음이 없었다. 게다가 무얼 두고 언쟁할 것인가? 남편이 그녀를 사랑하는 한 그녀의 잘못은 없었다. 난 그녀는 나에게 아무 짓도 하지 않았고 내가 다른 사람을 어쩔 수 없이 질투했으며 그 사람을 항상 웃는 얼굴로 참아낼 수 없었다고 말했다. 그리고 아마도 남편이 무언가를 눈치챘음에도 모르는 체하는 것 같다고 덧붙였다. 정서적인 혼란과 의견의 충돌을 막는 최선의 방법은 어제 내가 말한 아이디어를 받아들이는 것이라고 말했다.

"그것에 대해 생각해봤어요." 비르질리아가 서둘러 대답했다. "우리만의 작은 집 하나, 어느 외딴길에 정원으로 둘러싸인 조용한 집을 말했죠, 그렇죠? 좋은 생각이에요. 하지만 뭣하러 도망을 가요?"

그녀는 악에 대해서는 생각을 하지 못하는 사람처럼 순진하고 일상적인 어조로 말했다. 그녀의 입가로 퍼지는 미소는 청순한 표정 그 자체였다. 그래서 난 뒤로 물러나며 대답했다.

"나를 사랑하지 않는 사람은 바로 당신이오."

"저라고요?"

"그렇소. 당신은 이기적인 사람이오! 당신은 내가 매일 괴로워하는 모습을 보고 싶어하지…… 둘도 없는 이기주의자란 말이오!"

비르질리아가 울음을 터뜨렸다. 주위 사람들의 시선을 끌지 않기 위해 입에 손수건을 가져가 흐느끼는 소리를 막았다. 그것은 나를 당황스럽게 만들었다. 누군가가 그녀의 우는 소리를 듣기라도 하면 모든 게 끝장날 판이었다. 나는 몸을 숙여 그녀의 양 손목을 잡고는 우리 사이의 가장 달콤한 말들을 속삭였다. 그리고 그녀에게 이러면 위험하다는 사실을 알려주었다. 공포가 그녀를 진정시켰다.

"난 할 수 없어요." 잠시 뒤 그녀가 말했다. "아들을 버려두고 갈 수는 없어요. 만일 내가 아들을 데려간다면 남편은 이 세상 끝까지 나를 쫓아올 거예요. 난 안돼요. 원한다면 나를 죽여요. 아니면 내가 죽게 내버려둬요…… 아! 하느님! 하느님!"

"진정해요. 다른 사람들이 들어요."

"들으라고 그래요! 난 신경 안 써요."

그녀는 여전히 흥분해 있었다. 그녀에게 모든 걸 잊으라고, 나를 용서하라고 했다. 내가 미친놈이며 나의 정신이상이 그녀 때문이긴 하지만 그녀를 위해 끝내겠다고 했다. 비르질리아가 눈물을 닦고 나에게 손을 내밀었다. 우리는 함께 웃었다. 몇분 뒤 우리는 어느 뒷골목에 있는 한적한 작은 집 얘기로 다시 돌아갔다……

65. 엿보는 눈과 엿듣는 귀

농장으로 들어오는 마차 소리가 우리의 대화를 중단시켰다. 한 노예가 들어와서 남작 부인이 도착했다고 알려주었다. 비르질리아가 눈으로 나에게 의견을 물었다.

"당신은 두통이 있어요, 마담." 내가 말했다. "손님을 맞이하지 않는 것이 최선입니다."

"이미 마차에서 내렸니?" 비르질리아가 그 노예에게 물었다.

"이미 내리셨어요. 사모님과 얘기할 것이 많다고 하십니다."

"들어오시라고 해."

잠시 뒤 남작 부인이 들어왔다. 그녀는 내가 거실에 있다는 사실을 예상했는지도 모른다. 하지만 더 큰 호들갑을 떠는 게 불가능할 정도로 요란스럽게 인사를 했다.

"당신을 눈으로 보다니!" 그녀가 탄성을 질렀다. "요즘 어디에서도 안 보이던데 어떻게 지냈어요? 어제 극장에서 당신을 보지 못해 놀랐어요. 깐디아니 오페라는 참 재미있었어요. 정말 대단한 여자예요! 깐디아니를 좋아하나요? 당연히 좋아하겠죠. 남자들은 다 똑같다니까. 남편이 어제 특별석에서 한명의 이딸리아 여성이 다섯명의 브라질 여성과 맞먹는다고 하더군요. 참 무례한 말이었어요! 늙은이의 무례함은 더 꼴불견이지요. 그나저나 어제 왜 극장에 오지 않았나요?"

"편두통이 있어서요."

"저런! 사랑 때문이었겠죠. 안 그래요, 비르질리아? 그러니까 서두르세요, 총각 나리. 당신은 마흔살쯤 되어 보이는데…… 아니면 마흔살에 가깝거나…… 마흔살 아닌가요?"

"확실하게 말할 수는 없어요." 내가 대답했다. "허락하신다면 저의 세례증서를 살펴보겠습니다."

"어서, 그러세요……" 그러고는 내게 손을 내밀었다. "언제까지요? 토요일에 우린 집에 있을 거예요. 남작님은 당신을 보고 싶어 하더군요……"

거리로 나오면서 나는 비르질리아의 집에서 나온 것을 후회했다. 남작 부인은 우리 사이를 가장 의심하는 사람 중 한명이었다. 쉰다섯인 그녀는 마흔살로 보였고 부드러웠으며 미소를 잘 지었다. 그리고 젊을 때 미인이었던 흔적과 우아한 행동 그리고 세련된 매너를 지니고 있었다. 항상 말이 많은 것은 아니었다. 그녀는 다른 사람들의 말을 귀담아들으며 염탐하는 대단한 재주를 가지고 있었다. 그녀는 의자에 몸을 기댄 채 날카롭고도 긴 눈길로 사방을 몰래 살피곤 하였다. 다른 사람들은 무슨 일이 있는지 모르면서 대화하고 바라보며 제스처를 취했고, 그럴 때 그녀는 꼼짝 않고 앉아 눈을 움직이면서 그저 지켜보기만 했다. 종종 그녀의 내부로 시선을 돌리기도 했는데 그 이유는 졸음으로 눈꺼풀이 내려오고 있었기 때문이었다. 하지만 속눈썹은 창살과 같아서 그녀의 눈길은 타인들의 마음과 삶을 염탐하며 자신의 일을 계속했다.

우리의 관계를 의심하던 사람들 가운데 두번째 사람은 일흔번의 겨울을 지낸 병약한 남자로서 비르질리아의 친척이기도 한 비에가스였다. 깡마른 체격에 얼굴이 노란 그는 만성적인 천식만큼이나 만성적인 류머티즘을 앓고 있었고 심장도 손상되어 마치 걸어다니는 병동 같았다. 하지만 그의 눈은 생기와 건강으로 반짝였다. 초기 몇주간 비르질리아는 그에 대해 아무런 두려움도 갖고 있지 않았다. 그녀가 말하길, 비에가스가 고정된 시선으로 무언가를 염탐하는 것 같을 때는 그저 돈을 세고 있는 것이라고 했다. 실제로 그는 대단한 구두쇠였다.

그외에도 비르질리아의 사촌인 루이스 두뜨라가 있었다. 나는 최근에 그의 운문과 산문에 대하여 평을 해주는 것으로, 그리고 그를 지인들에게 소개해주는 것으로 그를 꼼짝 못하게 묶어두었다. 내 지인들이 이름과 사람을 연관지으며 나의 소개에 만족해하는 모습을 보였을 때 루이스 두뜨라가 매우 행복해했다는 것은 의심의 여지가 없다. 그리고 나는 그가 우리의 관계를 결코 밀고하지 못할 것이라는 희망으로 안도감을 느꼈다. 끝으로 두어명의 부인들과 여러 놈팽이들, 쑥덕대는 그런 방법으로 몸종 신분이라는 사실에 자연스레 복수하곤 하는 집안의 하인들이 있었다. 그 모든 사람들이 눈과 귀의 진정한 숲을 이루고 있었다. 우리는 뱀의 전술과 매끄러움으로 그 사이를 빠져나와야 했다.

66. 다리

내가 그 사람들을 생각하는 동안 내 두 다리는 나를 길 아래로 이끌고 갔고 그렇게 해서 나는 부지불식간에 파로스 호텔 정문에 이르게 되었다. 나는 습관적으로 그곳에서 저녁을 먹곤 했다. 하지만 내가 계획적으로 그곳에 가는 것이 아니므로 나로서는 그런 행동을 전혀 신뢰할 수가 없었다. 그러나 그렇게 한 것은 나의 발이었다. 축복받은 두 발이여! 그런데 너희를 무시하거나 무관심하게 다루는 사람들이 있다. 나 자신도 그때까지 너희를 학대하지 않았던가. 너희가 피곤해 어느 지점 이상 나아갈 수 없을 때 나는 화를 냈다. 그리고 발이 묶인 암탉처럼 날개를 퍼덕거리려는 욕망을 너희는 나에게 주기도 했다.

하지만 이번 경우에는 한줄기 빛이었다. 그랬다. 내 친근한 다리여, 너희는 내 머리에 비르질리아에 대해 생각할 것을 과제로 주었고 서로서로 이렇게 말했다. "이분은 지금 먹는 게 필요해. 저녁식사 시간이야. 이분을 파로스 호텔로 모시고 가자. 이분의 의식을 둘로 나누자. 한 부분은 저 귀부인에게 남겨두고 나머지 다른 부분은 우리가 인수하자. 그래서 그를 곧장 앞으로 가게 하자. 사람들과 수레에 부딪히지 않게 하고 아는 사람을 만나면 모자를 벗게 하자. 결국 그는 무사히 정상적으로 호텔에 도착하겠지." 사랑스러운 발들아, 너희는 자신의 목적을 정확히 수행했고 나로 하여금 너희를 이 페이지에 남김으로써 불멸의 존재로 만들게 했다.

67. 작은 집

저녁을 먹은 뒤 나는 집으로 갔다. 거기서 로부 네비스가 보낸 궐련상자를 발견했다. 그 상자는 비단 같은 견지로 포장되어 있었고 분홍색의 작은 리본으로 묶여 있었다. 무슨 뜻인지 이해를 한 나는 상자를 열고 아래와 같은 메모를 꺼내들었다.

나의 브……

사람들이 우리를 의심해요. 모든 게 엉망이에요. 저를 영원히 잊어주세요. 우린 더이상 서로 만나지 못할 거예요. 잘 있어요. 이 불행한 여인을 잊어주세요.

비……아

이 편지는 내게 타격을 주었다. 그럼에도 불구하고 날이 어두워지자마자 난 즉시 비르질리아의 집으로 달려갔다. 적절한 타이밍이었다. 그녀는 후회하고 있었다. 열린 창문을 통해 그녀는 남작 부인과 무슨 일이 있었는지 말했다. 남작 부인이 그녀에게 말하길, 솔직히 전날밤 극장에서 로부 네비스의 특별석에 내가 없는 것을 두고 많은 얘기가 나돌았다고 했다. 또 사람들이 로부 네비스 가족과 나의 관계에 대해 언급했다고 한다. 요약하면 우리가 공공의 의혹 대상이라는 것이다. 비르질리아는 어떻게 해야 할지 모르겠다는 말로 끝을 맺었다.

"최선의 방법은 우리가 함께 도망치는 것이오." 내가 넌지시 말했다.

"절대 안돼요." 그녀가 머리를 흔들며 대답했다.

나는 그녀의 정신 속에 온전히 서로 연결되어 있는 두가지를 분리시키는 것이 불가능하다는 걸 알았다. 그것은 우리의 사랑과 일반인들의 눈이었다. 비르질리아는 양쪽의 이점들을 보존하기 위해 양쪽 모두 균등하게 큰 희생을 감당할 수 있었다. 그런데 도주는 그녀에게 한가지 이점만을 줄 뿐이었다. 아마도 난 유감과 비슷한 감정을 느꼈을 것이다. 하지만 나는 그 이틀간의 소동만으로도 충분했다. 유감은 신속히 사라졌다. 그래, 함께 작은 집 하나를 마련하자.

실제로 나는 며칠 뒤 강보아 가(街)의 후미진 곳에서 주문받아 지어진 그런 집을 찾아냈다. 정말 멋진 집이었다! 깨끗하고 멋들어지고 잘 정돈된 집이었다! 새롭고 산뜻한 흰색 페인트가 칠해져 있었다. 정면으로 네개의 창이 나 있었고 옆으로는 각각 두개의 창— 그 창들엔 모두 벽돌색의 베네찌아풍의 커튼이 쳐져 있었다— 이 나 있었다. 구석에는 덩굴나무가 있었고 정면에는 정원이 있었다. 신비로우면서도 고독이 감도는 분위기였다. 정말 멋진 집이야!

우리는 비르질리아가 아는 한 여인을 확보해두었는데 그녀는 침모이자 단순 동거인으로서 그 집에서 지내게 될 사람이었다. 비르질리아는 그 집과 어우러져 진정한 매력을 발산할 것이다. 나는 그녀에게 모든 걸 다 말하지는 않았다. 그녀는 나머지를 쉽게 받아들였다.

나에게 이것은 우리의 사랑에서 새로운 상황을 의미했다. 그것은 독점적인 소유와 절대적인 지배의 징표였으며 나의 양심을 진정시키고 예의를 보존케 하는 그 무엇이었다. 나는 이미 다른 남자의 장막, 의자들, 양탄자, 긴 소파 등 우리의 이중성을 끊임없이 내 눈앞에서 일깨우는 그 모든 것들에 지쳐 있었다. 이제 나는 잦은 저녁식사와 매일밤 마시는 차, 그리고 결국 나의 공범이자 나의 적인 그들의 아들의 출현을 피할 수 있을 것이다. 그 집은 나에게 모든 것을 돌려주었다. 통속적인 세상은 문간에서 끝날 것이다. 거기서부터 안쪽으로는 무한의 공간으로서 영원하고 숭고하고 예외적인 우리의, 오로지 우리만의 세계가 될 것이다. 또 그곳에는—오로지 하나의 세계, 오로지 한쌍의 부부, 오로지 하나의 삶, 오로지 하나의 의지, 오로지 하나의 애정만 있고—법도 없고 제도도 없으며, 남작 부인도 없고 남을 염탐하는 자나 남의 말을 몰래 엿듣는 자도 없을 것이다. 그 집은 나에게 반대되는 것을 차단함으로써 모든 것의 도덕적인 합일이 이루어지는 곳이 될 것이다.

68. 채찍

내가 그 집을 보고 마련한 직후 발롱구를 따라 걸으면서 한 생각들이 그러했다. 그런데 사람들이 운집해 있는 것을 보고 그 생각을 중단했다. 광장에서 한 흑인이 다른 흑인을 채찍질하고 있었다. 다른 흑인은 감히 도망갈 엄두를 내지 못하고 있었다. 그저 신음하며 이런 말만 할 뿐이었다. "아니에요. 용서해주세요, 주인님. 주인님, 용서해주세요!" 하지만 첫번째 흑인은 그런 것에 신경 쓰지 않았다. 다른 흑인이 애원할 때마다 새로운 채찍질로 답했다.

"맞아라, 이 나쁜 놈아!" 그가 말했다. "너 때문에 유감이야, 이

술주정뱅이 놈아!"

"주인님!" 다른 흑인이 신음소리를 냈다.

"입 닥쳐, 짐승 같은 놈!" 채찍질이 다시 가해졌다.

난 걸음을 멈추고 그 광경을 보았다…… 맙소사! 채찍질하는 자가 누구인가? 더도 말고 덜도 말고 나의 몸종이었던 쁘루뎅시우였다. 부친이 몇년 전 신분해방을 시켜주었던 녀석이었다. 나는 그곳으로 다가갔다. 그는 곧 매질을 멈추고 나에게 축복을 해달라고 했다. 나는 그에게 저 흑인이 너의 노예냐고 물었다.

"그렇습니다요, 나리."

"그가 뭘 잘못했는가?"

"놈팡이에다가 아주 술주정뱅이예요. 오늘 아침만 해도 그래요. 제가 시내에 갈 일이 있어서 저 녀석더러 식료품가게를 보라고 했어요. 그런데 저 녀석이 가게는 뒷전이고 술 마시러 다른 가게에 가버린 거에요."

"그래, 이제 저 녀석을 용서해주어라." 내가 말했다.

"그러죠, 주인님. 주인님의 말씀에 따라 저는 움직인답니다. 집에 들어가, 이 술주정뱅이야!"

놀란 눈으로 나를 바라보며 낮은 목소리로 자신들의 추측을 말하고 있던 군중을 뚫고 나는 빠져나왔다. 나는 완전히 잃어버렸다고 느끼던 무한한 사색들을 하나씩 풀어가며 길을 계속 걸어갔다. 그런데 이것은 좋은 장章을 쓸, 아마도 유쾌한 장을 쓸 소재가 될지도 모른다. 나의 단점이지만 나는 유쾌한 장들을 좋아한다. 겉으로 보기에 발롱구에서의 일화는 불쾌한 일이었다. 하지만 그저 겉으로만 그럴 뿐이다. 내가 분별의 칼을 안으로 더 깊숙이 찌르자 곧 재미있고 세련되고 심오한 어떤 골수가 발견되었다. 그것은 쁘루뎅시우가 다른 사람에게 매질을 가함으로써 자신이 맞았던 매질을 소멸시키는 하나의 방식이었다. 어릴 때 나는 그의 등에 올라타고 그의 입에 고삐를 물렸다. 그리고 그에게 무참히도 매질을 가했다. 그는 신음소리를 내며 아파했다. 하지만 이제 자유의 몸인 그는 자기 자신을, 자신의 양팔과 두 다리를 마음대로 사용할 수 있다. 과거의 신분에서 벗어나 일도 하고 쉬기도 하고 잠도 잘 수 있다. 이제 그는 모든 것을 벌충할 수 있게 되었다. 그는 노예를 한명 사서 나에게 받았던 것들을 높은 이자를 쳐서 그 노예에게 되돌려주고 있었던 것이다. 저 영악한 놈의 교묘한 행위를 보라!

69. 약간의 바보짓

이 사건은 내가 아는 어느 미친 사람을 기억나게 했다. 그의 이름은 호무아우두인데 스스로를 티무르[47]라고 불렀다. 그것은 그의 거대하고 독특한 광기였으며 그는 자신의 광기를 설명하는 흥미로운 방법을 갖고 있었다.

"저는 걸출한 티무르입니다." 그가 말하곤 했다. "과거엔 호무아우두였죠. 하지만 몸이 아파서 타타르산[48]을 엄청 먹고 또 먹고 또 먹어서 결국 타타르인[49]이 되었습니다. 그러다가 타타르인의 왕이 되었죠. 타타르산은 타타르인을 만드는 미덕을 갖고 있어요."

가엾은 호무아우두! 우리는 그의 설명에 조소를 보냈다. 하지만

---
[47] 14세기 중앙아시아를 중심으로 대제국을 건설하고 티무르 왕조를 세운 황제.
[48] 포도주의 침전물 등에 함유된 화합물. 음료 등에 첨가하거나 갈증해소제 등으로 쓰인다.
[49] 중앙아시아 및 동유럽 일대에 거주하는 튀르크계 민족.

독자는 웃지 않을 가능성이 크다. 일리가 있다. 난 그의 말에 어떤 웃음거리도 발견하지 못했다. 처음 들었을 땐 약간 우습기는 했다. 하지만 이렇게 종이에 옮기고 나니, 그리고 자신이 맞은 매질을 다른 사람에게 전달하는 경우를 생각하니 강보아의 작은 집으로 돌아가는 편이 훨씬 낫다는 걸 고백해야만 하겠다. 이제 호무아우두와 쁘루뎅시우의 이야기는 그만두도록 하자.

70. 도나 쁠라시다

그 작은 집으로 돌아가도록 하자. 호기심 많은 독자여, 당신은 오늘 거기에 들어갈 수 없을 것이다. 집은 낡았고 어두컴컴하고 썩었다. 그래서 주인은 그보다 세배 정도 더 큰 집을 짓기 위해 허물어버렸다. 하지만 당신에게 맹세하노니 새로운 집은 처음 집보다 훨씬 작았다. 알렉산드로스 대왕에게 세계는 너무도 좁지만, 제비들에게 지붕 아래의 처마는 끝없이 넓은 공간인 법이다.

마치 조난자들을 해변에 데려다주는 구명보트처럼, 우리를 우주로 실어나르는 이 지구의 중립성을 지금 보라. 한때 죄를 저지른 부부가 살던 그 장소에 오늘은 덕이 있는 부부가 잠을 잔다. 내일은 거기에 사제가 잠잘 수도 있고, 다음엔 살인자, 그다음엔 대장장이, 또 그다음엔 시인이 잠잘 수도 있다. 그들 모두는 자신에게 약간의 환상을 준 그 땅의 구석을 위해 축복을 빌 것이다.

비르질리아는 그 집을 아주 멋지게 바꿔놓았다. 그녀는 가장 적절한 가구들을 결정한 뒤 그것들을 우아한 여성이 가진 미적 본능으로 배치하였다. 나는 그곳에 몇권의 책을 갖다놓았다. 그리고 그 모든 것은 도나 쁠라시다의 보살핌 속에서 이루어졌다. 그녀는 어떤 면에서 진짜 집주인이었다.

그녀는 그 집을 받아들이기가 매우 힘들었다. 우리의 의도를 감지했기에 그녀의 위치는 그녀를 비탄에 잠기게 했다. 하지만 끝내 양보를 했다. 그녀는 처음에 울기만 했고, 자기 자신을 혐오했다고 나는 생각한다. 최소한 첫 두달 동안 그녀가 나에게 눈길을 주지 않았다는 건 분명한 사실이다. 그녀는 내게 말을 할 때면 눈을 내리깔고 진지하면서도 침울한, 때로는 슬픈 표정을 지었다. 나는 그녀를 내 편으로 끌어들이고 싶었다. 그렇다고 해서 내 자존심이 상하는 걸로 생각되진 않았다. 난 그녀를 애정과 존중으로 대했다. 나는 그녀의 호의와 신뢰를 얻기 위해 무던히도 노력했다. 신뢰를 얻자 난 비르질리아와의 애절한 사랑담과, 결혼 전의 애정행각, 부친의 반대, 남편의 무정함 등을 상상 속에서 꾸며냈다. 얼마나 많은 소설적 가공이 있었는지 모른다. 도나 쁠라시다는 소설의 한 페이지도 퇴짜를 놓지 않았다. 그녀는 모든 페이지를 다 인정했다. 그것은 그녀의 양심에 필요했다. 여섯달이 지날 즈음 우리 셋이 함께 있는 것을 본 사람이라면 도나 쁠라시다를 나의 장모라고 말했을 것이다.

나는 은혜를 모르는 사람이 아니다. 난 그녀에게 노년기를 위한 비상금으로 — 내가 보따포구에서 주운 — 5꽁뚜를 특별히 주었다. 도나 쁠라시다는 눈물을 글썽이며 내게 감사를 표했다. 그리고 매일밤, 방에 있는 성모 마리아 상 앞에서 나를 위해 한번도 빠지지 않고 기도했다. 그렇게 그녀의 반감은 막을 내렸다.

71. 이 책의 결점

지금 나는 이 책에 대하여 후회하기 시작한다. 책이 나를 지치게 해서가 아니다. 나는 하는 일도 없다. 사실은 내용이 빈약한 몇몇 장을 저승에서 작성하는 일 때문에 나는 항상 영원성에 주의를 집중할 수가 없다. 하지만 이 책은 권태롭고 무덤 냄새가 나며 시체가 오그라드는 것과 같은 느낌을 준다. 이는 심각하지만 지극히 작은 해악일 뿐이다. 왜냐하면 이 책의 가장 큰 결점은 당신, 즉 독자이기 때문이다. 당신은 빨리 늙지만 책은 천천히 움직인다. 당신은 직접적이고 영양분이 풍부한 서사, 규칙적이고 유창한 문체를 사랑하지만 이 책과 나의 문체는 술 취한 사람처럼 오른쪽 왼쪽으로 방향을 거칠게 바꾸며 걷다가 멈추고, 중얼거리다가 고래고래 소리를 지르며, 너털웃음을 터뜨리다가 하늘을 위협하면서 미끄러지고 떨어지기도 한다……

그리고 그것들이 떨어진다! 내 싸이프러스 나무의 아주 보잘것없는 잎들은 아름답고 눈부신 다른 잎들과 마찬가지로 떨어지고 말 것이다. 만일 내게 두 눈이 있다면 그대를 위해 그리움의 눈물을 흘릴 것이다. 이것이 죽음의 큰 이점이니, 죽음은 웃을 입도, 눈물 흘릴 두 눈도 남겨놓지 않는다…… 그대는 떨어지고 말 것이다.

72. 책을 광적으로 좋아하는 자

어쩌면 나는 앞의 장을 뺄 수도 있으리라. 왜냐하면 여러 이유들 가운데서 마지막 부분에 허튼소리에 가까운 구절이 있기 때문인데, 난 훗날 비판의 빌미를 제공하고 싶지 않은 것이다.

생각해보라. 지금으로부터 칠십년 뒤 책 이외에는 다른 어떤 것도 사랑하지 않는, 마르고 누런 피부에 회색 머리털을 가진 어떤 사람이 앞 페이지 위로 몸을 숙인 채 허튼소리를 찾고 있을 상황을 말이다. 그는 읽고 또 읽고 다시 읽으며 단어들을 해체할 것이다. 그리고 한 음절을 제거하고 또 제거하고 또 제거하여 나중엔 나머지 모든 음절을 제거한 뒤 그것들을 빛에 비추어보며 안과 밖, 사방을 세밀히 검사할 것이다. 또 먼지떨이로 털기도 하고 무릎에 문지르기도 하고 씻어보기도 할 테지만 결국 아무것도 없어 허튼소리를 찾지 못할 것이다.

그는 책을 광적으로 좋아하는 자이다. 그는 저자를 모른다. 브라스 꾸바스라는 이 이름은 그의 인명사전에는 나오지 않는다. 그는 이 책을 어느 중고서적상의 낡은 가게에서 우연히 발견해 200헤이스를 주고 구입한다. 그는 문의도 하고 조사도 하고 세세한 부분까지 연구도 하는데 나중에 그것이 하나밖에 없는 유일한 책이라는 걸 알게 된다. 오로지 이 책 한권뿐이야! 여러분은 책을 사랑하고 책에 대한 집착을 가지고 있기에 이 말의 가치를 아주 잘 알 것이다. 그러니 책을 광적으로 좋아하는 자의 희열이 어떠할지 추측해보라. 그 책을 갖게 된 사람은 그 유일본을 인도의 왕관이나 교황 자리나 이딸리아와 네덜란드의 모든 박물관들과 맞바꾸자고 해도 전부 거부할 것이다. 나의 『회고록』이어서가 아니라 유일본이니까. 그는 라엠메르뜨의 『연감』[50]에 대해서도 똑같이 할 것이다.

---

[50] 브라질에서 처음 출간된 연감으로 알려져 있으며 1844년에서 1889년까지 히우지자네이루에서 출판되었다.

최악의 부분은 허튼소리이다. 그 사람은 오른쪽 눈에 돋보기를 끼고 허튼소리를 판독하는 고귀하고도 힘든 역할에 완전히 몰입하여 그 페이지 위로 몸을 계속 숙이고 있다. 그는 이미 스스로에게 약속하기를 하나의 간략한 보고서를 쓸 것이며 보고서에서 책의 숨겨진 가치와 숭고함을 발견한 것에 대해 말할 것이다. 만약 그 애매모호한 구절 밑에 숭고함이라는 것이 있다면 말이다. 하지만 그는 결국 아무것도 발견하지 못한 채 그 책을 소유한 것으로 만족한다. 책을 덮고 노려보고 또 노려본 다음 창가로 가 햇살에 비춰 본다. 유일본이야! 그 순간 카이사르나 크롬웰 같은 사람이 권력을 향한 도정에서 그의 창 아래로 지나간다. 그는 어깨를 으쓱한 다음 창을 닫고 그물침대에 길게 누워 그 책을 사랑스럽게 깊이 탐닉하면서 천천히 한장씩 넘긴다…… 유일본!

73. 오찬

허튼소리가 나로 하여금 다른 장章을 잃어버리게 했다. 이런 모든 동요 없이 상황을 매끈하게 말하는 것이 얼마나 더 나았을까! 난 이미 나의 문체를 술 취한 주정뱅이의 걸음걸이에 비교했다. 만일 이 생각이 여러분에게 버릇없게 보인다면, 난 호화로운 우리의 오찬, 강보아의 집에서 이따금 비르질리아와 내가 함께 했던 식사들이 바로 나의 문체라고 말할 것이다. 포도주, 과일, 설탕에 절인 과일 꽁뽀뜨가 그것이다. 우리가 한 식사에는 달콤한 속삭임들, 부드러운 눈길들, 어린아이 같은 행동들이 중간중간 끼어든 게 사실이며, 식사하면서 마음의 말들, 게다가 진실하면서 끊이지 않는 사랑의 대화가 무한정 이어졌다. 이따금 일시적인 다툼이 있었지만 넘칠 정도로 달콤한 분위기에 감초가 되어주었다. 그녀는 나를 남겨둔 채 긴 소파의 한쪽 구석으로 도망가거나 아니면 안으로 들어가 도나 쁠라시다의 갖가지 불평을 들어주곤 했다. 내가 소설의 서사를 다시 잇듯, 우리는 오분 내지 십분 후 대화를 재개했으며 또 얼마 안 가 대화를 중단하기도 했다. 그 방법에 섬뜩한 공포가 없다는 것을 알게 되자 우리는 도나 쁠라시다를 통해 대화를 요청하는 것이 관례가 되었다. 하지만 도나 쁠라시다는 결코 탁자에 같이 앉는 것을 받아들이지 않았다.

"당신은 나를 더이상 좋아하지 않는 것 같군요." 비르질리아가 어느날 그녀에게 말했다.

"하느님, 맙소사!" 선한 그녀는 양손을 천장으로 들어올리며 소리쳤다. "제가 이아이아를 좋아하지 않는다고요? 그러면 제가 이 세상에서 누굴 좋아하겠어요?"

비르질리아는 그녀의 두 손을 잡고 그녀의 눈가에 눈물이 어리는 것을 똑바로 뚫어져라 바라보았다. 비르질리아는 그녀를 다독여주었고 난 그녀의 드레스 주머니에 작은 은화 한닢을 넣어주었다.

74. 도나 쁠라시다의 이야기

관대한 것에 대하여 후회하지 마라. 나는 작은 은화 한닢으로 도나 쁠라시다의 신뢰를 얻었고 결과적으로 이 장章을 얻었다. 며칠 후 내가 혼자 그 집에 있을 때 우리는 대화를 하기 시작했다. 그녀는 나에게 자신이 살아온 이야기를 간략하게 들려주었다. 그녀는,

쎄 성당의 성구 관리인이던 남자와 거리에서 사탕을 팔던 여성 사이에서 사생아로 태어났다. 열살 때 부친을 잃었고 그때부터 야자나무 열매를 갈거나 사탕을 만드는 일 등 그 나이에 할 수 있는 자질구레한 종류의 일들을 했다. 열대여섯살에 재단사와 결혼했는데 그는 얼마 지나지 않아 그녀와 두살 난 딸 그리고 일하는 데 지쳐버린 그녀의 어머니를 남긴 채 폐결핵으로 사망하고 말았다. 미망인이 된 그녀는 자신을 포함하여 세사람을 부양해야 했다. 자신의 본업인 사탕을 만드는 일 외에 낮과 밤으로 삯바느질하며 서너 군데의 가게에서 열심히 일해야 했다. 또 매달 10또스떠웅[51]을 받고 몇명의 동네 아이들을 가르쳤다. 그렇게 세월이 흘러갔다. 하지만 그녀의 미모는 그렇지 않았다. 왜냐하면 그녀는 애초부터 미모를 가진 적도 없었기 때문이다. 몇몇 연애와 데이트 신청, 유혹 등이 있었지만 그녀는 모두 거절했다.

"만일 또다른 남편감을 찾을 수 있었디면," 그녀가 말했다. "저는 결혼했을 거라고 생각해요. 하지만 아무도 저랑 결혼하길 원치 않았어요."

결혼 후보자 중 한명이 그녀의 낙점을 받기에 이르렀다. 하지만 다른 후보자들보다 덜 세련되었다는 이유로 도나 쁠라시다는 똑같이 덜 세련된 방식으로 그와 헤어졌다. 그와 헤어진 후 많이 울었다고 했다. 그녀는 계속 삯바느질을 하였고 사탕을 만들기 위해 냄비를 달구었다. 성미가 까탈스러운 그녀의 모친은 그녀의 나이와 궁핍한 생활을 거론하며 그녀를 찾아오는 남자들 중에서 임시 남편이나 계약 남편이라도 한명 얻으라고 닦달하였다. 그러면서 이

---

[51] 또스떠웅(tostão): 100헤이스에 해당하는 브라질의 옛 화폐단위.

렇게 고래고래 소리를 질렀다.

"네가 나보다 더 낫다고 생각하는 거냐? 부자들이나 가질 법한 그런 거만하고 허영심이 가득한 너의 자세가 어디서 나오는지 모르겠구나. 이봐요, 아가씨. 인생이 저절로 이루어지는 줄 알아? 헛물켜지 마. 내 참! 식료품가게의 뽈리까르뿌만큼 좋은 총각이 어디 있어? 그 녀석이 안됐어…… 넌 무슨 귀족이라도 나타나기를 기다리는 거냐?"

도나 쁠라시다는 내게 그 어떤 귀족도 기다리지 않았다고 맹세했다. 그녀의 천성이 그랬다. 그녀는 결혼을 하고 싶었다. 모친은 그런 유의 사람이 아니라는 것을 그녀는 아주 잘 알고 있었다. 도나 쁠라시다는 정부情夫를 가지고 있던 몇몇 여자를 알았다. 그녀는 천성이 그랬고, 결혼하고 싶었다. 또 자신의 딸이 둘 중 어느 것도 되기를 원치 않았다. 음식을 먹기 위해 그리고 모든 것을 잃지 않기 위해 그녀는 손가락을 스토브에 데고 눈을 떼지 않고 등잔불 옆에서 바느질하는 등 열심히 일했다. 살이 빠지고 병이 들었다. 어머니를 잃었다. 자선기금을 통해 어머니의 장례를 치를 수 있었다. 그리고 계속 일했다. 딸은 열네살이 되었지만 매우 연약했다. 창가를 맴도는 일자무식 놈팡이와 연애하는 것을 제외하고는 아무것도 하지 않았다. 도나 쁠라시다는 바느질한 것을 전달해야 할 때면 그녀를 데리고 가는 등 엄청난 주의를 기울였다. 그 모습을 본 상가 사람들은 그녀가 딸의 남편감 혹은 다른 것을 얻기 위해 딸을 데리고 가는 것이라고 확신하며 눈을 휘둥그레 뜨고 보면서 눈을 껌뻑거리곤 했다. 몇몇은 음탕한 소리를 하기도 했으며 인사를 하기도 했다. 그녀는 돈을 주겠다는 제안을 받기에 이르렀다……

그녀는 잠시 말을 멈춘 뒤 곧 얘기를 계속했다.

"딸이 도망을 쳤어요. 놈팡이랑 눈이 맞아 떠났지요. 알고 싶지도 않아요…… 나를 혼자 내버려둔 거죠. 한데 난 너무너무 슬퍼서 죽고 싶었어요. 세상에 더이상 아무도 없었죠. 나는 거의 노인이 되어 있었고 병도 들어 있었어요. 바로 그 무렵에 이아이아 가족을 알게 되었죠. 착한 사람들이었어요. 내게 일감을 주었고 나중엔 집까지 주었죠. 난 거기서 수개월, 일년, 그 이상을 바느질하며 얹혀살았지요. 이아이아가 결혼하자 난 떠나왔답니다. 그뒤 하느님이 인도하시는 대로 살았어요. 내 손가락들을 보세요. 이 손을 보세요……" 그러면서 그녀는 나에게 거칠고 갈라진 손을 보여주었다. 손가락 끝이 온통 바늘에 찔려 있었다. "이것은 그냥 생긴 게 아니에요, 선생님. 이게 어떻게 해서 생겼는지 하느님은 아시죠…… 다행히도 이아이아가 나를 보호해주었어요. 박사님도 마찬가지고요…… 난 거리에서 구걸하게 될까봐 두려웠어요……"

도나 쁠라시다는 마지막 말을 하면서 몸을 심히게 떨었다. 그런 다음 정신이 돌아온 듯, 결혼한 한 여인의 정부에게 그런 고백을 한 것이 부적절하다는 점에 신경을 쓰는 것 같았다. 그래서 웃으며 없던 일로 해달라고 했다. 또 자신의 어머니가 그녀에게 말했듯이, 자신을 '허영심이 가득한' 바보라고 했다. 어쨌든 나의 침묵에 피곤해진 그녀는 거실에서 물러났다. 난 혼자 목이 짧은 장화 끝을 바라보고 있었다.

75. 나에게

나의 독자들 중 어떤 이는 앞의 장을 건너뛰었을 수도 있으므로,

도나 쁠라시다가 거실에서 나간 직후 내가 혼자서 중얼거린 것이 무엇이었는가를 알기 위해 이 내용을 읽을 필요가 있다고 생각한다. 내가 말한 것은 이것이다.

"그러니까 성당의 성구 관리인이 어느날 미사를 돕고 있던 중, 향후 도나 쁠라시다를 낳는 일에 자신의 협력자가 될 것이 분명한 여인이 들어오는 걸 보았다. 몇주 내내 평일에도 그녀를 보았고 마음에 들어 그녀에게 어떤 재미난 얘기를 건넸다. 그리고 축제의 날에 제단의 촛불을 켜던 중 그녀의 발을 밟았다. 그녀도 그가 좋았다. 두사람은 가까워졌고 서로 사랑하게 되었다. 그러한 욕정의 결합으로부터 도나 쁠라시다가 잉태되었다. 도나 쁠라시다는 자신이 언제 태어났는지 여전히 말할 수 없을 것이라고 나는 생각한다. 하지만 말을 한다면, 자신의 삶을 결정지은 자들에게 다음과 같이 말했을 것이다. '저, 여기 있어요. 뭣 때문에 저를 부르셨죠?' 남자 성구 관리인과 여자 성구 관리인은 자연스럽게 다음과 같이 대답할 것이다. '냄비에 손가락을 데게 하기 위해서, 바느질에서 눈을 떼지 않게 하기 위해서 너를 불렀어. 형편없이 먹거나 아니면 아예 먹지 못하게 하고, 많은 일 속에 파묻혀 이리저리 돌아다니게 하려고 불렀어. 병들면 낫고 또 병들면 낫고…… 그러면 슬퍼지겠지. 곧 절망에 빠져 내일이면 체념하게 될 것이야. 그러나 손은 언제나 냄비에, 눈은 항상 바느질에 두며 살아야 할 것이야…… 그러다가 어느날 진창에 빠지거나 병원으로 가게 되겠지. 우리가 연민의 순간에 너를 부른 건 바로 그것 때문이야.'"

76. 거름

갑자기 내 양심이 나를 잡아당기며 나를 비난했다. 노동과 가난의 긴 세월을 살아온 도나 쁠라시다에게 수치스러운 역할을 맡겨 그녀의 선한 마음을 굴복시켰다는 것이다. 중개역할은 첩보다 나은 것이 아니었다. 내가 호의와 돈으로 그녀를 그런 위치까지 끌어내린 것이다. 이는 바로 내 양심이 내게 말한 것이었다. 난 몇분 동안 양심에 어떻게 대답해야 할지 모른 채 있었다. 내 양심은 덧붙이길, 이전의 침모에 대해 비르질리아가 가지고 있던 매혹과 그 침모의 감사하는 마음 그리고 그녀의 궁핍을 내가 이용했다고 했다. 양심은 또한 도나 쁠라시다의 거부감과 첫 며칠간의 눈물, 못생긴 얼굴, 침묵, 아래로 향한 시선, 그리고 그녀를 이길 때까지 이 모든 것을 인내한 나의 기법을 상기시켰디. 그리고 그것은 다시 신경질적이고 짜증스럽게 나를 잡아당겼다.

나는 내가 그랬다는 데 동의했다. 하지만 나는 도나 쁠라시다가 나이 들어 이제 거지 신세가 될 참이었다고 주장했다. 그것은 하나의 보상이었다. 나의 사랑이 아니었다면 도나 쁠라시다는 아마 다른 수많은 인간 피조물처럼 될 것이었다. 사악함은 종종 미덕을 위한 거름이 된다는 것을 이것으로부터 연역해낼 수 있다. 그것은 미덕이 향기롭고 건강한 꽃이 됨을 막지 못한다. 나의 양심이 동의해서 나는 비르질리아에게 문을 열어주러 갔다.

77. 약속

비르질리아가 평온하면서도 만면에 미소를 머금은 채 들어왔다. 시간은 그녀에게서 두려움과 부끄러움을 사라지게 했다. 첫 며칠 간 그녀가 부끄럽고 두려워 떠는 모습으로 들어오는 걸 보고 얼마나 달콤했던지! 그녀는 칼라를 단 어깨망토로 몸을 감싼 채 얼굴을 가렸고 마차를 타고 다녔다. 처음에는 숨을 헐떡이며 홍조를 띤 얼굴로, 눈은 바닥을 보면서 긴 소파에 몸을 던졌다. 그리고 정말! 나는 그녀가 어떤 경우에 그렇게 아름다울지 알지 못했다. 그것은 아마 내가 그처럼 아첨을 받아본 적이 없기 때문일 것이다.

하지만 이제는 내가 좀전에 말한 그런 두려움과 부끄러움은 없어졌다. 우리의 만남은 정밀시계의 단계로 진입했다. 사랑의 강렬함은 예전과 같았다. 차이가 있다면 결혼처럼 그 불꽃이 초기 며칠의 광기를 잃어버리고 나서 평온하고 지속적이고 수수한 빛줄기로 바뀌었다는 것이다.

"난 당신 때문에 화가 아주 많이 났어요." 그녀가 자리에 앉으며 말했다.

"왜?"

"당신이 전에 내게 말했던 것과는 달리 어제 거기에 가지 않았기 때문이죠. 다미어웅이 차라도 마시러 당신이 오지 않는지 수차례 물었거든요. 왜 가지 않았어요?"

사실 나는 약속을 어겼다. 그런데 잘못은 온전히 비르질리아의 몫이었다. 질투가 문제였다. 그 멋진 여자는 그것을 알고 있으면서도 높은 목소리든 낮은 목소리든 내가 그걸 말하는 걸 듣고 싶어했다. 그저께 밤 남작 부인의 집에서 그녀는 창가에서 멋쟁이 남자로부터 알랑거리는 소리를 들은 후 그와 두차례 왈츠를 추었다. 그녀는 아주 즐거워했고 흥이 넘쳐 있었다! 게다가 아주 우쭐해했다! 그녀는 나의 두 눈썹 사이에 생긴 의아해하며 위협하는 주름들을 발견하고도 놀라는 기색이 없었고 또 갑자기 진지해지지도 않았다. 하지만 그녀는 그 멋쟁이와 아부를 바다에 내던져버렸다. 그런 다음 내게로 와서 팔을 잡더니 사람이 적은 다른 방으로 데려갔다. 거기서 그녀는 나에게 피곤하다고 푸념을 했다. 그리고 간혹 취하곤 하는 아이 같은 태도로 많은 말을 했다. 나는 거의 아무 대답도 하지 않은 채 그녀의 말을 들었다.

지금, 다시 한번, 나는 대답하기가 힘들었다. 하지만 결국 나는 그녀에게 내가 가지 않은 이유를 털어놨다…… 나는 영원한 별, 즉 그녀의 그러한 경탄에 찬 눈을 그전에 본 적이 없었다. 입이 반쯤 벌어지고 양 눈썹이 활처럼 휘어진, 볼 수 있고 만질 수 있으며 부인할 수 없는 그런 깜짝 놀람이었다. 비르질리아의 첫번째 대답은 바로 그것이었다. 연민과 온정의 미소로 머리를 흔들었는데 그것이 나를 완전히 혼란에 빠뜨렸다.

"아, 당신!"

학교에서 돌아온 소녀처럼 그녀는 밝고 신속하게 모자를 벗으러 갔다. 그런 다음 앉아 있는 내게로 다시 돌아왔다. 내 이마를 한 손가락으로 톡톡 치면서 "그거예요, 그거"라고 반복해 말했다. 나 역시 웃는 것 외에는 달리 방법이 없었다. 그리고 모든 게 한바탕 웃음으로 끝났다. 내가 속은 게 분명했다.

78. 주지사직

몇개월 뒤 어느날 로부 네비스가 귀가해서는 아마 어느 주의 지사직을 맡게 될 것 같다고 말했다. 비르질리아를 바라보니 그녀는 창백해져 있었다. 그녀가 창백해진 것을 본 그가 물었다.
"안색을 보아하니 마음에 안 드는 것 같군."
비르질리아가 고개를 저었다.
"그렇게 기쁘지는 않아요." 그녀의 대답이었다.
더이상 아무 말도 오가지 않았다. 하지만 밤이 되자 로부 네비스는 오후보다 좀더 단호하게 그 계획을 고집했다. 이틀 뒤 그는 주지사직이 결정되었다고 자신의 아내에게 말했다. 비르질리아는 거부감을 감출 수 없었다. 남편은 모든 질문에 정치적인 필요성을 거론함으로써 대답했다.
"사람들이 나에게 요구하는 것을 거절할 수는 없어. 여보, 우리와 우리의 미래와 당신의 명예에 좋은 것이야. 왜냐하면 난 당신에게 후작 부인이 되게 해주겠다고 약속했지만 아직 당신은 남작 부인도 되지 못했잖아. 당신은 내가 야망이 있는 사람이라고 말할 수 있을까? 정말로 난 야망이 있어. 하지만 당신은 내 야망의 날개에 쇳덩이를 얹어서는 안돼."
비르질리아는 어찌할 바를 몰랐다. 이틀날 강보아의 집에서 나를 기다리며 슬픔에 빠져 있는 그녀를 발견했다. 그녀는 도나 쁠라시다에게 모든 걸 말했고 도나 쁠라시다는 그녀를 최대한 안심시키려고 애썼다. 나 역시 그녀보다 맥이 덜 빠진 것은 아니었다.
"당신은 우리랑 같이 가야 해요." 비르질리아가 말했다.

"미쳤소? 그건 정신 나간 짓이오."
"그러면……?"
"그러면 그 계획을 무산시켜야지."
"불가능해요."
"그가 벌써 받아들였소?"
"그런 것 같아요."

나는 자리에서 일어나 모자를 의자에 내던졌다. 그리고 어떻게 해야 할지를 모른 채 이리저리 왔다 갔다 하기 시작했다. 긴 시간 동안 그 문제를 생각했다. 하지만 아무것도 생각나지 않았다. 결국 나는 자리에 앉아 있는 비르질리아에게 다가가 그녀의 손을 잡았다. 도나 쁠라시다는 창가로 갔다.

"이 귀엽고 작은 손안에 나의 모든 존재가 있소." 내가 말했다.
"당신이 그 존재의 책임자요. 당신 생각대로 하시오."

비르질리아는 괴롭다는 몸짓을 했다. 나는 정면의 콘솔에 가서 기대었다. 잠시 침묵이 흘렀다. 우리는 단지 개가 짖는 소리만 들을 뿐이었다. 나는 그것이 해변에서 파도가 부서지는 소리인지 아닌지 확신하지 못한다. 그녀가 말이 없는 것을 보고 그녀 쪽을 바라보았다. 비르질리아의 생기 없는 눈은 바닥을 가만히 보고 있었다. 양손을 깍지 낀 채 무릎 위에 올려놓고 아주 절망스런 자세를 취하고 있었다. 다른 경우와 다른 이유였다면 난 분명 그녀의 발치로 몸을 날려 나의 이성과 나의 따뜻한 마음으로 그녀를 보호했을 것이다. 하지만 지금은 그녀가 우리의 함께하는 삶에 대한 책임을 다하도록 스스로의 노력과 희생을 하게 내몰 필요가 있었다. 결과적으로 그녀를 보호하지 않고 내버려둘 필요가 있었다. 내가 했던 것이 바로 그것이었다.

"반복하건대 나의 행복은 당신의 손안에 있소." 내가 말했다.

비르질리아가 나를 붙잡으려 했지만 나는 이미 문밖에 나와 있었다. 나는 통곡하는 소리를 들을 수 있었다. 이제 여러분에게 말하지만 난 되돌아가 입맞춤으로 그녀의 눈물을 닦아주고 싶었다. 하지만 나는 자신을 억누르며 밖으로 나왔다.

79. 타협

그로부터 몇시간 동안 내가 겪었던 일을 세세하게 얘기한다면 끝이 없을 것이다. 나는 원하는 것과 원하지 않는 것 사이에서, 그리고 비르질리아의 집으로 나를 강하게 끌어당긴 연민과 그것과는 다른 감정—일단 이기주의라고 해두자—사이에서 머뭇거렸다. 그 이기주의가 나에게 이렇게 말했다. "그냥 있어. 그녀 혼자 그 문제를 다루게 내버려둬. 그러면 사랑의 감정으로 그 문제를 해결할 거야." 난 그 두종류의 힘이 모두 동일한 강렬함을 지니고 있고 동시에 서로 공격과 저항을 열렬히 집요하게 했다고 생각한다. 그 어느 힘도 완전히 양보하지 않았다. 난 이따금 후회의 느낌이 슬며시 드는 것을 느꼈다. 나 자신은 아무런 희생도 하지 않고 아무런 위험도 무릅쓰지 않은 채 죄책감을 느끼는 사랑에 빠진 한 여인의 약점을 이용하고 있는 것 같았다. 내가 물러서려고 하자 사랑이 다시 찾아왔다. 그리고 그 사랑이 나에게 이기적인 충고를 반복했다. 나는 그녀를 보고 싶은 욕구를 느끼면서도 결심을 하지 못한 채 혼란스러워했다. 그와 동시에 그녀를 봄으로써 해결에 대한 책임을 나눠가지게 될지도 모른다는 걱정이 들었다.

결국 이기주의와 연민 사이에 하나의 타협이 끼어들었다. 나는 그녀에게 아무 말도 하지 않고 나의 암시가 효력을 발휘하기를 기다리며 그녀의 남편이 있는 그녀의 집에서, 오로지 그녀의 집에서만 그녀를 만날 것이다. 이렇게 하면 두종류의 힘을 화해시킬 수 있을 것이다. 이것을 쓰고 있는 지금, 타협은 하나의 사기였으며 연민도 이기주의의 한 형태이고 비르질리아를 위안하러 가겠다는 결심은 바로 나 자신의 괴로움을 시사하는 것에 지나지 않았다고 나는 생각하련다.

80. 비서로 가다

이튿날 밤 나는 실제로 로부 네비스의 집에 갔다. 그들은 모두 집에 있었다. 비르질리아는 매우 슬픈 표정이었고 남편은 매우 유쾌한 표정이었다. 맹세하건대, 호기심과 다정함으로 가득한 우리의 두 눈이 서로 마주치자 그녀는 어떤 안도감을 느꼈다. 로부 네비스는 자신이 주지사직에 취임하면 시행할 계획과 지역의 어려운 사정들, 희망사항들, 해결책들을 나에게 늘어놓았다. 그는 매우 만족하고 있었다! 아주 희망에 부풀어 있었다! 탁자 옆에 있던 비르질리아는 책을 읽는 척하고 있었지만 책 너머로 이따금 무얼 묻는 듯한 근심 어린 표정으로 나를 쳐다보았다.

"문제는," 로부 네비스가 갑자기 내게 말했다. "내가 아직 비서를 구하지 못했다는 겁니다."

"그래요?"

"그렇습니다. 하지만 아이디어가 하나 있어요."

"아!"

"아이디어가 하나 있는데…… 선생은 북쪽으로 여행하고 싶지 않으십니까?"

나는 그에게 뭐라고 대답했는지 모른다.

"당신은 부자죠." 그가 계속해서 말했다. "얼마 되지 않는 월급 따위는 필요없겠지만, 나의 부탁을 들어줄 용의가 있다면 나를 따라 비서로 가시지요."

내 정신은 내 앞에서 뱀 한마리를 발견한 것처럼 펄쩍 뛰며 뒤로 물러났다. 나는 그가 어떤 음흉한 생각을 하고 있는 게 아닌지 보려고 똑바로 그리고 위압적으로 그를 노려보았다…… 그런 기미는 전혀 없었다. 그의 시선은 똑바르고 솔직했으며 얼굴의 평온한 모습은 자연스러웠고 강압적이지 않았다. 기쁨이 곳곳에 스며 있는 평온이었다. 나는 숨을 몰아쉬었다. 비르질리아 쪽을 바라볼 용기가 없었다. 나는 책 너머에서 똑같은 것을 요구하고 있는 그녀의 시선을 느꼈다. 그래서 난 비서로 가겠다고 했다. 사실 주지사나 주지사 아내나 비서는 행정적인 방식으로 문제를 해결하는 것이다.

81. 화해

하지만 그 집에서 나올 때 몇몇 의혹의 그림자가 뇌리를 스쳐갔다. 비르질리아의 의견을 무분별하게 드러낸 행위는 아닌지 또 주州의 일과 강보아의 집을 조화시킬 다른 합리적인 방법은 없는지 곰곰이 생각했다. 난 아무것도 찾지 못했다. 이튿날 침대에서 일어난 나는 비서 지명을 수용하기로 확실하게 결정했다. 정오에 몸종이 내게 와 얼굴을 가린 한 여인이 거실에서 기다리고 있다고 말했다. 나는 달려갔다. 여동생 싸비나였다.

"계속 이렇게 지낼 수는 없어요." 그녀가 말했다. "우리 모두를 위해 단번에 화해해요. 우리 가족이 깨지고 있어요. 우리는 서로 적처럼 지내서는 안돼요."

"그런데 나는 너에게 다른 어떤 것을 바랄 수 없구나." 난 그녀에게 양팔을 뻗으며 큰 소리로 말했다.

그녀를 내 옆에 앉혔다. 그리고 남편과 딸, 사업 등 모든 것에 대해 물었다. 모든 게 잘되고 있었다. 딸이 아주 예뻐졌고, 내가 허락한다면 남편이 딸을 데리고 와서 보여줄 것이라고 했다.

"무슨 소리! 내가 직접 가마."

"올래요?"

"약속하지."

"그러면 더 좋죠!" 싸비나는 큰 숨을 쉬었다. "이제는 과거의 모든 것에 종지부를 찍을 때예요."

나는 그녀가 더 뚱뚱해졌다는 것을 알았다. 어쩌면 더 젊게 보였다고 생각한다. 그녀는 스무살로 보였지만 실제로는 서른살이 넘었다. 매력적이고 다정했으며 어떤 소심함이나 원한도 없어 보였다. 우리는 두명의 연인처럼 손을 잡고 서로를 바라보며 시시콜콜한 것까지 모든 것에 대해 얘기를 나누었다. 생기 넘치고 장난 잘 치던 황금기의 내 어린 시절이 다시 떠올랐다. 어릴 때 내가 갖고 놀던 카드들이 양손에서 등이 휜 것처럼 구부러져 열을 이루다가 그것이 스르륵 떨어지듯 세월이 내리막길로 들어섰다. 그 세월은 또 나로 하여금 우리 집과 우리 가족과 우리의 파티들을 돌아보게 했다. 난 어느정도 애를 쓰며 그 기억을 유지했지만, 이웃의 이발사는 그가 하베까[52]를 연주하던 때를 상기시켰고, 과거로부터 나온 그 소리 — 왜냐하면 그때까지 기억은 소리가 없었기 때문에 — 는 나의 마음을 감동시켰다……

그녀의 눈은 건조했다. 싸비나는 병적인 노란 꽃을 물려받지 않았다. 그게 뭐 중요한가? 그녀는 내 여동생이고 내 핏줄이며 내 모친의 일부였다. 나는 그녀에게 그것을 다정하고 솔직하게 말해주었다…… 갑자기 거실 문을 두드리는 소리가 들렸다. 나는 가서 문을 열어주었다. 다섯살 난 작은 천사였다.

"들어오렴, 싸라." 싸비나가 말했다.

내 조카였다. 난 그녀를 들어올려 여러차례 입을 맞추었다. 놀란 아이가 바닥으로 내려가려고 몸을 비틀며 앙증맞은 손으로 나의 어깨를 밀쳤다…… 그 와중에 문간에 모자 하나가 보였고 곧 남자 한명이 들어왔다. 바로 꼬뜨링이었다. 난 너무나 감동해서 조카를 내려놓고 아이 아빠의 품으로 몸을 던졌다. 그러한 즉각적인 감정 표현이 그를 약간 당혹스럽게 해서 그는 어색해했다. 그것은 단순한 프롤로그였다. 잠시 후 우리는 오래 사귄 좋은 친구처럼 이야기를 나눴다. 지나간 일에 대한 어떤 암시도 없이 향후의 많은 계획들에 대해 얘기를 주고받았고 또 서로의 집을 방문해 함께 저녁식사를 하기로 약속했다. 나는 서로의 집에서 번갈아가며 저녁식사를 하는 일이 나의 북쪽지방 여행 때문에 잠깐 중단될 수도 있다는 사실을 말하지 않을 수 없었다. 싸비나가 꼬뜨링을 바라보았고 꼬뜨링도 그녀를 바라보았다. 두 사람은 그 여행이 상식적이지 못하다는 데 의견의 일치를 보였다. 내가 북쪽지방에서 뭘 발견할 수

---

[52] 뽀르뚜갈의 전통 사현악기. 바이얼린과 비슷하다.

있단 말인가? 왜냐하면 내가 계속 빛을 발하고 당대 젊은이들보다 두드러질 곳은 궁정이 있는 수도, 바로 수도였기 때문이었다. 또 거기에는 어느 누구도 실제로 나에게 필적할 자가 없었다. 멀리서 나를 지켜보아온 꼬뜨링은 과거의 우스운 다툼에도 불구하고 항상 나의 승승장구에 대해 관심을 가지고 있었고 자랑스러워했으며 또 우쭐대기도 했다. 그는 거리와 실내에서 나에 대해 떠도는 얘기를 들었다. 칭찬과 찬사 일색이었다. 그것을 내버려둔 채 어떤 필요나 진지한 이유도 없이 그 지방에서 몇개월을 보내러 간단 말인가? 정치적인 것이 아니라면 몰라도……

"바로 정치일세." 내가 말했다.

"그 이유 때문만은 아닐걸요." 잠시 후 그가 대답했다. 다시 침묵이 이어졌고 그런 다음 그가 말했다. "어쨌든 오늘밤 우리와 함께 저녁식사를 해요."

"물론 그래야지. 하지만 내일 혹은 다음번엔 두사람 모두 내 집에 와서 저녁을 먹어야 해."

"모르겠어요. 몰라요." 싸비나가 반대했다. "혼자 사는 남자 집에서는…… 오빠는 결혼해야 해요. 저는 조카딸도 원하거든요. 듣고 있어요?"

꼬뜨링은 내가 이해하지 못할 몸짓으로 그녀의 말을 막았다. 상관없었다. 가족 간의 화해가 수수께끼 같은 몸짓보다 더 값어치 있는 것이니까.

82. 식물학의 문제

우울증 환자들에게 말하고 싶은 것을 말하게 하라, 인생은 달콤한 것이라고. 이는 싸비나와 남편 그리고 그들의 딸이 왁자지껄하게 계단을 내려가는 걸 보면서 나 혼자 생각한 것이었다. 그들은 내가 있던 위—층계참—를 향해 많은 다정한 말들을 했고 나 역시 아래를 향해 많은 다정한 말들을 했다. 나는 내가 실제로 행복한 사람이라고 계속 생각했다. 한 여자를 사랑하고 있고 그 남편의 신뢰를 받고 있으며 두사람의 비서로 여행을 가게 될 것이고 내 가족과 화해도 했다. 스물네시간 안에 무엇을 더 바랄 수 있을까?

바로 그날 마음을 다잡으려고 노력하면서 나는 내가 도지사의 비서로 북부에 갈지도 모른다는 소문을 퍼뜨리기 시작했다. 이는 개인적인 몇몇 정치적 목적을 실현하기 위함이었다. 나는 그 얘기를 오우비도르 가(街)에서 했으며 이튿날에는 파로스 호텔과 극장에서 반복하였다. 몇몇은 이미 소문으로 돌고 있던 나의 임명 건을 로부 네비스의 임명과 연관시키면서 사악한 미소를 지었으며 다른 몇몇은 나의 어깨를 쳤다. 극장에서 어느 귀부인은 내가 조각에 대한 사랑을 아주 멀리 가져간다고 했다. '조각'이란 비르질리아의 아름다운 몸매를 의미했다.

그런데 내가 들었던 가장 크고 공개적인 암시는 사흘 후 싸비나의 집에서 들은 것이었다. 그런 암시를 한 사람은 가르세스라는 늙은 외과의사였다. 몸집이 작고 별 볼 일 없으며 말이 많은 그는 노인의 상냥함과 같은 소박한 겸손을 칠십, 팔십, 구십이 되어서도 결코 갖지 못할 위인이었다. 어쩌면 터무니없는 노년이야말로 인간

천성의 가장 슬픈, 최후의 놀라움일 것이다.

"이미 알고 있소. 이번에 당신은 키케로의 작품을 읽겠군요." 그가 나의 여행에 대하여 알게 되자 그렇게 말했다.

"키케로?" 싸비나가 소리쳤다.

"당연한 것 아니겠어요? 당신의 오빠는 위대한 라틴문학 전문가니까요. 베르길리우스를 단번에 번역하더군요. 비르질리아가 아니라 베르길리우스라는 걸 잊지 마시오…… 헷갈리지 말고……"

그리고 그는 웃음을 지었다. 거칠고 천박하고 경박한 웃음이었다. 싸비나는 내가 어떤 대답을 할지 걱정스러운 얼굴로 나를 쳐다보았다. 그러나 내가 웃는 것을 보고는 미소를 지으며 그것을 감추기 위해 얼굴을 돌렸다. 다른 사람들은 호기심과 관대함 그리고 동정 어린 표정으로 나를 바라보았다. 그들은 새로운 어떤 소식을 듣지 못했음이 분명했다. 나의 연애 이야기는 내가 상상할 수 있었던 것보다 더 널리 알려져 있었다. 하지만 난—뽀르뚜갈 씬뜨라 지역의 까치들처럼 재잘거리며—짧으면서도 일시적이고 탐욕스러운 미소를 지었다. 비르질리아는 아름다운 실수였다. 아름다운 실수라고 고백하는 건 참 쉬운 일이다! 처음에 난 우리의 불륜에 대한 말을 듣게 되면 얼굴을 찌푸리곤 했다. 하지만 정말이지! 나는 그 말에서 마음속으로 부드럽고 아첨하는 듯한 느낌을 받았다. 그런데 한번은 그런 말을 듣고 웃음이 나왔다. 그때부터 나는 그런 말을 들으면 계속 미소를 지었다. 이런 현상을 설명해줄 사람이 거기 있는지 모르겠다. 나는 그것을 이렇게 설명하겠다. 어떤 의미에서 처음에는 내면에 존재하는 만족감이 똑같은 미소였지만 그저 봉오리에 불과했다. 시간이 흐르면서 그것은 꽃으로 피어나 다른 사람의 눈에 띄었다. 단순한 식물학의 문제인 것이다.

83. 13이라는 숫자

꼬뜨링이 그 즐거움에서 나를 끌어내더니 창가로 데려갔다.
"한가지 말해도 될까요?" 그가 물었다. "그 여행을 하지 마세요. 현명하지 못하고 위험한 여행이에요."
"어째서?"
"이유는 형님이 잘 알고 있잖아요." 그가 대답했다. "무엇보다도 위험해요. 아주 위험하단 말입니다. 여기 수도에서는 그런 일들이 많은 사람들과 엄청난 이해관계의 덩어리 속에서 잊힙니다. 하지만 지방에서는 다른 형태를 띠죠. 정치인들의 문제이기 때문에 형님의 그 여행은 진짜 현명하지 못한 행동이에요. 야당 언론들은 냄새를 맡자마자 곧장 모든 단어를 동원해 그 일을 기사화하기 시작할 겁니다. 그러면 비아냥대는 말, 논평, 별명 등이 뒤따라오겠죠······"
"그런데 이해를 못하겠군······"
"이해하고 있어요. 이해하고 있다고요. 실제로 모든 사람들이 알고 있는 사실을 형님이 부정한다면 우리의 친분관계는 없는 거나 같아요. 나는 그 일에 대하여 이미 수개월 전부터 알고 있었어요. 반복하건대 그런 여행은 하지 마세요. 그녀가 잠시 없는 걸 참으세요. 그게 더 나을 거예요. 그리고 더 큰 추문과 더 큰 문제를 피하도록 하세요······"
그렇게 말한 뒤 그는 안으로 들어갔다. 나는 모퉁이의 가로등을 쳐다보고 있었다. 옛날의 올리브유 가로등이었다. 그 가로등은 마치 하나의 물음표처럼 슬프고 음울하고 잔뜩 구부린 자세로 서 있었다. 내가 어떻게 하면 될까? 햄릿과 같은 상황이었다. 운명에 굴복하느냐 아니면 운명에 맞서 싸우느냐였다. 다른 말로 하면 여객선에 오르느냐 아니면 오르지 않느냐였다. 그것이 문제였다. 가로등은 내게 아무 말도 하지 않았다. 꼬뜨링의 말이 가르세스의 말과는 아주 다르게 내 기억의 귓가에 울렸다. 아마도 꼬뜨링의 말이 맞을 것이다. 하지만 내가 비르질리아와 떨어질 수 있을까?

싸비나가 다가왔다. 그리고 내게 무슨 생각을 하는지 물었다. 난 아무것도 생각하지 않으며 졸려서 집에 가야겠다고 대답했다. 싸비나는 잠시 침묵한 뒤 말했다. "나는 오빠가 뭘 필요로 하는지 알아요. 신부예요. 내가 오빠를 위해 신붓감을 구해볼게요." 난 맥이 빠지고 마음의 갈피를 잡지 못한 채 거기서 나왔다. 정신과 마음 모두 항해를 할 준비가 되어 있었다. 그때 항구의 편의시설을 지키는 문지기가 나타나 나에게 입장권을 요구했다. 나는 그 편의시설에 욕을 퍼부어댄 뒤 자리를 떴다. 그 편익시설과 함께 헌법과 입법부, 내각 등도 모두.

이튿날 나는 정치신문을 펼쳐서 법령 13호에 의해 로부 네비스와 내가 ××주의 주지사와 비서로 임명되었다는 기사를 읽었다. 난 즉시 비르질리아에게 편지를 쓴 다음 두시간 후에 강보아로 향했다. 가엾은 도나 쁠라시다! 그녀는 점점 더 심란해했다. 우리가 늙은 자신을 앞으로 잊을지 기억할지 나에게 물어왔다. 그리고 나의 부재가 오래갈 것인지와 그 주州가 멀리 있는지를 물었다. 나는 그녀를 위로했다. 하지만 위로를 필요로 하는 사람은 나 자신이었다. 꼬뜨링의 반대가 나의 마음을 흔들어놓았던 것이다. 비르질리아가 잠시 뒤에 도착했다. 한마리 제비처럼 밝아 보였다. 하지만 슬픈 모습의 나를 보고는 심각한 표정을 지었다.

"무슨 일이 있어요?"

"결정을 못하고 주저하고 있소." 내가 말했다. "비서직을 받아들여야 할지 말아야 할지 모르겠소······"

비르질리아가 웃으면서 긴 소파에 털썩 주저앉았다. "무엇 때문에요?" 그녀가 물었다.

"마음이 편치 않아. 들킬 거요."

"하지만 우리는 가지 않을 거예요."

"무슨 말이오?"

그녀는 남편이 임명을 거절할 것이라고 말했다. 남편은 그녀에게 비밀을 최대한 지킬 것을 부탁하면서 단지 그녀에게 말하려는 이유 때문에 임명을 거부할 것이라고 했다. 남편은 다른 사람에게 그 이유를 말할 수 없었던 것이다. "순진하고 웃기는 이유요." 남편이 말했다. "하지만 나에게는 어쨌든 강력한 이유야." 그는 비르질리아에게 그 법령이 13일이라는 날짜에 공표되었는데 그 숫자는 자신에게 죽음을 떠올리는 것이라고 말했다. 그의 부친은 열세 명이 모였던 어느 만찬 뒤 13일이 지난 어느 13일에 사망했다고 했다. 모친이 사망한 집의 번지도 13번지였고······ 그 숫자는 재앙을 부르는 숫자였다. 하지만 그런 것을 주무장관에게 변명거리로 말할 수는 없었다. 장관에게는 주지사직 임명을 받아들일 수 없는 개인적인 사유가 있다고 말할 것이라고 했다. 나는 독자가 받았을 느낌 — 독자는 하나의 숫자 때문에 그런 희생을 한 것에 대해 약간 우려하고 있을 것이다 — 그대로의 느낌에 빠져들었다. 하지만 야망이 큰 그였기에 그 희생은 진심 어린 것이었음에 틀림없다······

84. 알력

재앙의 숫자여, 내가 너에게 수차례에 걸쳐 축복을 내린 사실을 기억하는가? 그리스 테베의 붉은 머리 처녀들 역시 펠로피다스[53]가 희생물을 바칠 때 그녀들을 대신해 바친 붉은색 갈기의 암말—그 우아한 암말은 사망하자 꽃으로 덮였으며 한사람도 빠지지 않고 그 암말에게 그립다는 말을 했다—에게 축복을 내려야 했다. 나 또한 연민의 정을 느끼는 암말 너에게 그리움의 말을 전한다. 그 이유는 너의 죽음 때문만이 아니라 위험을 피한 아가씨들 중 누군가가 꾸바스 가문의 한 할머니였을 가능성이 있기 때문이다…… 재앙의 숫자여, 네가 우리를 구원했다. 그녀의 남편은 나에게 임명을 거부한 이유를 털어놓지 않았다. 나에게 개인적인 일이라고 했다. 진지하고 납득하는 듯한 얼굴로 나는 그의 말을 들었는데 나의 얼굴은 인간의 위선적인 행위를 명예롭게 했다. 그는 자신을 갉아먹는 깊은 슬픔을 완전히 덮어버리는 일에 애를 먹는 유일한 사람이었다. 그는 말수가 적어졌고 스스로에게 몰두했으며 책을 읽으며 집에 틀어박혀 지냈다. 사람을 맞이할 때 그는 부자연스럽게 큰 소리로 말하며 수시로 웃었다. 두가지가 그를 억누르고 있었다. 거리낌에 의해 날개가 꺾인 야망과 곧바로 이어진 의심 그리고 아마도 후회가 그것일 것이다. 하지만 추정이 반복되더라도 후회는 되풀

---

[53] 테베의 장군. 스파르타군을 격파한 레우크트라 전투를 앞두고 스파르타군에 의해 딸들이 억울하게 죽은 스케다수스라는 사람이 꿈에 나타나 적을 이기고 싶거든 붉은 머리의 처녀를 희생물로 바치라고 말하는 것을 듣고 붉은색 갈기의 암말을 처녀 대신 바친다.

이될 것이다. 왜냐하면 미신의 토대는 여전히 존재하기 때문이다. 그는 미신을 거부하지 못하면서도 그것을 의심했다. 자기 자신에게 맞서는 그런 감정의 지속은 다소 주목할 만한 현상이었다. 하지만 나는 구두가 뒤집혀 있는 걸 절대 보아 넘길 수 없다고 고백하는 도나 쁠라시다의 순수한 솔직성을 더 선호했다.

"그게 무슨 상관이오?" 내가 그녀에게 물었다.

"불길해요." 그녀의 대답이었다.

단지 그것뿐이었다. 그 한마디 대답은 그녀에게 일곱개의 봉인이 붙여진 책의 가치와 맞먹었다. 불길하다. 그 말은 그녀가 어릴 때 사람들이 그녀에게 아무런 설명 없이 한 말이었다. 그녀는 불길함에 대한 확신으로 만족했다. 손가락으로 별을 가리키면서 말할 때엔 똑같은 일이 벌어지지 않는다. 그녀는 그런 행동이 종양을 키운다는 걸 완벽히 알고 있었다.

종양이든 다른 것이든, 주지사직을 잃은 사람에게 무슨 가치가 있을까? 쓸데없거나 값싼 미신은 용인된다. 하지만 삶의 일부분을 휩쓸어가는 미신은 용인될 수 없다. 웃음거리가 되었다는 의심과 공포가 따라다니는 로부 네비스가 그런 경우이다. 여기에 주무장관이 로부 네비스의 개인적인 이유를 믿지 않았다는 사실이 더해졌다. 그는 로부 네비스의 거절을 정치적인 술수로 돌렸으며 어떤 외적인 측면들이 일으킨 복잡한 착각으로 보았다. 주무장관은 그를 터무니없는 사람으로 취급했으며 그러한 불신을 동료들에게 전했다. 사건들이 겹쳐 일어났다. 결국 시간이 흘러 주지사직 임명을 거부한 그는 야당으로 돌아섰다.

85. 산꼭대기

어떤 위험을 피한 사람은 삶을 남다른 강렬함으로 사랑한다. 비르질리아를 잃기 직전까지 간 나는 그녀를 훨씬 더 뜨겁게 사랑하기 시작했다. 그녀도 마찬가지였다. 이처럼 주지사적 사건은 원초적인 애정을 훨씬 더 촉진할 따름이었다. 그것은 마약이었다. 우리는 그것으로 우리의 사랑을 더욱 달콤하고 존경스럽게 만들었다. 그 사건 이후 첫 며칠간 우리는, 바다가 신축성이 강한 수건처럼 우리 사이에 펼쳐지게 되면 한 사람이 다른 사람으로부터 떨어져 서로 얼마나 슬플지, 거기서 발생할 이별의 고통을 상상하는 여유를 가지기도 했다. 그저 엄마의 단순한 찡그림을 피하기 위해 엄마의 가슴에 찰싹 달라붙는 아이와 마찬가지로 우리는 서로 부둥켜안으며 상상의 위험에서 도망을 쳤다.

"내 착한 비르질리아!"

"내 사랑!"

"당신은 내 거요, 안 그렇소?"

"맞아요, 당신 거예요……"

술탄의 비 셰에라자드의 이야기 끈처럼 우리는 이렇게 연애의 끈을 다시 이어갔다. 그것이 우리 사랑의 최고점, 즉 산꼭대기였다고 나는 생각한다. 한동안 우리는 그 꼭대기에서 머리 위로는 평온한 푸른 하늘을, 동쪽과 서쪽으로는 계곡을 멀찍이 바라보았다. 그 시간이 끝나자 우리는 손을 잡거나 떨어져서 산기슭을 내려오기 시작했다. 어쨌든 계속 내려오기 시작했다……

86. 수수께끼

산 정상에서 내려오는 길에 난 그녀가 약간 달라졌음을 눈치챘지만 그녀가 풀이 죽어 있었는지 아니면 다른 모습이었는지는 알지 못했다. 그래서 그녀에게 무슨 안 좋은 일이 있느냐고 물었다. 그녀는 입을 다문 채 성가시고 기분 나쁘고 피곤하다는 몸짓을 했다. 내가 계속 캐묻자 그녀는 나에게 무언가를 말했다…… 어떤 미묘한 용액이 내 몸 전체를 관통하며 흘렀다. 강하고 빠르며 기괴한 느낌이었다. 난 결코 그 느낌을 종이 위에 옮기지 못할 것이다. 난 그녀의 양손을 잡고 내게로 가볍게 당겼다. 그리고 산들바람처럼 섬세하게 그리고 아브라함처럼 진지하게 그녀의 이마에 키스를 했다. 그녀는 몸을 떨었고 양손으로 나의 머리를 잡고 나의 눈을 응시했으며 이어 어머니 같은 몸짓으로 나의 머리를 가슴에 꼬옥 안았다…… 거기에 수수께끼가 있다. 독자에게 이 수수께끼를 풀 시간을 주도록 하자.

87. 지질학

그 무렵 재앙이 발생했다. 비에가스가 죽은 것이다. 비에가스의 칠십 생애는 천식으로 숨 막히고 류머티즘으로 절뚝거린 세월이었으며 거기에 심장까지 손상되어 있었다. 그는 우리의 연애를 세련되게 염탐하는 사람 중 한명이었다. 비르질리아는 무덤처럼 인색한 그 늙은 친척이 유산을 통해 아들의 미래를 보장해주길 크게 기대하고 있었다. 똑같은 생각을 가지고 있다 하더라도 남편은 스스로 그런 생각을 덮어버렸거나 억눌렀을 것이다. 이 모든 것은 다음을 의미한다. 즉 로부 네비스에게는 인간의 장삿속에 저항하는 바위층과 같은 튼튼한 어떤 기본적인 존엄성이 있었다. 영원한 흐름인 인생이 그를 나머지 바깥층들, 즉 푸석푸석한 흙과 모래로 데려갔다. 만일 독자가 아직도 23장을 기억한다면 내가 삶을 어떤 흐름에 비유한 것이 이번이 두번째라는 걸 알 것이다. 하지만 주목할 것은 이번의 경우 내가 '영원한'이라는 형용사를 추가하고 있다는 사실이다. 하느님은 무엇보다도 무더운 신생국가들 안에서 형용사가 지니는 힘을 잘 알고 계실 것이다.

이 책에서 새로운 것은 로부 네비스의 도덕적 지질학이다. 그리고 어쩌면 내 글을 읽고 있는 신사분의 도덕적 지질학일 수도 있다. 그렇다. 이런 인물의 지층은 삶이 그 지층이 지닌 저항력에 따라 변화시키고 보존하고 용해시키기도 하므로 이 책의 한상章에 기록될 만한 가치가 있을 테지만 이야기가 길게 늘어지지 않도록 하기 위해 난 그것을 쓰지 않을 것이다. 나는 내 생전에 알게 된 가장 정직한 사람이 자꼬 메데이루스 혹은 자꼬 발라다리스라는 사람이라고 말할 수 있을 뿐이다. 이름이 잘 기억나지 않는데 어쩌면 자꼬 호드리게스인지도 모른다. 좌우간 자꼬라는 이름만은 분명하다. 그는 정직함 그 자체였다. 사소한 양심을 거슬러 부자가 될 수도 있었지만 그러길 원치 않았다. 자그마치 400꽁뚜가 넘는 돈을 손가락 사이로 빠져나가도록 내버려둔 사람이었다. 그 정직함이 그야말로 너무나 모범적이었기에 오히려 별것 아닌 것처럼 보였고 지루해 보이기까지 했다. 어느날 그의 집에서 단둘이 즐거운 대화를 나누고 있을 때 따분한 B 박사라는 녀석이 그를 찾아왔다고 알려왔다. 자꼬는 자신이 집에 없다고 그에게 전하라고 했다.
"그런 거짓말은 안 통해요." 어떤 목소리가 복도로부터 크게 들렸다. "이미 안으로 들어왔으니까요."

실제로 B 박사가 곧 응접실 문간에 모습을 드러냈다. 자꼬는 그가 아니라 다른 사람인 줄 알았다며 그를 맞이하려고 일어났다. 그리고 대단히 반갑다는 말을 덧붙였다. 그 방문으로 우리는 한시간 삼십분 동안 지겨워 죽을 지경이었다. 정말로 그랬다. 자꼬가 시계를 꺼내 보았을 정도였으니까. 그러자 B 박사가 외출할 거냐고 물었다.

"집사람이랑 나갈 예정이오." 자꼬가 말했다.

B 박사가 물러나자 우리는 안도의 한숨을 내쉬었다. 한숨을 내쉰 뒤 나는 자꼬에게 그가 두시간도 채 되지 않아 네번의 거짓말을 했다고 말했다. 첫번째 거짓말은 자기 자신을 없다고 한 것이고 두번째 거짓말은 그 사람의 출현을 반가워한 것이며 세번째 거짓말은 외출할 것이라고 말한 것이고 네번째 거짓말은 아내와 함께 외출할 것이라는 말을 덧붙인 것이었다. 자꼬는 잠시 생각을 하더니 나의 논평이 정당하다고 고백했다. 하지만 그는 절대적 진실이란 진보된 사회와 어울리지 않으며 도시들의 평화는 단지 상호 간의 속임수의 댓가로 얻어질 수 있을 뿐이라고 말하면서 스스로를 합리화했다…… 아! 이제야 기억이 난다. 그의 이름은 자꼬 따바리스였다.

88. 환자

말할 필요도 없이, 나는 가장 기본적인 논거로 그런 유해한 주장을 반박했다. 하지만 그는 나의 지적에 약이 올라서인지 짐짓 열정을 보이며 끝까지 반발했다. 그것은 어쩌면 양심의 가책을 덜 느끼기 위해서였을 것이다.

비르질리아의 경우는 조금 더 심각했다. 그녀는 남편보다 덜 양심적이었다. 그녀는 유산 상속이 가져올 희망들을 분명하게 드러냈고 그 친척에게 모든 친절과 관심 그리고 정을 쏟음으로써 최소한 문서상의 유산 분배를 확보하려고 했다. 정확히 말하자면, 그녀는 그에게 아첨을 했다. 하지만 나는 여자들의 아첨이 남자들의 아첨과 같지 않다는 것을 알았다. 남자들의 아첨은 비굴한 복종에 가깝지만 여자들의 아첨은 정과 혼동된다. 우아하게 잘빠진 몸매, 달콤한 말, 그리고 육체적인 나약함은 여자의 아첨 행위에 현지의 색채와 타당한 모습을 부여한다. 아첨 대상의 나이는 중요하지 않다. 그 대상의 입장에서 볼 때 여자는 항상 어머니나 누나 같은—혹은 여성의 다른 자리인 간호사 같은—분위기를 가질 것이다. 그 속에서 가장 능숙한 남자는 항상 어떤 '금화'나 유동적인 그 무언가를 필요로 한다.

그것은 비르질리아가 나이 든 친척과 꽉 껴안으며 애정을 표시할 때 내가 생각한 것이었다. 그녀는 문간으로 가 얘기를 건네고 웃으면서 그를 맞이했으며 그의 모자와 지팡이를 받아주었다. 그리고 부축하여 그를 어떤 의자 혹은 '특정한' 의자로 안내했다. 그녀의 집에는 이름 하여 '비에가스의 의자'라는 것이 있었는데, 환자나 노인을 위해 만들어진 안락한 특별 제품이었다. 산들바람이 불면 가까운 창을 닫았고 더우면 그 창을 열었다. 물론 그 친척이 갑작스럽게 바람을 맞지 않도록 조심하면서 조절하였다.

"어떠세요? 오늘은 좀더 건강해보이네요……"

"무슨 소리! 난 괴로운 밤을 보냈어. 지랄 같은 천식이 나를 가만히 놔두지 않는군."

그리고 그는 그 집으로 오고 계단을 오를 때의 피로로부터 조금씩 원기를 회복하면서 큰 숨을 내쉬었다. 그 피로는 길을 걸었기 때문에 생긴 게 아니었다. 왜냐하면 그는 항상 마차를 타고 다녔기 때문이다. 비르질리아는 그의 옆 약간 앞쪽에서 환자의 무릎에 양손을 올린 채 등받이가 없는 작은 의자에 앉았다. 뇨뇨가 평소의 뜀박질과는 달리 조심스럽고 부드러우며 진지한 모습으로 거실에 들어왔다. 비에가스는 그애를 무척 좋아했다.

"이리 와봐라, 뇨뇨." 그리고 그는 자신의 널찍한 안주머니에 손을 넣어 네모난 작은 알약 상자를 꺼낸 다음 하나는 자신의 입에, 다른 하나는 그 꼬마에게 주었다. 천식을 막는 알약이었다. 꼬마는 아주 맛있다고 말했다.

이것이 다양한 방법으로 반복되곤 했다. 비에가스가 체커를 좋아했으므로 비르질리아는 그가 느리고 힘없는 손으로 돌들을 움직이는 것을 긴 시간 동안 인내하며 그의 욕구를 채워주었다. 또 이따금 농장에 산책하러 나갈 때면 그에게 자신의 팔을 내밀었는데 그가 그 호의를 항상 받아들인 것은 아니었다. 그는 자신이 매우 건강하며 1.5킬로미터는 걸을 수 있다고 말하곤 했다. 두사람은 걷다가 앉다가 다시 걸었으며 그러는 동안 여러가지 이야기들, 예를 들어 가족의 사업이나 거실에서 수군대는 소리에 대해 얘기를 나누었다. 그리고 결국 그가 거주를 위해 건축 구상을 하고 있는 현대식 집에 대해서도 얘기를 나누었다. 현대식 집인 이유는 현재 살고 있는 집이 동 주어웅 6세 시대의 구식 건물이기 때문이었다. 정면에 거대한 기둥들이 있는 그 집은 여전히 써웅끄리스또버웅 구역에서 볼 수 있다. (난 그렇게 생각한다.) 그는 자신이 살고 있는 대저택이 바뀔 수 있으며 이미 어느 유명한 석공에게 도안을 부탁해놓았노라고 했다. 아! 그렇다면 맞다. 그렇다면 비르질리아는 노인의 취향이 어떤 것인지 알 것이다.

상상할 수 있듯이 그는 자신뿐만 아니라 타인들까지 불편하게 만드는 힘겨운 호흡을 하며 천천히 어렵게 말하곤 했다. 이따금 기침이 올라오면 몸을 구부리고 신음소리를 내면서 입에 손수건을 가져갔다. 그다음 손수건을 살폈다. 그 상황이 끝나면 다시 집에 대한 계획 이야기로 돌아가 그 집에는 이런저런 방과 하나의 테라스, 작은 폭포가 있게 될 것이며 진짜 예술작품이 될 것이라고 했다.

89. 극한 상태

"내일 낮에는 비에가스 씨 집에서 보낼 거예요." 한번은 그녀가 내게 말했다. "그분, 참 안됐어요. 주변에 아무도 없으니……"

비에가스는 결국 완전히 병상에 눕게 되었다. 결혼한 그녀의 딸은 하필 이때 병이 들어 그와 함께 있을 수 없었다. 비르질리아는 이따금 그곳에 들르곤 했다. 나는 그 상황을 이용하여 다음날 하루종일 그녀 옆에서 보내기로 했다. 내가 거기에 도착했을 때는 오후 2시였다. 비에가스가 얼마나 심하게 기침을 하는지 내 가슴까지 타

들어갔다. 기침이 멎으면 그는 그 시간을 이용하여 어떤 마른 남자와 집값을 두고 실랑이를 벌였다. 마른 남자가 30꽁뚜를 제시하자 비에가스는 40꽁뚜를 요구했다. 구매자는 마치 열차를 놓칠까봐 걱정하는 사람처럼 다급했다. 하지만 비에가스는 물러서지 않았다. 먼저 30꽁뚜를 거부했다. 그다음 두번 세번 거부했고 결국 강한 기침이 올라오면서 십오분간 말을 하지 못했다. 구매자는 그를 매우 다정하게 대했으며 그의 베개까지 조정해주었다. 그리고 36꽁뚜를 제안했다.

"절대 안돼!" 환자가 끙 하고 신음했다.

그는 자신의 책상 위에 있는 서류 뭉치를 가져오게 했다. 서류를 묶고 있는 고무밴드를 풀 힘도 없어 나에게 풀어달라고 부탁했고 나는 그것을 풀어주었다. 집 건축에 든 비용 계산서들이었다. 석공, 목수, 칠장이로부터 받은 계산서, 거실과 만찬실과 방들과 서재의 벽지에 든 비용 계산서, 철골, 토지 비용 계산서였다. 그는 떨리는 손으로 하나하나 계산서를 펼쳤다. 그리고 나에게 읽어달라고 부탁했고 난 그것들을 읽어주었다.

"보라고, 1200이야. 1200에 대한 청구서야. 프랑스제 꺾쇠들…… 이봐, 공짜야." 그는 마지막 계산서를 읽은 후 결론지었다.

"그렇군요…… 하지만……"

"40꽁뚜야. 그 이하로는 팔지 않겠네. 이자만 해도…… 이자 계산을 해봐……"

이 말들이 기침과 섞여서 나왔다. 그것은 망가진 폐의 부스러기처럼 한 음절씩 튀어나왔다. 반짝이는 두 눈동자가 저 깊은 눈구멍 속에서 돌고 있었다. 그것은 나에게 새벽의 작은 전구들이 기억나게 했다. 침대시트 아래로 무릎과 발이 두곳에서 툭 튀어나와 몸의 뼈 윤곽이 드러나 있었다. 노랗게 변색되고 탄력도 없는 주름 가득한 피부가 표정 없는 얼굴의 뼈를 덮고 있었다. 흰 무명 두건이 세월에 의해 털이 빠진 그의 두개골을 가리고 있었다.

"자, 어때요?" 마른 남자가 말했다.

난 그에게 심하게 재촉하지 말라는 신호를 보냈다. 그러자 그는 잠시 동안 입을 다물었다. 환자가 입을 다문 채 힘겹게 숨을 몰아쉬며 천장을 쳐다보았다. 비르질리아가 창백한 모습이 되어 자리에서 일어나 창가로 갔다. 그가 죽었다고 생각해 겁이 났던 것이다. 난 다른 일들에 대해 얘기하려고 애썼다. 마른 남자가 어떤 일화를 얘기하다가 자신의 제안을 바꾸면서 다시 집 얘기를 하기 시작했다.

"38꽁뚜." 그가 말했다.

"뭐라고……?" 환자가 신음을 하며 물었다.

마른 남자는 침대로 다가가 그의 손을 잡았다. 손이 치가웠다. 나도 환자 곁으로 나가가 기분이 어떤지, 포도주를 한잔 들고 싶은지 물었다.

"아니…… 아니…… 사…… 사…… 사…… 십……"

다시 기침이 올라왔다. 그 기침이 마지막이었다. 잠시 뒤 마른 남자의 대경실색 속에서 그는 숨을 거두고 말았다. 그 남자는 후에 40꽁뚜를 제시할 준비가 되어 있었다고 내게 털어놓았다. 하지만 이미 늦고 말았다.

90. 아담과 카인의 옛 대화

아무것도 없었다. 유언으로 된 기념할 만한 것이 아무것도 없었다. 천식 알약 하나라도 있었더라면 그것만으로 그는 모든 면에서 배은망덕하거나 건망증이 있는 존재가 되지는 않았을 것이다. 그런데 아무것도 없었다. 비르질리아는 자기 계획의 실패에 분통을 터뜨렸다. 그리고 그것을 나에게 조심스레 말했다. 상황 그 자체 때문이 아니라 그 상황이 아들과 관련되어 있었기 때문이었다. 그녀는 내가 자신의 아들을 아주 많이 좋아하는 것도 아주 적게 좋아하는 것도 아니라는 걸 알고 있었다. 나는 그녀에게 그런 종류의 일은 더이상 생각하지 말라고 에둘러 말했다. 가장 좋은 것은 죽은 자, 멍청한 자, 괘씸한 구두쇠를 잊는 것이며 유쾌한 일을 생각하는 것이었다. 예를 들어 우리 아들……

몇주 전 비르질리아가 평소와 좀 달라 보였을 때 내가 느꼈던 그 달콤한 수수께끼, 그 수수께끼의 암호가 홀연히 떠올랐다. 아들! 나의 존재로부터 만들어진 존재! 이것이 그 당시 나의 주요 관심사였다. 세상의 눈들, 그녀 남편의 의심, 비에가스 씨의 죽음, 정치적 갈등, 혁명, 지진 등 당시 그 어떤 것도 나의 관심을 끌지 못했다. 나는 그저 아버지가 누구인지 불분명한, 익명의 그 태아만 생각했다. 그러자 비밀스러운 어떤 목소리가 나에게 말했다. "네 아들이다." 내 아들! 난 정의할 수 없는 어떤 관능적인 희열과 함께 이 두 마디의 말을 반복했다. 그것이 어떤 자부심의 징후였는지도 모르겠다. 난 어른이 된 것 같았다.

최고의 일은 우리 둘, 즉 태아와 내가 현재와 미래의 일들에 대해 얘기하며 대화를 하는 것이었다. 영악한 녀석은 나를 사랑했고 귀여운 개구쟁이였다. 내 얼굴을 포동포동한 손으로 톡톡 치거나 아니면 종이에 학사 가운을 그렸다. 왜냐하면 그는 대학을 졸업할 것이고 연방 하원에서 연설을 할 것이기 때문이다. 그러면 그 아버지는 관람석에서 그의 연설을 들으며 눈물을 글썽거릴 것이다. 그는 학사에서부터 다시 어린아이가 되어 책과 작은 석판을 팔에 끼고 학교로 돌아가거나 아니면 요람으로 들어가 다시 어른으로 성장할 것이다. 나는 헛되이 하나의 나이, 하나의 모습을 정신 속에 고정하고자 했다. 그 태아는 내가 보기에 모든 형태와 제스처를 가지고 있었다. 그애는 젖을 빨고 글을 쓰고 왈츠를 추었다. 그애는 십오분의 시한 속에서—아이와 연방 하원의원, 고등학생과 멋쟁이의 모습들이 교차했다—끝날 수 없는 존재였다. 이따금 나는 비르질리아 옆에서도 그녀가 있다는 사실과 다른 모든 것을 잊곤 하였다. 비르질리아가 나를 흔들어대며 내 침묵에 투정을 부렸다. 그녀는 내가 그녀를 더이상 원치 않는다고 말했다. 사실 나는 태아와 대화 중이었다. 삶과 삶 사이, 수수께끼와 수수께끼 사이의 말없는 대화인 아담과 카인의 옛 대화였다.

91. 놀라운 편지

그 무렵 나는 놀라운 편지를 한통 받았다. 편지에는 놀라울 것 없는 물건 하나가 첨부되어 있었는데 편지 내용은 다음과 같다.

친애하는 나의 브라스 꾸바스

빠세이우 뿌블리꾸 광장에서 자네의 시계를 빌린 지도 꽤 되었군. 이 편지와 더불어 그것을 되돌려주게 되어서 기쁘네. 시계가 동일한 것이 아니라는 것이 차이점인데, 전의 것보다 더 좋은 것이라고 말하지 않겠네. 하지만 첫번째 시계와 비슷한 것이네. "선생님, 원하시는 게 뭡니까." 피가로가 말했지. "가난일세." 우리의 만남 이후 많은 일들이 일어났다네. 만일 나를 문전박대하지 않는다면 그것들을 자세하게 이야기해주겠네. 나는 이제 더이상 그때의 다 떨어진 장화를 신지 않네. 세월의 어둠속에서 끝단을 잃어버린 유명한 프록코트도 입지 않네. 써웅프랑시스꾸 계단의 내 자리는 양보했지. 드디어 나는 점심을 먹게 되었다네.

이참에 오랜 연구의 결실인 어떤 작품을 자네에게 보여주고 싶으니 조만간 시간을 내주면 고맙겠네. 일종의 새로운 철학체계인데 세상사의 기원과 완성을 설명하고 기술할 뿐만 아니라 제논과 세네카를 뛰어넘어 큰 걸음을 내딛는 것이라네. 제논과 세네카의 스토아 철학은 나의 도덕적 처방전과 비교하면 진짜 애들 장난이지. 나의 철학체계는 아주 놀라운 것일세. 인간의 정신을 바로잡고 고통을 억제하며 행복을 보장한다네. 그리하여 우리나라를 위대한 영광으로 가득 채울걸세. 나는 그것을 후마니티즘, 즉 '후마니타스'라고 부른다네.[54] 세상사의 원칙이지. 나의 첫번째 생각은 커다란 허황됨을 드러냈어. 그것을 거칠고 불편한 만큼이나 허황된 이름인 보르바를 따서 보르비즘이

---

[54] '후마니티즘'(Humanitismos)은 원문을 살려 표기했다. '인간적 교양' '인간다움'을 뜻하는 후마니타스(Humanitas)는 로마의 키케로가 이상적인 웅변가 양성을 기술하는 과정에서 사용한 용어로, 후마니티즘은 여기서 연유한 아시스의 조어이다.

라고 부를 거야. 그런데 그것은 확실히 본래보다 뜻을 덜 표현하는 것 같네. 친애하는 내 친구 브라스 꾸바스, 자네는 보게 될 거야. 내 철학 체계가 정말로 기념비라는 것을 말이야. 삶의 고통을 잊게 해주는 무언가가 있다면 그것은 진리와 행복을 마침내 움켜쥐었다는 기쁨이지. 이제 다루기 어려운 그 두가지 문제가 내 손안에 있어. 그토록 많은 세기 동안 투쟁, 연구, 발견, 분류, 실패가 있은 후 마침내 인간의 손안에 있게 되었지. 조만간 다시 보세, 사랑하는 나의 브라스 꾸바스.

너를 그리워하는 옛 친구
주아낑 보르바 두스 쌍뚜스

편지를 읽었지만 이해가 되지 않았다. 편지와 함께 멋진 시계를 담은 보석상자가 첨부되어 있었다. 그 시계에는 내 이름 이니셜과 함께 다음과 같은 글이 새겨져 있었다. '옛 친구 낑까스의 기념품'. 나는 편지로 돌아와 천천히 그리고 주의 깊게 다시 읽었다. 시계가 돌아온 것은 장난이라는 생각을 모두 배제시켰다. 명료함과 침착함 그리고 확신—물론 어느정도 우쭐대는 확신—들이 이것은 미친 짓이라는 의혹을 배제시키는 것 같았다. 분명 낑까스 보르바는 미나스제라이스 주에 사는 한 친척으로부터 유산을 물려받았으며 그로 인한 물질적인 부가 그에게 본래의 존엄성을 되돌려주었다. 많은 말을 하지는 않겠다. 완벽하게 변상될 수 없는 것들이 있지만 여전히 갱생이 불가능하지는 않다. 나는 편지와 시계를 보관하고 그 철학을 기다렸다.

92. 특이한 사람

나는 이제 막 놀라운 일들에 대한 이야기를 마쳤다. 편지와 시계를 보관하고 왔을 때 마르고 중간 키의 한 남자가 나를 찾아왔다. 그는 저녁식사에 나를 초대한다는 꼬뜨링의 메모를 가지고 왔다. 그 사람은 꼬뜨링의 누나와 결혼했으며 불과 며칠 전 북부지방에서 이곳으로 온 사람이었다. 그의 이름은 다마세누였으며 1831년 혁명[55]에 가담했었다. 그가 오분간의 틈을 이용하여 내게 한 말은 이랬다. 그는 섭정자와의 불화로 히우지자네이루를 떠났는데 그 섭정자는 그에게 봉사하던 장관들보다는 그나마 조금 덜 바보였다고 했다. 게다가 혁명은 다시 한번 일촉즉발의 상황이었다. 이러한 시점에서 비록 그 섭정자의 정치적 생각이 다소 뒤죽박죽이었음에도 불구하고 자신이 선호하는 자들로 정부를 조직하고 구성하는 데 성공한다. 이는 국가방위대의 깃털이 달린 헬멧으로 이루어진 — 다른 곳의 사람들이 말하듯 달콤한 말로 이루어진 것이 아닌 — 일종의 온건한 폭정이었다. 나는 단지 그가 한명, 세명, 서른명, 혹은 삼백명에 대한 폭정을 원했는지 아닌지 알지 못한다. 그는 여러 사안들에 대하여 의견을 피력했는데 그 가운데에는 아프리카 노예무역의 확대와 영국인들의 축출 문제도 포함되어 있었다. 그는 연극을 무척 좋아했다. 히우지자네이루에 도착한 직후 써

---

[55] 브라질이 독립한 1822년 이후 뽀르뚜갈의 왕세자였던 동 뻬드루(Dom Pedro)가 브라질 왕에 오르면서 입헌군주제가 실시된다. 하지만 이에 불만을 품은 자유파 세력이 반기를 들었고 결국 동 뻬드루 1세는 왕위를 포기하고 자신의 아들 동 뻬드루 2세를 남기고 유럽으로 떠나는데, 이 사건을 1831년 혁명이라 부른다.

웅뻬드루 극장에 갔으며 그곳에서 웅장한 연극 「마리아 조아나」와 매우 흥미로운 희극인 「케틀리, 혹은 스위스로의 귀향」을 보았다. 또 잘 기억이 나지 않지만 「사포」 또는 「안나 볼레나」에 출연했던 배우 데뻬리니를 무척 좋아했다. 하지만 깐디아니! 여러분, 그녀는 당연히 당대 최고의 배우였다. 이제 그는 「에르나니」를 듣고 싶었다. 그의 딸이 집에서 피아노에 맞춰 부르곤 하는 노래였다. "에르나니, 에르나니, 날 데리고 도망가주오……" 자리에서 일어나면서 그가 낮은 소리로 흥얼거렸다. 북부에서는 이런 것들이 메아리처럼 다가오곤 했다. 딸은 모든 오페라를 듣고 싶어 죽을 지경이었다. 딸은 아주 아름다운 목소리를 가지고 있었다. 그리고 감식안 또한 대단했다. 아! 그는 무척이나 히우지자네이루로 돌아오고 싶었다. 그는 이미 그리움에 젖어 도시 곳곳을 돌아다녔다. 정말이다! 몇몇곳에서는 울고 싶은 기분이 들었다. 하지만 그는 더이상 배를 타지 않을 것이다. 한명의 영국인을 제외한 모든 승객들처럼 그도 뱃멀미를 엄청 심하게 했다…… 악마가 영국인들을 데려가면 좋으련만! 하지만 그들 모두가 배를 타고 떠나지 않는 한, 결코 그것은 제대로 되지 않을 것이다. 영국이 우리에게 무엇을 해줄 수 있을까? 그가 몇몇 선한 의도를 지닌 사람들을 만날 수 있다면 그런 영국 놈들은 하룻밤 사이에도 쫓아낼 수 있을 것이다…… 다행히도 그는 애국심 ― 그 애국심이 가슴에서 뛰고 있다 ― 을 가지고 있었다. 그것은 놀랄 일이 아니었다. 왜냐하면 그는 옛날에 아주 애국자였던 어느 주지사의 자손이었기 때문이다. 그렇다. 그는 결코 가난한 하층 사람이 아니었다. 기회가 되면 그는 자신의 카누를 어떤 나무로 만들었는지 응당 보여줄 것이다…… 시간이 늦었지만 나는 저녁식사에 빠지지 않을 것이라고 말했다. 그는 나의 멋진 재담을 기대하고 있었다. 난 응접실 문까지 그를 배웅해주었다. 그는 멈춰서서 내게 커다란 호감을 가지고 있다고 말했다. 그가 결혼했을 때 나는 유럽에 있었다. 그는 강직했던 나의 부친을 알고 있었다. 쁘라이아그랑지에서 열린 어느 유명한 무도회에서 나의 부친과 춤을 추었다고 했다…… 허, 말도 많아! 나중에 얘기할 수도 있을 텐데, 늦은 시간이었다. 그는 꼬뜨링에게 나의 답변을 가져가야 했다. 그가 떠나고 나는 문을 닫았다……

93. 저녁식사

저녁식사가 얼마나 고통이었는지! 다행히 싸비나는 나를 다마세누의 딸 옆에 앉혔다. 도나 에우랄리아, 또는 좀더 가족적으로 냐롤로라 불리는 그녀는 매우 상냥한 아가씨였으며 처음에는 약간 부끄러움을 탔다. 단지 처음에만 그랬다. 그녀에겐 우아함이 부족했지만 눈으로 그것을 보완하고 있었다. 그녀의 눈은 자신감이 넘치긴 했으나 접시를 내려다볼 때를 빼고는 나에게서 눈을 떼지 않는 단점을 보였다. 하지만 냐롤로는 음식을 아주 조금만 먹어서 자신의 접시를 내려다볼 일이 거의 없었다. 밤이 되자 그녀는 노래를 불렀다. 부친이 얘기했듯이 "매우 사랑스러운" 목소리였다. 그럼에도 불구하고 난 눈길을 주지 않았다. 싸비나가 문까지 와서는 내게 다마세누의 딸에 대해 어떻게 생각하느냐고 물었다.

"그저 그래."

"아주 귀엽지 않아요?" 그녀가 빠르게 말했다. "애교는 조금 부족하지만 마음이 정말 착해요! 진주 같아요. 오빠한테 아주 잘 어울리는 신부예요."

"난 진주를 좋아하지 않아."

"어휴, 저 고집 좀 봐! 언제까지 총각으로 살 거예요? 언제 철들 거냐고요? 알았어요. 어쨌든 부자 오빠, 오빠는 원하든 원치 않든 냥롤로와 결혼해야 돼요."

그녀는 손가락으로 내 얼굴을 톡 치며 말했다. 비둘기처럼 온순한 동시에 위협적인 태도였고 단호했다. 오, 하느님! 이것이 우리가 화해한 이유인가요? 나는 그런 생각으로 마음이 약간 씁쓸했다. 하지만 불가사의한 어떤 음성이 나를 로부 네비스의 집으로 이끌었다. 난 싸비나와 그녀의 위협에 안녕을 고했다.

94. 비밀스러운 이유

"사랑하는 나의 마마 어떻게 지내요?" 언제나 그랬듯이 이 말에 비르질리아는 뿌루퉁해졌다. 그녀는 달을 보며 혼자 창가에 있었다. 나를 반갑게 맞이했지만 내가 우리의 아이를 언급했을 때 다시 뿌루퉁해졌다. 그녀는 이같은 암시를 좋아하지 않았다. 나의 앞선 부정父情이 그녀를 성가시게 한 것이다. 그녀는 나에게 이미 성녀였으며 성유 그릇이었다. 그런 내가 그녀를 침묵하게 만들었다. 처음에 나는 아직 모습을 알 수 없는 태아가 우리의 연애에 들어오면서 그녀가 죄책감을 느낀다고 생각했다. 내가 틀렸다. 비르질리아는 결코 다른 사람들이나 남편에 대해 말을 더 많이 하거나 속에 담아 두거나 고민하는 사람이 아니었다. 양심의 가책은 없었다. 나는 또 임신이 나를 그녀에게 묶어두는 하나의 발명품이자 방법이 될 수도 있다고 상상했다. 그러나 그것의 효능은 오래 지속될 수 없었고 아마도 그녀를 성가시게 하기 시작했다고 나는 생각했다. 이 추정은 사실무근이 아니었다. 나의 사랑스러운 비르질리아는 종종 품위있게 거짓말을 하곤 했다!

그날밤 나는 진짜 이유를 알았다. 그것은 출산에 대한 두려움이었으며 임신의 괴로움이었다. 첫아이의 출산 때 그녀는 매우 힘들었다. 생과 사를 오가던 그 시간은 그녀의 상상 속에서 교수대의 오싹한 감정을 불러일으켰다. 괴로움과 관련해 말하자면 임신은 그녀가 누리는 우아한 삶의 일정한 습관들을 강제로 앗아가는 복잡한 것이었다. 분명히 그런 것임에 틀림없었다. 나는 아버지의 권리로 그녀에게 약간의 잔소리를 하면서 이런 점을 그녀에게 납득시켰다. 비르질리아가 나를 응시하였다. 이어 눈을 돌리고 회의적인 미소를 지었다.

95. 과거의 꽃들

과거의 꽃들, 그것들은 지금 어디에 있는가? 비르질리아가 임신한 지 몇주가 지난 어느날 오후, 아버지가 되고 싶은 나의 꿈이 모두 무너져내렸다. 라쁠라스[56]가 한마리의 거북이와 구분되지 않던 그 시점에 태아가 사라져버린 것이었다. 나는 로부 네비스의 입을 통해 그 소식을 들었다. 로부 네비스는 나를 거실에 남겨둔 채 유산한 여인의 방으로 의사를 데리고 갔다. 나는 창가에 기대 농장을

---
[56] 프랑스의 천문학자이자 수학자.

바라보았다. 그 농장에는 꽃이 없는 오렌지 나무들이 푸르게 자라고 있었다. 과거의 꽃들은 어디로 갔는가?

96. 익명의 편지

누군가가 내 어깨에 손을 대는 걸 느꼈다. 로부 네비스였다. 우리는 잠시 말없이 침울한 모습으로 서로의 얼굴을 바라보았다. 나는 비르질리아에 대해 물었고 그뒤에 우리는 삼십분가량 대화를 했다. 대화가 끝나갈 무렵 그에게 한통의 편지가 전달되었다. 편지를 읽는 그의 얼굴이 매우 창백해졌다. 그는 떨리는 손으로 그 편지를 접었다. 나는 그가 내게로 달려들 듯한 몸짓을 취했다고 생각한다. 하지만 잘 기억이 나지 않는다. 내가 분명하게 기억하는 것은 그후 며칠간 그가 나를 차갑고 무뚝뚝하게 대했다는 것이다. 결국 그때로부터 며칠 뒤 강보아에서 비르질리아가 나에게 모든 걸 이야기해주었다.

그녀가 회복된 직후 남편은 그 편지를 보여주었다. 익명이었으며 우리를 고자질하는 내용이었다. 그 편지는 모든 것을 다 말하지는 않았다. 예를 들어 우리가 바깥에서 만나는 것에 대해서는 언급하지 않았다. 편지는 우리의 밀접한 관계에 대해 그에게 주의를 주는 것에 국한되어 있었다. 그리고 이러한 의심이 널리 회자되고 있다고 덧붙였다. 비르질리아가 그 편지를 읽고 분노하며 명예를 더럽히는 중상모략이라고 말했다.

"중상모략이라고?" 로부 네비스가 말했다.

"파렴치한 짓이기도 하고요."

남편이 한숨을 쉬었다. 하지만 그가 편지를 다시 보았을 때, 단어 하나하나가 자신의 손가락으로 그렇지 않다는 부정적인 신호를 보내고 있었고, 알파벳 하나하나가 아내의 분개에 맞서 소리 지르고 있는 것 같았다. 본래 겁이 없던 남편은 이제 가장 연약한 피조물이 되었다. 어쩌면 그의 상상은 그에게 저 유명한 여론의 시선을 보여주었을 것이다. 그 여론은 야비한 눈으로 멀찍이서 그를 빈정대듯 응시하고 있었다. 또 어쩌면 눈에 보이지 않는 어떤 입이 그가 과거에 들었거나 언급했던 암시들을 그의 귀에다 대고 반복했을 것이다. 남편은 그녀에게 다 용서할 테니 모든 걸 고백하라고 종용했다. 비르질리아는 자신이 안전하다는 걸 알았다. 비르질리아는 남편의 집요한 추궁에 화가 난 듯한 모습을 보였다. 그리고 나로부터는 우스갯소리와 예의상 하는 말만 들었노라고 했다. 그 편지는 불행한 어느 구혼자의 것임에 틀림없다고 말했다. 그리고 몇몇 그런 남자들—삼주간 그녀에게 드러내놓고 접근했던 남자와 그녀에게 편지를 썼던 또다른 남자 그리고 여러명의 다른 남자들—의 이름을 댔다. 그녀는 남편의 눈을 살피면서 상황 설명과 더불어 그들의 실명을 말했으며, 명예훼손의 여지를 주지 않기 위해 내가 돌아오지 않을 정도로 나를 대했다고 말을 마무리했다.

나는 마음이 약간 심란한 상태에서 이 모든 말을 들었다. 마음이 심란했던 까닭은 앞으로 로부 네비스의 집으로부터 완전히 멀어질 때까지 추가로 취해야 할 위장 행위 때문이 아니라, 비르질리아가 정신적으로 평온한 모습을 보였고, 그녀에게서 양심의 가책까지 포함하여 마음이 흔들리거나 예기치 않은 일로 놀라는 모습 그리고 이별 뒤에 있을 나에 대한 그리움들이 보이지 않았기 때문이었다. 비르질리아가 나의 그런 심정을 눈치채고 내 머리를 위로 들어올렸다. 그때 난 바닥을 보고 있었던 것이다. 그녀는 약간 고통스러운 듯 말했다.

"당신은 내가 당신을 위해 겪고 있는 희생들을 겪어야 할 이유가 없어요."

나는 아무 말도 하지 않았다. 약간의 절망과 공포가 어떻게 우리의 상황에 초기의 날들이 지닌 신랄함을 제공할지 생각해보라고 그녀에게 얘기하는 것은 소용없는 일일 것이다. 하지만 그녀에게 그 말을 한다면 그녀가 천천히 그리고 인위적으로 약간의 절망과 공포에 도달하는 게 불가능한 일은 아닐 것이다. 난 그녀에게 아무 말도 하지 않았다. 그녀는 발끝으로 바닥을 신경질적으로 찼다. 난 그녀에게 다가가 이마에 키스를 했다. 비르질리아는 그것이 마치 죽은 자의 키스인 양 뒤로 물러났다.

97. 입과 이마 사이

난 독자가 전율했음을—아니면 틀림없이 전율했음을—느낀다. 마지막 말은 분명 독자에게 서너번의 심사숙고를 하도록 했을 것이다. 상황을 잘 보시라. 강보아의 어느 작은 집에서 아주 오래전부터 서로 사랑하던 두사람 중 한사람이 다른 사람에게 몸을 숙여 이마에 키스를 하자 다른 사람이 시체의 입과 접촉하는 느낌을 받은 것처럼 뒤로 물러선다. 입과 이마 사이, 키스를 하기 전과 키스를 한 후의 짧은 틈에는 많은 것—위축된 유감스러운 마음, 불신의 그림자, 혹은 결국 창백하고 졸린 싫증난 코—들을 위한 아주 넓은 공간이 있다……

98. 삭제하다

우리는 밝게 헤어졌다. 난 그 상황을 받아들이며 저녁식사를 했다. 익명의 그 편지는 우리의 연애에 미스터리라는 소금과, 위험이라는 후추를 되돌려주었다. 어쨌든 비르질리아가 위기에서도 자제력을 잃지 않은 것은 천만다행이었다. 밤에 나는 써웅-뻬드루 극장에 갔다. 이스뗄라가 눈물을 왈칵 쏟아내는 위대한 연극이 상연되고 있었다. 극장에 들어서서 특별석을 쭉 훑어보았다. 그 특별석들 가운데 한곳에 다마세누와 그의 가족이 있는 것을 보았다. 딸은 새로운 우아함과 확실한 세련미를 갖춘 옷을 차려입고 있었다. 그 옷차림은 설명하기 어려운 부분인데 그 이유는 그 아버지가 수입이 충분치 않아 빚을 지고 있었기 때문이었다. 바로 그런 이유였을 것이다.

쉬는 시간에 나는 그들을 만나러 갔다. 다마세누는 많은 말들을 하며 나를 맞이했고 그의 부인은 많은 미소를 지으며 나를 맞이했다. 냥놀로는 나에게서 눈을 떼지 않았다. 저녁을 함께 했던 날보다 더 예쁘게 보였다. 난 그녀에게서 지상의 광택 나는 형태들과 결합한 천상의 어떤 부드러움을 발견했다. 애매모호한 표현이지만 하나의 장에서 서술할 만한 가치가 있는 자태였다. 그 장에서는 모든 것이 모호할 테지만 말이다. 따르뛰프가 간질이는 듯한 인상을 주는 세련된 드레스를 입고 있는 그 아가씨 곁에서 내가 기분이 나쁘지 않았다고 여러분에게 어떻게 말해야 할지 정말 모르겠다. 무릎을 정숙하게 완전히 가리고 있는 그 드레스를 바라보면서 나는 어떤 미묘한 발견을 했다. 정확히 말하면, 본성은 인간이라는 종種의 발전에 꼭 필요한 옷의 출현을 예견했다는 점이다. 개인의 작품과 개인에 대한 관심이 증가하기에, 습관적인 벌거벗음은 감각을 무디게 하고 성행위를 지연시킬 것이다. 이에 반해 옷은 본성을 기만하고 욕구들을 자극해 끌어내며 그것들을 활동적이게 하고 또 그것들을 재생산하여 결과적으로 문명으로 이끈다. 우리에게 오셀로를 준 신성한 관례[57]와 대서양 횡단 증기선들이여!

나는 이 장을 삭제하고 싶은 충동이 든다. 이것은 위험한 비탈길이다. 하지만 어쨌든 나는 나의 회고록을 쓰고 있는 것이지, 평온한 독자인 여러분의 회고록을 쓰고 있는 것은 아니다. 어여쁜 아가씨 곁에서 나는 양면적이면서 명확히 정의할 수 없는 어떤 느낌에 사로잡혔던 것 같다. 그 느낌은 빠스깔이 말한 이중성 즉 '천사와 야수'를 온전히 표현하고 있었다. 그 두 본성은 서로 아주 가까이 있는 반면에 얀선주의자였던 빠스깔은 두 성격의 동시성을 인정하지 않았던 것이 다르다면 다른 점이다.[58] '천사'는 천상의 무언가를 의미하고 '야수'는…… 아니다. 난 이 장을 확실히 삭제할 것이다.

99. 객석에서

객석에서 나는 몇몇 친구와 대화 중인 로부 네비스를 발견했다. 우리는 서로 어색한 분위기 속에서 피상적으로 냉정하게 말했다. 하지만 무대의 막을 올릴 준비를 하는 다음 휴식시간에 우리는 아

---

[57] 셰익스피어의 희곡 『오셀로』에서 오셀로가 이아고의 모략에 빠져 아내의 불륜을 의심하고 끝내 아내를 목 졸라 살해한 것을 말한다.
[58] 빠스깔은 인간을 천사와 야수의 중간적 존재로 보았다.

무도 없는 복도 한편에서 만났다. 그가 아주 다정하게 웃음을 지으며 내게로 왔다. 그는 나를 극장의 한 창가로 데리고 갔고 우리는 거기서 많은 얘기를 나누었다. 그가 주로 말을 했다. 그는 사람들 가운데 가장 평온해 보였다. 내가 부인에 대하여 묻자 그녀는 잘 있다고 대답했다. 하지만 털털하고 웃는 모습으로 우리의 대화를 일반적인 화제로 돌렸다. 그가 달라진 원인을 알고 싶다면 추측해보라. 나는 특별석의 문가에서 나를 염탐하고 있는 다마세누로부터 도망쳤다.

나는 연극의 다음 막을 전혀 듣지 못했다. 배우들의 말도, 관객의 박수소리도 전혀 듣지 못했다. 의자에 기댄 채 나는 로부 네비스와 나눈 대화의 세세한 내용들을 기억에서 끄집어냈다. 그리고 대화할 때의 그의 태도와 자세들을 재구성해보았으며 결국 새로운 상황이 훨씬 더 좋다는 결론을 내렸다. 우리에겐 강보아만으로 충분했다. 다른 집을 출입하는 것은 질투만 야기할 뿐이다. 엄밀히 말해, 우리는 매일 대화 없이 지낼 수 있었다. 차라리 그게 더 나았다. 사랑으로 되돌아가는 동안에 그리움을 끼워넣는 것이니까. 게다가 나는 사십 줄에 들어섰으며 아무것도 아니었고 지역의 단순한 유권자도 아니었다. 나는 비르질리아의 사랑을 위해서라도 무언가를 시급히 해야 했다. 그녀는 내 이름이 빛나는 것을 보고 으쓱할 것이 틀림없다…… 바로 그 순간에 요란한 박수갈채가 울려퍼졌다고 생각한다. 하지만 맹세할 수는 없다. 난 다른 것을 생각하고 있었다.

군중이여, 죽을 때까지 나는 그대들의 사랑을 갈망했다. 그렇게 나는 그대들에게 종종 복수했다. 아이스킬로스[59]의 작품에 나오는

---

[59] 고대 그리스의 비극 작가.

프로메테우스가 자신을 고문하는 자들에게 그랬듯이 나는 인간들이 내 시신 주변에서 웅성거리도록 내버려두었는데 난 그들의 말을 듣지 않았다. 나를 그대들의 경박한 행동과 무관심 또는 불안의 바윗덩어리에 쇠사슬로 묶으려 했던가? 끊어지기 쉬운 쇠사슬 같은 내 친구들. 나는 걸리버와 같은 몸동작으로 그 쇠사슬을 끊어버릴 것이다. 황야를 보기 위해서 나가는 것은 평범한 일이다. 육감적이고 기묘한 일은 인간이 제스처와 말, 불안과 열정의 바다 한가운데에 스스로를 고립시키는 것이다. 또 스스로를 얼빠진 사람, 접근이 불가능한 사람, 부재중인 사람으로 공표하는 것이다. 그가 다시 자기 자신이 되었을 때─즉 다른 사람이 되었을 때─사람들이 할 수 있는 최상의 말은 달나라에서 내려오라는 말이다. 하지만 달나라, 즉 뇌의 빛나고 신중한 다락은 우리의 정신적인 자유에 대한 경멸적인 긍정이 아니고 무엇이란 말인가? 신은 살아 있다! 이게 하나의 장章을 마무리하는 좋은 방법이다.

100. 있을 수 있는 일

만일 이 세상이 부주의한 정신들이 사는 곳이 아니라면, 내가 정말 특정 법칙을 가지고 있을 때에만 그 법칙을 주장한다는 걸 독자에게 상기시킬 필요는 없을 것이다. 다른 법칙들과 관련해서 나는 그것들의 가능성을 승인하는 것으로 나 자신을 국한할 것이다. 이 등급의 예는 현재의 이 장을 이루는 토대이다. 나는 사회현상에 대해 연구하기를 좋아하는 모든 이에게 이 장의 독서를 추천한다. 불가능한 것은 아니지만 얼핏 보기에 공적인 삶의 사건들과 사적인 삶의 사건들 사이에는 상호적이고 규칙적이며, 아마도 정기적인 어떤 작용 — 또는 이미지를 사용한다면 똑같은 바닷물이 밀려드는 플라멩구 해변과 다른 해변들의 조수와 유사한 어떤 것 — 이 존재하는 듯하다. 사실 파도가 해변을 덮칠 때 그 파도는 해변 안쪽으로 깊숙이 밀려들어와 퍼진다. 하지만 이 물은 가변적인 힘과 함께 바다로 되돌아가며 뒤이어 오는 파도와 합쳐져 더 크게 된다. 이 두번째 파도도 첫번째 파도처럼 바다로 되돌아갈 것이다. 이것이 그 이미지이다. 이제 그 적용을 보도록 하자.

나는 다른 페이지에서 주지사로 임명된 로부 네비스가 임명을 공표한 날짜가 13일이었다는 이유로 주지사직을 거부했다고 말한 바 있다. 이 심각한 행동은 주무장관과 비르질리아 남편의 관계를 깨트리기에 이르렀다. 이처럼 어떤 숫자를 불길하게 여기는 개인적인 일이 정치적 불화라는 현상을 낳은 것이다. 이제 시간이 흐른 뒤 정치적인 사건이 어떻게 개인의 삶에서 활동의 중지를 결정하였는지를 보는 일만 남았다. 다른 현상을 즉각 기술하는 것이 이 책의 방법론에 적합하지 않으므로 지금으로선 로부 네비스가 나와 극장에서 만난 지 넉달 뒤 주무장관과 화해를 했다는 사실을 말하는 것으로 국한하려고 한다. 이것은 독자가 내 생각의 미묘함을 꿰뚫어보고자 할 경우 시야에서 놓쳐서는 안될 사실이다.

101. 달마티아의 혁명

10월 어느날 오전 11시에서 12시 사이에 비르질리아는 남편의 정치적 변화 소식을 내게 전해주었다. 그녀는 나에게 여러 모임과 대화 들 그리고 연설에 대해서 얘기했다……

"그러니까 이번에 당신은 남작 부인이 되는 거야." 내가 말의 중간에 끼어들었다.

그녀는 입꼬리를 내리며 머리를 이리저리 움직였다. 하지만 그 무관심의 제스처는 덜 명확하고 덜 분명한 어떤 것, 즉 기쁨과 기대의 표현에 의해 반박되었다. 나는 그 이유를 모른다. 왕실의 임명장이 그녀를 좋은 쪽으로 이끌 수도 있었으리라 상상했다. 나는 그녀 내면의 미덕이 아니라 그녀 남편에 대한 고마움 때문에 말할 수 없었다. 그녀는 귀족생활을 진심으로 사랑했다. 우리 두사람의 인생에서 가장 혐오스러웠던 일 중 하나는 공사관 — 달마티아 공사관이라고 해두자 — 에 취임한 멋쟁이의 출현이었다. 그는 석달간 그녀와 연애를 했던 B. V. 백작이었다. 그는 좋은 가문의 진짜 귀족으로 외교적 기질을 가지고 있던 비르질리아의 생각을 약간 흔들어놓았다. 만일 정부를 전복하고 대사관들을 깨끗하게 쏠어비린 혁명이 달마티아에서 발생하지 않았더라면 내 인생이 어떻게 되었을지 알 수 없었을 것이다. 많은 피를 흘린 그 혁명은 고통스러웠고 또 가공할 만큼 무시무시했다. 유럽에서 배가 도착할 때마다 신문들은 혁명의 공포를 옮겨 실었고 얼마나 많은 피가 흘렀으며 죽은 자의 수는 얼마나 되는지 열거했다. 모든 사람들이 연민과 분노로 치를 떨었다…… 난 아니었다. 나는 마음속으로 그 비극을 축복했다. 그 비극은 내 구두 안에서 돌멩이 하나를 치워주었던 것이다. 그런 다음 달마티아 생각은 아주 멀어졌다!

102. 휴식

하지만 타인이 떠난 것을 기뻐했던 바로 그 사람은 그로부터 얼마 뒤 모종의 일을 저질렀다…… 아니, 난 이 페이지에서 그 일을 얘기하지 않을 것이다. 이 장은 나의 불만이 가라앉을 때까지 기다리도록 하자. 설명할 수 없는 어리석고 저질스러운 행동이 있었다…… 반복하건대 나는 이 페이지에서 그 사건을 얘기하지 않을 것이다.

103. 넋을 놓다

"안되지요, 선생님. 그건 안되지요. 죄송하지만 그건 안되지요."
도나 쁠라시다가 옳다. 어떤 신사도 자신의 여인이 기다리는 장소에 한시간이나 늦게 도착하지는 않는다. 난 숨을 헐떡이며 들어왔다. 비르질리아는 이미 떠나고 없었다. 도나 쁠라시다는 비르질리아가 아주 오래 기다렸으며 화가 나 울었고 나를 경멸할 것을 맹세했다고 했다. 그리고 다른 더 많은 얘기를 했는데, 쁠라시다의 목소리에는 눈물이 섞여 있었다. 그녀는 나에게 이아이아를 버리지 말라고 애원하면서 그렇게 하면 나에게 모든 걸 희생한 아가씨로선 너무나 불공평하다고 말했다. 그래서 난 그녀에게 실수가 있었다고 했다. 하지만 그렇지는 않았다. 그저 단순히 넋을 놓고 있었을 뿐이라고 생각한다. 말, 대화, 일화 등 그저 그런 것이었다. 단순히 넋을 놓고 있었던 것뿐이었다.

가엾은 도나 쁠라시다! 그녀는 진짜 속상해했다. 고개를 저으며 크게 숨을 쉬면서 이리저리 왔다 갔다 했고 창살을 통해 밖을 살피기도 하였다. 가엾은 도나 쁠라시다! 놀라운 솜씨로 옷을 입혀주었고 추울 때 얼굴에 입김을 불어주었으며 우리의 사랑의 욕구들을 진정시켜주곤 하던 그녀였다. 시간을 보다 즐겁고 짧게 만든 풍부한 상상력은 또 어떠했는가! 꽃과 사탕 — 맛있는 옛날 사탕 — 과 많은 웃음과 많은 보살핌, 웃음과 보살핌은 시간과 더불어 커져갔다. 그녀는 우리의 연애를 지켜주고 그것에 첫번째 꽃을 되돌려주기를 원했다. 우리의 믿음직한 측근이자 집사인 그녀는 그 어떤 것도 잊지 않았다. 그 어떤 것도…… 거짓말조차도 그랬다. 왜냐하면 그녀는 자신이 직접 목격하지도 않은 한숨과 갈망도 언급했기 때문이다. 심지어 근거 없는 비방도 그랬다. 언젠가 그녀는 나에게 어떤 새로운 사랑을 한다고 비방했다. "당신은 내가 다른 여자를 좋아할 수 없다는 걸 알잖소." 비르질리아가 내게 비슷한 말을 했을 때 내가 했던 답변이었다. 어떤 항변도 어떤 책망도 하지 않은 채 이 말 한마디로 슬픔에 잠긴 도나 쁠라시다의 근거 없는 비방을 사라지게 했다.

"좋아요." 십오분 뒤 내가 말했다. "나에겐 잘못이 전혀 없다는 걸 비르질리아도 인정하게 될 거요…… 지금 당장 그녀에게 내 편지를 전해줄 수 있겠소?"

"이아이아가 아주 슬퍼하고 있을 거예요! 보세요. 나는 아무도 죽는 걸 원치 않아요. 하지만 언젠가 박사님이 이아이아와 결혼하게 되면 그녀가 정말 천사라는 걸 아실 거예요!"

나는 얼굴을 돌리고 눈을 바닥으로 향했다. 나는 준비된 대답을 가지고 있지 않은 사람에게, 혹은 다른 사람의 눈동자를 정면으로 응시하기가 두려운 사람에게 이 동작을 추천한다. 그런 상황에서 어떤 사람은 『루지아다스』Lusíadas[60]에 나오는 8행시 한편을 읊조리는 걸 선호하고 다른 이들은 「노르마」Norma를 휘파람으로 부는 걸 택한다. 난 앞에서 말한 동작을 고수할 것이다. 이것이 더 간편하고 더 적은 노력을 필요로 한다.

사흘 뒤 모든 것이 설명되었다. 비르질리아가 그때 슬퍼서 흘린 눈물에 대하여 내가 잘못을 빌자 그녀가 약간 경탄했을 것이라고 나는 추측한다. 나는 속으로 그 눈물을 도나 쁠라시다가 지어낸 것으로 돌렸는지에 대해서는 기억할 수가 없다. 사실 비르질리아가 낙심한 것을 본 도나 쁠라시다가 눈물을 흘렸고 눈의 착각으로 그 눈물을 비르질리아의 눈에서 떨어지는 것으로 여겼을 수도 있다. 어찌 되었건 모든 것이 해명되었다. 하지만 용서된 것은 아니었다. 게다가 아주 잊힌 것도 아니었다. 비르질리아는 나에게 냉혹한 말을 했으며 헤어지자고 위협했다. 끝에 가서는 결국 자신의 남편을 칭찬했다. 맞는 말이었다. 그녀의 남편은 응당 그럴 자격이 있는 남자였다. 나보다 훨씬 나았고 섬세했으며 친절과 애정에 있어서는 완벽에 가까운 인물이었다. 이것은 내가 무릎 사이에 두 팔을 끼우고 앉아 바닥을 보는 동안 그녀가 한 말이었다. 그런데 바닥에는 파리가 자신의 발을 물었던 개미를 끌고 가고 있었다. 가엾은 파리! 가엾은 개미!

"당신은 한마디 말도 없네요. 전혀 할 말이 없나요?" 비르질리아가 내 앞에 서서 물었다.

"내가 뭘 얘기해야 하오? 이미 모든 걸 다 해명했잖소. 당신은 계

---

[60] 뽀르뚜갈 시인 까몽이스(Luís Vaz de Camões, 1524~80)의 서사시.

속 화를 내고 있소. 내가 뭘 얘기해야 하오? 내가 어떻게 생각하는지 아오? 내 생각에 당신은 지치고 짜증이 나 우리의 관계를 끝장내고 싶어하는 것 같소."

"바로 그거예요!"

화가 치민 그녀는 떨리는 손으로 모자를 썼다……"잘 있어요, 도나 쁠라시다." 그녀가 안쪽을 향해 큰 소리로 말했다. 그런 다음 문까지 가더니 문고리를 풀고 밖으로 나가려고 했다. 나는 그녀의 허리를 잡았다. "좋아, 좋아." 나는 그녀에게 말했다. 그래도 비르질리아는 밖으로 나가려고 안간힘을 썼다. 나는 그녀를 뒤에서 붙잡고 여기 있으라고, 그 일을 잊으라고 간청했다. 그녀는 문에서 물러나 긴 소파에 몸을 던졌다. 나는 그녀 옆에 앉아 달콤하고 겸손하고 우아한 말들을 마구 쏟아냈다. 나는 우리의 입술이 아주 얇은 한장의 명주천처럼 가까이, 아니면 그보다 훨씬 더 가까이 갔는지 어떤지 확신하지 못한다. 논란의 소지가 있는 문제이다. 분명히 기억하는 것은, 그런 혼란의 와중에 비르질리아의 귀걸이 한쪽이 바닥에 떨어졌고 그것을 주우려고 내가 몸을 숙였을 때 조금 전의 그 파리가 아직도 개미를 발로 끌면서 귀걸이 위로 오르고 있었다는 사실이다. 그래서 나는 금세기의 남자라면 응당 가지고 있는 천부적인 섬세함으로 내 손바닥에 고통받고 있는 그 한쌍을 올려놓았다. 나는 내 손에서부터 토성까지의 거리를 재었다. 그리고 그 보잘것없는 일화에 어떤 이해관계가 있을 수 있는지 나 자신에게 물었다. 만일 여러분이 이 일로 나를 야만인이라고 결론 내린다면 그것은 여러분이 오해하는 것이다. 왜냐하면 나는 두 곤충을 떼어놓기 위해 비르질리아에게 머리핀을 달라고 부탁했기 때문이다. 하지만 파리가 나의 의도를 간파하고는 날개를 펼쳐서 날아가고 말았다.

가엾은 파리여! 가엾은 개미여! 성서에서 말한 대로, 하느님 보시기에 좋았더라.[61]

104. 그였다!

나는 비르질리아에게 머리핀을 돌려주었고 그녀는 그 핀을 다시 머리에 꽂고는 나갈 준비를 하였다. 시간이 늦어 이미 3시였다. 모든 것은 잊히고 용서되었다. 떠나기에 적절한 순간을 엿보던 도나 쁠라시다가 황급히 창문을 닫고 소리쳤다.
 "아이고, 하느님! 저기 이아이아의 남편이 오고 있어요!"
 짧았지만 완벽한 공포의 순간이었다. 비르질리아가 드레스의 레이스 색깔처럼 변했다. 그녀는 방문으로 달려갔다. 격자문을 닫았던 도나 쁠라시다가 안쪽 문도 닫으려고 했다. 나는 로부 네비스를 기다릴 마음의 준비를 했다. 짧은 순간이 지났다. 정신이 돌아온 비르질리아가 나를 방으로 밀어넣었고 도나 쁠라시다에게 창으로 다시 돌아가라고 말했다. 신뢰하는 측근은 그녀의 말에 따랐다.
 바로 그였다. 도나 쁠라시다가 몹시 호들갑을 떨며 문을 열었다. "선생님께서 여기에 오시다니요! 이 늙은이의 집에 영광입니다요! 어서 들어오세요. 지금 여기에 누가 있는지 알아맞혀보세요…… 추측할 필요가 없겠네요. 다른 일로 여기 오신 것이 아닐 테니까요…… 이리 와요, 이아이아."
 한쪽 구석에 있던 비르질리아가 남편에게 달려가 안겼다. 나는

---
[61] 창세기 1장 31절.

열쇠 구멍을 통해 그들을 몰래 지켜보고 있었다. 로부 네비스는 창백하고 차가운 모습이었으며 격앙된 감정이나 분노 없이 천천히 거실로 들어왔다. 그리고 거실을 둘러보았다.

"여기에 무슨 일이에요?" 비르질리아가 큰 소리로 말했다. "여기에 뭣 하러 왔나요?"

"지나가는 길이었는데 도나 쁠라시다가 창가에 있는 걸 보았소. 그래서 인사하러 들른 거요."

"정말 고맙습니다." 그 여인이 서둘러 말했다. "이제 늙은 여자들이 아무 가치도 없다는 말을 하기만 해봐라…… 여기 보세요, 여러분! 이아이아가 질투하는 것 같네요." 그러고는 그녀를 여러차례 쓰다듬으며 말했다. "이 천사는 결코 쁠라시다 할멈을 잊은 적이 없어요. 오, 귀여운 것! 바로 자기 엄마 얼굴이에요…… 앉으세요, 선생님……"

"오래 있지 않을 거요."

"당신, 집으로 가는 길이에요?" 비르질리아가 말했다. "같이 가요."

"그럽시다."

"내 모자 줘요, 도나 쁠라시다."

"여기 있어요."

도나 쁠라시다는 거울을 가지고 와서 그녀 앞에 펼쳐주었다. 비르질리아는 모자를 쓰고 끈을 묶은 뒤 남편과 대화하며 머리를 만졌다. 남편은 아무 대답도 하지 않았다. 우리의 착한 도나 쁠라시다는 지나치게 조잘거렸는데, 이는 몸이 긴장하여 떨리는 것을 감추기 위한 방법이었다. 위기의 첫 순간이 진정되자 비르질리아는 완전히 제정신으로 되돌아왔다.

"이제 준비됐어요!" 그녀가 말했다. "잘 있어요, 도나 쁠라시다. 우리 집에 들르는 것 잊지 마세요, 알았죠?" 도나 쁠라시다가 그러 겠노라고 약속하면서 문을 열어주었다.

105. 창문들의 균등성

도나 쁠라시다가 문을 닫고 의자에 털썩 주저앉았다. 나는 즉시 방에서 나와 거리를 향해 두걸음 내딛었다. 비르질리아를 남편으로부터 떼어내기 위해서였다. 이는 그냥 말만 그럴 뿐이었다. 왜냐하면 도나 쁠라시다가 나의 팔을 붙잡았기 때문이다. 얼마 후 나는 내가 그렇게 말해서 도나 쁠라시다가 나를 붙잡았다고 생각하기에 이르렀다. 하지만 단순한 심사숙고만으로도, 방에서 십분 동안 숨어 있다가 나온 뒤에 할 수 있는 가장 순수하고 진심 어린 제스처가 그것 이외에는 달리 없다는 걸 충분히 알 수 있다. 이것은 51장에서 내가 발견하여 등식을 세우며 흡족해했던 저 유명한 창문들의 균등성 법칙 때문이다. 양심에 바람을 쏘이는 것은 필요한 일이다. 안방은 하나의 닫힌 창문이었다. 나는 밖으로 나가려는 제스처로 다른 창문을 열었고, 그래서 숨을 쉴 수 있었다.

106. 위험한 게임

숨을 쉰 뒤 나는 자리에 앉았다. 도나 쁠라시다가 거실에서 탄성과 눈물로 소란을 피웠다. 나는 아무 말 없이 그녀의 말을 들었다. 나는 내가 거실에 있고 비르질리아를 안방으로 밀어넣고 문을 닫았더라면 더 낫지 않았을까 혼자 생각했다. 하지만 곧 그것이 더 나빴을 것이라는 걸 깨달았다. 그렇게 했으면 의심을 확인해주는 셈이었을 것이고 화약에 불을 붙이는 꼴이 되었을 것이며 결국 여기는 피로 얼룩졌을지도 모른다…… 이렇게 하는 것이 훨씬 더 나았다. 하지만 이제 그다음엔? 비르질리아에게 무슨 일이 일어날까? 남편이 그녀를 죽이기라도 하는 건 아닐까? 때리거나 가두거나 쫓아내거나 그러는 것은 아닐까? 어두운 마침표와 쉼표 들이 아프거나 피곤한 눈의 영역을 통과하듯, 이러한 의문들이 나의 뇌를 천천히 관통하고 있었다. 그 의문들은 건조하고 비극적인 모습으로 왔다 갔으며, 나는 그것들 중 하나를 붙잡고 '너야, 너. 다른 것도 아닌 너야'라고 말할 수 없었다.

갑자기 검은 형상이 보였다. 도나 쁠라시다였다. 그녀는 안으로 들어가서 외투를 걸친 뒤 거실로 나와, 로부 네비스의 집에 다녀오겠다고 했다. 곧장 뒤이어 방문하면 그가 의심할 것이기 때문에 위험하다고 나는 그녀에게 경고했다.

"걱정 마세요." 그녀가 나의 말을 가로막으며 말했다. "내가 처리할게요. 그가 집에 있으면 난 안 들어갈 거예요."

그녀가 나갔다. 난 그녀의 성공과 향후 있을 결과들에 대해 곰곰이 생각했다. 어쨌거나 위험한 게임을 하는 것 같았다. 그래서 나는 모든 걸 훌훌 털고 잊어버릴 시간이 아닌지 자문했다. 나는 나 자신이 결혼에 대한 동경, 삶을 전진시키고 싶은 욕망에 사로잡혀 있음을 느꼈다. 왜 안되는가? 내 가슴은 아직 개척할 것을 가지고 있다. 나는 내가 순결하고 진지하며 순수한 사랑을 할 능력이 없다고는 느끼지 않는다. 솔직히, 불륜의 사랑이란 걷잡을 수 없고 현기증

나는 삶의 한 부분이다. 다시 말하면 예외적인 것이다. 이제 난 그것에 지쳤다. 가슴을 찌르는 양심의 가책을 느꼈는지도 모른다. 그것에 대해 생각하자마자 난 나 자신이 상상을 뒤따라가도록 내버려두었다. 나는 곧 내가 결혼하는 장면을 보았다. 유모의 무릎에서 잠자는 한 아기 앞에는 멋진 여성이 있었고 나는 그 옆에 있었다. 우리 모두는 그늘진 초록의 농장 안쪽에 있고 그 농장을 통해 푸른 하늘, 지극히 푸른 하늘 한조각을 쳐다보고 있었다……

107. 메모

"아무 일도 없었지만 로부 네비스는 무언가를 의심하고 있어요. 그는 아주 심각한 모습으로 아무 말도 하지 않아요. 방금 그가 나갔어요. 뚱한 얼굴을 하고 있던 남편이 아들 뇨뇨를 오랫동안 바라본 뒤 단 한번만 미소를 지어 보였어요. 남편은 나를 좋게도 나쁘게도 대하지 않았어요. 어떤 일이 벌어질지 몰라요. 신이시여, 제발 이 상황이 지나가도록 해주소서…… 아주 조심하세요. 당분간 아주 조심하는 게 필요해요."

108. 누구도 이해하지 못하다

바로 그것은 드라마였다. 셰익스피어의 비극적인 귓불이 바로 그것이다. 부분부분 휘갈겨 쓴 작은 종이쪽지, 손으로 찢어놓은 그것은 분석문건이었다. 난 이 장에서나 다른 장에서, 아마도 이 책의 나머지 부분에서 그것에 대한 분석을 하지 않을 것이다. 진창 속과 피와 눈물 속에서 그것을 해결해야 되기 때문에, 급히 씌어진 몇줄 속에 숨어 있는 냉정함과 통찰력 그리고 정신을 독자가 혼자 힘으로 포착하는 즐거움을 빼앗을 것인가? 달라진 두뇌의 폭풍우 같은 감정의 격변, 위장된 분노, 그리고 위축되어 깊은 생각에 빠진 절망을 포착하는 즐거움을 빼앗을 것인가?

나에 대해 말하자면, 내가 그날 그 메모를 서너번 읽었다고 말하면 여러분은 그걸 믿어야 한다. 사실이니까. 만일 내가 이튿날 점심을 전후하여 다시 또 읽었다고 말한다면 여러분은 그걸 믿을 가능성이 있다. 그건 진짜 사실이니까. 하지만 내가 마음이 흔들렸다고 한다면 여러분은 그 주장을 약간 의심할 것이며 증거 없이는 그 주장을 받아들이지 않을 것이다. 그때나 지금이나 나는 내가 겪은 것을 제대로 이해할 수 없다. 두려움이었으나 두려움이 아니었고 연민이었으나 연민이 아니었으며 허영이었으나 허영이 아니었다. 어쨌든 사랑이 없는 사랑, 그러니까 망상이 없는 사랑이었다. 그 모든 것이 아주 복잡하고 모호한 조합을 이루었다. 내가 이해하지 못한 것처럼 어쩌면 여러분도 이해할 수 없을 것이다. 내가 아무 말도 하지 않았다고 가정하자.

109. 철학자

내가 점심식사를 전후하여 그 메모를 읽었다고 알려져 있으므로 내가 점심을 먹은 것은 이미 알고 있는 상태이다. 이제 그 식사가 내 인생에서 가장 보잘것없는 식사 중 하나였다는 것을 말하는 일만 남았다. 달걀 하나, 빵조각 하나, 차 한잔이었다. 나는 이 최소의 상황을 잊지 않았다. 기억에서 지워진 많은 중요한 것들 가운데 그 점심만은 피해갔다. 주된 이유는 바로 나의 불행 때문일 것이다. 하지만 아니었다. 주된 이유는 바로 낑까스 보르바가 나에 대해 심사숙고한 것 때문이었다. 나는 그날 그의 방문을 받았다. 그는 나에게 근검절약이 후마니티즘을 이해하는 데 필요한 것은 아니며 철학을 실천하는 데에선 더더욱 필요하지 않다고 말했다. 철학은 탁자와 구경거리 그리고 사랑을 포함하며, 삶의 희열에 쉽게 순응하는 것이라고 했다. 아울러 정반대인 근검절약은 인간의 바보짓을 완벽하게 표현하는 어떤 금욕주의적인 경향을 가리키는 것일 수 있다고 했다.

"성 요한을 보게." 그가 이어서 말했다. "그는 도시에 살면서 편안하게 살을 찌우는 대신 황야에서 메뚜기를 먹으며 몸을 지탱했네. 유대교 사원에서 위선적인 바리새파가 살을 빼는 동안 말이야."

신이시여, 낑까스 보르바의 이야기를 말하는 걸 용서하소서. 나는 슬플 때 그를 만나 그의 이야기를 들었다. 길고도 복잡했으나 흥미로운 이야기였다. 내가 그의 이야기를 말하지 않을 거면 그에 대해 묘사할 필요도 없을 것이다. 하지만 그는 빠세이우 뿌블리꾸 공원에서 보았던 것과는 매우 다른 모습이었다. 나는 입을 다물고 있을 것이다. 단지 사람의 주요 특징이 얼굴이 아니라 옷이라면 그는 과거의 낑까스 보르바가 아니라 다른 사람이라는 것만 말하고자 한다. 나는 그가 법복을 입지 않은 고등법원 판사이자 군복을 입지 않은 장군이며 '적자'를 보지 않는 상인이라는 것만 말하고자 한다. 나는 그에게서 완벽한 프록코트, 새하얀 셔츠, 반질반질한 장화를 보았다. 과거의 쉰 듯한 목소리는 애초의 낭랑한 소리로 되돌아간 것 같았다. 제스처와 관련해서는, 과거의 생기있는 모습을 잃어버리지는 않았으나 더이상 중구난방이 아니었고 대신 어떤 방법을 따르고 있었다. 하지만 난 그것에 대하여 서술하고 싶지 않다. 예를 들어, 내가 만일 그의 가슴에 달려 있는 금단추, 장화의 가죽 재질에 대하여 얘기한다면 그것은 이미 어떤 서술을 시작하는 것이 될 것이다. 그래서 간결성을 위해 생략할 것이다. 여러분은 그의 장화가 에나멜 가죽이었다는 것을 아는 것에 만족하라. 그리고 그가 바르바세나에서 사는 나이 든 숙부로부터 여러 꽁뚜를 물려받았다는 것도 알아두라.

나의 정신, (여기서 나의 어린아이 같은 비교를 허용해달라!) 나의 정신은 그때 일종의 셔틀콕이었다. 낑까스 보르바의 이야기가 내 정신을 치자 그것은 허공으로 올라갔다. 그것이 떨어질 때쯤 비르질리아의 메모가 다시 치자 내 정신은 다시 허공으로 내던져졌다. 그것이 내려오자 빠세이우 뿌블리꾸 공원에서의 일화가 그걸 받아 똑같이 세게 효과적으로 다시 쳤다. 나는 나 자신이 천성적으로 복잡한 상황에 적합한 사람이 아니었다고 생각한다. 서로 반대되는 것들의 이러한 밀고 당기기는 나를 불안하게 만들었다. 그래서 낑까스 보르바와 로부 네비스 그리고 비르질리아의 메모를 같은 철학으로 돌돌 말아 아리스토텔레스에게 선물해버리고 싶은 마음이 들었다. 그럼에도 불구하고 우리의 철학자가 하는 말은 유익했다. 나는 무엇보다도 악의 잉태와 성장, 내부의 갈등들, 늦게 이루어진 항복, 진흙 사용법을 묘사하는 그의 관찰하는 재능에 탄복했다.

"이보게," 그가 말했다. "내가 써웅프랑시스꾸 계단에서 보낸 첫

날밤, 나는 그것이 가장 가벼운 깃털이라고 생각하며 밤새도록 잠을 잤네. 왠지 아나? 왜냐하면 나는 점차 거적침대에서 나무 간이침대로, 내 방에서 경찰서로, 경찰서에서 거리로…… 옮아갔기 때문이지."

맨 끝에 그가 자신의 철학을 선보일 참이었다. 나는 그만할 것을 부탁했다. "나 오늘 너무 정신없네. 자네의 말을 귀담아들을 수가 없네. 다음에 오게. 난 항상 집에 있으니까." 낑까스 보르바는 사악한 미소를 지었다. 아마도 나의 연애를 알고 있으리라. 하지만 더이상 아무 말도 하지 않았다. 단지 문간에서 다음과 같은 마지막 말을 남길 뿐이었다.

"후마니티즘으로 오게. 이것은 영혼들의 위대한 쉼터이고 영원한 바다일세. 난 그 바다에서 진리를 끌어내기 위해 잠수를 했네. 그리스인들은 우물에서 진리를 찾았지. 얼마나 천한 개념인가! 우물이라니! 그것 때문에 그들은 결코 진리를 발견하지 못했네. 그리스인이든 아류 그리스인이든 아니면 반^{反}그리스인이든 그 기나긴 인간의 씨리즈 모두 진리가 나오는 걸 보려고 그 우물에 몸을 굽혔지. 진리는 거기에 없었네. 그들은 노끈과 두레박을 허비했어. 개중에 겁 없는 몇몇은 우물 바닥으로 내려가 두꺼비 한마리를 가지고 돌아왔다네. 난 바다로 직행했네. 후마니티즘으로 오게."

110. 31이라는 숫자

일주일 후 로부 네비스가 주지사로 임명되었다. 나는 그의 임명이 다시 한번 13일에 공표되어 그가 거부하기를 애타게 기다렸다.

하지만 공표일은 31일이었다. 이 단순한 숫자의 역전이 그 숫자로부터 악마적 실체를 제거해버렸다. 삶의 탄력은 이토록 크도다!

111. 담벼락

뭘 위장하거나 숨기는 것은 나의 습관이 아니므로 이 페이지에서는 담벼락 사건에 대해 얘기할 것이다. 그들이 승선 준비를 하던 때였다. 나는 도나 쁠라시다가 있는 집으로 들어서서 탁자 위에 접혀 있는 작은 종이 한장을 보았다. 비르질리아가 쓴 메모였다. 그녀는 밤에 농장에서 나를 반드시 기다리겠노라고 했다. 그리고 다음과 같은 말로 끝을 맺었다. "담벼락은 골목길 쪽으로 낮아요."

난 불쾌한 몸짓을 취했다. 보통 때와는 달리 그 편지는 극도로 건방지고 잘못된 생각으로 씌어진 것이며 우습게 보이기까지 했다. 추문을 부추기는 것만이 아니라 비웃음까지 부추기는 것이었다. 나는 담벼락이 낮은 골목길 쪽에서 담을 뛰어넘는 상상을 했다. 막 담벼락을 뛰어넘으려 할 때 그곳을 지나가는 경찰에 의해 붙잡히는 걸 본다. 경찰은 나를 경찰서로 데려간다. 담벼락이 낮다니! 낮다는 게 뭐야? 비르질리아는 당연히 자신이 뭘 했는지 모른다. 벌써 후회하고 있을 수도 있다. 나는 종이를 바라보았다. 구겨졌으나 빳빳한 종이였다. 나는 내 연애의 마지막 전리품으로서 그것을 수만조각으로 찢어 바람 속으로 내던지고 싶은 강한 욕구를 느꼈다. 하지만 적절한 순간에 물러섰다. 자존심, 도주에 대한 부끄러움, 두려운 생각…… 가는 것 이외에는 다른 선택이 없었다.

"내가 간다고 그녀에게 말하시오."

"어디로요?" 도나 쁠라시다가 물었다.

"그녀가 나를 기다리겠다고 한 곳으로."

"나에겐 아무 말도 하지 않았는데요?"

"이 종이에 있잖소."

도나 쁠라시다는 눈을 동그랗게 떴다. "그런데 이 쪽지는 오늘 아침 선생님 서랍에서 발견했어요. 내 생각에……"

난 묘한 느낌이 들었다. 그 쪽지를 다시 읽고 보고 또 보았다. 사실 그것은 연애 초기에 받았던 비르질리아의 옛날 쪽지였다. 농장에서 만날 때 받았던 것으로 실제로 나는 담벼락을 뛰어넘었었다. 그 담벼락은 적당히 낮았다. 난 그 쪽지를 간직했다. 그리고…… 묘한 느낌이 들었다.

112. 여론

하지만 그날은 수상쩍은 움직임들이 있는 날이라고 씌어져 있었다. 몇시간 뒤 나는 오우비도르 가(街)에서 로부 네비스를 만났다. 우리는 주지사직과 정치에 대하여 얘기를 나눴다. 그는 우리 옆을 지나가던 첫번째 지인을 만난 것을 기회로 나에게 여러차례 작별인사를 건넨 뒤 떠났다. 나는 그가 위축되어 있었다고 기억한다. 숨기려고 애쓰는 위축이었다. 그 당시 나에게는 그가 겁을 먹은 것 ─ 그렇다고 나에 대한 두려움도, 자신에 대한 두려움도, 법에 대한 두려움도, 양심에 대한 두려움도 아닌 ─ 처럼 보였다. (나의 이러한 판단이 무모한 것이라면 비평가들의 용서를 구한다!) 바로 여론에 대한 두려움이었다. 각각의 구성원이 비난하고 판결하는 그 익명의 보이지 않는 법정이 로부 네비스의 의지에 정해진 한계치였다고 나는 생각한다. 아마도 그는 더이상 부인을 사랑하지 않을지도 모른다. 그래서 하고 싶은 대로 하는 그녀의 최근 행위들에 대해 무관심했을 수도 있다. 생각해보건대 (난 다시 한번 비평가들의 선의를 간청한다!) 사람들이 많은 개인적 관계를 깨듯 그도 자기 부인과 헤어질 준비가 되어 있었다고 나는 생각한다. 하지만 그의 인생을 모든 거리마다 끌고 다닐지도 모르고 그 사건에 대하여 세세한 청문회를 열지도 모르며 모든 상황과 이전의 일들, 귀납적 결론들, 증거들을 하나하나씩 그러모아 텅 빈 농장의 토론에서 그 내용들을 세밀하게 열거할지도 모르는 여론, 안방에서 벌어지는 일들에 아주 호기심이 많은 그 무시무시한 여론이 가정 파탄을 막았다고 나는 생각한다. 그와 동시에 그것이 그의 복수를 불가능하게 만들었다. 복수란 우리의 관계를 널리 퍼뜨리는 것이나 다름없을 것이다. 그는 부부간 결별도 하지 않은 채 내게 분노하는 모습을 보일 수 없을 것이다. 그래서 그는 이전과 똑같이 모른 척해야 했고, 추정컨대 똑같은 감정인 체해야만 했다.

그로서는 무척 힘들었을 거라고 나는 생각한다. 주로 그 무렵, 나는 그가 얼마나 힘들어하는지 보았다. 하지만 세월(이것은 내가 생각이 깊은 사람들의 관용을 기대하게 하는 또다른 요소이다)은 감각을 무디게 하며 또 세상사에 대한 기억을 지운다. 세월이 가시를 무디게 만들고, 그 일들에서 멀어지는 것이 아픈 데를 어루만져주며, 회고적인 의혹의 그림자가 적나라한 실체를 덮어버릴 것이라고 나는 추정했다. 결국 여론이 다른 이들의 연애로 조금 바빠졌을 것이라고 추정했다. 아들은 성장하면서 부친의 야망을 만족시키려고 노력할 것이다. 그리고 아버지가 보인 모든 애정의 상속자가 될 것이다. 그것과 외부활동 그리고 공적인 위신, 그다음에는 노년, 병, 쇠락, 죽음, 송가 한 곡, 부고가 이어지고, 피로 얼룩진 페이지는 하나도 없이 삶의 책은 닫힐 것이다.

113. 접착제

앞의 장에서 어떤 결론이 있다면, 그것은 여론이 가족제도를 위한 좋은 접착제라는 것이다. 내가 이 책을 끝내기 전에 이 생각을 발전시키는 것이 불가능하지만은 않다. 하지만 현재 상태로 가만히 두는 것 역시 불가능하지는 않다. 어쨌든 여러모로 여론은 좋은 접착제이며 가정 차원에서뿐만 아니라 정치 차원에서도 그러하다. 몇몇 보기 싫은 형이상학자들은 여론을 바보스럽고 통속적인 사람들이 만들어낸 단순한 생산물이라는 극단적인 생각에 이르곤 한다. 하지만 분명한 것은 그런 극단적인 생각이 그 자체로 해답을 갖고 있지 않을 때에라도 충분히 여론의 유익한 효과를 고려한 것이라는 점이며, 그래서 여론이 뛰어난 인간들의 걸작품 즉 다수의 걸작품이라는 결론을 내리게 될 것이라는 점이다.

114. 어떤 대화의 끝

"네, 내일이에요. 당신도 배를 타고 갈 거예요?"
"미쳤소? 불가능하오."
"그럼 잘 있어요!"

"잘 가오!"

"도나 쁠라시다를 잊지 마세요. 종종 찾아가봐요. 불쌍해요! 어제 우리에게 잘 가라고 했어요. 많이 울더군요. 내가 자신을 더이상 보지 못할 거라면서요…… 좋은 사람이에요. 그렇지 않아요?"

"물론이오."

"우리가 편지를 쓴다면 그녀가 받을 거예요. 이제 지금부터……"

"아마도 두해 정도 있겠지?"

"무슨 소리예요! 남편이 그러는데 단지 선거를 치를 때까지만 있는다더군요."

"그래? 그러면 곧 보겠군. 사람들이 우리를 보고 있으니 조심하오."

"누구 말이에요?"

"저기 소파에 있는 사람들 말이오. 이제 헤어집시다."

"나 힘들어요."

"하지만 그래야 하오…… 잘 가요. 비르질리아!"

"곧 봐요. 안녕!"

115. 점심

나는 그녀가 떠나가는 걸 보지 않았다. 하지만 정해진 시간이 다 가오자 아픔도 아니고 기쁨도 아니면서, 안도와 그리움이 같은 양으로 온전히 뒤섞인 감정을 느꼈다. 독자 여러분은 나의 이런 고백에 신경질을 부리지 마시라. 환상의 신경을 자극하기 위해서는 엄청난 절망에 고통스러워하고 눈물을 쏟고 점심도 먹지 않아야 할 것이다. 그것은 소설 같은 것일 수는 있어도 자서전은 아닐 것이다. 백 퍼센트 사실은 내가 점심을 먹었다는 것이다. 연애의 추억들로 마음을 다독이고 M. 프루동[62]의 진미들로 위를 다독이면서……

……내 시대의 늙은이들, 그대들은 혹시 파로스 호텔의 주방장을 기억하는가? 그곳 주인이 말한 바에 따르면, 그 녀석은 프랑스 빠리의 베리와 베푸르에서 일했으며 그뒤 몰레 백작과 로슈푸꼬 공작의 성에서 일했다고 한다. 그는 유명했으며 폴카 춤을 따라서 히우지자네이루로 왔다…… 폴카, M. 프루동, 띠볼리, 외국인들의 춤, 카지노 등은 그 시대의 가장 좋은 추억거리이다. 하지만 무엇보다도 그 주방장의 음식이 진미였다.

그 음식들은 그랬다. 그날 아침, 그 녀석은 우리의 대재앙을 이미 감지했던 것 같다. 솜씨와 기법이 그날만큼 적절한 적도 없었다. 품격있는 조미료! 부드러운 고기! 고상한 모양! 사람들은 그 음식을 입과 눈과 코로 먹었다. 난 그날의 계산서를 가지고 있지 않다. 비쌌다는 건 알고 있다. 아, 이 고통! 나는 내 사랑을 장엄하게 땅에 묻어야 했다. 사랑은 시간적으로나 공간적으로 저 바다 너머로 가버렸다. 그토록 공허하고 허망했던 사십여년의 세월과 함께 나는 거기 식탁의 모서리에 앉아 있었다. 나는 그 세월을 다시는 보지 못할 것이다. 왜냐하면 그녀가 돌아올 수도 있을 것이고 또 실제로 돌아왔다. 그런데 오후의 땅거미에게 아침의 향긋한 냄새를 주문한 자는 누구인가?

---

[62] 『빈곤의 철학』을 쓴 프랑스 철학자 삐에르 프루동(Pierre Proudhon)의 필명.

116. 옛 페이지들의 철학

나는 지난번 장의 끝이 너무도 슬퍼서 이 장을 쓰지 않을 수도 있었고, 조금 휴식을 취하여 정신을 가득 채우고 있는 우울을 씻어낸 뒤 쓸 수도 있었다. 하지만 아니다. 난 시간을 낭비하고 싶지 않다.

비르질리아가 떠난 일은 나에게 홀아비의 삶이 어떠한지 알게 해주는 사례로 남아 있다. 첫 며칠은 집에 틀어박혀 수에토니우스가 거짓말을 하지 않았다면 로마 황제 도미티아누스처럼 파리를 잡으며 지냈다. 나는 아주 독특한 방법으로 파리를 잡았다. 즉 눈으로 잡았다. 나는 양손에 책을 펼쳐 들고서 커다란 방 안쪽의 그물침대에 누워 파리들을 하나씩 잡았다. 그게 전부였다. 그리움, 야망, 약간의 권태, 그리고 고삐 풀린 많은 공상들. 사제인 나의 삼촌이 그 무렵에 사망했다. 두명의 사촌들도 그 무렵 사망했나. 난 마음이 흔들리지 않았다. 은행으로 돈을 가져가듯이 그들을 무덤으로 데려갔다. 다시 말해, 우체국에 편지를 가져가는 사람처럼 행동했다. 편지를 봉하고 작은 상자에 넣고 배달부에게는 그 편지들을 직접 전하라고 주의를 주었다. 또 그 무렵에는 꼬뜨링의 딸인 나의 조카 베낭시아가 태어났다. 몇몇은 죽고 몇몇은 태어났다. 나는 계속해서 파리를 잡았다.

나는 몇차례 마음이 흔들렸다. 서랍으로 가서 친구들, 친척들, 애인들의 옛 편지를 (심지어 마르셀라의 편지까지) 뒤적거렸다. 그리고 그 편지들을 모두 펼쳐 하나씩 읽으며 과거를 재구성해보았다…… 무지한 독자여, 만일 젊은 시절의 편지들을 간직하지 않는다면 옛 페이지들의 철학을 알게 될 날이 없을 것이다. 또 삼각모자에 아주 길쭉한 장화를 신고 아시리아인의 긴 수염을 달고 아나크레온[63]의 피리소리에 맞춰 저 멀리 그림자 속에서 춤을 추는 자신의 모습을 보는 기쁨도 누리지 못할 것이다. 젊은 시절 그대의 편지를 간직하라!

혹은 삼각모자가 그대에게 즐거움을 주지 않는다면 나는 꼬뜨링 집안의 어느 늙은 선원의 말을 인용할 것이다. 만일 그대가 젊은 시절의 편지를 간직한다면 그대는 '그리움의 노래'를 부를 기회를 얻을 것이다. 우리의 선원들이 원양에서 부르는 육지의 노래에 '그리움의 노래'라고 이름 붙이는 것과 같다. 시적인 표현으로서 이것은 그대들을 더욱 슬프게 만드는 어떤 것이다.

117. 후마니티즘

제3의 힘과 함께 두 힘이 나로 하여금 일상의 소란스러운 삶으로 되돌아갈 것을 강요했다. 바로 싸비나와 낑까스 보르바였다. 나의 여동생은 진짜 맹렬하게 냥롤로를 내 신붓감으로 밀어붙였다. 내가 깨달았을 때 난 그녀를 거의 품에 안고 있었다. 낑까스 보르바에 대해서 말하자면 그는 결국 나에게 후마니티즘이라는 철학체계를 선보였다. 그 철학체계는 여타 모든 철학체계를 무너뜨릴 운명을 지닌 것이었다.

"세상사의 원리인 후마니타스는 모든 인간들에게 배분된 인간 그 자체 이외의 다른 것이 아니야. 후마니타스는 세 단계가 있지.

---

[63] 고대 그리스의 서정시인.

'정지단계'는 모든 창조의 이전 상태를 의미하고, '확장단계'는 세상사의 시작을 의미하며, '분산단계'는 인간의 출현을 의미해. 한 단계가 더 있는데 그 단계는 '흡수단계'로서 인간과 사물들의 흡수 통합을 의미하지. 우주가 시작되는 '확장단계'는 후마니타스에 그 우주를 즐기라는 욕망을 제시하며 그로부터 생겨난 '분산단계'는 원초적 본질의 개별적 증식 바로 그것이라네."

이러한 설명이 내겐 아주 쉽지는 않았지만 낑까스 보르바는 그 이론을 깊게 발전시켜 그 철학체계의 개요를 알 수 있게 해주었다. 그가 나에게 설명하기를, 후마니티즘은 한편으로 브라만교에 연결되어 있는데, 좀더 정확히 말하면 후마니타스 몸체의 서로 다른 부분들을 통하여 인간들이 배분되면서 서로 연결된다는 것이었다. 하지만 그 인도 종교에서 단지 협소한 신학적, 정치적 의미만 가지고 있던 것이 후마니티즘 안에서는 개인적 가치의 대차법칙이었다. 이처럼 후마니타스의 가슴과 콩팥에서 비롯된 것, 다시 말해 어떤 '강한' 존재는 머리카락이나 코끝에서 비롯된 것과 똑같지가 않다. 그래서 근육을 배양하고 담금질할 필요성이 제기된다. 헤라클레스는 선행하는 후마니티즘의 어떤 상징 이외에는 아무것도 아니다. 이 점에서 낑까스 보르바는 만일 이교도가 신화의 육욕 부분을 멸시하지 않았더라면 진실에 도달할 수도 있었을 것이라고 말했다. 그런데 그같은 일이 후마니티즘에는 일어나지 않을 것이다. 이 새로운 교회에는 쉬운 모험도, 추락도, 슬픔도, 순진한 기쁨도 없을 것이다. 예를 들어 사랑은 하나의 고귀한 임무이며 재생산이자 의례이다. 삶은 우주의 가장 큰 혜택이고 거지는 죽음보다 비천한 삶을 선택하는 법이기 때문에, (후마니타스의 기분 좋은 투입이다) 사랑하는 경우와 거리가 먼 삶의 전파는 영적인 미사의 최고의 순간이다. 그러므로 진정으로 단 하나의 불행만이 있을 뿐인데, 그것은 태어나지 않는 것이다.

"예를 들어 내가 태어나지 않았다고 상상해보게." 낑까스 보르바는 계속해서 말했다. "그러면 난 자네와 대화하고 이 감자를 먹고 극장에 가는 기쁨, 이 모든 것, 한마디로 말해 삶의 기쁨을 누리지 못할 것이야. 내가 인간을 후마니타스의 단순한 마차로 만들지 않는다는 것에 주목하게. 아니지. 인간은 마차인 동시에 마부이고 승객이기도 해. 인간은 바로 축소된 후마니타스이지. 거기서부터 자기 자신을 숭배할 필요성이 제기돼. 내 철학체계의 우월성을 증명하는 어떤 증거가 필요한가? 질투를 잘 생각해보게. 질투의 감정에 대하여 격노하지 않을 그리스인이나 터키인, 기독교인이나 무슬림의 도덕주의자는 없네. 그 합의는 이두메아[64] 평원에서부터 치주까의 꼭대기까지 전세계적이네. 자, 이제 낡은 편견은 버리고, 낡은 수사학은 잊어버리게. 그리고 엄청 미묘하고 고상한 감정인 질투를 연구하게. 각각의 인간이 후마니타스의 축소판이라면 서로 반대되는 겉모양이 어떤 것이든 간에 분명한 건 어떤 인간도 근본적으로 다른 인간에게 반대되지 않는다는 거네. 따라서 예를 들면, 범죄자에 대해 형을 집행하는 사형집행관은 시인들의 공허한 아우성을 고양시킬 수 있네. 하지만 본질적으로 후마니타스 내부에서 후마니타스 법률에 대한 위반을 바로잡는 것은 후마니타스라네. 타인을 살육하는 개인에 대해서도 난 똑같이 말하겠네. 그것은 후마니타스의 힘을 표명하는 것이라고. 어떤 것도 그 역시 똑같이 살육되는 걸 (그리고 예가 있네) 막지 못해. 자네가 제대로 이해했다

---

[64] 에돔의 그리스어 지명으로 팔레스타인 사해 남부에 있음.

면 질투는 싸우고 있는 감탄 이외의 다른 것이 아니라는 걸 이해할 거야. 그리고 싸움은 인류의 중요한 기능이기에 호전적인 모든 감정은 인류의 행복에 가장 적절한 것들이지. 거기서부터 질투가 하나의 미덕이라는 말이 나온다네."

그의 주장을 뭣하러 부정하겠는가? 나는 깜짝 놀랐다. 의사표시의 명확함, 원칙들의 논리, 결과들의 엄격함 등 모든 것이 아주 위대한 것 같았다. 그래서 그 새로운 철학을 소화하기 위해 몇분간 대화를 중단할 필요가 있었다. 낑까스 보르바는 승리에 대한 만족감을 감추지 않았다. 접시에는 닭 날개가 하나 있었다. 그는 철학적인 고요함으로 그것을 물어뜯었다. 나는 이후 몇가지 반론을 제기했으나 너무 허약해서 그가 그것을 무너뜨리는 데는 많은 시간이 걸리지 않았다.

"내 철학체계를 잘 이해하려면 말일세," 그가 결론을 맺었다. "각각의 인간에게 배분되고 요약되어진 보편직 원직을 설대 잊지 않는 게 중요하다네. 우리가 후마니타스의 손가락들이 서로 부딪혀 나는 소리에 대해 말하는 것처럼, 재앙처럼 보이는 전쟁은 하나의 편리한 작전일세. 배고픔, (그리고 그는 철학적으로 닭의 날개를 뜯고 있었다) 배고픔은 후마니타스가 자신의 내장에 굴복한다는 증거이지. 하지만 나는 바로 이 닭 말고 나의 철학체계가 갖는 숭고함을 증명해줄 다른 서류 따위는 필요하지 않네. 이렇게 말해보자고. 이 닭은 앙골라로부터 수입된 아프리카 사람이 재배한 옥수수를 먹고 자랐어. 그 아프리카 사람은 태어나 성장한 뒤 팔렸지. 배에 그를 태우고 왔어. 그 배는 열명 혹은 열두명의 사람이 숲에서 베어낸 나무로 만들어졌지. 그 배는 돛으로 움직이는데 그 돛은 여덟명 혹은 열명의 사람이 짠 것이네. 물론 밧줄과 다른 항해장비들, 부품들은 계산에 넣지 않았네. 따라서 내가 방금 점심으로 먹은 이 닭은, 나의 식욕을 온전히 만족시키려는 유일한 목적을 위해 수행된 수많은 노력과 투쟁의 결과라네."

치즈와 커피 사이에서 낑까스 보르바는 자신의 철학체계가 고통의 파괴를 의미한다는 걸 나에게 보여주었다. 후마니티즘에 따르면 고통은 순전히 환영일 뿐이다. 어린아이는 몽둥이로 위협당할 때, 매를 맞기 바로 직전 눈을 감고 몸을 떤다. 그러한 '성향'은 유전되고 전파되어 인간의 환영의 기초를 이룬다. 물론 고통을 즉시 끝내기 위하여 그 철학체계를 채택하는 것은 충분하지는 못하나 필수불가결한 것이다. 나머지는 사물의 자연스러운 진화과정이다. 인간은 자신이 바로 후마니타스라는 것을 한번 확신하면, 어떤 고통스러운 감정을 차단하기 위해 원초적인 본질로 생각을 거슬러 올라가는 것 이외에 달리 할 것은 없다. 하지만 진화가 너무나 엄청나서 단지 수천년의 세월만 걸릴 뿐이다.

그로부터 며칠 후, 낑까스 보르바는 나에게 자신의 '대작'을 읽어주었다. 직접 손으로 썼고 네권으로 구성되어 있으며 각 권은 100페이지 분량이었다. 글씨는 작았고 인용문들은 라틴어였다. 마지막 권은 후마니티즘에 근거한 정치협약이었는데, 가공할 만큼 엄격한 논리를 품고 있어서 아마도 그의 철학체계 중 가장 지겨운 부분일 것이다. 그의 방법으로 사회가 재조직된다 해도 전쟁, 반란, 단순한 주먹질, 익명의 칼부림, 빈곤, 기아, 질병들이 제거되지는 않는다. 하지만 그러한 재앙들은 잘못 이해되었는데, 왜냐하면 그 재앙들은 내적인 본질이 외적으로 드러난 움직임에 지나지 않기 때문이다. 이 움직임은 보편적인 단조로움의 단순한 깨뜨림 이외에는 인간들에게 영향을 미치지 못하도록 되어 있다. 재앙의 존재가 인간의 행복을 막지 못할 것이라는 점은 분명하다. 하지만 미래에 그러한 재앙들(근본적으로 엉터리였던 생각)이 이전 시대의 협소한 구상에 부합할 때라도 그것 때문에 철학체계가 파괴되지는 않을 것이다. 그 이유는 두가지인데, 첫번째는 후마니타스가 창조적이면서 절대적인 본질이므로, 각각의 개인은 자신이 후대에 이어진다는 원칙에 희생함으로써 세상에서 가장 큰 기쁨을 발견하게 되기 때문이다. 두번째는 비록 그렇다고 하더라도 그것이 별이나 산들바람, 대추야자와 대황처럼, 오로지 인간의 재생산을 위해 창안된 지구에 대한 인간의 정신적인 힘을 축소시키지는 못할 것이기 때문이다. 그가 책을 덮으며 내게 말했다. 빵글로스는 볼떼르가 묘사한 것처럼 그렇게 바보는 아니었다고.

118. 제3의 힘

내가 소란스러움이라고 이름 붙인 제3의 힘은 자기를 드러내기 좋아하는 것, 특히 혼자서는 살 수 없는 것을 말한다. 군중은 나를 유혹하고 박수갈채는 나의 사랑이다. 만일 그 당시 고약에 대한 아이디어가 현실로 드러났다면, 누가 알겠는가마는, 난 일찍 죽지 않았을 것이고 유명인사가 되었을 것이다. 하지만 고약은 다가오지 않았다. 대신에 무언가의 안에서, 무언가와 더불어, 그리고 무언가를 위해 나를 흔드는 욕망이 내게 다가왔다.

119. 괄호

나는 여기서 내가 그 무렵에 썼던 많은 것들 중 최고의 여섯 문장을 괄호 안에 남기고 싶다. 그 문장들은 하품 나는 귀찮은 것이다. 그 문장들은 주제가 없는 연설에 제목으로 쓰일 수 있을 것이다.

* * *

이웃의 아픔은 인내심을 가지고 참아라.

* * *

시간을 죽여라. 시간이 우리를 매장한다.

* * *

마차꾼 철학자는 모두가 마차를 타고 다니면
마차에 대한 기호가 줄어들 것이라고 말하곤 했다.

* * *

너를 믿으라. 그렇다고 항상 타인을 의심하진 마라.

* * *

사람들은 보또꾸두 인디언이 나무판으로
치장하기 위해 입술을 뚫는 것을 이해하지 못한다.
이런 생각은 보석상의 생각이다.

* * *

네가 혜택을 제대로 받지 못한다고 화내지 마라.
삼층에서 떨어지는 것보다 구름에서 떨어지는 것이 더 낫다.

120. 억지로라도 데려오라

"안돼요, 오빠. 오빠가 원하든 원치 않든 이제 결혼해야 해요."
싸비나가 내게 말했다. 이 얼마나 아름다운 미래인가! 자식이 없는 노총각이라는 것.

자식이 없다! 자식을 갖는다는 생각이 나를 화들짝 놀라게 했다. 다시 한번 신비한 용액이 내 몸을 관통하며 흘렀다. 그래, 내가 아버지가 되는 게 필요하다. 독신생활은 그것만의 이점이 있다. 하지만 그 이점은 매우 적으며 고독의 댓가로 얻어진 것이다. 자식이 없다! 아니, 있을 수 없는 일이다. 난 모든 걸 수용하기로 마음먹었다. 다마세누와의 동맹까지도. 자식이 없다! 난 이미 낑까스 보르바를 매우 신뢰하고 있었기에 그를 만나러 갔으며 그에게 아버지가 되려고 하는 나의 심적인 동요를 털어놓았다. 그 철학자는 오들갑을 떨며 나의 말을 들었고 후마니타스가 나의 가슴속에서 요동치고 있다고 천명했다. 나더러 결혼하라고 부추기더니 문을 두드리는 초대손님이 몇명 더 있다 등의 말을 했다. 예수가 말했듯이 '억지로라도 데려오라'[65]였다. 복음서의 우화는 신부들에 의해 잘못 해석된 후마니티즘의 전조였다는 것을 증명하고서야 그는 자리를 떴다.

---
[65] 루가복음서 14장 23절.

121. 내리막길

석달이 지날 무렵 모든 것이 환상적으로 진행되었다. 내 몸을 관통하며 흐르는 그 용액, 싸비나, 아가씨의 눈, 그 부친의 열망은 나를 결혼으로 몰고 간 많은 자극제 중 일부였다. 비르질리아에 대한 기억이 이따금 문가에 나타났으며 그녀와 더불어 나의 얼굴을 거울에 비추던 한 검은 악마도 나타났다. 그 거울 속에서 나는 저 멀리 있는 눈물로 범벅이 된 비르질리아를 보았다. 하지만 이번에는 분홍빛의 다른 악마가 다른 거울을 가져왔는데 그 거울은 온화하고 광채가 나며 천사 같은 냥놀로의 모습을 비추고 있었다.

나는 세월이 지나가는 것에 대하여 말하고 있는 것이 아니다. 난 그것을 느끼지 못했다. 덧붙이건대, 오히려 나는 리브라맹뚜 언덕 위에 있는 성당에 미사를 보러 간 어느 일요일 그것들을 내던졌다. 다마세누가 까주에이루스에 살았기 때문에 나는 그를 따라 자주 미사에 참석하곤 했다. 예배당으로 이용되던 꼭대기의 오래된 저택을 빼면 그 언덕은 여전히 사람이 살지 않는 헐벗은 곳이었다. 팔짱을 끼고 냥놀로와 언덕을 내려오던 어느 일요일, 무슨 일이 벌어졌는지 잘 모르겠지만 나는 여기에 두해, 저기에 네해, 저 멀리 다섯해의 세월을 남겨두고 내려왔다. 그렇게 해서 언덕 아래로 내려왔을 때는 과거에 그랬던 만큼이나 아주 활기차게 단지 스무해만 내게 남아 있었다.

이제 어떤 상황에서 그런 일이 벌어졌는지를 알고 싶다면 여러분은 이 장을 끝까지 읽기만 하면 된다. 그녀와 그녀의 부친 그리고 나는 미사를 마치고 언덕을 내려오고 있었다. 언덕 중간쯤에서 우리는 한 무리의 사람들을 발견했다. 우리 옆에서 걷고 있던 다마세누는 그들이 무엇을 하는지 알아채고는 요란을 떨며 앞서갔고 우리는 그의 뒤를 따라갔다. 그리고 우리는 보았다. 모든 연령대, 모든 덩치, 모든 피부색의 사람들이 모여 있고 몇몇은 상의가 없이, 몇몇은 재킷, 또 몇몇은 누더기 같은 외투를 걸치고 있는 것을. 자세도 다양했는데 몇몇은 담벼락에 등을 기댄 채 엉거주춤 앉아 있었고 몇몇은 무릎에 손을 얹은 채 돌 위에 앉아 있었다. 이들 모두는 혼이 나간 듯 한결같이 중앙을 뚫어져라 바라보고 있었다.

"뭐예요?" 냥롤로가 내게 물었다.

나는 그녀에게 조용히 하라는 신호를 보냈다. 나는 조심스럽게 길을 열었고 모두가 나에게 길을 비켜주었다. 아무도 나를 알아차리지 못했을 것이다. 그들의 눈은 자신들이 둘러싸고 있는 장소 한가운데에 완전히 집중되어 있었다. 닭싸움이었다. 난 두마리의 싸움닭을 보았다. 눈이 불처럼 이글거리고 주둥이가 날카로우며 빗끝을 꼿꼿이 세우고 있는 두마리의 수탉이었다. 둘 다 피가 흥건한 벼슬을 흔들고 있었다. 각각의 가슴은 털이 뽑혀 다홍색이었다. 피곤이 그 닭들을 엄습하고 있었다. 그래도 두마리는 서로의 눈을 노려보며 주둥이를 위아래로 움직였고, 서로 한방씩을 주고받았으며, 열이 잔뜩 오른 상태에서 활기차게 싸웠다. 다마세누에게는 더 이상 아무것도 보이지 않았다. 그 광경이 그에게서 전우주를 제거해버린 것이다. 내가 그만 내려갈 시간이라고 해도 아무 소용이 없었다. 그는 대답도 하지 않았고 듣지도 않았다. 그는 닭싸움에 몰입해 있었다. 닭싸움은 그가 열광적으로 좋아하는 것이었다.

바로 그 순간 냥놀로가 나의 팔을 살며시 끌면서 그만 가자고 말했다. 난 그녀의 충고를 받아들여 그녀와 같이 아래로 내려왔다. 난 이미 언덕에는 사람이 살지 않는다고 말했다. 또 여러분에게 우리가 미사를 보고 오는 길이라고 말했다. 비가 왔다고 말하지 않았으니 감미로운 햇살이 내리쬐는 좋은 날씨였음이 분명하다. 햇살이 강했다. 너무나 강했기에 나는 곧 양산을 펼치고는 자루의 한가운데를 잡았다. 그리고 낑까스 보르바의 철학에 한 페이지를 추가하는 방식으로 그 우산을 기울였다. 후마니타스가 후마니타스에게 키스를 했다…… 이렇게 언덕 아래로 내려올수록 세월이 나로부터 빠져나갔다.

언덕 아래에 도착한 뒤 우리는 몇분간 다마세누를 기다리며 멈춰서 있었다. 얼마 지나지 않아 다마세누가 내기를 건 사람들에 둘러싸여 그들과 닭싸움에 대한 얘기를 주고받으며 내려왔다. 그들 중 내기 돈을 관리하던 사람이 10또스떠웅 지폐 뭉치를 배분하자 이긴 사람들은 두배로 즐거워하며 그것을 받았다. 각각의 수탉 주인은 자신의 겨드랑이에 닭을 끼고 내려오고 있었다. 그 두마리 중 한마리는 벼슬이 많이 뜯기고 피범벅이 된 상태여서 나는 거기서 패자의 모습을 보았다. 하지만 그것은 오해였다. 패자는 다른 닭이었다. 그 닭은 아예 벼슬이 없었다. 두마리 모두 초주검 상태가 된 채 입을 벌리고 힘겹게 숨을 쉬고 있었다. 그와는 반대로 내기꾼들은 닭싸움의 강렬한 충격에도 불구하고 즐거워하는 모습이었다. 그들은 싸움닭의 이력을 얘기하며 그 닭이 세운 역대 성과들을 다시 상기했다. 난 창피한 마음으로 걷고 있었다. 냔놀로는 훨씬 더 부끄러워하는 모습이었다.

122. 아주 세련된 의도

냥놀로를 당황하게 했던 것은 그녀의 부친이었다. 그가 내기꾼들과 쉽게 어울리는 모습은 그의 옛 습관과 사교적 친밀감을 돋보이게 하였다. 냥놀로는 그러한 부친이 나에게 품격이 없는 장인으로 비춰질까봐 우려했다. 그녀가 스스로 만든 차이점은 주목할 만한 것이었다. 그녀는 자신을 연구하고 나를 연구했다. 우아하고 세련된 삶이 특히 그녀를 매혹했다. 왜냐하면 그러한 삶이 우리의 개별성을 융합하는 가장 확실한 방법으로 보였기 때문이었다. 냥놀로는 관찰하고 모방하고 추측했다. 그와 동시에 가족의 열등함을 가리기 위해 무던히 애를 썼다. 하지만 그날 부친이 보인 열등한 모습이 너무나 커서 그녀는 아주 슬퍼했다. 난 그날 교양있는 말과 우스갯소리를 많이 하여 그녀의 마음에서 그 문제를 덜쳐내려고 했지만 노력이 헛되고 말았다. 그 어떤 노력도 그녀를 더이상 즐겁게 하지 못했다. 냥놀로의 의기소침과 낙심이 너무도 깊고 확연하여, 나는 내 마음속에 있는 두사람에 대한 분명한 분리 의사를 냥놀로에게 보여주기에 이르렀다. 이러한 감정은 상당히 고상한 것처럼 보였다. 우리들 사이엔 공통으로 지닌 유사점이 하나 더 생겼다.

"방법이 없어." 나는 혼잣말을 했다. "이 꽃을 저 늪에서 끌어낼 거야."

123. 꼬뜨링의 본모습

 마흔이 넘은 나이에도 불구하고 나는 가족 안에서의 조화를 사랑했던 만큼, 내 결혼문제를 꼬뜨링에게 먼저 말해야겠다고 생각했다. 나의 말을 들은 그는 친인척의 문제에 대해서는 개인 의견을 말하지 않겠다고 진지하게 대답했다. 만약 그가 냥놀로의 보기 드문 재능을 칭찬한다면 사람들은 그것에 어떤 의도가 숨어 있다고 생각할 수도 있다. 그래서 그가 입을 다물었을 것이다. 게다가 그는 자신의 질녀가 나를 진정으로 사랑한다고 확신을 하지만 만일 그녀가 나에 대한 조언을 구한다면 그는 부정적인 말을 할 것이다. 어떤 증오심 때문이 아니다. 오히려 그는 나의 좋은 면들을 높이 — 당연하지만 그는 충분히 칭찬하지는 않았다 — 평가한다. 그리고 냥놀로에 대해서는 그녀가 훌륭한 신붓감이라는 사실을 절대 부인하지 않을 것이다. 하지만 결혼에 대하여 충고한다는 것은 어려운 일이다.
 "그 문제에 대해 난 완전히 손을 씻었습니다." 그가 결론을 내렸다.
 "하지만 이전에는 내가 가능한 한 빨리 결혼해야 한다고 생각하지 않았는가?"
 "그건 다른 문제죠. 결혼을 하는 것은 필수불가결한 것입니다. 특히 정치적인 야망을 가지고 있다면 말입니다. 정치에 있어서 독신생활은 장애물이라는 걸 아셔야 합니다. 그렇지만 신붓감에 대해 난 공식적인 의견을 표명할 수도 없고 하고 싶지도 않으며 해서도 안됩니다. 제가 판단할 사항이 아니니까요. 싸비나가 말한 것을 보면 싸비나는 형님에게 어떤 암시를 주면서 너무 멀리 나아간 것 같더군요.

하지만 어떤 경우든 그녀는 나처럼 낭놀로와 피가 섞인 친척이 아닙니다. 보세요…… 그런데 아니…… 말하지 않으렵니다……"

"이야기해보게."

"아뇨. 아무것도 말하지 않으렵니다."

어쩌면 꼬뜨링이 지나치게 양심의 가책을 느끼는 것처럼 보일 수도 있다. 그는 자기 자신이 명예를 중시하는 성격의 소유자라는 걸 몰랐다. 나는 부친의 의지에 따르던 몇년 동안 그를 공정하게 대하지 못했다. 난 그가 모범적인 인물임을 인정한다. 사람들은 그를 인색한 사람이라고 주장한다. 나는 그들이 옳다고 생각한다. 하지만 인색하다는 말은 단지 어떤 미덕의 과장일 뿐이며 그 미덕은 예산과 같다. 즉 '적자'보다는 흑자가 낫다는 말이다. 그는 사고방식이 매우 건조했기 때문에 적이 많았으며 이 적들은 그를 야만인이라고 불렀다. 특별히 그의 적들이 증거로 꼽는 한가지 사실은 그가 노예들을 종종 지하 감옥으로 보내며, 노예들은 피를 흘리며 지하 감옥으로 내려간다는 것이었다. 하지만 그는 단지 사악하고 자주 도망을 치던 노예들만을 감옥으로 보냈다. 그는 그외에 장기간 노예 밀매를 하면서 그런 종류의 사업에서 요구되는 것보다 약간 더 가혹하게 노예를 취급하는 데 익숙해 있었으나, 그것은 순수한 사회적 관계의 결과일 뿐, 솔직히 그것을 한 인간의 본성 탓으로 돌릴 수는 없다. 꼬뜨링에게 연민의 정이 있었다는 증거는 자식에 대한 그의 사랑과 몇개월 뒤 그의 딸 싸라가 죽었을 때 그가 겪었던 고통에서 찾을 수 있다. 나는 그것이 반박의 여지가 없는 유일한 증거라고 생각지는 않는다. 그는 어떤 봉사단체의 회계였으며 여러 자선단체의 회원이기도 했다. 게다가 이런 단체들 중 한곳에서 그는 가입하지 않아도 되는 보충 회원이었다. 이것을 보더라도 인색하다는 악명은 그에게 맞지 않았다. 사실 그의 자선행위는 무위로 돌아가지 않았다. 그가 속한 자선단체(그는 이 단체의 감사였다)는 그의 유화 초상화를 제작했다. 물론 그가 완벽한 인물인 것은 아니다. 예를 들어 자신이 행한 이런저런 자선활동 소식을 신문사에 보내는 습관이 그러했다. 그 습관이 비난받을 수 있으며 칭찬받을 수 없다는 것에는 나 역시 동의한다. 하지만 그는 선행을 널리 알리면 전염성을 갖는다고 말하면서 자신의 행위를 합리화하곤 했다. 그가 말한 이유에 어떤 중요성이 있음을 부인할 수 없다. 나는 실제로 그가 이따금 다른 사람들의 자애심을 일깨우기 위해 그런 자선을 베풀었다고 생각한다. (이 부분에 있어서 나는 그에게 최고의 찬사를 보낸다.) 만일 그의 의도가 그러했다면 자선활동을 널리 알리는 광고가 '필요불가결한 것'이라고 솔직히 고백하는 것은 용기있는 일이다. 요약하자면 어느정도 주의를 기울였더라면 좋았겠지만 그는 그 누구에게도 빚 한푼 지지 않았던 것이다.

124. 사이

삶과 죽음 사이엔 무엇이 있는가? 하나의 작은 다리가 있다. 그럼에도 불구하고 내가 만일 이 장을 쓰지 않는다면 독자는 이 책의 결과에 해로운, 강렬한 심적 충격을 받게 될 것이다. 초상화에서 묘비명으로 비약하는 것은 실제적이고 흔한 행동일 수 있다. 하지만 독자가 이 책 속으로 피난한 이유는 삶을 회피하기 위해서이다. 이 생각이 내 것이라고 말하지는 않겠다. 단지 그 생각에 어느정도 진실이 있으며, 최소한 형식이 흥미롭다는 말은 할 수 있다. 반복하건대 이 생각은 내 것이 아니다.

125. 묘비명

> 열아홉살에 사망한
> 도나 에우랄리아 다마세나 지 브리뚜가
> 여기 잠들다.
> 그녀를 위해 기도할지어다!

126. 서글픔

묘비명이 모든 것을 말해준다. 여러분들에게 냥뇰로의 병과 죽음, 가족의 절망과 장례식을 서술하는 것보다 그 묘비명이 더 많은 것을 말해준다. 이제 여러분은 그녀가 사망했다는 걸 알게 되었다. 덧붙일 것은 그녀가 황열병이 국내에 처음 들어올 즈음에 사망했다는 사실이다. 나는 내가 무덤까지 따라갔으며 슬퍼하면서 그녀와 작별을 했지만 눈물을 흘리지 않았다는 점 외에 더이상 아무 말도 하지 않겠다. 어쩌면 나는 자신이 그녀를 진실로 사랑하지 않았을지도 모른다고 결론지었다.

이제 과도함이 어떻게 부주의로 이어질 수 있는지를 보라. 이리저리 사람을 죽이며 돌아다니더니 급기야 나의 아내가 될 젊은 아가씨마저 데려간 그 전염병에 대한 무지가 나의 마음을 약간 아프게 했다. 난 전염병의 필요성에 대해 이해할 수 없었다. 그녀의 죽음에 대해서는 더더욱 그러했다. 난 그녀의 죽음이 다른 모든 죽음들보다도 훨씬 더 황당한 일처럼 느껴졌다. 하지만 낑까스 보르바는 전염병이 일부 사람들에게 악몽이긴 해도 인간이라는 종에게는 유익하다고 내게 설명했다. 그것이 아무리 공포스러워도 아주 중요한 이점이 있다는 걸 내가 유념하도록 했다. 즉 대다수는 생존한다는 것이었다. 나는 주위 사람들이 상을 당해 슬퍼하는 상황에서 내가 끈질긴 흑사병을 피했다고 해서 어떤 은밀한 기쁨을 느낀 적이 있지는 않은지 자문하기에 이르렀다. 하지만 이 질문은 너무도 어처구니없는 것이어서 답변을 얻을 수가 없었다.

만일 내가 죽음에 대해 이야기하지 않는다면 칠일째의 미사에 대해서도 말하지 않아야 한다. 다마세누의 슬픔은 엄청났다. 그 가엾은 사람은 몹시 초췌해 보였다. 보름 후 나는 그와 함께 있었다. 그는 여전히 슬픔에 잠겨 있었으며 신이 자신에게 가한 큰 고통이 사람들이 그에게 가한 고통으로 더 커졌다고 말했다. 더이상은 아무 말도 하지 않았다. 삼주 후에 다시 그 문제가 언급되자 그는 돌이킬 수 없는 재앙이 정점에 이르렀을 때 친구들이 와서 위로해주었으면 했다고 털어놨다. 단지 열두명만이 사랑하는 딸의 시신과 함께 무덤까지 갔는데 사분의 삼은 꼬뜨링의 친구들이었다. 그는 팔십명에게 부고장을 발송했었다. 나는 그에게 전염병으로 인한 인명 손실이 너무 많아 조문객 수가 적었을 수도 있다고 말했다. 다마세누는 믿을 수 없다는 듯이 슬프게 머리를 저었다.

"말도 안돼!" 그가 고통스러운 신음소리를 냈다. "그들은 나를 저버렸어."

거기에 있던 꼬뜨링이 말했다.

"아저씨와 우리에게 진정 관심이 있는 사람들은 왔습니다. 형식적이었다면 팔십명은 왔을 것이고 정부의 무기력이나 약사들의 만병통치약, 집값이나 서로서로에 대해 얘기하다가 갔겠죠……"
 다마세누는 말없이 듣더니 또다시 고개를 저었다. 그리고 탄식했다.
 "그래도 왔어야지!"

127. 형식

 하늘로부터 어떤 작은 지혜, 즉 사물들의 관계를 발견하고 그것들을 비교하는 능력과 결론을 도출하는 재능을 받았다는 것은 매우 대단한 일이다! 나는 그러한 정신적 탁월함을 가졌다. 나는 아직도 무덤 깊은 곳에서 그것에 대해 감사를 드린다.
 사실 보통 사람은 다마세누의 마지막 말을 들었다 해도, 세월이 흘러 여섯명의 터키 아가씨들을 묘사하고 있는 판화를 볼 때면 그 말을 기억하지 못할 것이다. 그러나 나는 기억을 했다. 콘스탄티노플의 여섯명의 아가씨—모두 현대적이었다—는 외출복을 입고 있었는데, 두꺼운 천으로 얼굴을 완전히 가리지 않고 얇은 면사포로 단지 눈만 가리는 시늉만 했으므로 실제로는 얼굴 전체를 노출하고 있었다. 나는 무슬림의 영특한 이 치장이 재미있었는데, 이처럼 얼굴을 가려 미풍양속을 지키면서도, 얼굴을 가리지 않고 자신의 아름다움을 드러낸 것이다. 분명히 그 터키 여성들과 다마세누 사이에는 어떠한 관련성도 없다. 하지만 만일 당신이 생각이 깊고 통찰력이 있는 사람이라면, (난 당신이 그걸 부인하지 않을까 매우 걱정하고 있다) 양쪽의 경우에서 사회적 인간의 꼿꼿하면서도 부드러운 동반자 모습이 떠오르는 것을 알 것이다……

사랑스러운 형식, 너는 인생의 굵은 저음, 마음의 향기, 인간들 사이의 중재자, 땅과 하늘의 연결고리이다. 너는 어떤 아버지의 눈물을 닦아주고 어떤 예언자의 인내를 포착한다. 슬픔이 잠들고 양심이 부응하면 사람들은 네가 아닌 누구에게 그 엄청난 혜택을 빚질 것인가? 머리에 쓴 모자에 대한 존경은 영혼에게 아무것도 말해주는 바가 없다. 하지만 비위를 맞추는 무관심은 그것에 유쾌한 인상을 남긴다. 어떤 낡고 얼토당토않은 형식과는 정반대로, 이성은 생명을 죽이는 언어가 아니다. 언어는 생명을 준다. 정신은 논쟁과 의심과 해석의 대상, 그리고 결과적으로 삶과 죽음의 대상이다. 사랑스러운 형식이여, 그대는 다마세누의 평온과 무함마드의 영광을 위해 살지어다.

128. 하원에서

당신은 내가 다마세누의 말이 있은 지 두해가 지나 연방 하원에서 그 판화를 보았다는 사실에 주목하라. 당시 연방 하원은 한 의원이 예산위원회의 의견서를 두고 논쟁을 벌여서 매우 소란스러웠는데 그때 나는 연방 하원의원이었다. 이 책을 읽고 있는 사람에게 나의 만족감을 더 이야기할 필요는 없다. 그리고 다른 사람들에게도 마찬가지로 무익하다. 나는 하원의원이었으며 어떤 일화를 얘기하고 있던 동료와 편지봉투 곁에 연필로 연설자의 옆모습을 그리고 있던 다른 의원 사이에서 의자에 등을 기댄 채 그 터키 판화를 보았다. 연설자는 로부 네비스였다. 인생의 파도는 난파를 당한 선원들의 두 물병처럼 우리를 같은 해변에 데려다놓았다. 그는 원한을 가지고 있었고, 나는 양심의 가책을 가지고 있었다. 나는 지금 말하면서 잠정적이면서 의혹을 불러일으키는 형식, 또는 조건부적인 형식을 도입하고 있다. 이는 내각의 장관이 되려는 야망을 빼고 사실 난 아무것도 가지고 있지 않다는 사실을 말하기 위함이다.

129. 양심의 가책 없이

나는 양심의 가책이 들지 않았다. 만일 내가 적절한 화학기구를 가지고 있었더라면 난 이 책에 화학과 관련된 페이지 한장을 포함시켰을 것이다. 왜냐하면 아킬레우스가 트로이아의 성곽 주변에서 적의 시체를 끌고 다니며 시위를 한 이유, 그리고 맥베스 부인이 거실 주변에 자신의 핏자국을 내보이며 돌아다닌 이유를 분명하면서도 확실히 알기 위해서는 양심의 가책이라는 것을 가장 단순한 요소까지 분해해야 하기 때문이다. 하지만 나는 양심의 가책이 없었듯이 화학기구도 없었고, 장관이 되고 싶은 욕망을 가지고 있었다. 그렇다고는 해도 내가 이 장을 끝내려고 한다면 난 아킬레우스나 맥베스 부인이 되길 원치 않는다고 말해야 한다. 그리고 무언가가 되어야 한다면 맥베스 부인보다는 아킬레우스를, 핏자국보다는 승자가 되어서 시체를 끌고 다니며 시위하는 편을 택할 것이다. 종국에는 트로이아 왕 프리아모스의 애원이 들린다. 그리고 멋진 군사적, 문학적 명성을 얻는다. 나는 프리아모스의 애원을 듣지 못했지만 로부 네비스의 연설은 들었다. 그리고 양심의 가책이 들지 않았다.

130. 129장에 삽입함

로부 네비스의 주지사직 수행 이후 내가 비르질리아와 처음 얘기를 할 수 있었던 때는 1855년의 한 무도회에서였다. 그녀는 멋들어진 파란색 그로그랭 드레스를 입고 있었으며 과거와 똑같이 양 어깨가 불빛에 화려하게 빛났다. 젊은 시절의 신선함은 없었다. 그와는 반대였다. 하지만 여전히 아름다웠다. 밤에 돋보이는 중년의 아름다움이었다. 우리는 많은 얘기를 했지만 과거 일에 대해서는 한마디도 하지 않았던 것으로 기억한다. 얘기를 하지 않았지만 모든 것이 이해되었다. 그저 오래전에 나눴던 어렴풋한 말 한마디 또는 한번의 눈길 이외에는 아무것도 없었다. 잠시 후 그녀가 떠났고 나는 그녀가 계단을 내려가는 걸 보러 나갔다. 나는 뇌의 복화술로 (나는 이 야만적인 표현에 대해 철학자들의 용서를 빈다) 아주 과거 회상적인 말을 독백으로 중얼거렸는지도 모른다.

"정말 멋진 여자야!"

이 장은 129장의 첫번째 문장과 두번째 문장 사이에 삽입되는 것이 적당할 것이다.

131. 어떤 중상모략에 대하여

내가 뇌의 복화술 과정 ─ 단순한 의견일 뿐 양심의 가책은 아닌 것 ─ 을 통해 그것을 말한 직후 누군가가 내 어깨에 손을 얹는 것을 느꼈다. 난 등을 돌렸다. 명랑하면서도 태도가 약간 뻔뻔한 나의 옛 친구로 해군장교였다. 그는 심술궂게 미소를 지으며 내게 말했다.

"이 부랑자 녀석! 옛날 생각이 나는군. 안 그런가?"

"그래, 생각나네!"

"자네, 자연스레 직업으로 복귀했군."

"그만하게, 이 뻔뻔한 녀석!" 내가 손가락으로 그를 위협하며 말했다.

이 대화, 특히 마지막 답변은 지각없는 것이었음을 고백한다. 여성들도 지각없는 것으로 유명하기 때문에, 그리고 인간 정신에 대한 개념을 바로잡지 않은 채 이 책을 끝내고 싶진 않기에 나는 이것을 아주 즐겁게 고백한다. 불륜문제에서 남자들은 미소를 짓거나 차갑게 한 음절로 힘겹게 부인하는 반면, 상대 여성들은 똑같이 부인하면서도 모든 것이 중상모략일 것이라고 거룩한 성서에 맹세한다. 이러한 차이가 생기는 이유는 여성은 (101장의 추정과 여타 다른 추정들은 빼고) 사랑을 위해 헌신하기 때문이다. 즉 스땅달의 격정적인 사랑이든, 로마, 폴리네시아, 유럽 최북부의 라플란드, 남아공 카프라리아의 어떤 여성, 개화된 다른 인종 여성들의 순전히 육체적인 사랑이든 간에, 여성은 사랑을 위해 헌신한다. 하지만 남자는—난 교양있고 기품있는 사회의 남자를 말하고 있다—자신의 허영을 다른 감정과 결합시킨다. 그외에도 여성은 다른 남자를 사랑할 때 (나는 여전히 금지된 사랑을 말하고 있다) 의무를 저버리는 것 같다. 그리고 최고의 기교로써 그 사실을 숨기고 배신을 세련되게 한다. 그에 비하면 남자는 스스로가 위반의 원인이 되는 것과 다른 남자에 대해 승리자가 되는 것을 즐기며 정당하게 자부심을 느낀다. 그러고는 곧 덜 거칠고 덜 비밀스러운 감정으로 넘어간다. 그 좋은 허영, 그것은 장점의 빛나는 발산이다.

하지만 나의 설명이 진짜든 아니든 간에, 여성의 지각없음은 남성들이 창안한 하나의 속임수라는 것을 수세기 동안 이용할 수 있도록 이 페이지에 써서 남기는 것으로 나는 충분히 족하다. 최소한 사랑에 있어서 여성들은 무덤처럼 침묵한다. 여성들은 어설프고, 불안정하고, 제스처와 눈길에 저항할 줄 모르기에 빈번히 불행을 당한다. 세련된 정신을 지닌 위대한 여성, 나바라 왕국의 여왕이 모든 불륜의 사랑은 늦든 이르든 언젠가 필연적으로 드러나게 된다는 걸 말하기 위해 어디선가 다음과 같은 비유를 사용했던 것은 바로 이 때문이다. "아주 잘 훈련된 강아지가 없기에 결국 우리는 그 강아지가 짖는 소리를 듣지 못하는 것이다."

132. 진지하지 않은 것

나바라 여왕의 얘기를 인용하면서 나는 우리 국민들 사이에서 화가 난 사람을 볼 때 다음과 같이 묻는 게 관례라는 말이 떠올랐다. "여러분, 누가 당신들의 강아지를 죽였소?" 마치 "누가 당신의 사랑, 당신의 비밀스러운 불륜 등을 가져가버렸소?"라고 묻듯이. 하지만 이 장은 진지한 장이 아니다.

133. 엘베시우스[66]의 원칙

우리는 해군장교가 내게서 비르질리아와의 연애에 대한 고백을 이끌어낸 그 지점에 있다. 여기서 나는 엘베시우스의 이론을 수정—또는, 그렇지 않다면 설명—하고자 한다. 나의 관심은 침묵을 유지하는 것이다. 오래된 일에 대한 의혹을 확인해주는 것은 잊힌 증오를 들춰내는 것이자 추문을 야기하는 원천이 되며, 기껏해야 몰지각하다는 평판을 얻을 뿐이다. 그것이 바로 나의 관심사이고 내가 엘베시우스의 원칙을 겉으로라도 이해한다면 그렇게 할 수밖에 없다. 하지만 나는 이미 남성이 가지고 있는 몰지각에 합리성을 부여했다. '안전'이라는 관심사 이전에 다른 것, 즉 더욱 친밀하고 더욱 즉각적인 '허영'이라는 관심사가 있었다. 첫번째인 안전은 재귀적이고 이전의 어떤 삼단논법을 가정한다. 두번째인 허영은 자연발생적이고 본능적이다. 그것은 주체의 내부로부터 나온다. 결국 첫번째인 안전은 거리가 먼 효력을 가졌고 두번째인 허영은 가까운 효력을 가졌다. 결론은 엘베시우스의 원칙이 나의 경우에 있어서는 진실이라는 것이다. 차이점은 겉으로 드러난 관심사가 아니라 숨겨진 관심사였다.

---

[66] 프랑스 계몽주의 시기의 철학자.

134. 쉰살

내가 여러분에게 아직 말하지 않은 것이 있는데—하지만 지금 말할 것이다—그것은 비르질리아가 계단을 내려갔을 때 그리고 해군장교가 나의 어깨를 건드렸을 때 내가 쉰살이었다는 사실이다. 결국 계단 아래로 내려간 것은 위선과 이중성으로 변장한 나의 인생—또는 최소한 그것의 가장 좋은 부분, 즉 쾌락과 혼란 그리고 놀라움으로 가득 차 있는 부분—이었다. 하지만 일상적인 언어로 말한다면 어쨌거나 가장 잘나가는 인생이었다. 그렇지만 보다 숭고한 다른 언어를 사용한다면 가장 좋은 인생이란 그 이후 나머지 삶이었다. 나는 여러분에게 이 책의 얼마 남지 않은 페이지에서 이 부분을 말하게 된 것을 영광으로 생각한다.

쉰살! 난 그걸 고백할 필요가 없었다. 나는 이미 나의 스타일이 젊은 시절처럼 그다지 민첩하지 못함을 느끼고 있었다. 해군장교와의 대화가 끝나고 그가 어깨망토를 걸치고 나갔을 때 난 조금 슬펐음을 고백한다. 거실로 돌아와서 나는 폴카를 추었고 불빛과 꽃, 크리스털과 아름다운 눈, 그리고 개인적인 대화가 만들어낸 가벼우면서도 귀가 멍멍할 것 같은 와자지껄한 것들에 황홀해했던 것 같다. 난 후회하지 않는다. 난 회춘을 했다. 하지만 반시간 뒤인 새벽 4시 무도회장에서 나왔을 때 내가 마차에서 발견한 것은 무엇인가? 나의 지난 오십년이었다. 거기에는 고집스럽지만 추위에 웅크리지도, 류머티즘에 걸리지도 않은—그러나 피곤함에 꾸벅꾸벅 졸면서 침대와 휴식을 약간 탐하고 있는—세월이 있었다. 그때—졸리는 남자의 상상력이 어디까지 갈 수 있는지를 보라—

난 마차의 천장에 붙어 있던 박쥐가 내는 소리를 들은 것 같았다. 브라스 꾸바스 씨, 회춘은 방, 크리스털, 불빛, 비단—결국 다른 것—안에 있었소.

135. 망각

어떤 귀부인이 이 책을 쭉 읽어왔지만 이제 이 책을 덮고 나머지 부분을 읽지 않을 것이라는 느낌이 든다. 그녀로서는, 사랑이었던 나의 삶에 대한 관심이 사라진 것이다. 쉰살! 아직 유효기간이 끝난 것은 아니지만 더이상 신선한 것도 아니다. 십년이 더 지나면, 나는 한 영국인이 말했던 것을 이해하게 될 것이다. "중요한 것은 내 부모를 기억하는 사람들을 이제 찾지 않는다는 것이다. 그런 방식으로 나는 나 자신의 '망각'을 정면으로 바라보아야 한다."

그 이름을 작은 대문자로 쓴다. 망각! 마지막 시간을 함께한 확실한 사람, 그토록 멸시받으면서도 그토록 품위있는 사람에게 모든 영광이 주어진다는 것은 적절한 일이다. 현 정권의 여명기에 빛을 발했던 귀부인, 심지어 더 괴롭게도, 빠라나 내각[67] 기간에 만개한 자신의 매력을 보여주었던 그녀는 그것을 알고 있다. 왜냐하면 그녀는 승리에 더 가까이 있었으며 이미 다른 사람들이 그녀의 마차에 탔다는 걸 느끼기 시작했기 때문이다. 그래서 그녀가 자신에 대해 긍지를 가지고 있다면 이미 사장되거나 끝나가는 기억을 고집하지는 않을 것이다. 나아가 다른 사람들이 삶의 행진에 즐거운

---

[67] 동 뻬드루 2세 통치 시기인 1848~52년 사이에 존재했던 빠라나 백작 중심의 내각을 일컫는다.

마음으로 그리고 빠른 걸음으로 참여할 때, 그녀는 오늘의 표정에서 어제의 표정에서 지은 것과 똑같은 인사를 찾지는 않을 것이다. "세월은 변한다."[68] 그녀는 회오리바람이 바로 그렇다는 것, 그리고 그것이 예외도 연민도 없이 숲의 나뭇잎과 길가의 누더기 옷을 가져가버린다는 것을 이해할 것이다. 그리고 그녀에게 만약 약간의 철학이 있다면 자신의 마차를 취한 여성들에게 질투하지 않고 유감을 느낄 것이다. 그 이유는 그녀들 역시 마부인 '망각'에 의해 그 마차에서 내릴 것이기 때문이다. 구경거리, 그것의 목적은 아주 귀찮은 듯 돌고 있는 토성을 즐겁게 하는 것이다.

136. 무익함

하지만 내가 실수를 하고 있는 것이 아니면 방금 쓸모없는 장章을 마친 것이다.

137. 군인모

그게 아니다. 이것은 내가 이튿날 낑까스 보르바에게 말했던 깊은 생각들을 요약하고 있으며, 내가 낙담을 느낀 사실을 추가하고 있다. 또한 수만가지 슬픈 이야기들을 요약하고 있다. 하지만 그 철학자는 자신이 가지고 있는 고상한 사리분별로, 내가 우울함의 치

---

[68] Tempora mutantur.

명적인 경사면을 미끄러져가고 있다고 큰 소리로 말했다.

"친애하는 브라스 꾸바스. 그런 증상들에 지지 말게. 젠장! 남자처럼 굴어! 강해지라고! 싸워라! 이겨라! 빛내라! 영향력도 행사하고 지배해야지! 쉰은 과학과 정부에서나 쓰는 나이라네. 힘내게, 브라스 꾸바스. 멍청한 사람처럼 굴지 말게. 쇠퇴에서 쇠퇴로, 꽃에서 꽃으로 계속 이어지는 것이 자네와 무슨 상관이 있어? 인생을 맛보도록 노력해. 그리고 가장 나쁜 철학은 강가에 누워 쉼없이 흘러가는 물줄기를 보며 한탄하는 울보들의 철학이라는 걸 알아두게. 강물의 의무는 결코 멈추지 않는 것일세. 자네도 그 법칙에 적응해보게. 그리고 그 법칙을 이용하도록 애써보게."

위대한 철학자가 가지고 있는 권위의 가치는 아주 세세한 것에서 찾을 수 있다. 낑까스 보르바의 말은 당시 도덕적, 정신적 무기력 상태에 있던 나를 뒤흔드는 특별한 미덕을 가지고 있었다. 그래, 좋아! 정부에 들어가자고! 지금이 적기야! 나는 그때까지 중요한 토론에는 간여하지 않았다. 나는 아첨과 차 접대, 위원회, 표 등으로 주무장관직을 노렸다. 하지만 장관직은 다가오지 않았다. 연설할 기회를 잡는 것이 급선무였다.

나는 천천히 시작했다. 사흘 뒤 법무부의 예산이 토론에 부쳐지자 그 기회를 이용하여 장관에게 점잖게 국가수비대의 모자 크기를 줄이는 것이 유익하다고 생각하지 않느냐고 물었다. 질문의 대상이 미치는 범위가 크지는 않았다. 하지만 비록 그렇다고는 해도 나는 그 질문을 통해 내가 국가기관에 있는 한사람의 숙고를 받을 만한 가치가 없지 않음을 보여주었다. 군대의 작고 둥근 방패를 보다 큰 방패로 바꿀 것을 명령하고 또 같은 방식으로 지나치게 가벼운 창도 바꿀 것을 명령한 필로포이멘[69]의 말, 그러니까 역사는 페이지의 엄숙한 행에서 발견할 수 없다는 말을 나는 인용했다. 우리나라 군인들의 모자 크기는 우아하지 못할 뿐만 아니라 비위생적이기 때문에 싹둑 자를 필요가 있었다. 뙤약볕에서 행진을 할 경우 그 모자에 의해 야기된 열기가 지나쳐서 치명적일 수 있었다. 머리를 선선하게 하라는 말이 히포크라테스의 가르침인 만큼, 제복을 입힌다는 단순한 생각으로 시민에게 건강과 생명 그리고 결과적으로 한 가정의 미래를 위험에 빠뜨리는 일을 강요하는 것은 잔인한 처사로 보였다. 하원과 정부는 국가수비대가 자유와 독립의 지지대임을 명심해야 한다. 그리고 힘겨운 무상 봉사에 빈번히 동원되는 시민은 가볍고도 멋들어진 제복 착용을 주장함으로써 자신의 부담을 줄일 권리가 있다. 나는 군인모가 무거워 시민의 머리를 짓누르고 있으며 국가는 권력 앞에서 당당하면서도 엄숙하게 얼굴을 들 수 있는 시민을 필요로 한다고 덧붙였다. 그리고 다음과 같은 생각을 제시하며 결론을 맺었다. 자신의 가지를 땅으로 기울인 수양버들은 공동묘지의 나무이며 꼿꼿하고 견고하게 서 있는 야자나무는 사막과 광장 그리고 정원의 나무라고.

 이 연설에 대한 인상은 다양했다. 입을 쩍 벌어지게 할 정도로 설득력이 있으면서도 부분적으로 문학적이며 철학적이었던 연설의 형식에 대해서는 주변 사람들의 의견이 똑같았다. 모두들 완벽했으며 군인모를 두고 아직까지 그토록 많은 생각을 한 사람은 없었다고 했다. 하지만 정치적인 부분에 대해서는 많은 사람들이 개탄스럽다고 했다. 몇몇은 나의 연설이 의회의 재앙이라고 했다. 결국 다른 의원들이 나를 반대파로 간주하고 있다는 말이 돌았다. 그

---

69 플루타르코스 『영웅전』에 나오는 아카이아의 군인정치가.

리고 그들 중에는 하원의 야당의원들도 포함되어 있었는데 그들은 나에 대한 불신임 투표가 적절한 시기임을 시사하기까지 했다. 나는 그러한 해석을 강력히 거부했으며 그러한 해석이 잘못된 것일 뿐만 아니라 내각에 대한 나의 기본적인 지지의 관점에서 보았을 때 중상모략이라고 반박했다. 나는 또 군인모의 크기를 줄여야 할 필요성이 그다지 크지 않으므로 굳이 몇년을 기다릴 필요는 없다고 덧붙였다. 어쨌든 나는 모자를 잘라내는 한도에 대해서는 양보할 준비가 되어 있었는데, 사분의 삼 인치나 그 이하에도 만족할 수 있었다. 비록 내 아이디어가 채택되지 않을지라도, 의회에서 그 아이디어가 논의되기 시작한 것으로 족했다.

하지만 낑까스 보르바는 어떤 제한도 하지 않았다. 저녁을 같이 하면서 그는 "난 정치적인 사람이 아닐세. 자네가 올바른 일을 했는지 아닌지 난 몰라. 하지만 멋진 연설을 했다는 건 알고 있네"라고 했다. 그는 이어서 내 연설 가운데 가장 두드러진 부분, 즉 위대한 철학자에게 잘 어울리는 겸손한 칭찬을 곁들인 강력한 주장들을 언급했다. 그다음 군인모 문제를 자신의 관점에서 해석하였다. 그는 군인모에 대하여 아주 강력하면서도 현명하게 공격하여 결국 그것이 지니고 있는 위험성을 나에게 실질적으로 설득했다.

138. 어느 비평가에게

존경하는 비평가에게

몇 페이지 전에 나는 쉰살이 되었다고 말하면서 다음과 같이 덧붙였습니다. "나는 이미 나의 스타일이 젊은 시절처럼 그다지 민첩하지 못함을 느끼고 있었다." 나의 현 상태를 아시면서도 이 문장이 이해되지 않는다고 생각하시는 것 같습니다. 하지만 나는 당신에게 그러한 생각이 지닌 미묘함에 대해 주의해줄 것을 요청합니다. 내가 말하고 싶은 것은 지금 내가 이 책을 시작했을 때보다 더 늙었다는 것이 아닙니다. 죽음 자체는 나이가 들지 않지요. 내 삶을 서술하는 각각의 단계마다 나는 그에 상응하는 느낌을 경험합니다. 오, 신이시여! 내가 모든 걸 설명해야겠군요.

139. 내가 어떻게 장관이 되지 못했는가

140. 앞 장이 설명하는 것

침묵함으로써 더 잘 전달할 수 있는 것들이 있다. 앞 장의 내용이 그러하다. 실패한 야심가들은 그것을 이해할 수 있을 것이다. 몇몇 사람들이 말하듯이, 만일 권력에 대한 열정이 다른 모든 열정들보다 강하다면 내가 하원의원직을 상실했던 날의 절망과 고통 그리고 의기소침을 상상해보라. 나의 모든 희망들이 사라졌다. 정치경력도 끝났다. 그런데 낑까스 보르바가 자신의 철학적인 귀납법으로 나의 야망은 즉흥적인 것이자 여유있게 살고자 하는 욕망일 뿐, 권력에 대한 진정한 열정은 아니었다고 생각한 것에 주목하라. 그의 의견에 따르면 이러한 감정은 다른 감정보다 더 깊지 않으면서도 훨씬 더 괴로운데 그 이유는 자수와 머리 장식에 대한 여성들의 사랑과 가깝기 때문이라는 것이다. 그는 덧붙이기를, 크롬웰이나 보나빠르뜨와 같은 사람들은 권력에 대한 열정이 불타올랐다는 바로 그 이유 때문에, 우측 계단을 통해서든 좌측 계단을 통해서든 멋진 힘에 의해 거기에 이르렀다고 한다. 나의 감정은 그렇지 못했다. 나의 감정은 스스로 동일한 힘을 갖지 못했으며 결과에 대한 확신도 없었다. 그 때문에 가장 큰 고통과 환멸 그리고 슬픔이 비롯된 것이다. 후마니티즘에 따르면 나의 감정이란……

"그딴 후마니티즘은 집어치우라고." 나는 그의 말을 가로막았다. "나에게 아무것도 갖다주지 않는 철학들에 아주 넌더리가 난다네."

엄청난 권위를 가진 철학자와 얘기하면서 그런 식으로 불쾌하게 말을 가로막는 행위는 모욕과 다를 바 없었다. 하지만 그는 나의 신경질적인 반응을 용서했다. 커피가 나왔다. 오후 1시였으며 우리는 나의 서재에 있었다. 아름다운 나의 서재는 농장 뒤쪽을 향하고 있었고 좋은 책들과 예술작품들이 있었다. 예술작품 가운데에는 동으로 만든 볼떼르 상도 있었다. 그 상은 그때 나를 악당으로 여기는 듯 빈정대는 웃음을 두드러지게 짓고 있는 듯 보였다. 밖에는 거대한 태양이 있었는데 낑까스 보르바는 농담으로 그랬는지 아니면 시적인 표현으로 그랬는지 아무튼 태양을 자연의 각료들 중 하나라고 불렀다. 신선한 바람 한줄기가 지나갔으며 하늘은 푸르렀다. 각 창문들에는—전부 세개였다—새들이 들어 있는 새장이 달려 있었는데, 새들은 자신의 전원 오페라를 재잘거리고 있었다. 모든 것이 인간에 대항하는 사물들의 공모처럼 보였다. 그리고 내가 '나의' 거실에서 '나의' 농장 쪽을 바라보며 '나의' 의자에 앉아 '나의' 책들 옆에서 '나의' 햇살을 받으며 '나의' 새들이 지저귀는 소리를 듣고 있음에도 불구하고 나의 것이 아닌 저 다른 의자를 동경하는 나는 충분히 치유받지 못하고 있었다.

141. 개들

"그나저나 이제 뭘 할 건가?" 낑까스 보르바가 창턱에 빈 잔을 올려놓으며 물었다.

"글쎄. 치주까에 틀어박힐까 하네. 인간들로부터 도망칠 거야. 창피하고 짜증나네. 보르바, 그토록 많은 꿈과 내가 아무것도 아닌 것이 되었어."

"전혀 그렇지 않아!" 낑까스 보르바는 화가 난 듯한 몸짓으로 내 말을 가로막았다.

나의 관심을 다른 데로 돌리기 위해 그는 밖으로 나가자고 제안했다. 우리는 사물에 대해 철학적으로 토론하면서 엥제뉴벨류 쪽으로 걸었다. 나는 그 산책이 내게 준 혜택을 결코 잊지 못할 것이다. 그 위대한 사람의 말은 진정한 지혜에서 우러나온 것이었다. 그는 내가 싸움에서 도망칠 수 없을 거라고 했다. 만일 연설무대가 닫혀 있다면 신문을 창간하라고 그는 말했다. 철학의 언어가 가끔은 일반 국민의 비속어 속에서 그 힘을 강화할 수 있다는 걸 보여주면서, 그는 덜 고상한 표현을 쓰기에 이르렀다. 신문사를 차려서 '그 작은 교회집단을 확 바꿔버려'. 그가 내게 한 말이었다.

"정말 멋진 생각이야! 신문사를 차릴 거야. 그것들을 산산조각 내버릴 거야……"

"투쟁하게. 자네는 그들을 산산조각 낼 수도 있고, 그렇게 못할 수도 있어. 본질적인 것은 자네가 투쟁한다는 거야. 투쟁이 없는 삶은 우주의 조직체 한가운데에 있는 죽은 바다와 같아."

잠시 후 우리는 개들이 싸우는 장면을 목격했다. 보통 사람의 눈에는 가치 없는 장면일 것이다. 낑까스 보르바는 나더러 발걸음을 멈추고 그 광경을 관찰해보라고 했다. 두마리였다. 그는 두마리의 강아지 옆에 치열한 싸움의 원인이 된 뼈다귀 하나가 있는 것에 주목했다. 그리고 나더러 살코기가 없는 뼈다귀라는 점에 주목하라고 했다. 살코기가 없는 그저 단순한 뼈다귀였다. 개들은 서로 물어뜯으며 으르렁거렸고 눈은 불꽃이 튈 만큼 사나운 모습이었다…… 낑까스 보르바는 지팡이를 겨드랑이에 끼더니 마치 황홀경에 빠진 듯 보였다.

"이거 정말 멋진데!" 이따금 그가 말하곤 했다.

그를 거기서 떼어놓고 싶었지만 그럴 수가 없었다. 마치 땅에 뿌리를 내린 사람같이 미동도 하지 않았다. 개들의 싸움이 완전히 끝날 때에야 비로소 그는 다시 걷기 시작했다. 물리고 패배한 개 한 마리는 배고픔을 채우러 다른 곳으로 갔다. 위대한 철학자답게 그는 감정을 억누르고 있었지만 난 그가 정말로 즐거워하는 것을 목격했다. 그는 나로 하여금 그 싸움 광경의 아름다움을 관찰하도록 했고 싸움의 목적을 상기하도록 했으며 개들은 배가 고팠다고 결론지었다. 하지만 먹을 것의 부족은 철학의 전반적인 효과에서 볼 때 아무것도 아니었다. 그는 지구 상의 어떤 곳에서는 그러한 일이 더 크게 벌어진다는 사실을 상기시켰다. 뼈다귀와 다른 덜 맛있는 음식을 두고 개들과 싸우는 게 바로 인간이라는 피조물이다. 싸움은 아주 복잡한데, 그 이유는 인간에게 주어진 수세기 동안의 지혜와 기타의 모든 것들이 축적된 인간의 지능이 작동하기 때문이다.

142. 비밀 부탁

사람들이 말하듯이 미뉴에뜨에는 얼마나 많은 것들이 담겨 있는가! 또 얼마나 많은 것들이 개들의 싸움에 담겨 있는가! 하지만 나는 이런저런 적합한 반대를 하지 않는 비열하거나 겁 많은 추종자는 아니었다. 걸으면서 나는 그에게 의문이 있다고 했다. 난 먹이를 두고 개와 다투는 것이 어떤 이점이 있는지 확신이 서지 않았던 것이다. 그가 놀라울 정도로 부드럽게 대답했다.

"다른 인간들과 음식을 두고 다투는 것이 더 타당하지. 왜냐하면 다투는 자들의 조건이 같기 때문이라네. 그리고 보다 강한 자가 뼈를 가져가지. 하지만 뼈다귀를 두고 인간이 개와 싸우는 게 왜 큰 구경거리가 되지 않겠는가? 선구자처럼 자발적으로 메뚜기를 먹거나[70] 에스겔처럼 더 안 좋은 것을 먹는 사람들도 있네. 그러므로 나쁜 것도 먹을 수 있다네. 다만 자연의 필요성이라는 미덕에 의해 인간이 그것을 두고 다투는 게 가치가 있는 일인지, 아니면 종교적인 순종을 위해 인간이 그것을 택하는 것이 가치가 있는 일인지, 즉 배고픔이 삶처럼 죽음처럼 영원한 것인 만큼 그것이 변화 가능한 것인지를 아는 문제는 남아 있네."

우리는 집 대문에 도착했다. 누가 나에게 편지 한통을 건네주며 어떤 부인으로부터 온 것이라고 했다. 우리는 집으로 들어갔고 낑까스 보르바는 철학자가 지닌 적절한 신중함으로 책꽂이에 꽂힌 책들의 제목을 보러 갔다. 그러는 동안 나는 편지를 읽었다. 비르질리아의 편지였다.

나의 좋은 친구에게

도나 쁠라시다가 아주 아파요. 그녀를 위해 무언가를 해줄 것을 부탁해요. 그녀는 지금 베꾸다스이스까지냐스에 살고 있어요. 그녀를 자선병원에 입원시킬 수 있는지 알아봐주세요.

당신의 진실한 친구

비르질리아의 세련되고 정확한 필체가 아니라 거칠고 들쑥날쑥

---

[70] 예언자 세례 요한의 행동을 가리킨다.

한 필체였다. 서명에 쓰인 V 자도 알파벳을 쓰려는 의도가 없는 일종의 낙서에 지나지 않았다. 그래서 그 편지만 보면 글쓴이를 그녀라고 말하기가 매우 어려울 정도였다. 나는 그 편지를 뒤집고 또 뒤집었다. 가엾은 도나 뻘라시다! 그런데 나는 보따포구 해변에서 주운 5꽁뚜를 그녀에게 준 적이 있다. 그래서 그녀가 그런 상황에 처해 있다는 걸 이해할 수가 없었다……

"이해하게 될 걸세." 낑까스 보르바가 책장에서 책 한권을 꺼내며 말했다.

"뭐라고?" 내가 놀라서 물었다.

"내가 오로지 자네에게 진실만을 얘기했다는 사실을 자네는 이해하게 될 걸세. 빠스깔은 나의 정신적인 조상 중 한명이지. 나의 철학이 그의 철학보다 더 가치가 있지만 난 그가 위대한 사람이라는 걸 부인할 수 없네. 자, 그가 이 페이지에서 무얼 말하고 있는가?" 모자를 머리에 쓰고 지팡이를 겨드랑이에 낀 채 그는 손가락으로 그곳을 가리켰다. "그가 무얼 말하고 있는가? 그는 인간이 '우주의 여타 다른 존재들에 비해 큰 이점을 가지고 있다. 인간은 자신이 죽는다는 것을 안다. 반면에 우주는 그것을 완전히 모르고 있다'라고 말하고 있네. 보고 있나? 그러니까 뼈다귀를 놓고 개와 다투는 인간은 그 개에 비해 자신이 배고프다는 걸 안다는 큰 이점을 가지고 있네. 내가 말했듯이 위대한 투쟁을 만드는 것은 바로 이것이라네. '자신이 죽는다는 것을 안다'라는 말은 의미심장한 표현이야. 하지만 다음과 같은 나의 말이 더 의미심장하다고 믿네. 인간은 자신이 배고프다는 걸 알아. 죽음이라는 사실이 어떤 면에서는 인간의 이해력을 제한하기 때문이지. 소멸에 대한 의식은 잠깐 동안 지속될 뿐 반복됨 없이 완전히 사라지고 말아. 반면에 배고픔은 의식상태를 되돌리고 연장시킨다는 이점이 있지. 내가 보기에 (이 말에 무례함이 묻어나지 않는다면) 빠스깔의 공식은 내 것보다 한수 아래야. 물론 그렇다고 해서 그의 공식이 위대한 사상이 아니라거나 빠스깔이 위대한 인물이 아니라는 것은 아닐세."

143. 나는 안 갈 거야

그가 책을 책장에 다시 꽂는 동안 나는 비르질리아의 편지를 다시 읽었다. 저녁식사 때 말수가 적은 나를 본 그는 음식물을 씹기만 하고 삼키지는 않았다. 그러면서 거실 구석과 탁자 끝부분, 접시와 의자, 그리고 눈에 보이지 않는 파리 한마리를 응시했다. 그가 나에게 말했다. "자네, 무슨 일이 있는 모양이군. 그 편지 때문인가?" 그랬다. 실제로 나는 비르질리아의 부탁에 짜증이 났고 심기가 불편했다. 난 도나 쁠라시다에게 5꽁뚜를 주었다. 나보다 더 너그러운 사람, 또는 나만큼 너그러운 사람이 있는지 정말 의문이다. 5꽁뚜! 그 돈을 어떻게 한 걸까? 당연히 허비했을 것이다. 큰 파티들을 열어 다 써버렸겠지. 그러고 나서는 이제 자선병원의 문을 두드리다니. 그리고 나는 그녀를 그 병원에 데려가야 할 사람이고! 아무 데서나 죽을 일이지. 게다가 나는 베꾸다스이스까지냐스라는 거리 따위는 알지도 못하고 기억도 나지 않았다. 하지만 그 이름으로 판단해보면 이 도시의 좁고 어두운 어느 후미진 곳인 것 같았다. 그런 곳에 가서 이웃의 주의를 끌며 문을 노크해야 하다니······ 정말 귀찮아! 나는 안 갈 거야.

144. 상대적인 유용성

좋은 조언자인 밤이 왔을 때 나는 예의상 나의 옛 여자가 바라는 것에 따르기로 했다.

"만료된 어음은 빨리 지불해야 한다." 나는 자리에서 일어나며 말했다.

점심을 먹은 후 도나 쁠라시다의 집으로 갔다. 나는 낡고 더러운 천조각에 싸인 채 구역질 나는 낡은 침대 위에 뻗어 있는, 피골이 상접한 그녀를 발견했다. 나는 그녀에게 돈 몇푼을 주었다. 이튿날 나는 그녀를 자선병원으로 옮겼다. 그 병원에서 그녀는 일주일 후에 사망했다. 난 지금 거짓말을 하고 있다. 그녀는 아침이 밝아올 때 죽은 채로 발견되었다. 삶에 들어왔을 때처럼 몰래 그 삶에서 빠져나갔던 것이다. 75장에서처럼 나는 다시 한번 나 자신에게 질문을 던졌다. 쎄 성당의 교구 관리인과 사탕을 만드는 여인이 애정의 어느 특별한 순간에 도나 쁠라시다를 태어나게 한 일이 바로 이러한 것을 위함인지를. 하지만 곧 나는 도나 쁠라시다가 없었더라면 나와 비르질리아의 사랑이 한창 달아올랐을 때 중도에서 끊겼거나 아니면 즉각 깨졌을 거라는 결론에 이르렀다. 결과적으로 도나 쁠라시다의 삶이 지닌 유용성은 그것이었다. 상대적인 유용성이 있었음을 나는 인정한다. 하지만 이 세상에 절대적인 것이 있기나 한 건가?

145. 단순한 반복

5꽁뚜에 대하여 말하자면, 도나 쁠라시다의 이웃에 사는 한 우편배달부가 그녀에게 반한 것처럼 속여 그녀의 오감 또는 허영심을 일깨우는 데 성공했고 그녀와 결혼한 사실을 언급해봤자 이젠 소용이 없다. 몇달 지나 그 남자는 사업을 벌여 보험증권을 팔았다. 그리고 그 돈을 가지고 도망쳐버렸다. 이따위 것은 말할 가치도 없다. 낑까스 보르바의 개와 같다. 어떤 장의 단순한 반복일 뿐이다.

146. 발기문

신문사를 설립하는 것이 급했다. 나는 후마니티즘의 정치적 적용을 의미하는 발기문을 작성하였다. 낑까스 보르바가 아직 자신의 책(그는 해를 거듭하면서 완성도를 높이고 있었다)을 출판하지 않았으므로 그 철학에 대하여 아무런 언급도 하지 않는다는 데 합의하였다. 낑까스 보르바는 단지 정치에 적용된 몇몇 새로운 원칙들이 출판되지 않은 자신의 책에서 가져왔다는 사실을 밝히는, 서명이 있고 신임할 수 있는 진술서를 요구하였다.

그것은 발기문의 세련된 꽃이었다. 발기문은 사회를 치유하고 남용을 막으며 자유와 보존의 성스러운 원칙들을 수호할 것을 약속했다. 상업과 농업 부문에도 호소를 하였고 기조와 르드뤼롤랭[71]의 말

---

[71] 기조(Guizot)는 19세기 프랑스의 역사가이자 정치가이고, 르드뤼롤랭(Ledru-Rollin)은 왕정 치하에서 공화주의를 옹호한 19세기 프랑스 정치가이다.

을 인용하였다. 그리고 발기문은 다음과 같은 위협으로 끝을 맺었는데 이 위협에 대하여 낑까스 보르바는 사소하고 지엽적이라고 생각했다. "우리가 천명하는 새로운 독트린은 반드시 현 내각을 무너뜨릴 것이다." 고백하건대 당시의 정치상황에서 이 발기문은 나에게 걸작처럼 보였다. 낑까스 보르바가 사소하다고 생각한 마지막 위협이 가장 순수한 후마니티즘으로 충만해 있음을 나는 그에게 보여주었다. 그 역시 나중에 그렇다는 것을 인정했다. 결과적으로 후마니티즘은 아무것도 배제하지 않았다. 우리의 독트린에 따르면 나뽈레옹 전쟁과 염소들의 싸움은 동일한 숭고함을 지니고 있으며 차이가 있다면 나뽈레옹의 군인들은 죽음을 알았던 반면에 얼핏 보아 염소들에게는 그런 의식이 없는 것 같다는 것이었다. 나는 당시의 상황에 우리의 철학공식을 적용하는 것 이상의 일은 하지 않았다. 후마니타스는 후마니타스의 위안을 위해 후마니타스를 교체하길 원하고 있었다.

"자네는 나의 사랑하는 제자이자 나의 칼리파일세." 낑까스 보르바는 내가 그때까지 들어보지 못했던 부드러운 어조로 소리쳤다. "나는 위대한 무함마드처럼 말할 수 있어. 비록 태양과 달이 나에게 등을 돌린다고 해도 나는 나의 생각에서 물러서지 않을 것이라고 생각하네. 나의 친애하는 브라스 꾸바스, 이것은 세상이 만들어지기 이전뿐만 아니라 수세기 이후에도 영원할 진리일세."

147. 어리석은 짓

나는 곧 언론에 조심스러운 기삿거리 하나를 제공했다. 그 기삿

거리란 그로부터 몇주 후에 브라스 꾸바스 박사가 편집하는 야당 신문이 출간될 것이라는 내용이었다. 내가 낑까스 보르바에게 그 뉴스를 읽어주자 그는 펜을 잡더니 진정으로 인본주의자적 동료애로 다음 문장을 내 이름 옆에 추가하였다. "지난 회기의 가장 자랑스러운 연방 하원의원 중 한명."

이튿날 꼬뜨링이 내 집에 들렀다. 그는 약간 상심한 표정이었지만 그런 감정을 감춘 채 평온하면서도 심지어 밝은 표정을 지으려고 애썼다. 신문에 대한 기사를 보았던 것이다. 친구이자 친척으로서 그는 자신과 유사한 생각을 가지도록 나를 설득해야 한다고 생각한 모양이었다. 그건 실수였고 그것도 치명적인 실수였다. 그는 내가 힘겨운 상황에 놓일지도 모르며 어떤 경우 내 앞에서 의회의 문이 잠기게 될지도 모른다고 얘기했다. 나의 의견일 리 만무하지만 그는 내각이 훌륭할 뿐만 아니라 분명히 오래 지속될 것이라고 했다. 그리고 내각을 적으로 만들어서 얻을 게 무엇이냐고 반문했다. 그는 몇몇 장관들이 나에게 친절했으며 자리 하나 얻는 일 정도는 불가능하지 않다는 걸 알고 있다고 했다. 그리고…… 나는 거기서 그의 말을 끊었다. 그리고 내가 취해야 할 다음 단계에 대해 난 이미 심사숙고했다고 그에게 말했다. 나는 단 한줄도 뒤로 물러날 수 없었다. 그래서 그에게 발기문을 읽어볼 것을 제안했지만 그는 나의 어리석은 짓에 쥐꼬리만큼도 끼어들고 싶지 않다며 강력하게 거부했다.

"정말 어리석은 짓입니다." 그가 반복해서 말했다. "며칠 더 생각해보세요. 그러면 그것이 어리석은 짓이라는 것을 알게 될 거예요."

싸비나도 그날밤 극장에서 같은 말을 했다. 그녀는 딸을 특별석의 꼬뜨링에게 맡겨놓고 나를 복도로 불러냈다.

"브라스 오빠, 도대체 뭘 하겠다는 거예요?" 그녀는 걱정스럽게 나에게 말했다. "어떤 일이 벌어질 수도 있는 이때에 이유 없이 정부의 약을 올리려는 건 무슨 생각으로……"

나는 그녀에게 의회의 한자리를 구걸하는 것이 내게 맞지 않는 일이며 나의 생각은 내각이 현 상황 — 그리고 어떤 철학공식 — 에 적합하지 않아 보여 그것을 무너뜨리려는 것이라고 설명했다. 그리고 비록 강력한 말을 쓰겠지만 항상 점잖게 구사할 것이라고 약속했다. 폭력적인 것은 내 입맛에 맞는 향신료가 아니었다. 싸비나는 부채로 손끝을 톡톡 치며 고개를 저었다. 그리고 애원과 협박을 번갈아 하며 이 문제를 다시 거론하였다. 나는 그녀에게 아니야, 아니야, 아니야를 반복해 말했다. 실망을 느낀 그녀는 내가 그녀와 그녀 남편의 충고보다 낯설고 질투심이 많은 사람들의 충고를 더 따른다고 비난했다. "그러면 오빠 좋을 대로 하세요." 그녀는 결론을 지었다. "우리는 우리 의무를 다한 거예요." 그녀는 등을 돌린 뒤 특별석으로 돌아갔다.

148. 해결할 수 없는 문제

난 신문을 발행했다. 스물네시간이 지난 뒤 다른 신문들에 꼬뜨링의 의견이 실렸다. 본질적으로 그는 "나라가 여러 정당으로 분열되어 있지만 자신은 어떤 정당에도 속해 있지 않다. 자신은 처남인 브라스 꾸바스 박사의 신문에 직접적이든 간접적이든 전혀 영향력을 행사하고 있지 않다는 점을 확실히 밝혀두는 것이 좋겠다고 생각한다. 브라스 꾸바스 박사의 정치적 생각과 처신을 완전히 거부하며 현 내각은 (똑같이 능력있는 사람으로 구성된 다른 정부 기관들과 마찬가지로) 공공의 행복을 증진시키기 위해 일하는 것으로 안다"라고 말했다.

   난 내 눈을 의심하지 않을 수 없었다. 눈을 한두번 비빈 뒤 시기도 적절하지 못하고 흔치 않으며 수수께끼 같은 그 성명서를 다시 읽었다. 만일 그가 정당들과 아무런 관련이 없다면 신문을 발행하는 흔한 일이 그에게 뭐 그리 중요했을까? 내각이 좋다고 생각하거나 나쁘다고 생각하는 시민 모두가 언론을 통해 그와 같은 의견을 제시하는 것도 아니고 또 그렇게 하도록 강요받는 것도 아니다. 사실 꼬뜨링이 이 일에 끼어든 것은 불가사의한 일이었다. 이는 나에 대한 개인적인 공격과 다를 바 없었다. 그때까지 우리의 관계는 진솔하고 호의적이었다. 난 우리가 화해한 이후 어떤 불화나 음울한 일도 기억나지 않았다. 반대로 진실한 호의를 주고받은 기억들만 가지고 있었다. 예를 들어 내가 하원의원이었을 때 나는 그에게 해군 병참기지에 물품을 납품할 수 있도록 해주었다. 그는 아주 시간을 잘 지키면서 그 일을 계속했고 몇주 전 그 사업에 관해 말하길 삼년을 더하면 약 200꽁뚜를 벌 수 있을 거라고 했다. 그런데 그렇게 큰 호의를 기억하지 못하고 처남의 명성을 공공연히 더럽힌단 말인가? 그로 하여금 무절제하면서 배은망덕한 행동을 하도록 한 그 성명서의 배후에 있는 동기는 아주 강력한 것임에 틀림없었다. 터놓고 말하자면 해결할 수 없는 문제였다……

149. 호의 이론

해결방법이 정말 없었기에 그 문제를 오랫동안 선의로 검토했던 낑까스 보르바도 어떻게 할 도리가 없었다. "젠장, 집어치워!" 그가 결론을 내렸다. "모든 문제가 오분 동안 관심을 받을 만한 가치가 있는 것은 아니지."

배은망덕한 것에 대해 낑까스 보르바는 개연성이 없어서가 아니라 말도 안되는 소리이기에 완전한 거부감을 드러냈다. 말도 안되는 이유는 훌륭한 인본주의 철학의 결론에 따르지 않았기 때문이라는 것이었다.

"한가지 사실을 부인해서는 안되네." 그가 말했다. "호의를 베푸는 사람의 기쁨이 호의를 받는 사람의 기쁨보다 항상 큰 법이지. 호의라는 것이 뭔가? 호의를 받는 사람의 궁핍을 종식시키는 어떤 행위를 뜻하지. 한번 본질적인 효과가 산출되면, 즉 한번 궁핍이 종식되면 신체기관은 이전의 무관심 상태로 되돌아가네. 예를 들어, 자네가 바지의 허리띠를 지나치게 졸라맸다고 가정해보게. 그 불편함에서 벗어나기 위해 자네는 허리띠를 풀고 숨을 내쉬며 잠깐이나마 기쁨을 맛보겠지. 그런데 신체기관은 무관심 상태로 되돌아가네. 그리고 자네는 그 일을 수행한 손가락을 기억하지 않게 되지. 지속되는 것이 아무것도 없다면 기억이 사라지는 것은 당연한 일이야. 왜냐하면 기억은 창공의 나무가 아니기 때문이지. 기억은 땅을 필요로 해. 물론 다른 호의들에 대한 기대감은 첫번째 호의에 대한 기억 속에서 호의를 받은 사람을 항상 붙잡고 있어. 그렇지만 철학이 자신의 길에서 발견할 수 있는 가장 숭고한 것들 가운데 하나인 이런 사실은 빈곤에 대한 기억, 혹은 다른 공식을 사용한다면 기억 속에서 지속되고 있는 빈곤에 의해 설명된다네. 그 기억은 과거의 아픔에 공명하고 시의적절한 해결책에 대하여도 조심할 것을 권하지. 이러한 상황이 아닐지라도 어느정도 강한 애정을 동반하는 호의의 기억이 집요하게 계속되는 일이 이따금 일어나지 않는다고 내가 말하는 것은 아닐세. 아무튼 이런 것들은 철학자의 눈으로 볼 때 아무런 가치가 없는 진짜 일탈일세."

"그런데 말일세," 내가 대답했다. "호의를 입은 자의 마음속에 그 호의에 대한 기억이 지속되어야 할 이유가 없다면, 호의를 베푼 자와 비교해서 당연히 덜 공평하겠군. 이 점에 대해 설명 좀 해보게."

"그것의 본성에 의해 명백해진 것은 설명되지 않아." 낑까스 보르바가 되받았다. 이어서 그는 다음과 같이 설명했다. "하지만 한 가지 더 말해주지. 호의를 베푼 자의 기억 속에 호의를 베푼 일이 집요하게 남아 있는 것은 호의와 그 효과 자체의 본성으로 설명이 된다네. 우선 어떤 선행에 대한 감각과, 연역적으로 우리가 선행을 행할 수 있는 사람이라는 의식이 존재하지. 둘째, 다른 피조물에 대한 우월성, 지위와 재산에 있어서의 우월성에 대한 어떤 확신이 생긴다네. 최상의 의견들에 따르면 이 우월성은 인간의 신체기관에 아주 정당하게 즐거움을 주는 것들 가운데 하나야. 에라스뮈스는 자신의 저서 『우신 예찬』에서 어떤 좋은 글을 썼네. 그는 두마리의 당나귀가 서로의 등을 긁어주는 자기만족에 대한 글로 관심을 모았지. 난 에라스뮈스의 그 관찰을 부정하지는 않지만 그가 말하지 않은 것을 말하겠네. 다시 말하면 만일 두마리의 당나귀 가운데 한 마리가 다른 당나귀의 등을 더 잘 긁어준다면, 긁어주는 당나귀의 눈에는 어떤 특별한 만족의 징후가 나타나게 되어 있다는 것일세. 미녀가 왜 자신의 모습을 자주 거울에 비춰보는지 아나? 그 이유는 자신을 아름답다고 생각해서가 아니라 그것이 그녀에게 덜 예쁘거나 아주 못생긴 수많은 다른 여성들에 대한 어떤 우월감을 주기 때문이네. 양심도 똑같은 것일세. 스스로 예쁘다고 생각하면 자주 거울을 보게 되지. 양심의 가책조차도 자신을 역겹게 보는 양심의 찡그림 이상의 것은 아니네. 모든 것이 후마니타스의 단순한 투사이기에 호의와 그 효과는 완벽하게 경탄할 만한 현상이라는 걸 잊지 말게나."

150. 회전과 이동

모든 사업과 애정, 또는 나이에는 인간 삶의 완전한 순환이 있다. 내 신문의 첫 호는 내 영혼을 아주 넓은 오로라로 가득 차게 했다. 그리고 나에게 활력을 주었고 청춘의 민첩함을 회복시켜주었다. 육개월 뒤에 쇠락의 시간이 닥쳤고 그로부터 이주 후 도나 쁠라시다의 죽음처럼 은밀한 죽음의 시간이 도래했다. 그 신문이 아침에 죽은 채로 발견된 날, 나는 먼 길을 걸어온 사람처럼 깊은숨을 몰아쉬었다. 그래서 육체가 기생충들에게 영양분을 공급하듯, 인간의 생명은 이런저런 다른 하루살이 생명들에게 자신을 영양분으로 공급한다고 내가 만일 말한다 해도 그것이 완전히 불합리한 얘기는 아니라고 생각한다. 나는 덜 명확하고 덜 적합한 그런 이미지를 사용하는 위험을 피하기 위해 어떤 천문학적 이미지를 사용하고자 한다. 거대한 수수께끼인 운명의 변화에서 인간은 회전과 이동이라는 이중 운동을 실행한다. 그 운동의 나날은 목성의 나날처럼 불균등하며 그 나날은 대략 자신의 긴 한해를 구성한다.

내가 나의 회전운동을 끝낸 순간 로부 네비스는 자신의 이동운동을 마무리지었다. 내각의 계단에 발을 디딘 채 숨진 것이다. 몇주 동안 그가 장관이 될 것이라는 소문이 돈 적이 있었다. 그 소문이 나에게 많은 분노와 시기심을 안겨주었기 때문에 그의 사망 소식이 나에게 어떤 평온과 위안 그리고 일이분 정도의 희열을 안겨준 일이 불가능하지만은 않을 것이다. 희열은 과장일 수 있지만 진실이다. 나는 절대적으로 진실이라고 역사를 걸고 맹세한다.

나는 장례식에 참석했다. 장례식장에서 관 옆에서 흐느끼고 있는 비르질리아를 발견했다. 그녀가 머리를 들었을 때 난 정말 울고 있는 그녀를 보았다. 관이 나갈 때 그녀는 혼란스러운 듯 관을 끌어안았다. 사람들이 그녀를 떼어내 안으로 데려갔다. 여러분에게 말하는데 그녀의 눈물은 진짜였다. 나는 묘지로 갔다. 솔직히 말해 나는 별로 말하고 싶은 기분이 아니었다. 목이나 양심에 돌덩이 하나가 걸려 있는 것 같았다. 묘지에서 삽에 담긴 석회를 무덤 바닥의 관 위에 뿌릴 때 석회가 약한 소리를 내며 툭 떨어지는 소리가 무엇보다 나에게 일시적인 전율을 전해주었다. 분명한 사실이지만 불쾌한 느낌이었다. 그뒤 오후는 무거웠고 납덩이 같은 색깔을 띠었다. 묘지, 검은 상복들……

151. 묘비의 철학

나는 묘비에 새겨진 비문들을 읽는 척하며 사람들 무리에서 떨어져나왔다. 게다가 난 묘비에 적힌 글을 좋아했다. 문명화된 사람들 사이에 비문은 너그럽고 비밀스러운 자기애의 한 표현이다. 이 자기애는 우리로 하여금 최소한 이미 지나가버린 망자의 너덜거리는 한조각 천을 죽음에서 끌어내도록 유도한다. 공동묘지에 묻힌 망자들을 알고 있는 이들의 가눌 수 없는 슬픔은 아마도 거기에서 비롯될 것이다. 그들은 누구의 것인지 모르는 익명의 부패腐敗가 바로 자신들에게 엄습하는 것을 느낀다.

152. 베스파시아누스의 동전

모두 돌아갔다. 단지 나의 마차만 주인을 기다리고 있었다. 나는 궐련에 불을 붙였다. 그리고 묘지에서 멀어졌다. 나는 눈에서 장례식을 떨쳐낼 수가 없었고 귀에서 비르질리아의 흐느낌도 떨쳐낼 수가 없었다. 특히 그녀의 흐느낌은 어떤 문제에 대한 모호하고 불가사의한 소리를 가지고 있었다. 비르질리아는 진실로 남편을 배신했었다. 그런데 이제 또 진실로 그를 애도하고 있다. 그것은 내가 완전히 따라가기 어려운 난해한 궤적의 조합이었다. 하지만 집에 도착하여 마차에서 내리면서 나는 그 조합이 가능할 뿐만 아니라 쉽기까지 하다고 추정하기에 이르렀다. 아, 사랑스러운 본성이여! 슬픔에 대한 세금은 베스파시아누스의 동전[72]과도 같은 것이다. 출처의 냄새도 나지 않으며 악에서뿐만 아니라 선에서도 거둬들이는 돈이

---

[72] 로마 황제 베스파시아누스는 재정 건전화의 한 방편으로 공중화장실을 설치하고, 거기서 모은 오줌을 양털 가공업자들에게 팔았는데 이렇게 모은 돈에 대해 반대파들이 조소하자 '돈에는 냄새가 나지 않는다'고 응수했다.

다. 본성과는 달리 도덕은 아마도 나의 공범을 비난할 것이다. 무자비한 친구, 그것은 중요한 것이 아니다. 당신은 정확한 시간에 눈물을 받아냈으니까. 사랑스러운, 세곱절이나 사랑스러운 본성이여!

153. 정신병 의사

나는 나 자신이 애처로워지기 시작했다. 그래서 잠자는 편을 택했다. 잠이 들었고 나는 꿈에서 무굴제국의 통치자가 되었다. 그리고 무굴제국의 통치자라는 생각을 가지고 잠에서 깨어났다. 나는 종종 지역과 주州, 신념의 대비를 상상하길 좋아했다. 며칠 전에는 영국 캔터베리 대주교를 브라질 뻬뜨로뽈리스의 단순한 세금징수원으로 전출시키는 사회적, 종교적, 정치적 혁명의 가설에 대해 생각했다. 그리고 세금징수원이 대주교를 제거할지, 대주교가 세금징수원을 거부할지, 다수의 대주교들이 한명의 세금징수원 역할을 할지, 아니면 다수의 세금징수원들이 한명의 대주교와 맞먹을지 등을 알기 위해 긴 계산을 했다. 얼핏 보기에는 풀리지 않는 문제들이었지만 한명의 대주교 안에 두명의 대주교—교황의 칙령에 의해 임명된 대주교와 다른 한명의 대주교—가 있을 수 있다는 것이 수용된다면 실질적으로 완벽하게 해결될 수 있는 문제들이었다. 됐다. 난 무굴제국의 통치자가 될 것이다.

이것은 그저 단순한 농담이었다. 하지만 내가 이것을 낑까스 보르바에게 말하자 그는 약간은 조심스러우면서도 연민의 정을 느끼는 듯한 표정으로 나를 바라보았다. 그리고 선한 마음으로 내가 미쳤다고 말했다. 난 처음에는 웃었지만 철학자의 고귀한 확언은 내게 일말의 두려움을 심어주었다. 내가 낑까스 보르바의 말에 대해 했던 유일한 반론은 내가 미친 것 같지 않다고 한 것이었다. 하지만 일반적으로 미친 사람은 다른 자아개념을 가지고 있는 만큼 나의 그러한 반론은 가치가 없었다. 여러분은 철학자들이 아주 사소한 것들에 대해서는 문외한이라는 일반인들의 믿음에 어떤 근거가 있는지 찾아보라. 이튿날 낑까스 보르바는 나에게 한 정신병 의사를 보냈다. 의사를 알아본 나는 겁이 났다. 하지만 그는 매우 섬세하고 능숙하게 행동했으며 아주 밝게 작별을 고했기에 용기를 내어 내가 정말 미쳤는지 물어보았다.

"미치지 않았습니다." 그가 웃으면서 말했다. "선생님만큼 분별력이 높은 분도 드물 거예요."

"그렇다면 낑까스 보르바가 오해한 건가요?"

"전적으로 그렇습니다." 그가 이어서 말했다. "정반대로, 선생님이 그분의 친구라면⋯⋯ 선생님께 부탁드리는데 그분을 좀 쉬게 하심이⋯⋯ 그러니까⋯⋯"

"맙소사! 그가 그렇게 보입니까?⋯⋯ 그렇게 위대한 정신의 소유자이자 철학자가!"

"그건 중요치 않습니다. 정신이상은 장소나 사람을 가리지 않습니다."

여러분은 나의 고통을 상상해보라. 자신의 말이 끼칠 영향을 잘 알고 있는 정신병 의사는 내가 낑까스 보르바의 친구라는 걸 알고 그 경고의 심각성을 줄이려고 애를 썼다. 그는 아무것도 아닐 수 있다고 말했다. 그리고 덧붙이기를, 해로운 것과 거리가 먼 약간의 바보짓은 인생에 어떤 묘미를 가져다줄 수 있다고까지 했다. 내가 공포에 질린 얼굴로 그 의견을 거부하자 정신병 의사는 미소를 지으며 아주 놀라운, 정말 놀라운 어떤 말을 한 만큼 최소한 한장章에서 언급할 만한 가치가 있을 것이다.

154. 페이라이에우스 항구의 배들

"선생님은 분명히 기억할 겁니다." 정신병 의사가 내게 말했다. "페이라이에우스 항구에 들어오는 모든 배들을 자기 것이라 상상한 저 유명한 아테네의 미치광이를 말이죠. 그는 아주 불쌍한 놈에 지나지 않았고 심지어 디오게네스처럼 잠자는 통도 없었어요. 하지만 그 항구의 배들에 대한 상상적 소유는 그리스의 모든 돈과 맞먹는 가치가 있었어요. 잘 들어보세요. 우리 모두의 내부에는 아테네의 미치광이가 들어 있습니다. 정신적으로 최소한 두어척의 배를 한번도 가져본 적이 없다고 맹세하는 사람은 거짓 맹세를 하는 것이라고 생각해도 좋습니다."

"그렇다면 당신도?" 내가 물었다.

"저 역시 그렇습니다."

"그렇다면 나도?"

"선생님 역시 그렇습니다. 그리고 선생님의 몸종도 마찬가지입니다. 만일 저기 창가에서 양탄자를 터는 사람이 선생님의 몸종이라도 그렇습니다."

사실 우리가 정원에서 말하고 있는 동안 옆에서 양탄자를 털던 그는 나의 몸종 중 한명이었다. 정신병 의사는 그 몸종이 오랜 시간 동안, 사람들이 밖에서 거실을 볼 수 있도록 모든 창문들을 활짝 열어젖히고 커튼을 걷어올렸으며 부유하게 치장된 거실을 최대한 드러냈다는 점을 지적했다. "당신의 몸종은 그 아테네인의 광기를 갖고 있습니다. 그는 그 배들이 자신의 것이라고 믿고 있어요. 한시간의 환상이 그에게 지구 상에서 가장 큰 행복을 주고 있는 겁니다."

155. 진심 어린 숙고

"만일 정신병 의사의 말이 옳다면," 나는 혼잣말을 했다. "낑까스 보르바를 많이 동정할 것은 없다. 정도의 문제일 뿐이다. 하지만 그를 돌봐주는 게 옳으며 그의 뇌 속에 다른 곳의 광기가 들어가는 것을 막는 것이 옳다."

156. 노예상태에 대한 긍지

낑까스 보르바는 나의 몸종에 대하여 정신병 의사와는 다른 의견을 보였다. "이미지로 봤을 때," 그가 말했다. "자네 몸종에게 그 아테네인의 광기를 부여할 수도 있겠지. 하지만 이미지는 관념도 아니고 본성에 대한 관찰도 아닐세. 자네 몸종이 가지고 있는 것은 고귀하고 완벽하게 후마니티즘의 법칙에 의해 지배받는 감정이지. 바로 노예상태에 대한 긍지야. 그의 의도는 자신이 '하찮은 사람'의 몸종이 아니라는 것을 보여주는 거지." 그다음에 그는 주인보다 더 뻣뻣하고 꼿꼿한 대저택의 마부들, 손님의 사회적 지위에 따라 배려를 달리하는 호텔의 하인들에게로 나의 관심을 이끌고 갔다.

그리고 모든 것은 그 섬세하고 고귀한 감정 — 비록 구두닦이의 경우라 하더라도 인간은 숭고한 존재라는 걸 매번 완벽히 증명하는 감정 — 의 표현이라고 결론지었다.

157. 빛나는 시기

"자네는 숭고한 사람일세." 나는 이렇게 말하면서 그의 목에 양 팔을 걸었다.

사실 저토록 사려 깊은 사람이 치매에 걸렸다는 말을 믿을 수가 없었다. 이는 그를 포옹한 후 정신병 의사의 의심을 그에게 전하면서 한 말이었다. 그 폭로가 그에게 야기한 인상을 지금 묘사할 수는 없다. 난 그가 전율하며 매우 창백해진 것을 기억한다.

결국 불화의 원인을 알지 못한 채 꼬뜨링과 화해를 한 것은 그 무렵이었다. 시의적절한 화해였는데 그 이유는 고독이 나를 짓눌렀고 삶이 나에게 최악의 권태, 할 일이 없는 권태였기 때문이다. 그 직후 나는 그로부터 '제3수도회'라는 곳에 가입할 것을 권유받았다. 그 가입 건에 대해서 낑까스 보르바의 의견을 구했다.

"원하면 그렇게 하게." 그가 나에게 말했다. "하지만 한시적으로 그렇게 하게. 난 지금 나의 철학에 교리와 예배 관련 부분을 덧붙이려고 노력하고 있네. 후마니티즘도 하나의 종교, 미래의 종교, 유일하고 진실한 종교가 되어야 해. 기독교는 여자들이나 거지들에게 좋지. 다른 종교들은 그 이상의 가치가 없어. 모든 종교는 똑같이 통속성이나 허약성을 가지고 있네. 기독교 낙원은 무슬림 낙원을 모방한 가치있는 라이벌에 불과하지. 부처의 열반에 대해 말하자면 소아마비에 걸린 사람들의 개념에 불과하네. 자네는 인본주의 종교가 무엇인지 알게 될 걸세. 최종적인 흡수 즉 '수축단계'는 본질의 복원이지 소멸이나 기타 등등은 아닐세. 자네를 부르는 곳으로 가게나. 하지만 자네가 나의 칼리파라는 사실을 잊지 말게."

이제 여러분은 나의 겸손을 보라. 나는 ○○○의 제3수도회라는 곳에 가입해 거기서 몇몇 직책을 수행했다. 이는 내 인생에서 가장 빛나는 시기였다. 그럼에도 불구하고 나는 침묵할 것이며 아무 말도 하지 않을 것이다. 가난한 자들과 병든 자들을 위한 나의 봉사, 내가 받았던 보상에 대해서 전혀 얘기하지 않을 것이다. 절대, 절대 아무 말도 하지 않을 것이다.

만일 내가 각각의 모든 외부의 보상이 얼마나 주관적이고 즉각적인 보상에 비해 가치가 없는지를 보여준다면 아마 사회의 경제가 다소 이익을 얻을 수도 있을 것이다. 하지만 내가 이 시점에서 지키겠노라고 맹세한 침묵이 깨질 수도 있다. 게다가 양심의 현상들이란 분석하기 어려운 것이다. 다른 한편으로 내가 한가지 말한다면 그것과 관련된 모든 것들도 이야기해야 할 것이다. 결국 심리학의 한장章을 쓰는 셈이 될 것이다. 단지 나는 그때가 내 생애의 가장 빛나는 시기였다는 것만을 말할 뿐이다. 그 장면들은 슬펐다. 그것들은 기쁨의 단조로움만큼 짜증나는 불행의 단조로움이었다. 아마 더 심했는지도 모른다. 하지만 환자들과 가난한 사람들의 영혼에 준 기쁨은 가치가 있는 보상이었다. 그런데 호의를 받은 자만이 보상을 받았기에 그것이 부정적이라고 내게 말하지 마라. 아니다. 나도 역으로 보상을 받았다. 심지어 아주 큰 보상을 받았는데, 내게 나 자신에 대한 훌륭한 개념을 안겨줄 정도로 컸다.

158. 두 만남

몇년, 즉 삼사년이 지날 무렵 나는 그 일에 대해 몹시 권태를 느꼈고 그래서 그 일을 그만두었다. 물론 상당액의 기부금을 내놓았다. 그것에 대한 보상으로 나는 성구 보관실에 초상화를 걸 권리를 얻었다. 그런데 수도회 병원에서 누군가의 사망을 목격했다는 걸 말하지 않고 이 장을 끝낼 수는 없다. 그가 누구인지 추측할 수 있는가……? 아름다운 마르셀라였다. 구호품을 나눠주기 위해 빈민촌을 찾아간 날 나는 그녀를 발견했고 바로 그날 그녀의 죽음을 지켜보았다. 나는 찾았다…… 지금 여러분은 무엇을 찾았는지 추측할 수 없을 것이다…… 나는 숲의 꽃인 에우제니아, 즉 도나 에우제비아와 빌라사의 딸을 찾았다. 과거처럼 절름발이였는데 상황은 훨씬 더 슬펐다.

그녀는 나를 알아보자마자 창백해지며 눈길을 아래로 향했다. 하지만 순간적이었다. 곧 고개를 들더니 기품있게 나를 응시했다. 나는 그녀가 내 호주머니의 구호금을 받지 않을 것이라는 걸 알았다. 그래서 자본가의 부인에게 하듯 그녀에게 손을 내밀었다. 그녀는 내게 인사를 한 뒤 수도원의 작은 방으로 들어가더니 문을 닫아버렸다. 난 더이상 그녀를 보지 못했다. 나는 그녀의 삶에 대하여 아무것도 몰랐고 그녀의 어머니가 죽었는지 살았는지도 몰랐으며 어떤 불행이 그녀를 이토록 처참한 빈곤으로 몰고 갔는지도 몰랐다. 단지 그녀가 계속 다리를 절었으며 슬퍼 보였다는 것만 알 뿐이었다. 이런 깊은 인상과 함께 나는 마르셀라가 전날밤 입원했던 병원에 도착했고 그곳에서 반시간 뒤 그녀가 추한 얼굴에 깡마르고 늙은 모습으로 마지막 숨을 거두는 것을 보았다……

159. 반(半) 치매

나는 내가 늙었고 다소 힘이 빠졌다는 걸 깨달았다. 하지만 낑까스 보르바는 여섯달 전 미나스제라이스 주(州)로 떠났으며 그때 최고의 철학도 함께 가지고 갔다. 넉달 뒤 그가 돌아왔는데, 빠세이우 뿌블리꾸 광장에서 보았을 때와 거의 비슷한 모습으로 어느날 아침 나의 집에 들어섰다. 차이가 있다면 그의 시선이 달라졌다는 것이다. 그는 치매를 앓고 있었다. 그는 나에게 후마니티즘을 완성하기 위해 기존의 모든 원고를 불태웠으며 다시 시작할 것이라고 했다. 그리고 아직 씌어지지는 않았지만 교리 부분은 완성되었다고 했다. 그것은 미래의 진정한 종교였다.

"후마니타스에게 맹세하는가?" 그가 물었다.

"내가 그렇다는 걸 자네는 알잖는가."

목소리가 나의 가슴에서 가까스로 빠져나왔다. 게다가 난 모든 잔인한 진실을 미처 다 발견하지 못했다. 낑까스 보르바는 미쳤을 뿐만 아니라 자기가 미쳤다는 사실도 알고 있었다. 어둠의 한가운데에 놓인 희미한 등잔불처럼 의식의 남은 부분은 그 상황에 대한 공포를 더욱 악화시키고 있었다. 그도 그것을 알고 있었다. 그는 자신의 병에 대해 화를 내지 않았다. 그와는 정반대로 그것이 후마니타스의 한 증거라고 말했다. 그렇게 그는 자신과 농담하고 있었다. 그는 나에게 자기가 쓴 책의 긴 장(章)들과 응답송가들 그리고 정신적인 연속기도들을 낭송해주었다. 더 나아가 후마니티즘의 의례들을 위해 창안한 어떤 성스러운 춤을 춰보이기도 했다. 그가 다리를 들어올려 흔들던, 슬프고 우아한 모습은 몹시 환상적이었다. 다른 때에는 종종 시선을 허공에 고정한 채 구석에서 우울하고 샐쭉한 모습으로 있었다. 그의 두 눈에는 눈물처럼 슬픈 이성의 완고한 빛이 간혹 번뜩거렸다……

그뒤 얼마 지나지 않아 그는, 고통은 하나의 환상이며 중상모략을 당한 빵글로스는 볼떼르가 추측한 것만큼 그렇게 바보는 아니었다는 말을 힘주어 반복하며 내 집에서 사망하였다.

160. 부정적인 것

낑까스 보르바의 죽음과 나의 죽음 사이에는 이 책의 첫 부분에 서술된 사건들이 있다. 그 사건들 가운데 주요 사건은 '브라스 꾸바스 고약'의 발명이었다. 그 약은 내가 걸렸던 병 때문에 나와 함께 사장되었다. 거룩한 고약, 너는 과학과 부를 넘어 인간들 사이에서 첫번째 자리를 내게 주어야 했다. 왜냐하면 그것은 하늘의 순수하고 직접적인 영감이었기 때문이다. 운명은 정반대로 결정되었다. 그리하여 여러분은 모두 영원히 우울증 환자로 남게 될 것이다.

이 마지막 장은 모두 부정적인 것들로 이루어져 있다. 나는 고약의 명성을 획득하지 못했고 장관이나 칼리파도 되지 못했으며 결혼이 어떤 것인지도 알지 못했다. 솔직히 이러한 실패의 곁에는 이마에 땀을 흘리지 않고도 빵을 구할 수 있는 나의 행운이 있었다. 또 나는 도나 쁠라시다의 죽음도, 낑까스 보르바의 반 치매도 겪지 않았다. 어떤 이는 이런저런 것들을 다 합칠 경우 내게는 모자라는 것도 남는 것도 없으며 결과적으로 내가 인생과 비겼다고 상상할 수도 있을 것이다. 그런데 그 상상은 잘못된 것이다. 왜냐하면 그 수수께끼의 다른 쪽에 이르렀을 때 내게 약간의 지불잔고가 있다는 걸 발견했기 때문이다. 그 지불잔고란 부정적인 것들로 이루어진 이 장章에서 마지막으로 부정적인—난 자식이 없고 어떤 피조물에게도 내 불행을 유산으로 물려주지 않았다—것이다.

옮긴이의 말

창비로부터 마샤두 지 아시스의 작품 『브라스 꾸바스의 사후 회고록』 번역을 의뢰받았을 당시, 전공이 브라질 문학임에도 불구하고 많은 고민을 하지 않을 수 없었다. 첫번째 이유는 마샤두 지 아시스가 역대 브라질 소설가 가운데 최고봉으로 꼽히고 있기에 내용과 형식 그리고 그 깊이에 있어서 그의 문학세계를 과연 제대로 이해하여 번역할 수 있을까 하는 부담감 때문이었고, 두번째 이유는 작품이 출판된 지 130여년이 흘러서 각 단어와 문맥의 의미를 얼마나 잘 간파해낼 수 있을까 하는 우려 때문이었다. 세번째 이유는 역자의 전공이 20세기 브라질 현대문학이어서 작가에 대한 깊이있는 이해가 부족한 상태였기 때문이었다.
아니나 다를까, 번역을 시작하면서 그 부담과 우려는 현실로 다가왔다. 현대적 의미로는 해석이 잘 되지 않는 많은 어휘들과 문장들을 마주하게 되었고 여기에 매우 독특한 그의 문체가 또다른 걸

림돌이 되었다. 그리하여 우리나라에 거주하는 뽀르뚜갈 및 브라질 사람들의 의견을 자주 구하고 작품 해설집도 뒤지면서 한 페이지씩 번역을 해나갔다. 번역을 마친 지금 기쁨보다는 그의 깊고 넓은 문학세계를 그저 살짝 엿보았다는 느낌 때문일까, 묘한 아쉬움이 남는다.

정식 이름이 주아낑 마리아 마샤두 지 아시스(Joaquim Maria Machado de Assis, 1839~1908)인 작가는 당시 브라질의 수도였던 히우지자네이루에서 태어났다. 브라질은 그가 태어난 직후 동 뻬드루 2세의 장기 집권(1840~89)이 시작되었고 그의 중년기에는 노예해방(1888)과 공화정으로의 전환(1889)이 이루어졌다. 이 기간 유럽에서는 자유주의적 자본주의가 절정에 이르렀다가 쇠퇴기를 맞이했다. 아울러 마샤두 지 아시스의 삶 후반은 이른바 유럽의 세기말 현상으로 크나큰 사회적 변화가 일던 시기 속에서 살았다. 시대정신을 중시하던 그의 작품에는 이러한 당대의 내외적 시대상황이 자유주의적 시각에서 예리하게 분석되고 있으며 이것은 중하층 출신으로서 신분상승을 꾀하던 작가 자신의 모습과도 일맥상통한다. 소설에서 꾸바스 가문의 번영을 꿈꾸다가 숨겨간 주인공 부친의 모습은 그러한 면의 일부로 해석될 수 있을 것이다.

마샤두 지 아시스의 부친은 혼혈 화가였고 모친은 뽀르뚜갈령 아소레스 군도 태생이었다. 하지만 일찍 부모를 여의는 바람에 그는 계모였던 마리아 이네스(Maria Inês)에 의해 길러졌다. 계모의 정성 어린 돌봄에도 불구하고 그는 어릴 때부터 간질병과 말더듬증 그리고 혼혈이라는 인종적·사회적 열등감으로 내성적인 성격이 되었다. 공립학교에서 글을 배운 그는 16세에 국립인쇄소의 활자견습공으로 취직하여 문인들과 교류하며 시를 쓰기 시작하였고, 18세부터는 여러 신문에 글을 발표하며 본격적으로 문인의 길에 들어서게 되었다. 27세 때부터는 관료생활을 겸하면서 시, 연극, 연대기, 소설 등 거의 모든 문학장르에 걸쳐 작품활동을 했는데 이 시기의 작품들은 주로 감상주의적 낭만주의 색채를 강하게 띠고 있다.

하지만 1880년 『브라스 꾸바스의 사후 회고록』을 시작으로 그의 작품들에는 자연주의적 사실주의 색채가 강하게 자리잡게 된다. 그와 같은 색채는 이 작품에 등장하는 마르셀라, 비르질리아 등 여주인공과 화자인 브라스 꾸바스에 대한 심리묘사에서 두드러지는데, 각 등장인물들을 통해 인간 본연의 유동적인 이중심리를 사악할 정도의 아이러니로 표출할 때 더욱 그 진가를 발휘한다.

나아가 그의 문체는 어떤 상황을 묘사할 때 완결짓지 않고 중도에서 멈추거나 아니면 독자들을 핑계 삼아 다른 상황으로 슬쩍 뛰어넘기도 하고, 또 복잡하고 혼란스러운 등장인물들의 심리상태를 정리하지 않은 채 말줄임표 등을 이용하여 생략하거나 그냥 내버려둠으로써 독자들의 상상력을 자극하고 있다. 이것이 독자들의 시선을 계속 묶어두는 작품의 매력 가운데 하나이다. 비평가인 앙또니우 깡지두(Antonio Candido)가 근대성의 모티브로 간주한 이 문체는 낑까스 보르바라는 인물을 묘사하고 그의 '후마니티즘'이라는 궤변적 철학을 설명하는 과정에서 절정을 이룬다. 특히 주인공 브라스 꾸바스가 매력을 느낀 낑까스 보르바의 후마니티즘 철학은 때때로 독자에게 매우 논리적이고 합리적으로 다가오는데, 작가는 소설의 말미에서 낑까스 보르바를 정신착란을 겪고 있는 사람으로 설정함으로써 작가 자신의 독특한 시각을 드러내 보이고 있다. 즉 앙또니우 깡지두가 지목했하듯이, "사실들의 사회적 정상성과 그것들의 본질적 비정상성 사이의 대비, 다시 말하면 예외적인 행위가 정상이며 일상적인 행위가 비정상"이라는 작가 고유의 시각을 드러내고 있는 것이다. 소설의 화자를 이미 죽은 사람으로 설정하여 그가 저승에서 이승의 삶을 회고하도록 한 것도 타성에 젖은 독자들의 관습적 사고를 비꼬고 흔들기 위한 것으로, 이것은 곧 기존 사회와 세계, 나아가 우리의 삶 자체를 고정관념에서 벗어나 새롭게 바라볼 것을 주문하고 있다 하겠다.

또 한가지 이 소설에서 눈여겨볼 점은 그가 브라질을 대표하는 작가로 지목받는 이유가 무엇인가라는 것이다. 브라질을 가장 잘 대변하는 작가라고는 하지만 실제 독자들은 이 소설에서 브라질의 자연이나 미풍양속, 지역적 색채, 또는 국민의 기질 등을 뚜렷하게 엿볼 수는 없다. 하지만 보다 자세히 들여다보면, 그는 확고한 시대 정신에 입각하여 19세기 후반 입헌군주제 시대의 브라질 수도였던 히우지자네이루 주민들의 삶과 사회상 — 남녀문제, 사회계층 문제, 부르주아 계층의 시각 등 — 을 어느 작가보다도 치밀하게 그만의 독특한 역설적·축약적·비확정적 문체로 그리고 있음을 알 수 있다. 나아가 다양한 등장인물들의 심리분석을 통해 인간의 본질적 이중성과 불확실성을 드러냄으로써 궁극적으로는 시대와 지역을 넘어서는 보편성을 획득하고 있다 하겠다. 이것이 마샤두 지 아시스가 브라질 최고의 소설가로 지목되는 이유이기도 하다.

끝으로 이 소설은 마샤두 지 아시스의 대표소설 세권(『브라스 꾸바스의 사후 회고록』 『낑까스 보르바』 『동 까스무후』) 가운데 처음 씌어진 소설이다. 외국에서는 마샤두 지 아시스의 작품만을 논하는 국제학술대회가 열릴 정도로 그의 작품이 많이 소개되고 연구되고 있지만 우리나라에 작품이 소개되는 것은 이번이 처음이라 나름의 보람을 느낀다. 하지만 그의 작품세계가 워낙 깊고 폭이 넓어 역자에 따라서는 약간의 다른 해석과 다른 문체로 번역될 수 있는 부분이 있을 수 있다고 본다. 그러나 본 역자는 나름대로 최선을 다했다고 생각하며 이 과정에서 많은 도움을 주신 마리아 주어웅(Maria João) 한국외대 교수님과 인내를 가지고 꼼꼼히 원고를 살펴주신 김성은 님 그리고 창비 사장님 이하 관계자분들에게 두루 고마운 마음을 전하고 싶다.

번역을 위해 이용한 뽀르뚜갈어 원본은 노바 아길라르(Nova Aguilar) 출판사에서 나온 '마샤두 지 아시스 전집' 1권에 실린 *Memórias Póstumas de Brás Cubas*이며 브라질 뽀르뚜갈어의 한글표기는 창비의 기준과 한국 포르투갈-브라질 학회 및 주한 브라질문화원이 공동으로 마련한 기준에 준하였음을 밝힌다.

박원복(서울대 라틴아메리카연구소 연구교수)

작가연보

1839년 6월 1일 브라질 히우지자네이루의 모후두리브라멩뚜(Morro do Livramento)에서 혼혈인 아버지 프랑시스꾸 주제 지 아시스 (Francisco José de Assis)와 뽀르뚜갈 써웅미겔 섬(Ilha de São Miguel) 태생의 어머니 마리아 레오뽈디나 마샤두(Maria Leopoldina Machado) 사이에서 태어났다. 어릴 때 어머니와 여동생을 여의었 으며 부친이 사망한 뒤에는 계모인 마리아 이네스(Maria Inês)에 의해 길러졌다. 세탁일을 하며 생계를 꾸려가던 그녀는 마샤두 지 아시스에게는 훌륭한 대모였다. 이후 마샤두 지 아시스는 랑빠도 자(Lampadosa) 교회의 성구 관리 일을 했다.

1855년 주간지『마르모따 플루미넹시』(*Marmota Fluminense*)에 작가로서 첫 작품인 시(詩)「그녀」(Ela) 발표.

1856년 국립인쇄소에 활자견습공으로 취직하여 3년간 일을 하다. 그곳에 서 향후 든든한 후견인이 되어준 마누에우 앙또니우 지 아우메이다(Manuel Antônio de Almeida)를 만나다.

1858년	인쇄소이자 서점인 빠울라 브리뚜(Paula Brito) 사에 활자교정원이자 계산원으로 취직하다.
1858~59년	뻬뜨로뽈리스(Petrópolis) 시의 신문 『우 빠라이바』(*O Paraíba*)에 정기적으로 글을 기고.
1858~64년	신문 『꼬헤이우 메르깡치우』(*Correio Mercantil*)에 정기적으로 기고.
1859~60년	주간지 『우 이스뻴류』(*O Espelho*)에 정기적으로 기고.
1860~67년	낑치누 보까이우바(Quintino Bocaiúva)의 권고로 일간지 『지아리우 두 히우지자네이루』(*Diário do Rio de Janeiro*)에 정기적으로 기고. 이 무렵 지우(Gil), 조비(Job), 쁠라떠웅(Platão) 등의 가명을 사용했으며 1875년까지 자신의 실명과 쎄마나 박사(Dr. Semana)라는 가명으로 주간지 『쎄마나 일루스뜨라다』(*Semana Ilustrada*)에 정기적으로 기고.
1863년	『조르나우 다스 파밀리아스』(*Jornal das Famílias*) 지에 정기적으로 글을 기고하기 시작하였으며 이때 조비(Job), 비또르 지 빠울라(Vitor de Paula), 라라(Lara), 막스(Max) 등의 필명을 사용하여 많은 단편들을 발표.
1864년	시집 『끄리잘리다스』(*Crisálidas*) 발간.
1865년	아르까지아 플루미넹시(Arcádia Fluminense)라는 이름의 작가협회를 설립. 공동창립자로서 이 협회를 통해 많은 문학활동을 하였으며 시낭송회를 열기도 함.
1867년	연방 관보 국장의 보좌관으로 임명.
1870년	단편집 『히우지자네이루 단편들』(*Contos Fluminenses*)을 가르니에르 출판사에서 발간. 이후 자신의 모든 작품을 이 출판사를 통해 발간. 시인 파우스치누 샤비에르 지 노바이스(Faustino Xavier de

	Novais)의 여동생인 까롤리나 아우구스따 샤비에르 지 노바이스 (Carolina Augusta Xavier de Novais)와 결혼하여 앙드라다스 가(街)에서 생활.
1872년	장편소설 『부활』(*Ressurreição*) 발표.
1873년	단편집 『자정의 이야기들』(*Histórias da Meia-Noite*) 발간. 농업·상업·공공 공사부의 총무국 제1서기관으로 임명.
1874년	거처를 라빠 가(街)로 옮김.
1875년	다시 거처를 라랑제이라스 가(街)로 옮김. 시집 『아메리까나스』 (*Americanas*) 발간.
1878년	병으로 노바프리부르구에서 이듬해까지 요양.
1881년	1880년 잡지 『헤비스따 브라질레이라』(*Revista Brasileira*)에 연재했던 장편소설 『브라스 꾸바스의 사후 회고록』(*Memórias Póstumas de Brás Cubas*)을 출간. 농업부 장관 뻬드루 루이스(Pedro Luís)의 비서관으로 임용. 이때부터 1897년까지 일간지 『가제따 지 노치시아스』(*Gazeta de Notícias*)에 정기 기고자로 활동.
1882년	단편집 『단편들』(*Papéis Avulsos*) 발간.
1883년	독일어를 배우기 시작.
1884년	거처를 꼬스미 벨류 가(街)로 옮김.
1889년	정부 상무국 국장이 됨.
1891년	장편소설 『낑까스 보르바』(*Quincas Borba*) 발표.
1896년	단편집 『여러 이야기들』(*Várias Histórias*) 발간.
1897년	1896년에 설립된 브라질문학아카데미 회장으로 취임.
1899년	장편소설 『동 까스무후』(*Dom Casmurro*) 발표. 이어 단편집 『수거된 페이지들』(*Páginas Recolhidas*) 발간.
1901년	시집 『전편의 시』(*Poesias Completas*) 발간. 이 작품에 대한 무시우

	떼이셰이라(Múcio Teixeira)의 비판이 일간지 『조르나우 두 브라지우』(*Jornal do Brasil*)에 실림.
1902년	교통부의 산업청장으로 임명.
1904년	장편소설 『이자우와 자꼬』(*Esaú e Jacó*) 발표. 10월 20일 부인 사망.
1906년	단편집 『낡은 집의 잔재들』(*Relíquias de Casa Velha*) 발간.
1908년	장편소설 『아이리스에 대한 기억』(*Memorial de Aires*) 발표. 건강을 이유로 공직 사임. 9월 29일 사망.

발간사

고전의 새로운 기준, 창비세계문학

 오늘날 우리는 인간의 존엄과 개성이 매몰되어가는 시대를 살고 있다. 물질만능과 승자독식을 강요하는 자본주의가 전지구적으로 확산되면서 현대사회는 더 황폐해지고 삶의 질은 크게 훼손되었다. 경제성장만이 최고의 선으로 인정되고 상업주의에 물든 문화소비가 삶을 지배할수록 문학은 점점 더 변방으로 밀려나고 있다. 삶의 본질을 성찰하는 문학의 자리가 위축되는 세계에서는 가진 자와 못 가진 자 할 것 없이 모두가 불행할 수밖에 없다.
 이 시대야말로 인간답게 산다는 것의 의미가 무엇인지 근본적인 화두를 다시 던지고 사유의 모험을 떠나야 할 때다. 우리는 그 여정에 반드시 필요한 벗과 스승이 다름 아닌 세계문학의 고전이라는 점을 강조한다. 고전에는 다양한 전통과 문화를 쌓아올린 공동체의 경험이 녹아들어 있고, 세계와 존재에 대한 탁월한 개인들의 치열한 탐색이 기록되어 있으며, 새로운 세상을 꿈꾸는 아름다운 도전과 눈물이 아로새겨 있기 때문이다. 이 무궁무진한 상상력의 보고이자 살아 있는 문화유산을 되새길 때만 개인의 일상에서 참다운 인간적 가치를 실현하고 근대적 삶의 의미와 한계를 성찰하는 지혜를 얻을 수 있을 것이다.

'창비세계문학'은 이러한 문제의식에서 출발한다. 세계문학의 참의미를 되새겨 '지금 여기'의 관점으로 우리의 정전을 재구성해야 할 필요성이 그 어느 때보다 절실하다. '정전'이란 본디 고정된 목록으로 존재하는 것이 아니라 그때그때 주어진 처소에서 새롭게 재구성됨으로써 생명을 이어가는 것이다. 우리는 먼저 전세계 문학들의 다양성과 차이를 존중하면서 국가와 민족, 언어의 경계를 넘어 보편적 가치에 기여할 수 있는 가능성에 주목하고자 한다. 근대를 깊이 성찰한 서양문학뿐 아니라 아시아와 라틴아메리카, 중동과 아프리카 등 비서구권 문학의 성취를 발굴하고 재평가하는 것 역시 세계문학의 지형도를 다시 그리려는 창비의 필수적인 작업이 될 것이다.

여러 전집들이 나와 있는 세계문학 시장에서 '창비세계문학'은 세계문학 독서의 새로운 기준이 되고자 한다. 참신하고 폭넓으면서도 엄정한 기획, 원작의 의도와 문체를 살려내는 적확하고 충실한 번역, 그리고 완성도 높은 책의 품질이 그 기초이다. 독서시장을 왜곡하는 값싼 유행과 상업주의에 맞서 문학정신을 굳건히 세우며, 안팎의 조언과 비판에 귀 기울이고 독자들과 꾸준히 소통하면서 진정 이 시대가 요구하는 세계문학이 무엇인지 되묻고 갱신해 나갈 것이다.

1966년 계간 『창작과비평』을 창간한 이래 한국문학을 풍성하게 하고 민족문학과 세계문학 담론을 주도해온 창비가 오직 좋은 책으로 독자와 함께해왔듯, '창비세계문학' 역시 그러한 항심을 지켜나갈 것이다. '창비세계문학'이 다른 시공간에서 우리와 닮은 삶을 만나게 해주고, 가보지 못한 길을 걷게 하며, 그 길 끝에서 새로운 길을 열어주기를 소망한다. 또한 무한경쟁에 내몰린 젊은이와 청소년 들에게 삶의 소중함과 기쁨을 일깨워주기를 바란다. 목록을 쌓아갈수록 '창비세계문학'이 독자들의 사랑으로 무르익고 그 감동이 세대를 넘나들며 이어진다면 더없는 보람이겠다.

2012년 가을
창비세계문학 기획위원회

창비세계문학 20
브라스 꾸바스의 사후 회고록

초판 1쇄 발행/2013년 10월 25일

지은이/마샤두 지 아시스
옮긴이/박원복
펴낸이/강일우
책임편집/권은경·김성은
펴낸곳/(주)창비
등록/1986년 8월 5일 제85호
주소/413-120 경기도 파주시 회동길 184
전화/031-955-3333
팩시밀리/영업 031-955-3399 편집 031-955-3400
홈페이지/www.changbi.com
전자우편/lit@changbi.com

한국어판 ⓒ (주)창비 2013
ISBN 978-89-364-6420-2 03870

* 이 책 내용의 전부 또는 일부를 재사용하려면
  반드시 저작권자와 창비 양측의 동의를 받아야 합니다.
* 책값은 뒤표지에 표시되어 있습니다.